他拒绝死在21岁，
他要赏尽春日花，
听遍夏日雨，
尝尽秋日果，
看遍冬日雪，
这才是他应有的人生。

2月竹

11: 08 ——————●—————— 52: 00

⟳ ◁ ⏸ ▷ ☰

52赫兹

52 Hz

二月竹 著

成都时代出版社
CHENGDU TIMES PRESS

图书在版编目（CIP）数据

52 赫兹 / 二月竹著 . -- 成都：成都时代出版社，
2025. 1. -- ISBN 978-7-5464-3606-7

Ⅰ . I247.5

中国国家版本馆 CIP 数据核字第 2024P54X93 号

52 赫兹

52 HEZI

二月竹 著

出 品 人	钟 江	
责任编辑	蒲 迪	
责任校对	黄 蕊	
责任印制	江 黎 曾译乐	
装帧设计	唐小迪	

出版发行　成都时代出版社

电　　话　（028）86783717（编辑部）

　　　　　（028）86763285（图书发行）

印　　刷　北京君达艺彩科技发展有限公司

规　　格　168mm×235mm

印　　张　20

字　　数　440 千

版　　次　2025 年 1 月第 1 版

印　　次　2025 年 1 月第 1 次印刷

书　　号　ISBN 978-7-5464-3606-7

定　　价　55.00 元

晏鹤清，我在。

和你做朋友，我也很喜欢。

补给船是为那头鲸鱼而来。

卷一

秋
末

下午四点，咖啡店，突如其来的暴雨拍打着落地玻璃，发出刺耳的声音。店内顾客不多，晏鹤清和一个西装革履的男人面对面坐着。

男人一脸的不可思议，又确认一遍："你不签？"

天色快速昏暗下来，店里打开了灯，橘色的灯光落到青年清隽的眉眼间，给他白皮寡瘦的脸颊添上了几分生气。

"是。"晏鹤清放下钢笔，枯瘦的手推回了合同。

闻言，男人脸色微变，拉开椅子起身，说："我去下卫生间。"他不动声色地拿过手机离开了。

晏鹤清神色平静，他知道律师是去联系陆牧驰了。

刚才握着笔准备签名的瞬间，晏鹤清想起了那个梦——纯白的空间里，他一身白衣站立其中，四周浮现着一行行文字，似是一本小说的内容。

昏暗的房间里弥漫着刺鼻的血腥味，医生提着药箱进来……类似的场面，他隔天就要见一次，但这一次，他还是严肃地皱起了眉。

不远处的墙角，蜷缩着一道身影，无法分辨是否还有生气。

陆牧驰的浴袍上，溅着星星点点的鲜红。佣人在替他包扎食指——刚砸破酒瓶，不小心被划伤了。他极为不耐烦，对着医生命令道："他是不是快死了，你去看看。"

"陆先生。"医生语气凝重，"我建议立即送他去医院做全套检查。"

又一名佣人匆匆跑来，手里拿着香烟和打火机，待陆牧驰接过烟叼进嘴里，佣人立即替他点烟。

陆牧驰抽了一口，语气透着冷意："怎么，被他收买了？"

医生霎时脸色铁青，他今年六十多了，第一次被这般羞辱，虽浑身发抖，但到底也不敢得罪这小阎罗，哆嗦着低头道："您误会了，我是从医生的角度建议。"

陆牧驰嗤笑了声："你只管医，别的不需要多嘴，死了也不会有人找你麻烦。"说完，看也不看墙角的人，烦躁地离开了。

医生摇了摇头，打开了房间的灯。

房间亮了，医生才知道，情况远比预料中还要糟糕。

少年套着一件宽大的白衬衫，上面染着点点殷红，两条瘦到几乎变形的长腿上，布满了深浅不一的伤痕。

一些是旧伤，一些是新伤。

医生走近他蹲下身，将眼前人的情况看得更清楚了些。

少年双目紧紧闭着，纤细的脖颈上，是一圈叠一圈的青紫。

医生小声喊他："孩子，听得见吗？"

过了好一会儿，少年勉强有了动静，他翕动着嘴唇，声音细不可闻："水……"

医生辨认好一会儿，才知道他是想喝水，于是从随身的包里掏出保温杯，倒了一小杯，小心地送到少年嘴里。

少年贪婪地吮吸着。

一夜过去，少年的伤处理好了，但他还是蜷缩在地上睡觉。

除去特定时间，他不被允许进入别墅主楼，只能待在这间小房间，以往还有毯子，这次连毯子都没有。

医生无奈地叹了口气。

原来他的处境，全被写在了一本恶俗的豪门小说里。

主角是他的双胞胎弟弟林风致，而他，只是一个炮灰配角。

小时候，他将被富人领养的机会让给林风致。上大学后，一次机缘巧合，他被陆牧驰救下，并得知此人与林风致是至交好友。为了报答陆牧驰，他甘愿成为陆牧驰家的佣人，却被陆牧驰折辱。后来，林风致因意外导致失明，他在陆牧驰的强迫下捐出眼角膜。再后来，他为陆牧驰挡车，出车祸而亡。

一共二十几年的人生，被安排得明明白白，善良却凄惨，最后落得惨死的下场。

就在刚才，晏鹤清正要签下他的"催命符"。

陆牧驰说自己家里缺个干活儿的，甚至为此直接找上了他的养父母。

自从懂事后，他一直在打工赚钱补贴家用，却被养父母嫌弃赚的钱少。如今天降横财，养父母欣然同意。所以他现在坐在了这里。

这一段小说内容，和晏鹤清到目前为止的人生全对上了。

晏鹤清转过脸，望着外面似乎在洗刷世界的暴雨，胃里突然感觉一阵翻江倒海，沸腾起来，吃过的东西夹杂着胃液，汹涌地涌向喉咙。

他起身奔向卫生间。空无一人的卫生间里，他撑着洗手台，埋头下去，将那一肚子的恶心悉数吐了出来。

在今天之前，他感受过的唯一温暖，来自陆牧驰。是陆牧驰在他无助时施以援手，是陆牧驰曾惋惜地说他原本应有更好的人生，是陆牧驰向深陷泥沼的他递来一根救命荆条。他无比感激陆牧驰，为此，不论遭受陆牧驰的何种刁难，都默默忍受。可现在他知道了，原来他以为的帮助与救赎，不过是陆牧驰精心安排的一场游戏，对他释放的善意，也只是游戏开始前的鱼饵，用来让他这条鱼心怀感恩，自愿咬钩。

他之所以要遭受这一切，全是因为林风致——陆牧驰从小呵护的朋友，他的双胞胎弟弟，十分钟前，他还深深挂念着的唯一至亲。

他们小时候，父母发生意外去世，没人愿意收养兄弟俩，晏鹤清只好带着弟弟去了孤儿院。过了几个月，一户大富人家领养并带走了弟弟。那天，小小的晏鹤清扑簌簌地掉着眼泪，他暗自发誓，以后一定会努力学习，赚到足够多的钱去找弟弟。他后来被养父母收养，被他们虐待，但依然乐观积极，对未来充满希望，因为他知道，弟弟在等着他。

一直到现在，他终于攒了五万块。他昨天还在计划，大一放寒假就去找弟弟，可是，他遇见了陆牧驰。

他不能接受，他也不会接受。他想活下去，竭尽全力也要活下去！

吐了差不多一分钟，晏鹤清接了水漱口，用冷水洗了把脸。

进入深秋，夜晚天气很凉，他仅仅穿了一件薄卫衣，抬起头，镜子里是一张白到病态的脸，脸颊浅浅凹下去，没挂一丝肉。冰凉的水珠顺着细碎的刘海缓缓掉进他的眼睛。浅褐色中略带沙金色的瞳仁沾了水，亮晶晶的，眼尾狭长，微微上翘，所以，尽管他此刻营养不良，脸色憔悴，这双狐狸眼却依然耀眼。

晏鹤清抬手，枯瘦似竹节的手指缓慢地摸着自己的眼睛。

那本小说的片段再次出现在他脑海。

> 陆牧驰的指腹缓缓擦过晏鹤清的眼睛，语气蛊惑："你会同意的，对不对？"
>
> 晏鹤清双眸泛着泪光，他害怕极了，可怜地哀求道："不，我……我不能没有眼睛……"
>
> 陆牧驰想到此刻正在哭泣的林风致，再无耐心，他用力揪住晏鹤清的头发，将晏鹤清往上提了起来。
>
> "啊！"毫无防备的晏鹤清被迫仰起脖子，他发出惨叫，"疼！陆牧驰，你松手好不好？"
>
> "致致比你还疼！"陆牧驰手更用力了。
>
> 晏鹤清有一种头皮都要被陆牧驰揪下来的感觉，疼到极致，他反而感觉不到疼了，他的视线被拉到屋顶的水晶灯上——刺眼、夺目，让他看不清陆牧驰。
>
> 他费劲地转着眼珠："陆牧驰……别这么对我……"他企图唤起陆牧

驰哪怕一点点怜悯。

陆牧驰冷笑一声："你也配？晏鹤清你别忘了，你是我花九百万买的，别说要你一双眼睛，就是要你的心脏，你也得交出来。"

泪水夺眶而出，晏鹤清做着最后的挣扎："为什么非要我的眼睛不可？"

"你是他亲哥。"陆牧驰贴近他耳畔，发出恶魔的低语，"你们流着同样的血，眼睛会更好用。"

…………

晏鹤清又吐了。

"就算是亲弟弟，也不能抢走我的眼睛！"

温热的泪汹涌着掉下来，晏鹤清没有擦，这是他最后一次哭，他想尽情地哭掉自己的脆弱、感情。

以后，他再不会哭。

律师请示完回来，视线扫过晏鹤清的薄卫衣，微笑说："晏同学，我老板说，如果对金额不满意，你尽管提。"

晏鹤清不置可否，他起身，礼貌地微微鞠躬。

"再见。"

无视律师错愕的目光，晏鹤清单独付了他的那杯咖啡钱，而后走出咖啡店。

以往，晏鹤清宁愿淋雨也要省下钱攒着，但今天他去了便利店。

他走到食品柜，认真选了一份小蛋糕，又去雨伞架上拿了一把大黑伞。

结账时，晏鹤清从口袋里摸出一些零散的钞票，数出九十八块，支付了到目前为止，他的人生里最奢侈的一次花销。

吃完小蛋糕，晏鹤清走出便利店，暴雨如注，路上没车也没人，冷得厉害，行人都钻进了附近的店铺避雨。唯独晏鹤清，他撑开伞，毫不迟疑地融入暴雨。

"新生快乐，晏鹤清。"他对自己说。

与此同时，林家别墅，金碧辉煌，温暖如春，屋子里堆满了包装精美的礼物。

佣人推来一个三层大蛋糕，每一层都铺满了新鲜香甜的大草莓。

"祝你生日快乐，祝亲爱的致致生日快乐！"

客厅里，林风致被亲朋好友包围着庆祝生日。

林风致今天穿了一件奶白色薄毛衣，黑发柔软，薄唇粉嫩，像是童话里的小王子。

整个别墅开着热烘烘的地暖，林风致白嫩的脸颊上热出了粉粉的红晕。

陆牧驰笑容温暖，亲自帮他点燃了生日蜡烛："许愿吹蜡烛吧！"

父母也宠爱地摸着林风致的头："可以许三个愿望哦。"

林风致双手合十，虔诚地闭上眼，在心里许愿。

"第一愿，陆凛叔叔身体健康。"

"第二愿，陆凛叔叔天天开心。"

"第三愿……"林风致眼眸亮晶晶的，"新的一岁可以和陆凛叔叔成为朋友。"

晏鹤清回到晏家，是晚上七点。

他收拢伞。雨水顺着伞面滑到伞尖，滴答滴答，落到水泥地面上。

老房子隔音差，隔着铁门，晏家的欢声笑语清晰可闻。

晏鹤清掏出钥匙，插进锁孔，往左转动，门吱呀一声开了。

房子是以前的老户型，开门就见客厅。茶几上摆着晏鹤清在家时绝不会出现的大草莓，还有羊蝎子汤锅。

深秋下着雨的天气，一家人围着吃热腾腾的火锅，真的很温馨。

回来的路上，晏鹤清脑海中不断涌现小说里的内容。眼前这个场景，同书中所写分毫不差——赵惠林收了陆牧驰十万块定金，喜滋滋地给自己儿子买了一百块一斤的草莓，还买了进口羊蝎子炖汤。

在小说中的那个夜里，晏鹤清遍体鳞伤地回家。赵惠林瞧见他皮肤上显眼的伤痕，露出了鄙夷的神色。

钱是个好东西，但晏鹤清不是。

赵惠林领养晏鹤清时就知道，这孩子是个养不熟的祸害。当初要不是算命的大师说要"借子生子"，她才不会去孤儿院领养什么孩子。

自从她生了亲儿子，她就觉得晏鹤清那双狐狸眼越看越深沉，不知道藏着什么想要害他们一家三口的心思，她知道晏鹤清不是什么省油的灯，说不定哪天就要对自己儿子下手。

赵惠林做了个亲儿子被害死的噩梦，醒来后狠狠地打了晏鹤清一顿。见晏鹤清不服气，她又关了晏鹤清一天一夜，不给吃饭，也不给上厕所。

要不是弃养犯法，影响他们夫妇的工作，她早就赶走晏鹤清了。这些年，赵惠林严防晏鹤清接近她儿子，唯恐晏鹤清害死她的命根子。

陆牧驰找上门要带走晏鹤清时，赵惠林迫不及待地想丢掉这个"坏包袱"，但又怕对方空手套白狼，一分不给就把人给带走。晏鹤清怎么说也是个成年劳动力了，给个几千块不过分吧？刚好她儿子成绩不好，要上补习班，补习费还没着落，她愁得很。

赵惠林盘算着问："你给多少钱？"

"三百万。"陆牧驰站在门口，眉峰拧着，他不愿进这么破的屋子，"一年。"

赵惠林惊呆了："什么？"

陆牧驰难得有耐心，重复了一遍："晏鹤清是你的养子吧？让他去我那儿干活儿，一年付你三百万。"

赵惠林眼珠子都快瞪出来了，她一辈子都赚不到三百万，还有这样的好事?!

赵惠林打量着陆牧驰，见他年纪虽轻，一身西装却价值不菲，不像在说假话。那再多要点儿也给得起吧？

赵惠林眼睛骨碌碌转了转，一副为难样儿："我养鹤清这么多年不容易，感情深厚，恐怕……"她欲言又止，瞟着陆牧驰。

陆牧驰调查过晏家的情况，他似笑非笑地说："明天让晏鹤清来找我，五百万。"

赵惠林呆若木鸡。陆牧驰离开后，她狂喜地捂住嘴，原地跺了几脚，踮上门跑回房间打电话。

"老公！我们发大财了……"

晏鹤清突然回来，屋里的笑声戛然而止。

赵惠林拉开茶几抽屉，将大草莓收进去，不高兴地问："怎么这么早回来？"

晏胜炳也生怕晏鹤清被退货，五百万飞了，他站起身急切地问："签了吗？陆少……"

"咯咯！"赵惠林打断晏胜炳，从兜里掏出几百块，塞给她儿子，"峰峰你出去玩会儿。"她可不愿意宝贝儿子掺和晏鹤清的事。

晏峰早就想出去玩了，"哦"了一声。他接过钱塞进裤兜，眼睛骨碌碌转着，打着坏主意。

他讨厌晏鹤清，他知道晏鹤清根本不是他哥，他爸说了，晏鹤清是一个没人要的孤儿，可晏鹤清干吗成绩那么好，害得老妈不让他出去玩，总逼他在家写作业。刚才老妈还说晏鹤清考上了重点大学，他以后也得上名牌大学。

晏鹤清害他不能玩，他要报仇。

晏峰怨恨地瞪着晏鹤清，这次他要踩肿晏鹤清的脚。

他最喜欢踩晏鹤清的脚，晏鹤清不敢躲的，躲了他会告诉他爸，让他爸踹晏鹤清。晏鹤清被踹过几次就老实了，每次都乖乖让他踩。

他最近一百五十多斤了，力气足够了。

晏峰走到门口，特意换了双钉鞋，他看准晏鹤清的脚背就重重地踩下去。

没想到刚踩下去，晏鹤清就走开了。

咚！他一脚踏到门槛上。

"嗷！"晏峰疼得怪叫一声，脚底板有种裂开的痛感。

他扭头就告状："爸，妈——"

赵惠林没心思管晏峰，见他慢吞吞的，上前直接推他出门。

晏峰气得满脸肉都在抖，又不敢敲门，愤愤地做了个鬼脸，一瘸一拐地下楼了。

屋内，赵惠林迫不及待地问："晏鹤清，你快说清楚，合同签了吗？"

晏鹤清神色冷淡，回道："没签。"

"你发什么神经?!"晏胜炳拍了一掌茶几,站起来扬手就要扇晏鹤清,"我抽死你!"

赵惠林更是脸色发白,那十万块她都花得差不多了——给儿子报了补习班,买了一堆昂贵的进口食品,还买了个一万多的名牌包包,这要是让她退回去……眼泪说来就来,她哭得稀里哗啦。

"清清你昨晚不是答应了吗?妈妈省吃俭用养了你十几年,你应该报恩哪!"

晏鹤清第一次接住了晏胜炳的巴掌,甩开了淡声说:"五百万太少。"

太过震惊,晏胜炳压根没想到晏鹤清竟然敢还手,他张大了嘴巴。

五百万还少?!而且是一年五百万哪!就算那有钱小少爷之后嫌弃晏鹤清,要赶他走,也是保底五百万!

晏胜炳面皮抽动着。"少东拉西扯了,马上回去签了!"他还是不放心,又说,"我跟你去。"一手交人,一手交钱。

赵惠林比晏胜炳聪明多了,晏鹤清这么一点,她醍醐灌顶。

陆牧驰显然不是普通富豪,那么有钱有势,五百万还不是洒洒水?确实要少了。趁现在晏鹤清还值钱,得再给她宝贝儿子多攒一笔老婆本儿。

赵惠林眼睫毛上还挂着泪水,却已经换上笑脸,热情招呼晏鹤清:"清清你还饿着吧,先吃饭,其他事慢慢谈。羊蝎子刚炖好,热乎得很,你多吃点儿,对身体好。瞧你瘦的……"

晏胜炳不懂赵惠林的用意,没心思再吃饭,歪在沙发另一头长吁短叹,闷闷地抽烟。

晏鹤清听话地坐下吃饭。在晏家的生活,让晏鹤清严重营养不良。一米八一的身高,体重只有一百零二斤,他现在急需补充营养。

晏鹤清吃相文雅,但羊蝎子的每一丝肉都被他啃得干干净净。

旁边的赵惠林眼睛都看绿了,心疼得厉害。短暂安抚晏鹤清是一回事,钱又是另一回事。进口羊蝎子贵,她就炖了一小锅,自己舍不得吃,原打算全留给她儿子,结果现在被晏鹤清全吃掉了。

不等她心疼完,晏鹤清放下碗筷,又拉开了抽屉。

见晏鹤清端出那盘红彤彤的大草莓,赵惠林差点儿叫出声,这可是一百块一斤的好草莓,她猛地站起:"这不——"

晏鹤清脸上平静无波,问:"不能吃?"

赵惠林感觉今天的晏鹤清有点儿怪,平日晏鹤清也话少、安静,但不像今天……总让人有一种被他压制的感觉。

赵惠林吞咽着口水,扯着脸皮笑:"不是,就是还没洗。"他们还一颗没吃呢!

晏鹤清端着盘子起身:"那我去洗。"

又红又大的奶油草莓,散发着浓郁的草莓香,是林风致最爱的水果。

晏鹤清从没吃过草莓，他洗干净，拿起一颗咬了一口。九分甜一分酸，口齿留香。晏鹤清想，原来草莓这么好吃，难怪林风致喜欢。他垂下眼，又咬了一口新鲜的果肉。

抱歉了，弟弟。这一次，草莓的味道，我也想尝一尝。

一颗、两颗、三颗……赵惠林躲在厨房门外数着，没忍住跑进去，一把夺下草莓，板着脸说："给你弟留几颗！他还没吃过呢。"

晏鹤清没说话，只淡淡地望着她。

赵惠林莫名有点儿犯怵，她抱着草莓说："不就一点儿草莓，你以后有的是机会吃，那个陆少爷有钱。"

晏鹤清还是没出声。赵惠林也不管了，她转身走得飞快，去客厅叫上晏胜炳回房。

晏鹤清神色还是淡淡的，他打开水龙头，一根一根冲干净手指，回了房间。

说是房间，其实是阳台的一半，一半晒衣服，中间隔一块木板子，另一半做晏鹤清的房间。狭窄的空间挂着蓝色帘子布，再摆一张一米的小床，就再搁不下其他东西了。

晏鹤清个儿高，睡觉得蜷缩着才能睡下。

这方小小天地被晏鹤清收拾得特别干净。刚晒过的被子换了干净的被罩，散发着洗衣粉的清香，阳台的台面上整齐地堆着书，还摆着一个透明的酒精瓶，插着一小枝白剑兰。空气里充满了醇厚的花香。

晏鹤清脱鞋上床，跪着抽出了一本蓝皮书，翻到中间，取出一张银行卡——用不着寻找林风致了，这笔钱，他以后要自己用。

今天一下接收了太多信息，晏鹤清十分疲倦，收好银行卡，他没脱衣服，侧卧着卷着被子，蜷缩着身子睡了。迷迷糊糊中，他似乎听见有人敲门。

咚咚咚，声音越来越大，在深夜里格外刺耳。

"谁呀！大晚上的！"赵惠林披着衣服出来，打开灯，骂骂咧咧地去开门。

门一打开，灯光便倾泻到来人身上，其风衣还沾着奶油的香甜。

赵惠林看清来人后，立马换了副嘴脸，故意问："陆少爷，这么晚来我家里是……"她心里乐开了花，大半夜还找来，这是有多急呀，必须得好好要个价。

五百五十万？六百万？

陆牧驰没理她，视线越过她的头顶，看向站在阳台上的少年。

昏黄的灯光落到晏鹤清精致的眉眼上，比起前几次见面，在这样晦暗的光线下，晏鹤清更像林风致了。

他第一次见到林风致，是林风致刚被领养到林家时，他听说林风致的父母死在了火灾里，因伤心惊厥，正病着。看到躺在病床上昏迷不醒，眼角还挂着泪珠的林风致，那一刻，陆牧驰想到了自己——那个女人抛弃他离开后，他也是病了很久，睡梦里都在哭……

　　从那以后，陆牧驰就对林风致特别好，不仅是因为同病相怜，也是为了弥补小时候连连噩梦的自己。

　　他要做保护林风致的象牙塔，既然病好后的林风致失忆了，不记得自己曾经姓晏，那世界上就不该有跟他长得相像的晏鹤清。他要阻拦晏鹤清去打扰林风致的生活，最好的办法就是提前藏起晏鹤清。

　　陆牧驰紧紧地盯着晏鹤清，他掏出钱夹，抽出一沓钞票，扬手一挥，漫天的粉色钞票，如同雪花在飞舞。

　　他不耐烦地说："晏鹤清，立刻跟我走。"

　　前天下课，晏鹤清刚出教学楼，就被楼前一辆奔驰车拦住。

　　车窗降下后，一张带着点风流意味的俊朗面庞露了出来。陆牧驰上下打量着晏鹤清，像在看一件在售商品。

　　副驾驶还有一人。这人晏鹤清见过，是他们系大三的学生，学生会宣传部部长，曾到他们宿舍做过宣传。

　　"阿驰，"那人讨好道，"是不是特像？"

　　男人心不在焉地"嗯"了声，视线还在晏鹤清身上打转。他抽出一支烟，叼在嘴里，慢吞吞地说："三百万一年，到我家做佣人，怎么样？"

　　晏鹤清顿时脸色发白，虽然他的皮肤本来就白，但听到这句极具侮辱性的话，白中又多了几分被羞辱后泛起的绯红。

　　他厌恶陆牧驰的卑劣，却也清楚地知道，目前的他得罪不起陆牧驰。现在的他，还没有反抗陆牧驰的实力。

　　"你找错人了。"晏鹤清转身走开了。

　　身后传来一声嗤笑，以及打火机点火的声音。

　　"我们会再见的。"陆牧驰说。

　　果然，他们现在又见面了。

　　那本小说里的内容，在晏鹤清脑海里再一次清晰起来。

　　那些灭绝人性的侮辱，毫无尊重的嘲讽，在此刻无比真实起来。那是即将发生在他身上，活生生的凌虐。晏鹤清的眼睛、皮肤，身体的每一寸，随着脑海中小说内容的重现，感同身受地开始发疼、发痒。但他知道，此时的疼痛，不过是那些文字所描写的万分之一。

　　滔天的痛苦和恨意席卷着晏鹤清，他知道，他未来的路，只有一条，那就是：在他们伤害他之前，他先毫不留情地击溃他们；在他们那些见不得光的念头暴露之前，他先立于阳光之下！

　　晏鹤清捏紧手指，又松开，骨节修长的手指泛着冷冽的青白。浅褐色的眼眸平静地迎上对方蔑视的神情。

"我不去。"

赵惠林早被钱吸引住了，她蹲下身，欢喜地捡着钞票，嘴几乎咧到了眼角，止不住的笑意："哎呀清清，人陆少爷来接你，你——啊！"

赵惠林惨叫一声，皮鞋从她手背上踩过。

陆牧驰面色不变往里走，走到晏鹤清面前，揪住他的衣领，嘴角勾起漫不经心的弧度："我找你做佣人，是你的荣幸和福气，明白吗？"

刚从房间出来的晏胜炳和晏峰完全不知状况。晏胜炳没见过陆牧驰，见满地是钱，以为他是小偷，脱下拖鞋就要冲向陆牧驰。

"哪儿来的贼？偷到我家来了，老子——"

他刚要动手，一个训练有素的保镖从门外进来，一个干净利落的背肩摔后，保镖蹲下身，单手反扣住晏胜炳，将其压在地上。

晏胜炳整个地趴在地上，脸紧紧贴着地面，双手动弹不得。他哪里见过这种阵势，疼得嗷嗷直叫："放开我！你个兔崽子，放开……哎哟！"

晏峰吓傻了，站在原地一动不敢动。

赵惠林都忘了疼，赶紧跑去求陆牧驰："陆少爷，别……"

啪！陆牧驰反手一巴掌，赵惠林左脸迅速肿胀，眼泪流了出来，想哭又不敢哭。

这是什么事呀！

陆牧驰视线扫过保镖，脸上有几分恼怒："找死呀！跟着我！"

保镖眼神躲闪："是老爷……"

陆牧驰的话憋了回去，他又重新盯着晏鹤清，恶狠狠地挤出几个字："想好了吗，跟不跟我走？"

晏鹤清面无表情，他从口袋里摸出手机，屏幕上显示与110通话中。当着陆牧驰面，他将手机贴在耳畔，淡声说："您听清了吗？地址是……"

陆牧驰看到晏鹤清的举动，黑眸中先是闪过不可思议，继而松开晏鹤清，退后并捧腹大笑，他是真的觉得很好笑，眼角甚至泛着泪水。

他似乎遇见了一个新奇的玩意儿。

陆牧驰悠闲地倚靠着阳台门，长腿闲闲地交叠着，从风衣口袋里掏出烟盒，抽出一根烟，打了火，点燃放进嘴里。

"行啊。"他抽了一口，慢悠悠地吐出烟圈，"我陪你等。"

"他们呢？"他轻笑，"也陪我等？"这一句，是在和保镖说。

保镖知道这小阎王生了气，赶紧低头警告："回房间。"然后他松开了晏胜炳。

晏胜炳哪儿还敢啰唆，叫着赵惠林："还不快来扶我回房间！"音量明显低了许多。

赵惠林巴不得快点离开，将捡到的钱塞进睡裤口袋后，她几步奔过去。

晏胜炳和晏峰一样胖，赵惠林扶不动他，只好喊晏峰来帮忙。晏峰半天不动，赵惠林心急看过去，就看到晏峰的裤管上，有一片明显的水渍——晏峰十二岁了，还是憋不住尿。赵惠林无奈又心疼，硬是一只手拽起晏胜炳拖着，另一只手拉过晏峰，一起回了卧室。

保镖同样悄无声息地离开。

房间里只有打火机开关的声音。大门开着，冷风不断灌进来，晏鹤清站着没动，他病恹恹的身体仿佛随时会被吹倒。

陆牧驰也不出声，这么一通折腾，他倒是对眼前的人产生了一丝好奇。他把玩着打火机，隔着烟雾看晏鹤清。

其实仔细看，晏鹤清和林风致并不十分像。林风致白净柔软，笨得让人不放心他独自出门；很爱哭，哭起来就像打开的水龙头一样停不下来；看着脾气很大，一颗糖却能让他听话；笑起来脸颊上有一个小酒窝，像灿烂的小太阳。晏鹤清五官张扬，眉眼中透着冷冽，没见他笑过，不知道他笑起来有没有酒窝。

陆牧驰收了打火机，饶有兴趣地开口道："你笑一个，我今晚就放过你，如何？"

晏鹤清只当没听见。

没一会儿，来了一老一少两个警察。进屋后，年轻警察的视线在两人间徘徊，他问："谁报的警？"

"我。"晏鹤清说着就要往门口走。

陆牧驰立刻抓住他，他吐出烟屁股说："你在这儿说他们听得见。"

晏鹤清，知道凭力气他不是陆牧驰的对手，所以他没浪费力气挣扎，对着年轻警察点头："就是他，夜闯民宅。"

年轻警察有点儿摸不准，回头看年长一些的警察。

年长警察进屋就观察着陆牧驰，总觉得他眼熟。他不确定地开口问："你叫什么名字？"

陆牧驰从容不迫："陆牧驰。"

年长警察脸色有着微妙的变化。难怪眼熟，原来是陆家那位……

年长警察找晏鹤清做了笔录，又询问了晏胜炳和赵惠林，两人当然不会站在晏鹤清那边，笑着说陆牧驰是朋友家的孩子，来家里玩，晏鹤清是在和他闹别扭呢。

夫妻俩这样说，警察觉得只是一个误会，调解一番后就离开了。

声音消失了，冷风持续灌进屋，晏鹤清脸上终于出现了绝望的表情。

陆牧驰看笑了，这表情太精彩了，他浪费时间陪晏鹤清玩这小游戏，就是想看这样的表情，当着晏鹤清的面，粉碎、摧毁他的希望，比单纯地折磨他，更加有趣。

鞋尖慢条斯理地踩着地面的烟屁股，陆牧驰哂笑道："刚才同意了多好，你浪费了机会。"陆牧驰不再多言，拽着晏鹤清就走。

晏鹤清太轻了，陆牧驰不费吹灰之力就拽着他下了楼。

赵惠林和晏胜炳躲在卧室门后，提心吊胆地偷听，听到陆牧驰走了，他们才敢说话。

晏胜炳揉着差点儿折断的手："妈的，总算走了！"

赵惠林则马上拉下晏峰尿湿的裤子，眼泪哗哗地流："乖儿子别怕，先把裤子脱了……"

楼下，陆牧驰打开车门，正要推晏鹤清进去，晏鹤清开口了。

"我有条件。"

陆牧驰目光冷了下来。

晏鹤清这样的人，他见得太多了，闹这么一出，还是为了自抬身价。

陆牧驰刚对晏鹤清起的一丁点儿兴趣，顷刻荡然无存："说吧。"

斑驳陆离的灯光，倾泻到晏鹤清脸上，照亮了他一半的脸，另一半掩在黑暗里，看不分明。深秋的风凛冽寒凉，晏鹤清衣衫单薄，薄唇被吹成了青色。他缓缓吐出几个字："找到我亲弟弟。"

晏鹤清知道现在报警没用，因为一切尚未发生，陆牧驰也尚未做出什么过激举动。他是在演戏，让陆牧驰以为他怕了、退缩了，从而放松警惕，之后他再抓住陆牧驰的软肋，给予真正的一击。

陆牧驰自以为是保护的林风致，就是他目前最大的武器。

晏鹤清屹然不动，琉璃般的瞳仁盯着陆牧驰："我有一个从小失散的亲弟弟，只要你找到他，我就答应。"

陆牧驰原本只有不屑的眼神，瞬间复杂了。他就是为了阻止晏鹤清打扰林风致的生活，才要藏起晏鹤清，怎么可能帮他找林风致？

片刻后，他抢过晏鹤清的手机，揣进兜里："我考虑考虑。想拿回手机，联系我。"

陆牧驰关上车门，绕到驾驶座，启动车子扬长而去。

凌晨时分，小区里静得可怕，晏鹤清却似感觉不到一样，只顾思考下一步计划。

同一个武器，用太多次会没用，他得寻找更厉害的武器。

晏鹤清脑海中浮现一个人，一个在小说里出场不多，却贯穿全文的人。陆牧驰最怕的亲叔叔，林风致痴迷的偶像——陆凛。

陆凛，陆氏集团的现任掌权人，在那本小说里，多经由他人，尤其是林风致之口出现。

林风致有五本日记，本本写满对陆凛的崇拜。

陆凛偶尔出现在陆牧驰的视角下，多是陆牧驰如何害怕他的叔叔陆凛。可以说陆凛是小说里唯一能压制陆牧驰的存在。

最重要的是，陆凛是一个三观正常的人。所以，在晏鹤清有足够的实力保护自己，反击陆牧驰之前，他需要陆凛成为自己的"保护伞"。

回想那本小说中关于陆凛的内容——陆凛没什么兴趣爱好，不沾烟不玩牌，只偶尔和朋友去喝酒，唯一固定的休闲活动是钓鱼，他会在每周二钓一天鱼。

"陆凛。"晏鹤清在心里念了一遍。

风越吹越冷，晏鹤清没回晏家，他沿着马路，慢慢地，不回头地走着。

东方将白，街边的早餐店陆续开张。晏鹤清有些饿了，他找了一个自助银行，取了两百块钱——他提前准备了银行卡。

取完钱，他随便走进一家牛肉面店，视线从价目表上扫过，晏鹤清沉默了一会儿，还是要了一碗小份牛肉面，没有加蛋，没有加肉。

他的钱不多，暂时要省着用。

很快，热腾腾的牛肉面端上来，鲜绿的葱花和几片薄薄的牛肉飘在汤上面，奶黄色的面条根根分明。

晏鹤清抽出两根筷子，刚搅动了面条，忽然面前多出一个碟子。碟子里有一个黄澄澄的荷包蛋，几块切好的卤豆腐，一个切成两半的卤鸡蛋。

晏鹤清诧异地抬眸，见是老板的女儿。

"免费送的！"女孩脸色绯红，不敢和晏鹤清对视，羞涩地跑开了。她第一次见到这么干净帅气的男孩子，也是第一次见到这么瘦的男生，似乎风大点都能吹走他。

晏鹤清怔了一下，片刻后他捏紧筷子，默默将一碗汤面，一碟对他而言有些奢侈的加餐，干干净净地吃完了。

冰凉的十指渐渐有了温度。

结账时，他唇角浅浅地勾了一个笑容，和女孩说"谢谢"。

他不笑时，清透的五官有着很强的攻击性，一笑，却像一片逐渐融化的雪花，温柔煦暖。两种极端气质，在他身上完美融合。

女孩不好意思地抿嘴笑，说："欢迎常来呀！"

"好。"晏鹤清说。

晏鹤清走出店铺时已经七点了，街上的人多了起来。快入冬了，大家都穿得很厚，行色匆匆，忙着上班、忙着上学。

一碗热腾腾的汤面进肚，晏鹤清身上现在暖和了许多，但风吹在脸上，还是刮得脸疼。

前方不远有地铁站，晏鹤清进了地铁站。这是他第一次搭地铁，他停在入口，观察别人操作，然后走到自动售票机前，买了一张回学校的单程票。

地铁上比站外温度要高一些，晏鹤清拉着吊环，站在离门最近的地方。窗外飞速闪过不同的广告，晏鹤清无暇注意，脑子里在想着接下来要做的事——要先迁出户口，户口可以挂到学校集体户头上，然后递交转专业申请。

之前为了早日工作赚钱，填报志愿时他选了软件工程专业，现在他要换回真正想读的专业——生物学。

"这也算手机？"陆牧驰在五星级酒店吃早餐。他一边喝着咖啡，一边翻看着晏鹤清的手机——最便宜的老人机。联系人就四个，赵惠林、晏胜炳、杨院长、李老师。短信都没有一条。

陆牧驰试图从网页上翻出点浏览痕迹，但连不上网——5G时代，晏鹤清的电话卡还是2G，连网页都很难打开。

陆牧驰大感无趣地丢开手机，没什么胃口，拿着叉子戳着溏心蛋，金黄的蛋液流了整个盘子。

他又想到一个不同——林风致的衣服全是意大利定制的大师手缝高级货，而晏鹤清……一身地摊货。

叉子又继续戳，很快，盘子里满是被他戳得七零八落的香肠，惨不忍睹。

"不要浪费食物。"随即椅子被拉动的声音响起。

陆牧驰立即放下叉子，乖顺地起身，说："知道了叔叔。"

陆凛坐下，服务员端着食物来了——一份牛排加蔬菜沙拉、两个水煮蛋、一杯黑咖啡、一盘鲜切水果。

陆牧驰偷瞄着陆凛，见陆凛没发话，他就还是站着："叔叔，这么早来酒店是有事？"陆牧驰旁敲侧击。

昨晚闹得太晚，他就直接到陆氏旗下的酒店休息了，没想到陆凛也在。陆牧驰最怕陆凛，两人虽只相差七岁，平时也不怎么见面，但他每次见陆凛，都和老鼠见到猫一样。

但他最佩服的人，也是陆凛。他还在念中学，陆凛就执掌陆氏了，短短几年，将陆氏发展到了行业龙头位置。

陆凛的视线淡淡扫过桌面的老人机，他徐徐进餐，说话一如既往，不紧不慢："吃饭。"

陆牧驰这才坐下，他拿起刀叉，飞速地解决盘里狼藉的食物。

偌大的餐厅只有他们两人。十五分钟后，陆凛进餐结束，起身离开了。

陆牧驰的盘子干净了，等陆凛前脚离开餐厅，他后脚就跑了。

陆牧驰被晏鹤清提出的条件打了个措手不及，他暂时没动作，等着晏鹤清来要手机。这一等，半个月过去了，手机都没动静。

这半个月，晏鹤清办理了迁户口，申请了转专业。转专业对他来说不难——只要期末考试考到前五名，下学期开学可以直接转新系。

晏鹤清还租了一间十来平的"老破小"，胜在离学校近，还有单独的厨卫，在寸土寸金的三环，租金一个月也得一千五百块。

这笔钱对晏鹤清而言是巨资，也是必要支出。

和房东签好一年合同，他花了三天打扫卫生，修理坏掉的热水器、电线插板，疏通了下水道，又简单布置了一下，当即就要搬进去。

他回晏家收拾东西，东西不多，几件衣服，他的书，还有那把黑伞。

赵惠林以前巴不得晏鹤清搬走，晏鹤清住家里，家里每个月都要多一笔支出。虽然晏鹤清每个月要往家里交三百块生活费，但这哪儿够哇！现在的物价，一斤肉都要十多块钱。不过，比起交给学校食堂，还是交给她好，所以，她以家庭困难、无法住宿为由，给晏鹤清申请了走读。

现在不同了，陆牧驰许诺的钱剩下的部分还没到手。

上次陆牧驰来，赵惠林害怕，想着再不和那种人接触，但一段时间过去，加上晏胜炳老念叨，赵惠林心思又起来了。

七位数呢！等收了钱，她立刻敲锣打鼓送晏鹤清走。

她拦着晏鹤清收拾东西："清清，我和你爸养了你十几年，不提为你费的心了，单说花的钱，那也是数不清。你现在翅膀硬了，就要离家出走，抛弃爸妈和弟弟，说出去，你可是要被戳脊梁骨的！"她以为晏鹤清要搬去陆牧驰家。

"一万一。"晏鹤清说。

赵惠林没听明白："什么？"

一本薄薄的笔记本，连着一个白色信封，被递到了赵惠林眼前。

"我用的钱每一笔都记在这里，一万九百五十四块三毛，信封里是一万一，多出的四十五块七，不用找了。"晏鹤清将伞插进包里，拎着包走了。

赵惠林傻眼了，过好一会儿才反应过来，她揣好信封，拔腿追出去。在单元楼门口追到人后，她拉住晏鹤清开始撒泼："这点儿钱就想买断养育之恩？想都别想！我养你到这么大，你以后得照顾弟弟，给我和你爸养老！"她嗓门儿超大，见有人开门看热闹，就故意大声说，"大家快来看看！活生生的白眼儿狼！"

晏鹤清一言不发，见看热闹的人多起来，他放下包，抓住赵惠林的手腕，不动声色扒开了她的手，接着，脱掉了外套。

此时，晏鹤清身上只有一件背心，他的左肩处有一块显眼的、碗口大的红疤。

赵惠林还没反应过来，就听晏鹤清淡然地开口："这一块，是我七岁时，晏胜炳失业喝醉发酒疯，端起火锅砸到我背上留下的。"

他又拉高裤腿，他的左小腿上有一道长疤，颜色淡得接近肉色，但形状蜿蜒丑陋。

"这是晏峰五岁摔下床，你怪我没看好他，拿锅铲抽的。"

最后晏鹤清侧过左脸，耳廓上有几道细细的小伤口，已经愈合了，但颜色深，和正常肤色泾渭分明。

"这些，"晏鹤清平静地叙述，"是晏峰拿小刀划的。"

围观的人都震惊了。在场的都是街坊邻居，房子隔音差，晏胜炳喝醉打晏鹤清，大家多多少少都知道。赵惠林苛待养子，经常不给晏鹤清饭吃，大家也知道。有邻居看不下去，偶尔会偷偷给晏鹤清买吃的。衣服就更别提了，晏鹤清经常大冬天只穿一件薄长袖。

但是没想到，晏鹤清竟被虐待得这么惨，削耳朵啊！以后谁敢让自家孩子和晏峰玩?!

赵惠林根本想不到晏鹤清会在大庭广众之下曝光这些。以前晏鹤清都是任打任骂，连哭都不敢。她彻底急了，指着晏鹤清破口大骂："大家别信他的话！这白眼儿狼是找到了大款做靠山，迫不及待要甩掉我家这个包袱！你们还不知道吧，他马上就要去富人家里吃香喝辣了！"

晏鹤清淡声说："是，赵惠林女士收了十万块，要卖了我。我不愿意，决定和他们断绝关系。现在请大家做个见证，晏家这些年给我花的一万九百五十四块三毛，我如数奉还了，以后他们想卖人，与我无关。"

现场围观的人纷纷抽气，十几年才花了一万块，养条狗都没这么便宜！

有几个年龄大的阿姨直接指着赵惠林骂。赵惠林又气又臊，差点儿两眼一翻撅过去。

晏鹤清坦然穿上外套，礼貌地同邻居告别，拎起包，消失在夜色中。

偷鸡不成蚀把米，赵惠林灰溜溜地回家了。回到家，她越想越气，越想越心疼那没到手的四百九十万，在客厅生了半天闷气，她回卧室拍了拍正在睡觉的晏胜炳。

"晏鹤清读哪个专业来着?"

她只知道晏鹤清考上了京大——全国最好的大学，收到录取通知书那天，她只顾着拍照发朋友圈炫耀，根本没看晏鹤清的专业。

"学费还是你自己打工赚。"赵惠林把录取通知书丢到晏鹤清身上，"我是一分钱也没有。"

现在回想起来，赵惠林后悔死了，早知道有今天她就该打开看一眼！

"不知道。"晏胜炳半醒间回了一句，又继续睡。

"你还睡得着啊！"赵惠林气不打一处来，"晏鹤清那白眼儿狼跑了！"

"他早点儿滚——"晏胜炳马上醒了，他一骨碌坐起来，"跑哪儿去了? 钱还没给呢。"

赵惠林白眼翻上天，说："我哪儿知道? 刚才我去拦，被他欺负惨了。你只知道睡觉。"

晏胜炳不以为意："他能跑哪儿去，过两天就回来了。"

"你懂什么！"赵惠林戳他的额头，"他去找陆少爷，住大房子，吃香喝辣。回来? 我看他是乐不思蜀！"

晏胜炳瞬间清醒了，翻身下床找鞋，那可是四百九十万！

"他往哪儿走了? 我去追！"

"他早走了，让你一天天在床上挺尸！"赵惠林冷哼几声，"不过跑得了和尚跑不了庙，我不信他还有本事转学。"

晏鹤清是名牌大学的学生，她明天就去学校里闹，她就不信晏鹤清不要面子！

晏鹤清回到住处，手上多了几袋蔬菜米面，他还没吃晚饭。

进屋换好鞋，他直奔厨房。

小时候，他太小了无法干重活儿，就在小区门口的小饭馆给老板洗碗。老板会给他一点点钱。有人来检查，他就说他是老板儿子。

晏鹤清的厨艺，就是在小饭馆学会的。

不一会儿，他端着一碗米饭、一盘酸辣土豆丝出来。

小小的房间，一半放了床，一半摆了张小沙发和小桌子——都是房东的东西，虽然旧了点，但质量还不错。晏鹤清买了一块米色沙发布铺沙发，又买了一块浅黄色桌布铺小桌子。小桌子上还摆放着几枝粉色剑兰，花瓶是拦腰剪的矿泉水瓶子。

橘色灯光笼罩着小桌子，晏鹤清埋头吃饭，他吃得安静又迅速，这是他常年打工养成的习惯。

将米饭和土豆丝吃得干干净净，晏鹤清收拾好碗筷去厨房洗碗。洗好碗出来，晏鹤清打开包，整理好他的书，又从背包里摸出一部笔记本电脑和一部手机。

电脑和手机都是他去二手市场淘的，一共两千块，基本的功能都有。手机虽然外观破旧，但好歹是智能手机了。

晏鹤清打开电脑做作业。往常他得去图书馆蹭电脑完成作业，第一次用自己的电脑，不用争分夺秒，他一直学习到快晚上十二点，直到一个电话打断了他。

来电显示 OXVGEN——那本小说中说的陆凛偶尔会去的酒吧。

晏鹤清眸光微闪，接听了电话："您好。"

"是晏鹤清吗？"对方是一个男人。

"是。"

"你提的条件，老板全答应了。每周五、周六晚八点到凌晨两点上班，有没有问题？"

"没有。"

"行，明天开始来上班吧。"

挂掉电话，晏鹤清保存好作业，关掉电脑去洗澡了。

陆凛在看报表，谢昀杰打电话来了。

"陆总，来 OXVGEN 喝酒。"谢昀杰的声音在空荡的办公室里回荡，"老楚他们回来了。"

"没空。"陆凛滑着鼠标。

"你不会还在工作吧？都十二点了。"谢昀杰习以为常，"你给哥儿几个留条活路吧，陆氏去年营收都第一了，你再这么拼命，我们喝西北风去。"

陆凛语调不紧不慢："能喝西北风也不错。"

谢昀杰乐了："老楚他们还带了几个朋友，有一个跟你家小驰还有交情，你猜是谁？"

"挂了。"陆凛并不理会谢昀杰的调侃。

"别这样，我自己说。"谢昀杰赶紧说，"林风致，就上次牧驰带来的小孩，看你的眼神整个一疯狂粉丝"

陆凛皱眉："别开玩笑。"

他对林风致这个人没什么特别印象，听说是林家早年收养的小儿子，似乎还在上大学。

"得，我们陆总正经，那小的先退下了。"谢昀杰又嘀咕了句，怕被骂，抢先挂了电话。

这时，包间门开了，楚子钰、沈雄进来了，后面跟着两个人。

谢昀杰认出其中一个是林风致，另一个是林风致的二哥，林风逸。

楚子钰进来就问："老陆来吗？"

林风致立即期待地望过来。

谢昀杰吹了个口哨："老陆不来。"

林风致瞬间如漏气的皮球，整个人都蔫了。他偷听到林风逸打电话，说要和陆凛的朋友出来喝酒，就嚷着让林风逸带他来。

他崇拜陆凛很久了。

他记得很清楚，那是小学五年级的夏天，家里的公司突然出了问题，他最爱的爸爸妈妈，还有大哥，忙得焦头烂额，妈妈更是愁得生出了白发。那是他第一次见妈妈哭，他急坏了，向流星许愿，祈求来个超人或是什么人都行，帮帮爸爸妈妈，不要再让妈妈哭了。

许愿真的有用。第二天爸爸就高兴地说公司有救了，找到了注资人。妈妈也不哭了，还给他煮了最爱吃的帝王蟹粥。

他听到爸爸和妈妈的谈话，得知那个超人叫陆凛。

从那以后，他就每天祈祷，期待见到那个叫陆凛的英雄，幻想成为像陆凛那样能帮助爸爸妈妈的有能力的人。后来长大了，他跟着爸妈赴宴，如愿见到了陆凛，虽然只是远远地看一眼，但完全和他梦想成为的强者一样，他更加坚定地以陆凛为目标，期望自己也能成为那样独当一面的大人。

林风逸坐下先给林风致叫了果汁，然后嘱咐道："我弟还小，你们今晚克制点。"

林风致马上反驳："我哪里小了？我也要喝酒！"他就特反感他们拿他当小孩。

林风逸宠溺地摸了摸他的头："知道了，大小孩，所以想喝芒果汁还是苹果汁？"

楚子钰抓了一把松子仁，调侃道："别在小朋友面前毁我清誉。哥哥可是正经人。"

林风致好奇地看着楚子钰，陆牧驰说过，楚子钰、谢昀杰是陆凛的好友，三人从小玩到大。他们说话真有趣。

谢昀杰踹了楚子钰一脚："都三十岁的老男人了，真好意思说自己是哥哥。"

楚子钰笑嘻嘻地躲开："男人三十一枝花，越老越俏。"

谢昀杰做了个呕吐的动作，这时调酒师小赵到了。

"谢总，楚总。"调酒师是他们老熟人，直接开始做准备，"今天想喝点什么？"

谢昀杰看向林风致，问："小风致想不想试试？你陆叔叔可最爱喝小赵调的酒。小赵可是 OXVGEN 头牌。"

小赵谦虚地说："我还不够格，新来的调酒师才厉害呢，面试那天调的'尼格罗尼'，几个主管都赞不绝口。"

林风致眨巴着眼："陆凛叔叔？"

谢昀杰笑："是啊。"

林风致马上点头："要喝！"

"给他调杯'尼格罗尼'。"谢昀杰朝小赵扬了下下巴，顺便问了一句，"新来的调酒师？"

小赵点头："明天第一天上班。"

谢昀杰顿时有了兴趣："那得来捧捧场了。"

林风逸和沈雄正在聊天，回头看见林风致端着一杯东西，包间灯光没那么亮，他以为是果汁就没在意，随后跟着沈雄到别处谈事。

林风致第一次喝酒，他好奇地尝了几口，入口微酸，渐渐有点儿回甘，掺杂着橙子味，说不上好喝，但莫名上头，剩下的，林风致一口干了。

等陆牧驰收到消息赶来，林风致已经醉了，他趴在沙发上，安安静静的，和纸醉金迷的包间格格不入。

陆牧驰牙都要咬碎了，他理都不理谢昀杰几个，扶起林风致就要走。

到了停车场，陆牧驰刚打开车门，就被林风致突然抬起的头磕到了额头，重重一下，疼得他倒抽一口气。

陆牧驰哭笑不得："练了铁头功啊，这么硬。"

林风致还是没清醒，口齿不清地嘟囔着："陆……陆……"

"嗯，我在。"他声音温柔，将林风致轻放在后排，"别怕，我送你回家休息，很快就不难受了。"

林风致不知道听懂没，闹了一会儿就沉沉睡着了。

陆牧驰关上车门，靠着车抽了根烟，再次想起了晏鹤清。这半个月，他陪着林风致熟悉学校，差点儿忘了那个和林风致长相相似的人。

陆牧驰吐出烟屁股，随手一抛，将它丢进垃圾桶，随后拨了个电话。

"找一个年轻点的男生，要会演戏伶俐点的，明早送我这里来。"

既然晏鹤清想找弟弟，他就送一个弟弟给他。

第一次睡一米五宽的床，晏鹤清再也不用蜷着，睡得十分舒服，一夜无梦，在阳光里醒来——这间老房子还有一个优点，朝南，早上就能晒到太阳。

晏鹤清起床煮了碗鸡蛋面——煎得恰到好处的溏心蛋，清淡的碱水面条，还有两根水灵的青菜。这半个月他按时吃饭，基本顿顿有荤，脸上长了一点点肉，气色也好起来了，皮肤有了淡淡的光泽。

他还买了两件新外套，虽然是地摊货，但比起他以前的衣服，相当不错了，很暖和，还挡风。

时间来到十二月初，白天气温只有五摄氏度左右。这天晏鹤清要出门，他里面穿了件纯黑连帽卫衣，外面套了件藏蓝色棉服。鞋柜旁放着一个鼓鼓囊囊的大号背包，晏鹤清背上那包出了门。

他的身体状况还是很糟糕，他去医院非常容易就开到了证明——他跟老师请了两个月病假，期末再回去考试。

他知道赵惠林夫妇会去学校堵他。他今天的目的地是田山水库。

从地铁五号线终点站出来，往北走两千米，就是田山水库。工作日来田山水库钓鱼的人依旧很多，不过大部分是退休大爷。

今天水库没有放鱼，只用交六十块。晏鹤清付完钱，径直去他的位置——一个两山相夹的水湾。

隔壁是个花白胡子的老头儿，天气冷，老头儿今天戴了顶暖和的毛线帽，怀里抱着一个盐水瓶。盐水瓶是晏鹤清送他的。水库没地方充电，但提供热水，盐水瓶可以用来装热水取暖，凉了就去换一瓶热水，特别好用。

老头儿特别喜欢晏鹤清，挺年轻的小伙子，钓鱼却特别沉得住气，还好学，天天跟他请教经验。

见晏鹤清来了，老头儿笑眯眯地打招呼："小晏今天这么早。"

晏鹤清放下钓鱼包，微笑说："没您早。"

"我是没办法。年纪大睡得短，现在就惦记这水里的鱼。天不亮就赶来了，瞧。"他笑着示意晏鹤清看他水桶，"今天运气不错，钓到了一尾三十多厘米长的。"

红色水桶里，一尾鱼正摆尾游着。

晏鹤清笑笑，撑开折叠椅，坐下上饵料。

老头儿一直看着，过了会儿突然问："小晏啊，你钓这么久，一尾鱼没钓上，要不换个钓点？"

有时不得不相信运气，同一个地方，有人能钓着，有人死活就是钓不着，换个地方，又能钓着了。

晏鹤清望着平静的水面，长睫微垂，掩去了眼底眸光。

"不用。很快了。"

老头儿钓到第二尾鱼时，那边赵惠林和晏胜炳到了京大。两人第一次来大学，门卫不让他们进。

"有职工证吗？"

赵惠林赔着笑："没有，我们是来看儿子的，我儿子是京大的学生。"

晏胜炳点头附和："对、对，我儿子是你们学校的大学生。"

门卫点头："那好办，叫他带着学生证来领你们进去。"

赵惠林和晏胜炳双双傻眼，赵惠林扯着嘴角笑："我手机没电了，你放我们进去，我们自己去找他。"

门卫狐疑地看他们好几眼，把座机推过来："这儿有。"

赵惠林实在没办法了，和晏胜炳交换了一下眼神，两人一起往里冲。

门卫早防着他俩，眼疾脚快地追上来。

"站住！"门卫几步追上他们，将他们扭着赶出了学校。

"再闯报警了！"门卫严厉地警告他们。

见门卫高大健壮，晏胜炳只敢小声地骂骂咧咧。

赵惠林怕晏胜炳惹出事，赶忙拉着他去一边，压低声音说："我们守在这儿，不信他不出校门。"

晏胜炳这时候倒是聪明了一次："学校不是有好几个出口？"

"一人守一个。"赵惠林咬着牙，"一定要拿到钱！"

提到钱，晏胜炳马上精神了，说："成！我去找其他门。"

结果到了晚上八点多，他们都没堵到晏鹤清。

晏胜炳买了几个包子充饥，打算继续等。这时晏峰来电话了。

"妈，爸，"晏峰声音在发抖，"你们快回来……有人找晏……我哥……"

晏胜炳和赵惠林接到电话就火速赶回家。狭窄的客厅里，烟雾缭绕，陆牧驰坐沙发上抽烟，晏峰贴着墙角站着，一动不敢动，两条裤管都湿漉漉的。

赵惠林心疼得要命，却又不敢发火，卑微地靠近了陆牧驰几步，赔着笑脸问道："陆少爷，是有什么事吗？"她心里忐忑，怕陆牧驰是为晏鹤清找他们算账，更怕陆牧驰是来要回那十万块的。晏胜炳则怂在门口根本没进屋。

陆牧驰的耐心达到了极限，他将烟头杵到茶几上，用力碾灭，问："晏鹤清在哪儿？"

赵惠林愣住："他不是搬到您那儿了吗？"随即她意识到晏鹤清没去找陆牧驰，她心思又活络起来，马上改口，"陆少爷，晏鹤清跑了。"

真是令人意外的结果，陆牧驰冷峻的脸僵了几秒。

"跑了？"

"可不！昨天我还劝他去找你，他竟然甩脸子走了，现在还联系不到人。"赵惠林抹着泪，"这不，我们刚从学校回来，等了一天都没见着人。"

敢躲他？陆牧驰怒极反笑，看来晏鹤清还不清楚他是什么人。

陆牧驰起身，掏出一张名片丢在茶几上："有他的消息就通知我，明白？"

赵惠林点头如捣蒜："明白明白，陆少爷放心，我们和您是一条心。"

见陆牧驰走了，晏胜炳赶忙蹿进来关上门，反锁，完了大口大口喘气。

赵惠林则是跑去看晏峰，关心道："儿子，你没事吧？"

晏峰呆呆地愣了好一会儿，才回神扑到赵惠林怀里哭得稀里哗啦："妈妈我好怕……"

赵惠林心疼得厉害，抱着他安抚："不怕、不怕，妈妈在。"

她不敢跟陆牧驰叫板，那种有钱人，她惹不起，所以把恨意全加到晏鹤清身上。要是那天晏鹤清乖乖签合同，现在他们早拿到五百万享福了，哪里还会遭这些罪。

想着想着，赵惠林猛地打住，脑海里冒出一个离谱的想法，这一切，不会是晏鹤清故意设计来报复他们的吧?!

陆牧驰下了楼，停在暗处的奔驰立即开到他面前停好。

后排坐着一个年轻的男生，他是电影学院的学生，接了一单活儿，演一个从孤儿院被领养的弟弟。说是拉他来见"哥哥"，结果他在车上等了三个小时，一直没动静。

好不容易等到陆牧驰回来，男生察觉到他心情不佳，大气都不敢出。

陆牧驰不发话，司机不敢发车，车子就这么堵在路当中。后面的车一直在摁喇叭。

几分钟后，陆牧驰终于开口："滚。"

司机立即解安全带。

"不是你。"陆牧驰转头看着脸色青白的男生，眼神毫无温度，"滚。"

男生手脚并用下了车。

陆牧驰眸底酝酿着风暴，他这段时间真是不太正常了，竟然真找人来扮演林风致。他错了，晏鹤清根本不配跟他提条件，下次被他逮到，直接带走。

OXVGEN 酒吧内，大厅的气氛，因为新来的调酒师格外热闹。

楚子钰站在落地窗前，喝着晏鹤清调的"教父"。味道和以前喝的不太一样，除了威士忌的馨香馥郁，杏仁利口酒的浓厚，还多了一丝淡淡苦味。所有的搭配恰到好处。

"新来的调酒师真不错啊。"楚子钰感叹，"年轻是真好，创造无极限。"

谢昀杰端着一杯"古典"。他们是 OXVGEN 的黑金 VIP，点了新调酒师开工的前两杯鸡尾酒。

虽然鸡尾酒味道非常不错，谢昀杰却关注起了另一个问题，他微微眯眼，看着吧台里忙碌的制服少年，问楚子钰："你觉不觉得他很像一个人？"

楚子钰啧啧夸了好几句，才回谢昀杰："那个他？"

谢昀杰摇了摇头："仔细看又不像。"甚至差别挺大。

一个是令人毫无探究欲望的温室花朵，一个是和他调制的酒一样，像神秘厚重的藏宝图。

楚子钰云里雾里："你在说什么屁话，能不能说点我能听懂的？"

谢昀杰懒得理他，转身回到沙发坐下，有些意犹未尽，又叫来经理要再点杯"马天尼"。

经理面露难色："谢总，这新调酒师面试时就提了条件，一人一晚只调一杯酒。"

"哟。"楚子钰过来在谢昀杰对面坐下，"这么大牌。"

经理赔着笑脸道："谁说不是呢，但架不住他酒调得好啊，老板惜才，这不，只能委屈谢总和楚总了。"

楚子钰点头："没错，有本事就该横。"

谢昀杰更有兴趣了："他叫什么？"

"姓晏，叫晏鹤清。"经理又说，"您二位是贵客，要真中意他调的酒，我先透个底，他每周只有周五、周六上班。"

一楼大厅，晏鹤清能感到来自四面八方的打量。

之前为了尽快赚够大学学费，他去过工资较高的酒吧打工。他聪敏又勤快，在酒吧待一周就出师了，从服务员升成调酒师，工资翻了两倍。但酒吧人员太过复杂，他明里暗里碰到过不少骚扰。赚够学费，晏鹤清就辞职了。

这次他主动应聘OXVGEN的调酒师，只为陆凛。

他想接近陆凛那种地位的掌权者，就不能以常规方法。

晏鹤清的目光不动声色地扫过二楼那间显眼包间。他知道陆凛今天不会出现，周五、周六都是陆凛的工作时间，陆凛只有周日偶尔会来。

晏鹤清安静地调着酒，无视那些打量，到了凌晨两点准时下班。

为了晏鹤清调的鸡尾酒，谢昀杰和楚子钰连着半个月光顾OXVGEN。

"老陆，你真该去尝尝。"吃过晚饭，楚子钰在他们三人的微信群里又一次发语音，"新调酒师的'教父'，真是绝中绝！"

"'马天尼'更绝！"谢昀杰紧接着发了一条语音，"我敢说是全京城最好喝的'马天尼'！"

凌晨一点，陆凛才回了三个字："碰不上。"

谢昀杰没睡，秒回："哥，我的亲哥！你就挪出个周五或周六怎么了！少工作一天，地球不会炸。"

楚子钰也飞快地冒泡："那就周六！我被甩五周年纪念！我的陆爸爸不来，我就跳楼。"

谢昀杰："楚子钰你更绝。"

楚子钰：“舍不得钰钰套不着陆总。”

谢昀杰：“呕！”

第二天早上五点，陆凛回了两个字：“几点？”

晚上，晏鹤清出门上班，发现沿途的树都被绑上了白蓝交错的灯带。

圣诞节要到了。

晏鹤清还是搭的地铁，他围着厚厚的黑色围巾，巴掌大的脸被遮了个严实，只露出一双平静的、毫无温度的眼睛。

晏鹤清怕冷，这一个月他都穿得很暖和，有点儿忘了冷的滋味。出了地铁，晏鹤清突然解开围巾。刺骨的寒风吹到他脸上，争先恐后地灌进他脖子里。纤密的眼睫微垂，晏鹤清抬起双手，合拢往里哈了一口气。

半个月过去了，他想：再冷下去，水库就要结冰了，得学冰钓了。

此时一辆迈巴赫从街边开过，越过晏鹤清。

临近圣诞，OXVGEN 更热闹了，晏鹤清到吧台，单子已经满了。

经理跑来和他交代：“小晏啊，先调 202 的三杯。”神色显而易见地紧张。

晏鹤清垂眸，扫了眼单子，三杯都是“尼格罗尼”。

“我真不懂，你们为什么都爱‘尼格罗尼’？”楚子钰尝了一口，面露嫌弃，“还不如喝橙汁。”

谢昀杰没理他，看向陆凛：“怎么样？”包厢光线昏暗，他看不清陆凛的表情。

“不错。”陆凛回道。

谢昀杰鼓掌：“能得到陆总‘不错’的评价，不容易！”

楚子钰叉了一块蜜瓜，嚼得咔嘣脆，说道：“这小调酒师是有点儿行，刚刚经理和我聊了几句，人还是大学生，我们大学还在玩泥巴呢。”

谢昀杰吐槽：“谢了，大学还玩泥巴的只有你。”

陆凛默默地放下酒杯，突然喊来经理：“来杯‘古典’。”

经理嘴巴微张，想解释又不敢解释——对谢昀杰和楚子钰还好，但对陆凛，他真没勇气说仅此一杯。

谢昀杰和楚子钰看热闹不嫌事大，都没开口。

经理实在不敢对上陆凛的目光，他的西装外套都被冷汗打湿了，他硬着头皮点头，说了声“稍等”，而后逃命似的离开包间。

经理一走，谢昀杰立即道：“来打个赌，这杯‘古典’能不能送来。”

楚子钰凑过来下注：“赌什么？”

“上次聊的那块地皮。”

“好！”楚子钰又叉了一块蜜瓜，“我赌不能！”

谢昀杰挑眉：“我没得选，能。”

"别价。"楚子钰摆手，"搞得像我占便宜一样，你随便选，赌个意思。"

谢昀杰扭头问陆凛："陆总，你说改不改？"

陆凛眉峰微蹙："什么意思？"

楚子钰这才嬉皮笑脸地解释："这小调酒师蛮有性格，定下的规矩是一人一晚一杯，给再多小费都没用。"

另一边，经理一路跑到一楼吧台，他想好了，今天哪怕给晏鹤清跪下，他也得拿到这杯"古典"！

陆凛是什么人？一个眼神，京城就要抖三抖的大佬。得罪谁也不能得罪他！

出乎经理意料，晏鹤清没有马上拒绝，只是问了一句："是很厉害的人？"

"何止厉害啊，"经理抓住机会说，"咱们这条街，包括这酒吧，全是他的产业。小晏啊，为了咱们酒吧还能开，这酒你真得调。"前一句，经理说的是实话，后一句就是夸大。

陆凛年纪轻轻就接手陆氏，多年沉淀积累的上位者气度使他不怒自威，非其他富二代、富三代能比，但在这些来玩的富商名流里，陆凛最低调，亦最儒雅。

一杯酒而已，经理主动解释，陆凛不会为难他。不解释，送不上，陆凛也不会为一杯酒发难。经理纯粹是自己不敢开口。

晏鹤清没揭穿经理，事情正按照他的计划在发展。他在陆凛那杯"尼格罗尼"里多加了一样额外配料，他算准陆凛会为此点第二杯。

只是事情可以计算准确，陆凛却不能。

晏鹤清刚要调，经理接到了电话，他接通后"是是是"几声，便恭敬地挂了电话。经理转身一只手搭在吧台，一只手狂擦汗，说："小晏啊，不用调了，取消了。"

晏鹤清手指微顿，他抬头，二楼包间，一道剪影放下撩起的纱帘，转身离开。

那边陆凛回到座位，这边楚子钰将蜜瓜又嚼得咔咔响，边嚼边说："要不说咱陆总能有今天的地位，来酒吧都遵守规则，我这辈子是望尘莫及了。"

谢昀杰倒是问了一句："老陆，觉不觉得小调酒师眼熟？"

陆凛眼皮都没动一下："谁？"

谢昀杰在心里叹气，他就知道陆凛只对工作上心，否则以他过目不忘的本事，怎会连人的脸都没印象。

"没谁。"谢昀杰吐槽，"不想跟你们两个古板老男人唠。"

楚子钰什么都没做，就被一顿吐槽，他不满地叩着桌面："哎哎哎，说谁老男人？我三十岁刚成熟好吧！"他话音刚落，有人敲门。

"小楚总。"

楚子钰家主营文娱传媒，旗下不少明星、模特。今天楚子钰喊来玩的是最近大热偶像剧的女主角。一来吧，看美女喝酒赏心悦目，二来，他想给陆凛牵个线。倒也没有要给陆凛相亲找老婆的意思，他们这种家世，婚姻是用来谈生意的资源。就是他这老友，三十岁了还是个没谈过恋爱的老处男，他真怕陆凛憋变态了。

楚子钰给最漂亮的小花使眼色："程程，和陆总聊聊你的新电影，他最喜欢看悬疑片了。"

秦程程进来第一眼看到陆凛，就被他吸引了，那种经历了岁月沉淀的成熟魅力，光线再昏暗也遮不住。

她正欢喜地要过去，只见陆凛喝完剩下的酒，放下杯子起身。

"你们玩，我走了。"

楚子钰起身喊："老陆你——"

回应他的是关门声。

谢昀杰一脸的早就习惯了的表情，动都没动："别费劲了，他老人家对美色过敏。"

秦程程的失落明晃晃地摆在脸上。楚子钰洗着扑克牌招呼她："来来来，忧郁不属于美人，来我这桌玩，斗牛三缺一。"

秦程程露出笑脸，过去坐下了。

陆凛下到一楼，表演台上，几名歌手边弹边唱。昏暗的卡座，光怪陆离的舞池，气氛喧闹热烈。唯独角落里的吧台，一道单薄清瘦的身影在安静地调酒。忽明忽暗的霓虹灯光拂过他消瘦的侧脸，冷淡得和周遭格格不入。纯白衬衫，黑色小马甲，统一的制服，他穿上却显得独树一帜。

短暂停留几秒，陆凛收回目光，离开了。

晏鹤清回到家，饿得厉害，给自己煮了一碗小馄饨。他自己擀皮的小馄饨，包了鲜肉馅、虾仁馅、蔬菜馅，冰箱冷藏室都装满了。他白天钓鱼，晚上复习功课，一周还有两天去酒吧兼职，没时间做饭，冷冻馄饨最方便。

清淡的紫菜虾米汤打底，碗里盛着晶莹剔透、胖嘟嘟的二十个小馄饨。

晏鹤清一边安静地进食，一边在脑海里复盘今晚的事。

他原计划是调出第二杯，引起陆凛注意。只是陆凛出人意料地有涵养，打乱了他的计划。他吃完最后一个小馄饨，端起碗，将汤也喝了个干净。

晏鹤清没有感到失望，耐心地等待下一次的机会。

次日天未亮，晏鹤清照常出发钓鱼。

还是田山水库。气温骤降，虽未下雪，湖面却已经结了一层厚厚的冰。晏鹤清到的时候，冰面上已经有人在钻冰眼了。

冰钓危险，却也刺激、有趣，来的人竟比往常还多。

晏鹤清还没买冰钻，就安静地站着看别人在冰面选钓点，默默学习经验。

今天老头儿来得比较晚，老年人怕冷，还没到最冷的时候，他已经全副武装了。老头儿招呼晏鹤清和他一起，找了个满意的钓点，他指挥晏鹤清搭帐篷、铺地垫。

"有地垫隔着，冰的凉气就上不来，帐篷里温度再高，也不会融化冰面。"老头儿提着取暖炉过来，笑呵呵地说，"液化气要是足够，还能夜钓。"老头儿一脸的回味表情，"夜钓真是别有一番滋味啊，万籁俱静，碰上下雪，听着落雪声等鱼儿上钩，别提多有意境了。"

晏鹤清铺好了地垫，老头儿拎着取暖炉和小液化气罐钻进来，捣鼓几下打开了取暖器。

小小的帐篷里很快暖和起来，晏鹤清冰凉麻木的指尖逐渐有了知觉，他没坐，就蹲着看老头儿上饵料。

老头儿今天的饵料用的是红虫，粗细跟火柴棍差不多，皮较厚，容易穿勾，头部黑亮，体色暗红，入水后颜色红亮，容易吸引猎物。老头儿自己还加了点配方，他小声和晏鹤清说："我在饵料里加了猪油和桂花蜜，鱼儿可喜欢吃了。"

晏鹤清认真记下，想要吸引猎物，要多加配料。

一天很快过去，老头儿虽然想像以前那样夜钓，但身体撑不住，还是提着空空的桶回家了。

冰钓选对钓点很重要，今天老头儿选的钓点不太好，他一路念叨，说明天凌晨三点就来抢位置。

老头儿有车，晏鹤清帮老头儿放好工具，婉拒老头儿送他回家的提议，自己走着去地铁站。

他左手还提着一个塑料袋，里面装着一条处理好的鱼。今天，他钓上了第一尾鲫鱼。

搭着地铁回城，从地铁口出来，小区门口有便民小超市，晏鹤清进去买了块豆腐，还有一小把嫩葱，今晚炖鲫鱼汤。

老旧的楼道昏暗，自动感应灯似乎是坏了。晏鹤清摸黑上楼，转过拐角，快到家了，只见前方黑暗里，一个红色光点忽明忽暗，感应灯也在此刻恢复光明。

家门口，陆牧驰靠墙随意支着长腿，修长的指间夹着一根快要燃尽的烟，他的脚边散了一堆烟头，漆黑如幽潭的黑眸紧紧盯着晏鹤清。

快一个月没见，晏鹤清好像没那么营养不良了。

陆牧驰缓缓吐出烟圈说："找到你了，晏鹤清。"

晏鹤清不意外陆牧驰会找来。他并没有刻意躲着。

晏鹤清浅褐色的瞳仁在低瓦数的光影映照下，沉沉流动着暗光。他手里拎着的塑料袋相互碰撞，发出轻微摩擦声。

随后，晏鹤清抬眸，隔着十来级楼梯，平静地任陆牧驰打量，他淡淡开口："找到我弟弟了？"

陆牧驰没想到晏鹤清第一句话竟是问这个。他抽了最后一口烟，说："有必要？"

"有。"

"你算什么东西?!"陆牧驰拔出烟屁股,丢到地上,用脚尖重重地踩着,"你以为你真有资格跟我谈条件?只要我想,现在就可以带走你,把你关起来,谁都不敢管。"陆牧驰冷冷地嘲笑,"也没人会管你,在你养父母眼里,你还不如一只狗。"

晏鹤清内心毫无波澜,陆牧驰的侮辱在那本小说里随处可见。在小说里,陆牧驰为了藏起他不让林风致知道,在他签下劳动合同当天,就将一张纸丢他脸上。

"你的退学证明,从今天开始,你老实待在这儿做佣人,哪儿都不许去。"

晏鹤清的眼神平淡无波。

陆牧驰没在晏鹤清脸上看见他想看的表情,耻辱、难受……通通没有。陆牧驰胸口憋着火气,晏鹤清到底是不怕他,还是蔑视他?不论哪一种,都足以让他暴躁。

"你——"

"看来没找到。"晏鹤清同时开口,"那请你离开,没找到我弟弟之前,我和你无话可说。"

陆牧驰彻底怒了,看来晏鹤清还没搞清楚状况。

"你——"

"喵。"一声猫叫打断了他。

晏鹤清突然转身。

陆牧驰眸色微动,原来是拖延时间想跑,他瞬时舒畅了,大步往下冲,嘴里喊着:"你跑……"

声音戛然而止。

陆牧驰停在高晏鹤清几级楼梯的地方,目光惊异地望着转角处。感应灯暗了下去,斑驳细碎的路灯灯光,从镂空的楼梯窗照进来,星星点点落在少年的眉眼间,是他似曾相识的温柔。

晏鹤清没跑,他轻轻蹲下身。在他脚边,是两只很瘦的小流浪猫。晏鹤清小心翼翼地从袋子里拿出一半处理好的鱼,放在手心喂它们。

两只小猫应该是饿了很久,都吃得十分急切。

陆牧驰心口微微一荡。

林风致也爱猫,林家养了三只猫,都是他的宝贝。这就是双胞胎的默契?

陆牧驰目光逐渐复杂,他冷冷地提醒晏鹤清:"没有经过无菌处理的生鱼有寄生虫,你会不会养猫?"

"活着就行。"晏鹤清没抬头,专注地看着小流浪猫进食。

"什……"陆牧驰皱眉,余光瞥到了脏兮兮的墙壁。老旧的居民楼,墙皮脱落了大半,大片大片斑驳的痕迹,到处贴着各种小广告。这样的环境,破、旧,比上次去的晏家还要糟糕。

陆牧驰第一次清晰地意识到,晏鹤清很穷。

晏鹤清提供不了进口罐头、空运的宠物羊奶、无菌处理的生肉,半条生鱼是他能拿出的所有。

晏鹤清也和那两只小流浪猫没差别，有吃的、能活着就行，无菌有菌对他们来说毫无意义。

陆牧驰沉默了。他再次打量晏鹤清，相比上次见，这次晏鹤清穿得厚了一点儿，但还是看得出衣服是空荡荡地挂在他身上的。

一米八几的成年男人，瘦成晏鹤清这样，普通牌子是买不到合适尺码的衣服的，除非定制。

林风致的衣服全是定制，他皮肤细嫩敏感，得穿柔软亲肤的布料。

感应灯再次亮了，陆牧驰看清了晏鹤清的手，红通通的，是被冻红了。

陆牧驰突然生出一种难言的感觉。他久违地想到了那个女人。

也是在冬天，女人给他堆了一个大雪人，虽然两只手被冻得通红，却还是兴奋地回屋喊他。等到了院子，他们发现佣人正提着热水壶浇雪人。爷爷拄着手杖，脸上没有任何表情，语气淡淡的，却透着一种不容违抗的意味："陆家长孙，不需要廉价的礼物。"

女人无措地站着，胆怯又委屈。

他的记忆很清晰，那个女人和晏鹤清一样穷。她偶尔会提起她小时候穷得吃不上饭，有次半夜饿得难受，就跑去别人地里偷地瓜，还没偷到就被狗发现了，被追着跑了老远，最终还是被狗咬了一口。

陆牧驰看过那个伤口，在女人左手小拇指上，那是即使后来有钱了，也消不掉的印记。因此那个女人不被允许参加任何公开活动。她的伤疤是穷人的烙印。

眼前的晏鹤清，逐渐和那个女人重叠起来。

陆牧驰的脾气前所未有地恶劣起来，他恶狠狠地放话："没钱装个屁的清高！我再给你一次机会，一年五百万，这是你一辈子都赚不到的钱。"

晏鹤清不为所动，声音冷淡："钱我自己会赚，我只有一个条件，找到我弟弟。"

陆牧驰捏得手骨咔咔作响。他完全可以直接带走晏鹤清，这原是他今天来这儿唯一的目的，然而此刻，他失去了抬脚的力气。看着晏鹤清那双无波无澜的眼睛，他无法抑制地想起他的母亲，那个曾经抛弃他，却让他无比想念的女人。

楼道里很安静，只有小流浪猫进食的声音。陆牧驰沉默良久，突然从口袋里摸出一部老人机，那是晏鹤清的手机。

他走下楼梯，将老人机丢进晏鹤清的连帽衣的帽子里。

"以后接电话。别再想着逃跑，你逃去任何地方，我都能找到。"

没一会儿，脚步声消失，陆牧驰出了单元楼。

楼道的感应灯一点一点熄灭，一只小流浪猫吃完鱼又跳上镂空窗，从缝隙跑走了。另一只还在舔晏鹤清的手心——上面残留着一些鱼肉残渣。柔软的舌头有倒刺，被舔的感觉并不怎么好，但晏鹤清还是耐心地等小猫舔完，才提着菜离开。

回到家，晏鹤清开灯换完拖鞋，先进了厨房。

温热的水流冲洗着手指，他复盘着陆牧驰刚才的表情，知道放下去的鱼饵成功了。

喂流浪猫，是林风致才配拥有的善良，以前的他，饿两顿，饱一顿，实在没力气同情别人或是动物。

搬来的第一晚，他发现这个小区有不少流浪猫，便开始每晚喂养。每次都用塑料袋打包饭菜，投喂时摩擦塑料袋发出声音。渐渐地，流浪猫听到声音，就知道开饭了，会主动出来找他。

今晚来的流浪猫少了点，不过，两只也足够了。

晏鹤清洗净手，水池里积了半池水，他从帽子里掏出老人机，然后——

"咚"，手机缓缓沉入水底。

晏鹤清转身，拿起扫把、簸箕，再度出门，将门口一地的烟头清理得干干净净，不留一丁点儿烟灰。

楼下，陆牧驰降下车窗，看了眼从黑变亮的小房间，黑眸里多出一抹异样的情绪。他吩咐司机："开车。"

司机小心翼翼地询问："去哪儿？"

"祖宅。"

陆牧驰平时不回祖宅，逢年过节才回一趟。

夜深人静，门卫打开道闸，车开进两边种满梧桐的私家街道，道路尽头就是陆家祖宅。复古风别墅，外观古朴大气。

已是凌晨了，客厅还亮着灯，陆牧驰有些诧异，换了鞋进去。

"叔叔？"看清岛台边的男人，陆牧驰更意外了。

陆凛微低着头，玉雕般的手拿着一瓶金巴利。岛台上，整整齐齐地摆着古典杯。

"这么晚？"陆凛往杯里倒酒，没抬头。

陆牧驰含糊地说："有点儿事。"他上前几步，问，"叔叔今天这么有兴致？"

陆凛不常喝酒，更别提自己调酒。陆凛回忆着那晚的口感，那是一杯完美符合他口味的"尼格罗尼"。

他喜欢苦味，于是多加了一点儿金巴利，尝了一口，还是不对。他放下杯子，转身走向酒柜。

"睡吧，不早了。"

陆牧驰毫无睡意，他的目光跟着陆凛移动，喉结滚动了几次，才艰难地开口："叔叔，有她……"

以陆家的势力，他不可能查不到一个普通女人的踪迹，肯定是他爷爷在阻挠，以及那个女人的刻意躲避。

这是不是说明，那个女人从未想过回来看他？

被抛弃的怨恨袭来，陆牧驰僵硬地改了口："能不能撤回保镖，我没有一点儿隐私？"

陆凛拿着一瓶雷根六号回来，说："是你爷爷的意思。"

陆牧驰声音很低："我知道，但是……"现在整个陆家都是陆凛做主，陆凛提一句，爷爷定会同意。

"保镖的职责是保护雇主，"陆凛往酒杯里倒了点儿雷根六号，"不会侵犯隐私。"言下之意就是保镖不会向他报告陆牧驰的隐私。

陆牧驰嘴唇动了几下，最终没敢再说什么。

"我先睡了，叔叔你也早点儿休息。"

陆凛淡淡应了声："晚安。"

"晚安叔叔。"

陆牧驰上楼了，客厅里只剩下陆凛，他仔细地计算着比例，又调出一杯"尼格罗尼"，端起来尝了口，苦味接近了，但仍是差了点儿意思。陆凛倒掉它，又去冰柜取了一个古典杯，继续调配。

时间在轻轻的搅拌声里流逝，晨光熹微，陆凛尝了一口新调出的"尼格罗尼"，醇厚且有层次感的苦味，和那晚那杯一样，不禁黑眸微闪。

那名年轻的调酒师在配方里多加了两滴橄榄汁。

晏鹤清早上六点准时起床。打开灯，刚要下床，他忽然瞥到窗外一抹白，他回头，下雪了。

昨夜不知何时下的雪，窗台上积了厚厚一层。

晏鹤清爬到床边，推开窗户，有雪花簌簌落地的声音。寒气瞬间灌进屋，带着淡淡的梅花香，应该是小区的某株梅花树开了。

外面还在下着小雪，晏鹤清伸出手，摊开掌心，有几片雪花飘到他手心里，凉凉的。

今天不去钓鱼了。他买的冰钓装备还在路上。

晏鹤清关上窗，有点儿冷，他披上薄毯下床。

洗漱完，他给自己煮了一锅西红柿面疙瘩汤，还切了几片嫩豆腐进去，盛到碗里，再撒上几粒青翠的葱花，满屋飘香。

晏鹤清安安静静地吃着早餐，这时手机嗡了一声。

晏鹤青瞥了一眼，是酒吧微信群的信息，他便没管，把汤都喝完，他才放下筷子，拿起手机点开信息。

【OXVGEN员工群】

经理："今天圣诞节，晚上有节目有礼物，能来的都来！"

调酒师小A："来啦！"

厨师王哥："我做了波龙，晚饭留着肚子哈！"

DJ小王子："老板大气，还请了几个明星助阵！"

服务员端端："有哪些啊?!"

晏鹤清退出微信，今天周一，不是他上班的日子。

晏鹤清将碗筷洗干净后，又用干抹布擦碗，擦干后将碗放回碗碟架，然后回房间做了会儿题，才收拾一下出门。

天气冷，他围上了围巾，又换上了一双防滑的短靴。短靴内里有毛，很暖和，价格虽不便宜，晏鹤清付账时却很干脆。

他今后的每一个冬天都要有梅香、有温暖。

晏鹤清没去过T大，T大和京大一个在城南，一个在城北。晏鹤清转了三条线，花了两个半小时才到T大。

正是上课时间，T大门口比较冷清，雪停了，路面上的雪很快融化了，只行道树下堆着一个个或大或小的雪堆。

晏鹤清站在T大校门左侧的一棵树下，静静地望着校门口。

今天林风致只上午有三节课，快放学了。

晏鹤清对林风致的记忆，还停留在五岁孩童模样。可是，当林风致出现，晏鹤清还是一眼认出了他。林风致比他矮几公分，脸像刚剥壳的鸡蛋般光滑，笑容充满阳光的气息。

林风致怕冷，今天温度骤降，一大早他还在睡觉，就接到了陆牧驰的电话。

"降温了，保暖裤、羊绒衫、羽绒服、雪地靴、围巾、帽子、手套全穿戴上，别为了迷小姑娘不要温度，再像上次穿薄了冻感冒，罚你一天不能吃草莓。"

林风致："你好啰唆啊……"但他还是乖乖把自己裹成了小熊。

林风致和两三个同学一边说着话，一边从晏鹤清身边走过。

"下午没课，去打冰球吧。好久没去了，心痒痒的。"

"下次吧，我一会儿有事。"

"哟呵，有情况。"

几人说说笑笑走远了。

晏鹤清站在原地，平静地望着林风致的背影。

走过人行道，林风致忽然停住。他回头，他旁边戴眼镜的男生也停下来，问："怎么了?"

林风致的瞳孔逐渐放大，他抬脚往对面跑，嘴里喊着："你们先走吧！"

逆着人流，林风致很是着急，不停地说："对不起请让让，对不起……"

晏鹤清望着林风致大步跑向他。林风致白净秀气的脸上满是着急与惊讶。

晏鹤清捏紧了手指。

红灯亮起的最后一秒，林风致成功跑到了他面前。晏鹤清清楚地听到了林风致的声音——他很轻、很庆幸地吁了口气，随后，他擦着晏鹤清的手臂走过。

下一秒，晏鹤清身后再次传来林风致温柔的声音："小猫咪，不要横穿马路呀，很危险。"一阵包装袋撕裂的声音过后，他的声音又响起，"身上那么脏，吃完东西我带你去洗澡好不好？"

林风致蹲在雪堆旁，右手轻轻抚摩着流浪猫的头，左手掌心里是一堆冻干。流浪猫默默吃着。

林风致的口袋里常年放着进口的猫咪冻干，小小一包就要几百块。

林风致等流浪猫吃完，小心地抱起它，又拿围巾小心地包着它。

"别怕、别怕，很快就到了。"林风致温柔地和猫说着话，再次和晏鹤清擦肩而过，走向了对面。

晏鹤清不再看他，收回视线，低头看着自己已经被掐红的掌心。

曾经有那么一瞬间，他期待林风致认出他。即使失去了记忆，但会不会对他们相似的五官，有那么一点迟疑？

答案是：没有。

晏鹤清转身，朝着与林风致相反的方向迈步离开。

晏鹤清沿着路一直往前，不多会儿到了一个商业广场。圣诞氛围很浓，逛街的人不少。晏鹤清掏出手机搜索附近的书店，只有一家，他跟着地图左转，进了商场。

商场里开了暖气，迎面就是暖风，晏鹤清搭着电动扶梯上了二楼，再往右走了一百米左右，就到了"落纸书香"。

比起其他门庭若市的店铺，书店的人流量明显少了很多。

晏鹤清往里走，高高的书架，偶尔翻页的声音让他心情十分宁静。他顺着书架慢慢寻找他想要的书，很快就找到了。

《渔猎笔记》，这是俄国作家阿克萨科夫的著作，创作于十九世纪俄国文学黄金时期。

这一排书架前没有人，晏鹤清停住脚步，背微靠着书架，低头翻开书，安静地阅读起来。

"陆总，到了。"司机将车停靠在路边，回头报告。

陆凛开门下车，吩咐道："不用等我，下班吧。"

司机说："是。"

陆凛关上门，他身高一米八九，身着量身剪裁的经典款黑色大衣，走在通往商场的路上。路人纷纷侧目，但陆凛气场太强，连发传单的人都不敢靠近他。

刚进商场，口袋里的手机振动起来。陆凛摸出手机，来电人是谢昀杰。

"老陆，今晚出来喝一杯？"

"没空。"陆凛上了扶梯。

"哎呀，圣诞节你给自己放个假吧，就这样说定了，老地方八点，老楚也来。"谢昀杰秒挂电话。

陆凛收起手机，到了二楼，往右走。

翻了一页书，晏鹤清看到一段很喜欢的话——

　　　一个真正的钓鱼人必须精神抖擞，非常积极才行。

　　　他必须早起，常常天不亮就起床；要忍受或炎热或潮湿或寒冷的天气；在钓鱼时必须集中注意力；必须找有利地形，为此要经常乘着船到处走，多次尝试。

　　　这可不是一个性情懒惰的人所能做得到的。

透过书架交错的缝隙，一道人影停在晏鹤清背后。陆凛抽出《渔具列传》，安静地驻足阅读。偶尔响起的轻轻的翻页声，在这静谧的空间里格外清晰。

晏鹤清一直沉浸在书中，最后是被手机振醒的。他掏出手机，是 OXVGEN 的经理。

晏鹤清拒绝了通话，发了一条信息："在书店不方便接听，有事吗？"

经理回复："今晚酒吧有活动，所有人员三倍工资。"经理知道晏鹤清很缺钱。

晏鹤清合上书，查看定价——四十八块，考虑了三秒，他回复"好的"，拿着书走向收银台。

酒吧前一晚剩下的食物，员工可以免费吃。晏鹤清到酒吧吃的晚饭，吃完他换上工作装，单子已经打好了，202 包间，一杯"尼格罗尼"、一杯"教父"、一杯"古典"。

谢昀杰包下了 202，只有他或他朋友来才会开。

谢昀杰爱喝"古典"，楚子钰爱喝"教父"，所以"尼格罗尼"是陆凛？

晏鹤清的视线不动声色地扫过二楼，包间拉着窗帘，看不到里面的情况。晏鹤清平静地调好酒。

吧台前，一个男人一直在逗晏鹤清，他是酒吧常客，一个小富二代，缠着晏鹤清快半月了。

男人靠着吧台，衬衫的袖子卷到小臂，手搭着台面，又一次叫晏鹤清去他的桌子。

"小晏，今天我朋友生日，给个面子，去我们桌喝一杯。"晏鹤清不太能喝酒，男人和相识的酒保打听过，晏鹤清喝调制的新酒，半杯就迷糊了。男人打定主意今天要让晏鹤清喝酒，他想了无数种办法，准备磨到晏鹤清同意。

不料晏鹤清放下热毛巾，道了句"好"，就从吧台出来了。

男人先是惊讶，后又大喜。

"那就说定了！"

"噫！"楚子钰喝了一口酒，喊住服务员，"今天小晏师傅来了？"他起身走到落地窗前，撩开窗帘，刚好看到那道纤薄的身影跟着一个男人到了一处卡座。

这是楚子钰第一次见晏鹤清走出吧台，他有些诧异，问："楼下发生了什么？"

服务员机灵，往楼下看了一眼就知道楚子钰问的是晏鹤清，她马上说："小冯公子今天带朋友来过生日。他挺喜欢喝晏师傅调的酒，刚才死活叫他去敬一杯生日酒。"

"还真是冯知闲。"谢昀杰走过来，瞧了眼楼下。

楚子钰不认识，随口问了句："他们在干吗啊？"

楼下，晏鹤清跟着小冯公子一伙人往正厅走。

刚才晏鹤清一口喝光了寿星递来的酒，说了句"生日快乐"就要走，被小冯公子拦住了。

小冯公子目光灼灼地望着他："小晏，今天大家开心，赌一把助助兴呗。"

晏鹤清皱着眉："赌什么？"

"飞镖。"小冯公子语气得意，"你输了，就罚三瓶！"

"要我输了嘛……"他随口说，"给你一万块。"

"哇哦！"

气氛顿时热烈起来。

"赌！赌！赌！"

"飞镖。"楼上包间里，陆凛突然出声。

不知何时，陆凛走到了楚子钰身边。

"射飞镖啊！我去凑凑热闹。"楚子钰有些来劲，放下杯子，转身跑楼下去了。

谢昀杰吹了个口哨，说："啧，冯知闲是出了名的百发百中，谁这么想不开，跟他比飞镖？"

与此同时，楼下的晏鹤清薄唇微启，发出一个单音节："好。"

楚子钰到了一楼正厅，有人认识他，挤过来和他套近乎。

"楚少也来看热闹啊！"

"谁在玩啊？"楚子钰并不认识这人，不过不妨碍他打听消息。

这人便说了冯知闲和晏鹤清的赌注，还嘲讽地笑了几声。

楚子钰看了眼人群中的晏鹤清，摇了摇头，没了看热闹的兴趣，回楼上了。

"小晏师傅挺不错的，"楚子钰叹气，"和他们不是一路人——真会逮着好人欺负。"

谢昀杰乐了："没看出来啊，你还挺有人情味。"

楚子钰没理他的调侃，神色认真："我就是觉得吧……"他端起酒喝了一口，没说完剩下的话。

陆凛一直不语，冷静地望着大厅。

人影憧憧，少年站姿端正，尽管斑斓的灯光落在他身上，他依旧和上次陆凛见到的一样，同周遭格格不入。

他不适合出现在酒吧。

谢昀杰走回沙发，见陆凛还在窗边，他喊了声："老陆？"

陆凛没回答。

此时楼下，飞镖盘的红心插着一枚紫色尾翼飞镖。冯知闲得意地回头，众人纷纷喝彩，冯知闲志在必得地走向晏鹤清。

"小晏，不如你现在认输，喝三杯就算了。"

"是啊，不用比了，直接喝！"冯知闲的朋友纷纷起哄。

晏鹤清拿起一枚红尾翼飞镖，微微颔首："我还是想试试。"

冯知闲笑着摇头："那你快点。"

晏鹤清不慌不忙，看向飞镖盘，眼神秒变，拇指食指捏住飞镖，中指托着中部，毫不迟疑地射出去。

咚的一声，靶心的紫色尾翼飞镖被击落，取而代之的是红色尾翼飞镖。

现场安静片刻，忽然响起掌声。

"小晏师傅可以啊！高手啊！"

"小晏你深藏不露啊！"

"第一次有人击落冯公子的飞镖，今晚来得值了。"

冯知闲一言不发，他看着晏鹤清，又郁闷又恼怒。

晏鹤清向周围的人颔首，随后走向冯知闲，语气礼貌地问："可以给现金吗？"

二楼包间，陆凛走回沙发。今晚谢昀杰开了瓶一九六一年的罗曼尼康帝，他倒了杯给陆凛。

"别只喝鸡尾酒，来点红的。"

陆凛没接，说了句："走了，有事要处理，今晚记我账上。"

"别啊！"楚子钰赶紧起身，"知道你来，我特意没叫人，你要是走了，留我和老谢大眼瞪小眼啊。"

谢昀杰也说："今晚你还真不能走。我有消息要宣布。"顿了顿，他说，"我要结婚了。"

"啊？"楚子钰震惊道，"有人要你？！"

谢昀杰晃晃酒杯，懒洋洋地笑着："昨天刚相的，乔氏集团的大小姐，刚好两个集团有项目合作，一拍即合。婚期都订好了，下个月。"

楚子钰语塞，虽然知道早晚有这么一天，不过真到了，还是不免有种兔死狐悲的感觉。他拍拍谢昀杰肩膀，说："唉，估计我也快了，我们仨，也就陆总自由。"

谢昀杰被他逗乐了："他是过度自由。我敢打赌，他会孤独终老。"

陆凛坐回沙发，接过酒。

楚子钰嘿嘿笑："反正陆总的江山有人继承，无所谓。不过，我听说小牧驰最近自己成立了一个公司？"

"不了解。"陆凛抿了口酒。

楚子钰感慨："你唯一的侄子你都不关注！你心里除了事业，到底还能有什么啊！"

"老陆你就说说，到底什么样的天仙美人才能入你的眼？"谢昀杰突然放下酒杯问道。

陆凛没有多做思考便答道："随缘。"

凌晨两点，酒吧还是热闹非常，晏鹤清调完最后一杯酒，换回衣服准时下班。出了酒吧，暖和的气流瞬间变成冰刀。晏鹤清拢上围巾，刚要走，冯知闲从拐角处走出来，拦住了晏鹤清。

冯知闲提前半小时在这里堵他。

"小晏。"冯知闲观察着晏鹤清的脸色，是有点儿红，但看不出醉没醉，"飞镖哪儿学的啊，玩那么好？"

冯知闲喝了不少酒，开口是浓浓的酒味。

晏鹤清没出声，直接绕过他。

冯知闲见他要走，急忙拉住他，目光灼灼："小晏你太无情了，我就想跟你交个朋友，我不信你看不出来。"

不远处的停车场出口，一辆迈巴赫缓缓驶出。

"停。"后座的男人突然出声。

司机立即停靠在路边。降下车窗，陆凛看向酒吧门口。换上常服，那名调酒师更显少年气。

被冯知闲拉扯着，晏鹤清亦不慌不忙："冯知闲，这就是你交朋友的态度吗？"

"小晏，你别生气，我这不是急了，怕你走吗！"冯知闲嘻嘻笑着松开晏鹤清，"要回家了？大晚上不好叫车，我送你。"

晏鹤清淡淡说："你不怕酒驾，不过我还惜命，下次你清醒再说。"说完，他拔腿便走。

冯知闲琢磨着晏鹤清的话，眼睛发亮，这意思是下次没喝醉，就能送他回家？冯知闲也就没追了，朝着晏鹤清背影喊："小晏，路上慢点走！注意安全！"

"走吧。"陆凛升上车窗。

迈巴赫重新上路，路过人行道，隔着车窗，陆凛余光掠过一闪而过的身影。

走过人行道，晏鹤清在路边等车，圣诞夜的凌晨，路上行人还是不少，路边还有摆摊卖花的。

人群里，晏鹤清看到了一个小姑娘——十岁出头，外套单薄，拎着一个篮子穿梭着卖花。小姑娘卖的花和别人不一样，是蜡梅花，所以尽管她卖力推销整晚，还是一枝都没卖出去。小姑娘非常不安，一块钱都没赚到，回家肯定会被爸爸骂，弟弟要喝进口奶粉呢。

小姑娘找了个没人的地方地站着，害怕地垂下头，她怕爸爸打她。过了几秒，她的视野里出现一双黑色短靴，好听的声音在头顶响起："蜡梅怎么卖？"

小姑娘惊喜地抬头，路灯光照下来，她看到了一张温暖的脸。小姑娘没见过这么好看的人，比电视里的明星还要好看，她紧张到结巴："五……五块一枝。"

晏鹤清数了数蜡梅花，一共二十枝。他从口袋里掏出两张粉色钞票，递给小姑娘，说："我全要了。"

小姑娘惊喜又惊慌："二十枝只要一百块，哥哥你付多了！"

晏鹤清嘴角浅浅翘起，瞳仁里是暖暖的笑意："这一百块你拿回家交差，剩下的一百，你藏好了，是你的私房钱。"

小姑娘呆呆的，没有拿花，也没敢接钱。

晏鹤清便自己取花，将两张钞票轻轻放进篮子，拍了拍小姑娘的头，说："回家吧。"抱着蜡梅花走了。

小姑娘怔怔地望着他的背影，眼眶忽然红了，她抬起衣袖用力擦了擦眼睛，提着篮子回家了。

"谢谢神仙哥哥。"她在心里说。

陆家祖宅门口站着一道人影，林风致怀里抱着一个礼盒，频频望着前方。气温太低，他冷得厉害，不停地跺脚取暖。

这么晚了，陆凛怎么还不回来？林风致很不高兴地踢了一脚空气。

这时前方有车灯照来，林风致眯眼抬头，辨认了一下车牌号，京 0000。

是陆凛的车！

林风致秒变笑脸，迈巴赫快到门口时，他小步跑上前，激动地喊："陆凛叔叔！"

陆凛正闭目养神，听到声音，他往窗外看去。隔着玻璃，少年的眉眼有点儿眼熟，陆凛脑海里浮现吧台里的少年。

"停车。"

待司机停稳车，林风致惊喜地跑到车边，弯腰敲了敲后排车窗。

降下车窗，陆凛看向林风致的眼睛，形似，神不似，他淡淡问："你是？"

林风致笑容僵住，浓浓的委屈涌上来，语气带着点酸涩："陆凛叔叔你不记得我了吗？我是林风致，陆牧驰的朋友。"

"他还没回来。"陆凛点点头，随即升回车窗说，"走吧。"迈巴赫开进了停车场。

林风致呆在原地，好一会儿才反应过来，他转身要去追车。

"我不是找他，是……"

"嘭！"没踩稳，林风致摔倒了，怀里的礼盒也摔出去，盖子散开，一条红围巾落了出来。林风致马上委屈得红了眼睛，他趴在地上也不动，摸出手机打了个电话。

刚接通，林风致就哭了："陆牧驰！出来喝酒！"

晏鹤清很快到家了。

二十枝蜡梅太多，饮料瓶做的花瓶装不下，晏鹤清拿出钓鱼用的水桶，接了三分之一水，将蜡梅花放进去。不多会儿，房间弥漫着清香。

洗完澡上床，晏鹤清翻了下时间，凌晨四点十二分。他眼睫微动，关灯睡觉了。

从陆家祖宅出来，林风致随便在路边找了一间酒吧。

陆凛连他名字都没记住，他要喝酒麻痹自己。他要了一瓶酒，独自占了一张桌子，倒了一杯就猛灌。

"喀喀……"他被呛出了眼泪。

"一个人喝闷酒，心情不好？"忽然有人搭着他肩膀，在他旁边坐下。

林风致扭头，水蒙蒙的视线里是一张陌生的脸，他咧嘴笑："你是谁啊？"

男人一眼看出林风致是富家子弟，他不怀好意地问林风致："有钱吗弟弟？哥哥这里有更好喝的酒，想不想尝尝？"

"我有钱啊，但我不想喝酒……"林风致点着头，他头重得厉害，"陆牧驰呢？叫他来。"

"有多少钱？"男人惊喜，伸手就去摸林风致的口袋，"我就是陆牧驰——"

下一秒，男人被大力拽起来。

陆牧驰气极了，按下男人的头，大吼道："看看你这肥头大耳的猪样，你也配叫老子的名字？"

男人的头直接被磕破了，有血流出来，他挣扎着要反击，又被陆牧驰提起头，再次重重砸向桌面。陆牧驰空出一只手抓过酒瓶敲碎，抵到还想挣扎的男人脖子上。感受到尖锐的冰凉，男人马上不敢动了。

陆牧驰宛如一条疯狗，厉声质问："还敢吗？"

男人的眼睫全被血糊住了，他不停求饶："哥，我错了，我不动了，不敢动了……"

闹出这么大动静，酒吧里顿时躁动起来，经理和保安急忙跑来劝架。

沙发上，林风致还是呆呆地坐着，衣服撩开了一角，茫然望着眼前兵荒马乱的场面。他眼皮不停地往下耷拉，然后蜷缩着睡着了。

再次醒来，林风致发现自己在车上。他爬起来，迷糊半天，才发现旁边一言不发的陆牧驰。

"陆牧驰？"林风致很蒙，他敲着头问，"这哪儿啊？我头好疼。"

陆牧驰又是生气又是心疼。他转身揉着林风致微乱的黑发，还是有点儿生气地说："没酒量还敢点烈啤，明天还有你难受的。"

林风致眨巴着眼："什么烈啤？"

陆牧驰一时无言，有点儿烦："什么都不懂，你乱跑什么酒吧？你刚差点儿……"

见林风致瞪着眼睛，陆牧驰说不下去了，收回手说："我送你回家。"

林风致点点头，突然他紧张地在自己身上摸来摸去，语气焦急："我围巾呢？"

陆牧驰取过叠好的围巾，递给他："怕你热，取了。"

"不是这条。"林风致特别着急，"是一条红色毛线围巾，我自己织的！"他马上看向司机，催促道，"回酒吧，可能落酒吧了。"

陆牧驰狐疑地问："小少爷还会织围巾？给谁的？"

林风致眼神躲闪，含糊着说："就……就是给我崇拜的人啊。"

陆牧驰大脑一片迷茫，但也不再追问。

次日，晏鹤清难得睡了个懒觉，起来做了顿午饭，吃完又打扫了卫生，换上厚衣服出门了。

他要买花瓶。

小区附近就有花鸟市场，晏鹤清进去逛了一圈，拎着一个透明玻璃花瓶和几盆多肉出来。他没有马上回家，逛一下午到饭点了，他在花鸟市场门口吃了碗牛肉面。吃完牛肉面，天色黑尽了，还飘着小雪，晏鹤清拎着东西慢慢往家走。

快到单元楼，晏鹤清瞥见了一辆熟悉的车——陆牧驰的车。晏鹤清转身去了门卫室。

门卫特别喜欢这个有礼貌的少年，笑眯眯地接过东西："放心，有我保管，保准不会磕坏。"

见晏鹤清要出小区，门卫问："还是明天来拿？"

晏鹤清笑笑："明早，麻烦您了。"走出小区，晏鹤清打车去了酒吧。

工作日的酒吧照样热闹，冯知闲那桌人很多，他却魂不守舍，频频看向吧台。他旁边坐着一个年轻男生，语气酸溜溜的："冯哥你看出花都没用，今天周二，晏鹤清不上班。"

冯知闲没理他，抓过桌上的烟盒抽出支烟，刚要点上，看见一道熟悉的身影走进酒吧。冯知闲当即丢了烟，起身快步过去。

年轻男生跟着冯知闲的方向看去，瞬间错愕。

啧！晏鹤清还真来了！

"小晏你怎么来了？"冯知闲眼里含笑。

晏鹤清淡淡说："来拿东西。"他进了员工工作间。

冯知闲还是没离开，倚在吧台边等着。

几分钟后，晏鹤清出来了，没换工作服。冯知闲问："这就走了？"

晏鹤清没有和他说话的意思，绕过他离开。

冯知闲突然冒出一句："我没喝酒。"见晏鹤清停住，冯知闲从口袋里钩出车钥匙，"今天可以送你了？"

事情是可以计算准确的，有时人也是。

晏鹤清视线淡淡扫过冯知闲，片刻后点头："好。"

一路上冯知闲都在打听晏鹤清的信息。晏鹤清回了一些无关紧要的。

开进小区，冯知闲打量着老旧的楼房，又有了主意。刚才他问了，知晓晏鹤清没房子，是在租房。

"小晏，我朋友在市中心有套房，他出国了住不上，正出租呢，新装修的大平层，能看到江景，环境、交通也都不错。要是你感兴趣，"他暗示，"我帮你说一声，他房租都不收。"

"谢谢，我住这儿挺好的。"晏鹤清看向前方说，"麻烦停在前面那栋楼，有一个旧衣回收箱的那里。"

冯知闲减缓了车速，缓缓停住，他期待地看向晏鹤清，以为会邀请他上楼喝点什么。

"谢谢。"晏鹤清解开安全带，下车就走了。

冯知闲一愣，就这样？他赶紧跟着下车，喊了一声："小晏！"

晏鹤清回头，语气平淡："我家狭小不方便待客，小区门口有家咖啡不错，你要喝吗？我请。"

冯知闲噎住了，有种被看穿心思的窘迫。他提出上楼，只是单纯想看看晏鹤清生活的地方。冯知闲挠头："时间太晚不喝了，这一杯先记着，晚安。"说完，他转身上车走了。

与此同时，楼上的感应灯灭了，陆牧驰退出通话记录，拨了晏鹤清的电话一百多次，晏鹤清一次没接。

晏鹤清上楼，无视门前那一堆烟头，他掏出钥匙，平静地插进锁孔。

"咔"，门刚打开，身后有人袭来。陆牧驰抓住晏鹤清，直接扯着他摔上门进屋。

屋里没开灯，只那方小小的窗户透进来些许的光。

陆牧驰的脸隐在黑暗里，他抑制不住地生气道："那人是谁？"

脖子被卡住，晏鹤清呼吸有些困难，但他只是冷冷地看着陆牧驰，发音不太清晰，却无比坚定："停止对我的伤害，我是人，不是一件东西！"

陆牧驰愣住，不过很短暂，他冷笑几声："我忍你很久了。晏鹤清，认清你的身份，你养父母已经收了我的钱，那你就是我付了酬劳的佣人，我有权知道你的社交情况。万一有人想通过你套取我公司的商业机密……"他手下越发用劲。

晏鹤清呼吸急促起来，他缺氧得厉害，无法说话。

见晏鹤清脸皱得快拧在一起，陆牧驰稍稍松开手，目光复杂地望着他大口呼吸。

昏暗光影里，晏鹤清浅褐色的眸底，是深邃不见底的深渊。

在陆牧驰准备直接带走晏鹤清时，那薄凉的两片嘴唇，吐出了三个字："林风致。"

"我找到了，我的亲弟弟。"晏鹤清语气寡淡。

陆牧驰不动了，全身僵住。晏鹤清几个轻飘飘的字，效果却堪比火药，炸得他脑海一片虚无。

晏鹤清找到了！他找到林风致了！！他是怎么找到林风致的?！

陆牧驰瞠目结舌，嘴唇动了好几次，发不出一个音节。

陆牧驰的表现，和晏鹤清猜测的差不多，在那本小说里，为了杜绝他找到林风致，陆牧驰将他困在深山别墅整整一年。

晏鹤清伸手，食指指头点住陆牧驰的右肩，轻轻一推，陆牧驰后退了几步。随后，晏鹤清打开灯。

突如其来的光明让陆牧驰下意识闭了下眼，待睁开，他就见晏鹤清看着他。

"你听过这个名字吗？"晏鹤清一字一句。

"他好像在 T 大读书。"

"我明天去找他。"

晏鹤清的每一个字，都炸得陆牧驰脑内嗡嗡作响，他脸色发白，一个字都说不出来。

陆牧驰的第一反应就是逃，他从未有过的狼狈，推开晏鹤清，开门落荒而逃。仓皇的脚步声"叫醒"了感应灯，灯光一层接一层亮起，又一层接一层熄灭。

晏鹤清又拿出扫把、簸箕，仔仔细细地扫干净门口，然后平静地关门。将烟头倒进垃圾桶，晏鹤清脱掉外套走进卫生间。

狭小的镜子里，他脖子上有两道新鲜的瘀痕。打开水龙头，热水从管道流出要一段时间，现在水还冰凉刺骨，晏鹤清却不在意，他低头，接了一捧水，反复擦着脖子。水渐渐热了，晏鹤清扯下毛巾，擦干脸和脖子，关掉水龙头，再次抬头。

镜子被热气蒸腾得模糊不清，他看不清自己的脸。晏鹤清伸出食指，在雾面上轻轻画了一个钩。

计划，成功。

陆牧驰一路飞驰，到了一条无人的街道，他猛地刹车，停在路中央。他现在冷静了不少，但并没有任何作用，晏鹤清这么快就找到了林风致，这是他从未想过的事情。

早在发现晏鹤清和林风致关系的当天，他就和孤儿院打过招呼，无论是谁，都不让其查阅当年的领养记录。

难道是无意间碰上，晏鹤清认出了林风致？

他们的五官确实相似。

明天——

陆牧驰皱眉，明天晏鹤清就要去找林风致了。他们一旦相认，那他……

"嘭！"陆牧驰重重地砸了下方向盘。他暂时不方便再见晏鹤清了。陆牧驰生出一股自己都不理解的懊恼。

做完家务，晏鹤清照例提前预习生物系课程。到晚上十一点，他喝了一杯热牛奶，上床睡觉。

晏鹤清的睡眠一直不太好，以前在晏家，晏峰晚上经常尿床，他就会被喊起来换床单、洗床单。

晏鹤清还小的时候，他都不敢睡着。有一次他睡得太沉，晏峰半夜哭了没听见，他被晏胜炳从被子里拖出来，狠狠打了一顿。

"你耳朵是摆设？弟弟哭了都听不见！一点用都没有！"晏胜炳巴掌全甩向晏鹤清的耳朵。嗡嗡嗡的，晏鹤清什么也听不清。

那次过后，晏鹤清的耳朵有一个月都听不清声音。

丧失听力的恐惧导致晏鹤清那段时间不敢睡觉，眼睛时常挂着两大个青紫的黑眼圈。搬出来后，晏鹤清的睡眠质量逐渐改善，虽然偶有失眠，但大多数时间他还是能一觉睡到天亮。

这一晚，晏鹤清睡得特别好，睁开眼，窗外透进来点点阳光，竟是出了太阳。

这是入冬以来最好的一个晴天。

晏鹤清起床，先去称了体重，一百零九斤。这段时间养了点肉，长了七斤，但依旧偏瘦。

早餐煮了一大碗面条，晏鹤清特地加了两个荷包蛋，强迫自己吃完，再打包好垃圾，提着下楼。他将垃圾丢进垃圾桶，散着步去了门卫室取花瓶和多肉。谢过门卫，提着东西回家，将醒好的蜡梅移进花瓶，摆在茶几上。

几盆多肉摆在厨房的小窗台上，这样做饭时能看到几抹绿色。

做完这些，又是学习时间。看书看到快下午一点，他进厨房做了顿简单的一荤一素。吃过午饭，收拾好厨房，晏鹤清两点准时出门。

林风致周三下午有三节课，五点十分下课。

T大摄影系有一栋单独的楼，晏鹤清没进去，安静地等在教学楼进出口。正值下课点，学生进出频繁，晏鹤清身姿挺拔，气质出众，不时有学生看过来。

有一个抱着足球的男生跑来，瞥了晏鹤清两三次，试探着喊了一声："风致？"

见晏鹤清没反应，男生纳闷地抓抓头，嘀咕着进了教学楼。上到三楼，男生迎面撞见林风致，他激动地上前道："风致！我刚碰到……"

林风致心不在焉，脸上也没有了往日的灿烂笑容，他根本没注意到男生，直直越过他走了。

男生停在原地，满脸不解，今天是怎么了，先是碰到一个很像林风致的人，然后总是充满朝气活力的林风致又一副丧气样？

男生上身穿了外套，下身还是球裤，风一吹冷得发颤，他甩甩头不再想，抱着足球往教室跑。

林风致满脑子还是陆凛不记得他。明明他去过陆家好几次，那次陆爷爷的寿宴，他跑太急摔倒，陆凛还扶了他……

怎么会不记得他呢？

啊！好烦！林风致郁闷又难受，路面有一些小碎石子，他抬脚重重踢飞了一颗。

"弟弟。"

忽然，一道干净清澈的男声响起，像是初冬落下的第一片雪，三分凉，七分温柔。他的两个哥哥，声音没那么好听。

林风致走神片刻，继续往前走。这一次，却听见那人喊他的名字。

"林风致。"

林风致脚步渐停，他疑惑地回头，黑瞳瞬间睁大。离他几步的地方，那棵似开未开的梅花树下，站着一个朝着他微笑的少年。

他穿着一件经典款的纯黑色大衣，围着一条暗红色的毛线围巾，脸非常小，皮肤很白，略长的碎刘海也遮不住他那双明亮又充满灵气的狐狸眼。

林风致傻眼了。这个人，好眼熟……

晏鹤清走向林风致，几步的距离，并不远，他停在林风致面前，比林风致高出几公分。这一次，他终于在林风致瞳孔里，看到了自己。

晏鹤清唇角微扬，笑得眼睛微微弯起，然后伸手："你好，我是你哥哥，晏鹤清。"

T大门口有一家甜品店。

晏鹤清给林风致点了一份草莓炸弹、一杯热可可。

"你小时候最喜欢草莓和巧克力。"晏鹤清把草莓炸弹挪到林风致的面前，"现在还喜欢吗？"

林风致心脏跳得飞快，天还没全黑，店里的灯已经打开了。橘色灯光落到对面的眉眼上，林风致想起来了。

为什么会眼熟？因为对方和他很像。只是两人眼睛的瞳色略有不同，他是浅褐色，对面的人的瞳色还要更浅一点儿。

还有，他的脸比对方多点儿肉。

林风致低头，蛋糕上的草莓大而红，散发着香气，热可可热气腾腾，散发着阵阵香甜。

的确是他最喜欢的两样食物，可怎么会呢……

林风致有些艰难地出声："我不懂你的意思，我姓林，我有两个亲哥哥……"

晏鹤清给自己点了一份黑森林，挖了一勺浓厚的巧克力奶油，他说话依旧不疾不徐："林是你被领养后的姓氏。五岁前，你叫晏明松。"

林风致捏紧拳头道："我不信。"他鼻子发酸，"我是林家的孩子，我爸妈和哥哥们从没说过我是领养的孩子。"

他突然很生气，愤愤瞪着晏鹤清："你有证据吗？没有证据请不要胡说！"

他此时有一种小孩的胡搅蛮缠，心里隐隐知道这很有可能。他以前还开过玩笑，问爸爸妈妈，他和他们，以及两位哥哥长得都不像，他是不是他们捡回来的。

眼前的人，和他很像很像，还有……他听到晏明松这个名字时，莫名的心悸。

种种迹象……林风致拒绝再想，不，他不可能是外人，爸爸妈妈，还有哥哥，每一个人都如此疼爱他，他们怎么会不是一家人？他只能是林家的孩子！

晏鹤清无声地叹息，他放下勺子，径直起身："冒昧打扰，是我唐突了，抱歉！你吃完东西再走吧，然后忘了我说的话，我不会再出现。"

晏鹤清真走了。他衣角带起的风里，有淡淡的梅花香味。林风致双手颤抖着，他闭上眼。他就是林家的孩子，不是什么晏明松，也只有两个哥哥，一个叫林风弦，一个叫林风逸，不是什么晏鹤清！耳畔，是风铃声——甜品店大门的装饰，开关门都会发出悦耳的铃声。

晏鹤清走了。

林风致心口跳得更厉害了，突突突的，像在打着机关枪。他深深呼吸数次，到底还是睁开眼，起身追了出去。

天色接近全黑，道路两旁路灯都亮了，细细沫沫的小雪从空中落下，在光影里轻灵浮动。

晏鹤清慢慢走着，身后急促的脚步声越来越近，随后那人绕到了他面前。

林风致拦住他，从口袋里掏出手机："留个联系方式吧。"

回家路上，晏鹤清收到了快递短信。他的快递到了，在驿站。

晏鹤清没先去驿站，回家拿上《细胞生物学》，以及钓鱼包、水桶，又去小区门口便利店买了几个面包，几瓶矿泉水，还有两盒牛奶，顺便约了辆车，定位在驿站。

他前脚到驿站，车后脚也到了。快递有三大箱，晏鹤清直接在驿站拆了。司机见全是钓鱼装备，兴致勃勃地开口："你这么年轻，晚上不出门玩，跑去冰钓还真是少见啊。"

晏鹤清礼貌颔首。

"田山水库好啊，我以前常去，老板舍得放苗。"司机话匣子马上打开，一路传授着他的钓鱼经验。

车很快到了田山水库。工作日的冬夜，结冰的水面满是亮灯的小帐篷。

晏鹤清找老半天才找到一个位置。打开露营灯照明，先用冰钻打了一个小洞，晏鹤清拉开背包，一个人搭帐篷、铺地垫。

晚上水库冷得厉害，晏鹤清的手脚被冻得几乎失去知觉，拉上帐篷，打开取暖炉烤了一会儿，手能自由活动了，晏鹤清就把今晚的饵料——蚕蛹，撕碎了挂在鱼钩上。

小小空间里，露营灯的橘光照得帐篷十分温暖，取暖炉的温度也渐渐上来，晏鹤清很快就热得脱外套，里面是一件薄薄的黑色线衣，他拆开一个面包，边吃边看书，鱼竿放下脚侧。

不知过去多久，鱼竿动了，晏鹤清的脚被打了几次，他才从书里抬头，抓起鱼竿往上提，钓到的竟然是两只螃蟹。晏鹤清眼眸微亮，马上给老头儿打电话。

老头儿的帐篷就在附近，他来得很快，进帐篷看到挺大两只螃蟹，他笑眯眯地说："不错不错，够肥，用取暖器烤了一人一只，我那儿有椒盐，咱们加个消夜。"

老头儿回去取椒盐，突然回头看着晏鹤清，抬手点点左嘴角："这儿沾了面包渣了。"他乐呵呵说，"也就这时候，还能看出你是个孩子。"

晏鹤清微愣，抬手摸着嘴角，还真有面包渣，他看书太入神，吃完面包忘了擦。他飞速擦掉了面包渣。

老头儿拿着椒盐回来，还带回一篮子草莓和车厘子。

"我以前下属送的，不过我不爱吃甜的，你解决吧。"

老头儿熟练地摆上取暖炉的烤架，刚钓上来的大闸蟹直接上架。

晏鹤清拿起一颗草莓，咬了口，又甜又酸。他又拣了颗大的，递给老头儿："不是纯甜，是酸甜，您试试。"

老头儿喜滋滋接过了，一口半个："唔，还不错。"他塞下剩下半个草莓，说，"不过我还是不爱吃，你慢慢吃。你这营养不良的样子，去更冷的地方钓鱼受不住。"

晏鹤清眼皮轻跳："更冷的地方？"

老头儿抬头，眉飞色舞地说："对，那个地方在南边一个山谷里，有私家湖，里面鱼的品种特别齐全，叫得出名字的淡水鱼都有。就是会员制，一般人进不去。"

晏鹤清知道那片私家湖，陆凛常去那儿钓鱼。

老头儿又说："我下次去时叫上你，比在这里钓有意思多了。"

晏鹤清一直在等这个机会，他由衷地感谢道："谢谢您。"

老头儿摆手，佯装生气："再跟我客气，我可提着草莓走了！"

晏鹤清双眸慢慢弯了起来，他拿起一颗草莓，带着笑意："那来不及了，您这篮草莓，我马上就要吃光了。"

老头儿哈哈大笑："你这小子，这样才对！"

同一时间，林风致心事重重地回到林家。家里就他妈妈在。

林风致开口嗓子都有些沙哑："妈妈……"

　　林母在看剧，按了暂停，一把搂过他坐到沙发上，和颜悦色地说："现在才回来，在外面吃饭了？"

　　林风致摇头，又点点头。

　　林母充满爱意地看着他，温柔地询问："傻小子，你这是吃还是没吃？没吃让张阿姨给你煮碗帝王蟹海鲜粥，你大哥今天下午带了一筐蟹回来。"

　　林风致毫无胃口，他望着林母，欲言又止："妈妈我……"

　　林母目光疑惑："怎么了？"

　　"我是……"话卡在喉咙，林风致实在问不出口，他眼眶发红，猛然起身，"没事，我睡觉去了！"他快步跑上了楼。

　　见小儿子明显不正常的反应，林母赶忙追上去："儿子你到底怎么了？"

　　门被林风致反锁了。他直接扑倒在床上，拉过被子盖住头，喊着："我没事！我要睡觉！"眼泪却扑簌簌地往下掉。

　　林风致不明白，为什么他会是被领养的，为什么倒霉的事情一桩接着一桩……这种感觉太讨厌了！

　　林母敲半天门都没反应，急得六神无主，赶紧回客厅打电话。

　　"老公，风致不对劲，你快回来……"

　　"儿子快回来，你弟弟不对劲……"

　　不到一小时，林父、林风弦、林风逸全赶回家了，轮番敲门哄林风致。

　　"致致，我是爸爸，出什么事了？"

　　"风致，我是大哥，谁欺负你了告诉我，我帮你教训他。"

　　"致致，开门好不好？"林风逸急得不行，"是谁让你受委屈了，我饶不了他！"

　　过了很久，屋内才传来脚步声，一家人立马噤声，紧张地看着门口。

　　门打开了，林风致满脸通红，双目红肿着出现在门后。不等他们开口，林风致双眼一闭，往前一栽，倒进了林风逸怀里。

　　林风致发高烧了。模糊中，他听到一道好听的声音。

　　"明松，等哥哥能挣钱了，就给你买大鸡腿、大牛腿、红红的大草莓！"

　　"好哦，好哦！"另一个声音欢喜地叫着，"全世界我最喜欢哥哥了！"

　　"哥哥……哥哥……"梦中林风致不停地呢喃着。

　　林风逸在旁边不断换着冷毛巾给林风致降温，听到他喊哥哥，心都疼碎了，握住他手说："哥哥在，别怕。"

　　林风致还在做梦，梦里他在一个满是白雾的地方，什么都看不清。忽然，一个白白胖胖的小孩出现了，嬉笑着奔向他。小孩的脸他很熟悉。

　　"哥哥！哥哥！我最喜欢哥哥了！"

　　林风致回头，白雾里，隐隐约约有一道人影。过了一会儿，那道人影从白雾里走近他，五官一点一点清晰，脸很小、很白，还很瘦。

是他!

"晏鹤清!"

林风致惊得睁开眼,一下从床上坐起来。

林风逸见他醒了,十分高兴,轻柔地抚摩他的额头:"谢天谢地,总算降温了。"

林风致眼泪啪嗒就掉了下来。

林风逸心疼坏了,赶紧抱住他,安慰道:"难受得厉害吗?哥马上带你去医院。"

林风致摇着头,一直哭,脸深深埋进了林风逸怀里。他的记忆还很模糊,但是心里有个声音告诉他,晏鹤清不是骗子,他没有说谎,他好像……真是他哥哥。

"呜呜呜……"林风致痛哭出声。

"致致。"林风逸心都被他哭碎了,又无可奈何,"到底是怎么了?你别吓我。"对这个弟弟,林风逸一向是捧在手心里疼。

林风致终于抬头,一张脸哭得又红又肿:"哥哥,我是爸爸妈妈领养的孩子吗?"

林风逸的表情瞬间凝固。

林风致看到他的表情就明白了,没错,他真是领养的。心里难受得厉害,他推开林风逸,歇斯底里地痛哭起来。

林风致恢复正常时,已是第二天下午了。他脸色非常差,蹲在阳光房的花树下,呆呆地看小猫吃罐头。他摸着小猫的脑袋,轻轻说:"小点点,你知道吗,我和你一样,也是这个家里的人捡回来的。"

"我不是爸爸妈妈的亲生孩子,大哥二哥也不是我亲哥,我有另一个亲哥哥。"林风致声音越来越低,"我不想要这个亲哥哥……"

"致致,"林母走到林风致旁边蹲下身,她温柔地抚摩着小儿子柔软的黑发,"无论发生什么,你都是妈妈的宝贝,爸爸妈妈和两个哥哥都一样爱你,知道吗?"

林风致的眼眶再次泛红,眼泪砸到了手背上,他咬着唇不肯说话。

林母叹了一口气:"你是见到你亲哥哥了吧?他是个很好的孩子。"

林风致马上抬头,紧张地问:"他来找过你吗?他……"他有些犹豫,"他……他有向你要钱吗?"

林母诧异:"没有啊,我是在他小时候见过他。你怎么会这么想呢?"

第一次去孤儿院,她一眼就喜欢上了林风致的亲哥哥,他不只长得最好看,而且很乖、很懂事。

林风致嘀咕着:"电视里都这样演……反正他要是拿我找你们要钱,我肯定不会原谅他!"

林母忍俊不禁:"我的宝贝真善良。你现在遇到亲哥哥了,以后就又多一个哥哥疼你呀,这是多好的事情呢。不如今晚邀请他来家里吃饭,妈妈亲自下厨,给你们做好吃的。"

林风致沉默了好久,才点头:"好吧。"

卷二

落
雪

晏鹤清在看书，电话响了，来电人是林风致。

和晏鹤清预计的时间差不多，他接通电话："您好。"

对面的人安静了好长一段时间才开口："我是林风致。"

晏鹤清彬彬有礼："是有什么事吗？"

"你……"林风致深吸口气，"我问过我爸爸妈妈了，他们说你没说谎。我想请你到我家来吃晚饭，你愿意来吗？"

晏鹤清嘴角轻扬："你要是记起小时候，就会知道，我从不会拒绝你。"

林风致的心跳突突加快，虽然隔着电话线，但他似乎又看到了梅花树下微笑的少年。

哥哥，那是他的亲哥哥。

林风致摸了摸鼻尖，有些不好意思："你发地址给我，我现在派司机去接你。"

上门做客要带礼物，林家显贵，晏鹤清却没往贵的挑，仅仅买了一个草莓果篮、一束康乃馨。

林家司机来接他，一路上司机都悄悄通过后视镜观察晏鹤清。

这人长得和小少爷有点儿像。

晏鹤清看着窗外，忽然转头看向后视镜，开口道："您也觉得很像吗？"

司机被抓个正着，很是窘迫："对不起，我……"

晏鹤清见他神情尴尬，彬彬有礼道："没关系。"

司机这时又觉得不像了。眼前这人五官和小少爷相似，但怎么形容呢，他很轻易就能分辨出，他们两个是不同的人。

司机收回视线，专心开车。

穿过半个城区，他们从老城区、繁华的市中心，到了绿化率极高的顶级富人区。这里有单独的购物超市、高尔夫球场，还有一片二环内难以见到的湖泊。冬天湖里的荷叶全枯萎了，细雪落下，公路两旁的路灯瞬间亮了。

司机往里开，在一独栋别墅前停住，门卫开了铁门，司机继续缓缓往里开，用了几分钟才开到门口。

门开着，林母、林风逸和林风致等在门口。

司机停稳车刚要下车开门，晏鹤清自己就开门下了车。他不卑不亢，将康乃馨递给林母，主动打招呼："阿姨您好，我是晏鹤清。"

林母眼眸弯弯，高兴地接过花："谢谢，我最喜欢康乃馨了。"随后她惊喜地看向果篮，说，"还带了草莓呢！致致可喜欢草莓了。"

再见晏鹤清，林风致有些尴尬，他不自在地咬了咬嘴唇，拉住林风逸的手。

林风逸马上牵住林风致，戒备地看向晏鹤清。他丝毫不觉得晏鹤清和林风致像，单是那双手……林风逸满眼轻蔑之色。

晏鹤清的手肤白修长，却肉眼可见的粗糙、枯瘦，同林风致的简直天差地别。林风致的手指没那么长，还有点儿肉，手感软绵绵的，一看就知道是富养出的手。

"进屋吧，外面风大。"林风逸偏头看林风致，眼神瞬间温柔，"你病还没好，别又加重了。"他故意无视晏鹤清，同时还给了晏鹤清一个下马威——别以为和林风致有血缘关系，便妄想攀龙附凤。

林风致心情十分复杂，那是他亲哥，他对那人却无比陌生。他张了张嘴，不知如何称呼晏鹤清，咬了几次嘴唇，用了"你"："你快进屋吧，要开饭了。"几个字林风致说得尴尬无比，他转身拉着林风逸走得很快。

担心晏鹤清拘束，林母亲昵地拍拍他手臂："走吧小晏，别紧张。"

晏鹤清眼眸微弯："嗯。"

林风弦没在，林父听到晏鹤清来了，从书房出来。林父热情地招呼晏鹤清："小晏啊，到这儿和回家没两样，你别拘束。"

晏鹤清礼貌颔首："知道了叔叔。"

林母抱着花，笑得十分开心："老林你看，这是小晏送我的康乃馨，可漂亮了。"她没让佣人接手，亲自把花插进花瓶里。

林父笑容亲切："你阿姨就喜欢花，就是养了一堆，全没活。"

林母声音远远传来："谁说没活了，上个月的那枝皇家胭脂还没死呢！"

晏鹤清斯文地笑着："阿姨您要是不嫌弃，我待会儿帮您看看。"

林母立即抱着花瓶跑来："你会种花？"

"会一点儿。"晏鹤清回，"我在花圃兼职过一段时间，稍微学了一点儿，懂得不算多。"

林母眉开眼笑："好啊好啊，我这些儿子们一个个都不喜欢弄这些花花草草，都没人陪我，以后小晏你常来，家里好大一个花园，什么都能种。"

见林母这么喜欢晏鹤清，林风致瞳孔微缩，悄悄攥紧了手。

林风逸当即替林风致出气："妈，你是林家女主人，别老想着去做那些脏活儿累活儿，那是佣人做的事。"

他有意咬重了"佣人"。

林母瞪他一眼："你懂什么！事情不分谁做，只分谁想做。我就这一个爱好。"

落雪

说完林母又慈爱地看向晏鹤清，问他，"饿不饿？还有一个汤在炖，汤好了就开饭，我去厨房催催。"

晏鹤清莞尔："您慢慢来，我还不饿。"

林母去了厨房，晏鹤清谦逊地和林父说："叔叔，我来得匆忙，没时间给您买礼物，陪您下会儿棋行吗？"

林父本想说不用带礼物，听到晏鹤清要和他下棋，他来了兴趣："那开饭前来一局？"

晏鹤清轻卷袖口，说："您想来几局都成。"

提到围棋，两人相谈甚欢，走到棋盘坐下。晏鹤清执白子，林父执黑子，下了一会儿，林父赞声不绝。

"小晏你这一步走得太妙了！你在哪儿学的围棋？"

晏鹤清摇头："没学过。"

林父十分震惊："没学过？"

晏鹤清弯唇笑道："小时候没地方去，天天在小区门口看邻居下棋，一来二去，就懂了点。"

林父更震惊了，他捏着棋子，颇为惋惜地说："可惜了，以你的领悟力，要是能早些接受专业指导，参加职业比赛都不成问题。"

林父输了，还要拉着晏鹤清继续，被林母强制收了棋盘，他才意犹未尽地说："吃完饭咱们再下。"

饭桌上，林父招呼晏鹤清坐他旁边，意兴盎然地聊着围棋。

林母不得不打断他："还让不让小晏吃口饭？"她夹了一块排骨给晏鹤清，"你第一次来，我也不知道你的口味，要是不合胃口别勉强，冰箱里还有饺子，煮起来很快，不费事。"

林父乐呵呵摇头："怪我太高兴了，小晏你先吃饭，这些菜是你阿姨做的，合口味就自己夹，别不好意思。"

晏鹤清眼眸弯弯："我不挑食，都能吃。"他夹起排骨咬了口，真心夸赞，"阿姨的厨艺，开店我肯定光顾。"

林母乐不可支："喜欢就多吃点，厨房还有。"

他们三人和乐融融，看得林风致更不是滋味了，总觉得他们更像一家人。他低着头，一下一下戳着米饭。

林风逸时刻关注着林风致，他马上出声："你和致致是双胞胎，现在也是在上大学吧？"

晏鹤清放下筷子，微微笑了一下："是。"

"哪个学校，什么专业？"林风逸给林风致夹了一个可乐鸡翅，"致致在T大，你不会也在 T 大吧？"

他故意要挫晏鹤清的锐气，会种花、会下围棋很了不起吗？林风致可是考上了国内排名第六的名校。

"那倒没有。"晏鹤清嗓音清澈，"我在京大。"

屋内有一瞬的安静。

林风致差点儿没拿稳筷子。林风逸同样震惊，晏鹤清竟是京大学生！

林母笑着问："什么专业？"

"现在是软件工程。"晏鹤清答道，"下学期申请转生物学。"生物学是京大的王牌专业。

林父满是欣赏："小晏你未来可期啊！"

"我不吃了。"林风致猛然放碗起身，椅子腿摩擦地板，发出刺耳的声音，"你们慢用。"他说完就往楼上跑。

林风逸丢下筷子追上去："致致！"

林母想去看看，又觉不妥，斟酌半天先和晏鹤清道歉："小晏你别往心里去，致致小时候被接回来后生了场大病，醒来就忘了你。你是他哥哥的事他一时难以接受，过段时间就好了。"

晏鹤清放下筷子："我明白，风致失去记忆，对我感到陌生很正常，是我没了解情况唐突找上他，你们不怪我，我已经很感激了。"他礼貌起身，"今天的饭就吃到这儿吧，我先回去了，风致麻烦你们多照顾。"他鞠了一躬。

林母拉开椅子，过去拍拍晏鹤清手臂说："致致是善良的好孩子，他会很快接受的。本来房间都收拾出来了，现在这个情况，也不好留你。"她热情邀请，"下次吧，下次你来和我一起种花，最少要在家里住半个月！"

林父补充道："还要和我下棋。"

晏鹤清浅浅微笑："行。"

林母坚持让司机送晏鹤清回家，晏鹤清也没推辞，大方上车了。

二楼，没开灯，林风致躲在窗帘后，偷偷目送车驶远，直至看不见。他缓缓放下窗帘，坐到地上。他知道他刚才很过分，可他控制不住。

爸爸妈妈那么喜欢晏鹤清，他止不住地想，如果当初林家领养的是晏鹤清，他们照样会像疼他一样疼晏鹤清。他并不特别，没有血缘连接，他也不是不能被取代的。

林风致委屈地环住膝盖，任林风逸在外焦急地敲门，也不理。过了一会儿，门外隐约传来说话声，应该是林父林母，他们在和林风逸说话。

不久，门外便安静了。

林风致眸光暗淡，难言的委屈再次涌上来，并且更汹涌澎湃，他的眼睛、鼻子全红了。他摇晃着站起，走到床边摸到手机，点开屏幕，编了一条短信。

"陆叔叔晚上好！你在忙什么呀？"

"嗡"，提示手机来了短信。陆凛在看报表，腾出手拿起手机瞥了眼，见是陌生号码，没点开就直接删除，放下手机，继续工作。

司机将晏鹤清送到了单元楼。

"谢谢。"晏鹤清道谢后下车。

不远处的墙角，陆牧驰抽着烟，眼底一片冰凉。他认出送晏鹤清的车是林家的。

晏鹤清真和林风致相认了。

陆牧驰掏出手机，再次拨打晏鹤清的号码。

"您所拨打的电话已关机……"

同一时间，晏胜炳也听到同样的提示。

"浑蛋！"晏胜炳放下手机，骂骂咧咧，"这兔崽子还是没开机！"

冷得厉害，晏胜炳说几句话就有冷气灌进他嘴里，他裹紧棉大衣，抱怨不已："都十点了他还没出来，还等吗？"他问赵惠林。

赵惠林同样被冻得不轻，她用力搓着手，看向早已关门的京大。

真是奇怪了，他们天天守着，愣是没堵到过晏鹤清。

寒风凛冽，赵惠林冷得全身发抖，她跺几脚取暖，牙冷得打战。

"回家！"

晏鹤清煮了一碗热气腾腾的西红柿面疙瘩。

吃完，他全身暖和，又洗了个苹果，仔细用纸巾擦干水，回到房间打开电脑，开始温习功课。

还有一个月就期末考试了。

打开小太阳取暖，茶几半米内都很温暖，空气里偶尔响起一声清脆的啃苹果声。

楼下，陆牧驰一直打不通电话，他抬眸，望着那扇亮灯的窗户，眸光晦暗不明。

晏鹤清不会把他拉黑了吧？

招来车，陆牧驰坐到后排吩咐司机："把你的手机给我。"

司机莫名其妙，还是快速掏出手机，解锁递给陆牧驰。

晏鹤清的号码早已烂熟于心，陆牧驰直接输入。

"您所拨打的电话已关机……"

陆牧驰眉心微微动了动，他又换回自己的手机，拨了一个号，吩咐道："马上查晏鹤清名下所有的手机号。"

对面很快发来一串号码。

陆牧驰看一眼，知道是晏鹤清换号了。他瞬间恼怒，晏鹤清怎么敢！一而再，再而三地无视他，他分明命令过晏鹤清等他的电话！

陆牧驰刚要下车，来电话了，是林风致。

陆牧驰骤然泄了气，他盯着屏幕，迟迟没接。

手机没响多久便安静了。

这是陆牧驰第一次没接林风致电话，他捏着手机，降下车窗看向晏鹤清的窗户，下一秒，灯熄灭了。

睡觉了？

陆牧驰倏地冒出一个怪异的念头，不知道今天晏鹤清是不是又给流浪猫喂生鱼了。陆牧驰有些出神，脑海又闪过那夜昏暗的楼道里，少年眉间那一抹温柔的笑意。

陆牧驰关上车窗，吩咐司机："回公司。"

听到楼下汽车启动声，晏鹤清眼皮都没抬一下，苹果只剩下果核，他将其丢进垃圾桶，继续刷题，随后打开了灯。

转眼到了周六，老头儿突然约晏鹤清去私人湖冰钓。晏鹤清联系经理请假。

"小晏啊，不是我不通人情，不批你假。"经理念叨，"你一周只来两天，店里不少顾客只喝你调的酒，你现在还请一天假……"他欲言又止，就是不批。

"调休行吗？"晏鹤清说，"下周除了周二，您随便安排一天我补班。"

经理当即答应："调好班通知你。"

半小时后，老头儿按照地址来接晏鹤清，见晏鹤清早提着东西在单元门口等着。东西放进后备箱，老头儿就准备让位了："小晏你来开，我眯一会儿。"

晏鹤清挠挠脑袋："我不能开车。"

老头儿很是意外："你不会？"这个年纪的男生，都有驾照了吧？

晏鹤清唇角弯了弯："我知道怎么开，就是没考驾照。"考驾照是一笔不小的支出，而且他也没钱买车。现在常去钓鱼，自己开车会方便很多，他把拿到驾照提上了寒假日程。

老头儿知道一点儿晏鹤清的情况，以为他是不好意思，便顺着说："也是，现在动不动堵车，还是地铁方便，要不是那地方荒郊野岭，没通地铁，我也不乐意开车。"

晏鹤清提议："要不请代驾？"

"麻烦。"老头儿重新系上安全带，"还是我自己来吧。"

晏鹤清嘴角浅浅扬了一抹弧度："以后等我学会开车，您随时找我当代驾。"

老头儿哈哈大笑："行行行，我等着。"

老头儿话多，一路嘴没闲着，时间过得很快，出了市区上高速，又开了一小时左右，就到了目的地。这里气温比市区低了好几度，群山环绕，白雪皑皑。进谷唯一一条路设有道闸，扫描车牌后，门卫打开道闸放行。

老头儿介绍说："这里录了车牌直接进，没录车牌就刷会员卡。"他空出只手，从储物箱拿出张黑金卡，递给晏鹤清，"我车牌录了，这卡你拿去用。"

晏鹤清没有客套拒绝，他需要这张卡。他接过卡，认真地说："我擅长处理黑鱼，

落雪

一会儿钓一条，看您喜欢红烧还是炖汤，我给您露一手。"

老头儿双眼都笑眯了："我都喜欢，你最好钓两条黑鱼！"

晏鹤清点头应道："没问题，我钓两条。"

路边两侧皆是延绵不尽的森林，铺满了雪，有一种肃穆冷静的美感。往山里又开几公里路，终于到了雪山环绕的湖泊。夏天幽蓝的湖面，此刻变成了一面大镜子，帐篷已经搭了不少，但湖泊面积太大，并不拥挤。

停车坪停满了车。这山谷哪儿都好，唯独停车坪修得不够大，老头儿绕好几圈没找到空位，火气全上来了。

"所以我最不喜欢周末来，一到周末人就多！"

后面还不停有车进来。晏鹤清安静地观察着，发现了一个空位。

"左转前方第四辆车旁有个位置。"

老头儿马上左转，成功抢到车位，眉开眼笑："还是你们年轻人眼睛好使。"

车刚停好，老头儿便火急火燎解开安全带下车，不要晏鹤清帮忙，自个儿背着包，提着东西，灵活地往湖边狂跑。

"你自己选地儿！我去老地方。钓到黑鱼电话联系！"

晏鹤清回："好。"

老头儿跑远了。晏鹤清还在原地，他没忙着拿包，调头顺着停车位走，观察车牌号。

陆凛常用的有两辆车，一辆是司机开的京 0000，一辆是他自己开的京 1111。密密麻麻的车，晏鹤清检查完所有车牌号，没发现京 1111。

今天陆凛没来。

出人意料又在情理之中，不是周二，陆凛来的可能性是比较低。不过就算陆凛来了，晏鹤清也没打算现在就和他认识。他不清楚上次在酒吧陆凛对他有没有留下印象。正式见面，不能太寻常。

回到车旁，晏鹤清打开后备箱，提着装备上了湖面。

老头儿晚上要回城，晏鹤清就没搭帐篷，他随意挑了一个地方坐钓。钻冰洞时，晏鹤清目不转睛盯着纷飞的冰碴儿，一个不寻常的主意渐渐成形。

不到一小时，晏鹤清钓到了两条黑鱼。他给老头儿打了电话，老头儿屁颠颠跑来了。

"哎呀，小晏。"老头儿显而易见流露出羡慕，"你说你之前一条鱼都钓不上，现在次次钓的比我多。你到底是用了什么方法？"

晏鹤清蹲在旁边熟练地杀鱼："没方法，名师出高徒。"

老头儿又是一阵乐。

陆氏大楼，陆凛处理完文件，抬手看时间。

三点了，他打了个电话："十分钟后，车开到公司门口。"关掉电脑，陆凛起身松开领带，走进休息间，随后他换上冲锋衣和工装裤出来，拎着渔具下楼。

车准时停在门口，陆凛让司机下车下班，他坐进驾驶座，独自驾车出城。

到山谷，天色已黑透了，影影绰绰的路灯，照明作用约等于无。飘着小雪，前方一束车灯穿透风雪，陆凛降了车速。

这条道不是太宽，恰好够两车通行，一条进山，一条出山，道中间只划了一条黄线。两车交错的瞬间，那辆车副驾驶车窗正往上升，眼熟的侧脸一闪而过。

"嘎吱！"安静的雪谷里，乍然响起一声急刹。

黑色布加迪停在道上，雪花落到车顶，陆凛降下车窗，冷风灌进来，后视镜里，那辆奥迪渐渐远去。

是他。

"不好意思啊，小晏。"老头儿开得比来时快了点，"这么早就让你回去了，家里有点儿事。"

晏鹤清升上车窗，说："没事，下雪早点回比较好，凝冻就麻烦了。"

"还真是，那我开快点，堵高速上就麻烦了。"老头儿还真没想到这一层，开得更快了。

另一边陆凛调转车头，联系上谢昀杰。

"那名调酒师是哪天上班？"

谢昀杰第一时间没反应过来："什么调酒师？"

"OXVGEN。"

"哦哦，那个小调酒师。"谢昀杰很是意外，"怎么突然问他？"

陆凛一边加快车速，一边回答："想喝一杯。"

"今天可以。"谢昀杰回，"他周五、周六都在。"

晚上八点，OXVGEN 酒吧。

冯知闲从一开始视线就没离开过吧台，吧台里一个调酒师在忙着，他喊来服务员询问。

"小晏还没来？"

服务员摇头："他今天请假了。"

冯知闲很诧异："他……"

酒吧门口突然传来一阵动静，他看过去，是酒吧经理领着谢昀杰和一个男人进来了。

冯知闲知道谢昀杰，另一个他却不认识。他好奇地多看了几眼，没想到那人同时看过来，四目相对，冯知闲心里莫名打了个哆嗦，赶忙收回了目光。

冯知闲声音低了不少，问："和谢总一起的男人是谁？"

服务员望过去，也压低声音："陆总。"

京城姓陆的很多，姓陆的总裁也不少，但能用"陆总"指代名字的，全京城唯独只有陆氏掌权人——陆凛。

冯知闲吸了一口气，难怪气场强大，原来是他。反正晏鹤清今天请假，冯知闲没了兴致，索性掐灭烟起身便走了。

"看什么？"谢昀杰顺着陆凛的视线看过去。

"没事。"陆凛淡淡收回目光。

谢昀杰觉得陆凛今天有些奇怪，先是主动提出喝酒，现在又走酒吧正门，他们平时都走另一侧小门直通包间。

进入包间，经理满脸堆笑："陆总、谢总，今天来了几支帕图斯，要开吗？"

"不用，来两杯小晏的'尼格罗尼'。"谢昀杰一屁股坐进沙发。

经理点头哈腰赔着笑："今天不巧了……小晏请假了。"

见陆凛望过来，经理顿时站得更直了些。

经理战战兢兢，没想到陆凛只是问："帕图斯有哪些年份？"

经理马上回："一六，一五，还有一支九〇。"

"开瓶九〇。"

"是，很快给您送来。"经理麻溜退出去了。

谢昀杰问："老陆，你今天本来是打算去钓鱼吧？"他见陆凛一身休闲装。

"半道下雪了。"陆凛端起水杯，眸光晦暗不明。

谢昀杰这才想起来，今晚雪是下挺大的，来的路上车载电台路况播报，好几条道凝冻封路了。谢昀杰本来还要问，有台风你不照样出海，刚张嘴，发现陆凛沉默转着水杯，没有说话的欲望，谢昀杰就闭嘴了。

另一边，晏鹤清回到小区，今天收获颇丰，他在流浪猫出没的地方放了几条处理好的鱼，才上楼回家。

晚饭在湖边解决了，晏鹤清换下衣服去卫生间洗澡。

卫生间极其狭窄，一半是一个小马桶，一半是淋浴。卫生间先前没有浴帘，现在的是晏鹤清自己买的。本就狭小的空间，隔着浴帘更显拥挤，只是晏鹤清过于清瘦，才勉强能在里面转开。有些年头的白墙砖泛黄了，但是被晏鹤清刷得干干净净。

热腾腾的水从头顶淋下，晏鹤清闭上眼，脑海里回忆着在山脚碰到的那辆车。

黑色的车，他不认识汽车品牌，但车牌号是"京1111"。

陆凛晚上去钓鱼了，然后……

那声刹车声代表陆凛看到他了。他之前的几次露面成功了，陆凛记得他。

洗完澡，晏鹤清换上干净、柔软的睡衣，快晚上十一点了，他还是打开笔记本，按照计划刷题。今天刷题比较晚，到凌晨两点才完成。坐太久，晏鹤清颈椎又开始难受——他的颈椎病有些严重。常年住在晏家的小阳台，一年里，大部分时间阳台都是潮湿的，加上那张只能蜷缩的床，他几年前颈椎就不健康了。

关上电脑，晏鹤清按摩了一会儿脖子才上床睡觉。

林风致也在睡觉。这几天他反锁房间，任谁敲门他都不理。他的卧室是套间，有游戏室、洗照片的暗室，还有一间小客厅，客厅里配备有冰箱、零食柜。佣人每周会往冰箱补充饮料雪糕，往零食柜补充零食。

林风逸知道林风致饿不着，只是到了周一，见林风致还是没有开门，林风逸担心零食伤胃，强行卸掉了门锁。

卧室拉着窗帘，里头被遮得严严实实，走廊的光照进去，宽大、柔软的大床上隆起小小的一团。

林风逸端着热食轻手轻脚进去。他走到床边，托盘放到床头，蹲下身来小声哄着林风致："致致，喝点粥再睡，是你最喜欢的帝王蟹粥。"

林风致没理他，仍旧埋在被子里。

林风逸试图揭开被子："闷被子里难受，你……"

林风致马上拽住被子，不让林风逸揭被子。

林风逸只好松手，他坐到地毯上，语气沮丧："你不吃东西，那我也不吃，妈也不吃，全家陪你挨饿。"

过一会儿，被子总算掀开一角。

"妈妈没吃饭？"

林风逸宠溺地勾起嘴角："你是她的心肝，你不吃，她能吃得下？妈现在在床上躺着，好像是胃不太舒服。"

下一秒，被子被翻开，林风致急急下床，光着脚噔噔噔地跑了出去。

林风逸忍俊不禁，随即跟了上去。

林风致冲到林母房间时，林母正在摆弄那瓶康乃馨，听到动静，林母回头，很是欣喜："致致起来了。"

林风致才知道他被骗了。他瞪着眼睛，突然就泄气了。经过这几天，他其实已经接受了他是被领养的事实。他难受的是陆凛没理他。他发了好几条短信给陆凛。在他人生最黑暗的几天，陆凛却没回过一条。想到陆凛或许真的不认识他，林风致眼圈很快红了。

林母赶忙放下花走上前，温柔地搂住他。

"我的宝贝受委屈了，不哭不哭。"

林风致的眼泪倏地就下来了，他埋进林母怀里，肆意哭了出来："呜呜，妈妈我难受……"

林风逸这时也来了，见林风致总算恢复了生气，一面欣慰，一面心里大骂晏鹤清。让他亲爱的弟弟委屈成这样，他不会轻易放过他！

林风致哭了好久，心情总算平复了。他抬起头，眼睛又红又肿，深深吸了几口气，终于下了决心。

"我明天去找晏鹤清。"

林母非常欣慰，她擦着林风致脸上的泪痕安慰："好孩子，妈妈为你骄傲。"

林风逸不愿意，他担心林风致以后会和晏鹤清这个亲哥更亲近。但林风致主动开口，他也不好反对，只好说："我送你去。"

林风致有太多事想问晏鹤清，一个人去更方便，他摇头拒绝。

"我自己去。"

次日一早，林风致独自打车出发，他记得晏鹤清的地址。

出租车停在单元楼门口。林风致下车，看到破旧的环境，他一时错愕。

司机没开错地方吧？晏鹤清住这里？

循着门牌号爬上三楼，林风致望着生锈的铁门，没敲门，而是打了晏鹤清的电话。

"你在家吗？"林风致有些别扭，"我在你家门口。"

门开了，晏鹤清系着围裙，手拿着锅铲，笑容温暖："进来吧。"

再见晏鹤清，林风致还是不太习惯。他目光躲闪，点点头进屋了。

踏进门，林风致就震惊了。

这是晏鹤清的家？！还没他猫的房间大！

晏鹤清看到了他的表情，转头看了一眼鞋架。

"蓝色那双是干净的拖鞋。我在炒菜，你随便坐。"晏鹤清进了厨房。

听着炒菜声，林风致踌躇了几秒，才脱下大衣挂在门后，脱鞋、换鞋。拖鞋大小刚刚好，也很柔软。

林风致往里走，屋里一眼望到底。

一个沙发、一张茶几、一张床，没了。好在收拾得特别整齐干净，沙发边摆着一大瓶蜡梅，散发着阵阵幽幽的花香。沙发扶手上堆叠着十来本书，林风致瞄了几眼，《细胞生物学》《免疫生物学》《生命科学》《细胞分子生物学》……再有就是一些日文书、俄文书，以及不知道什么语种的教材。

林风致收回目光，在沙发另一侧坐下。他等了几分钟，就见晏鹤清端着菜出来了，一盘西红柿炒鸡蛋、一盘小炒肉。把菜放到茶几上，晏鹤清又回厨房端出来两碗白米饭。

林风致抿了下唇，拿起筷子，他没吃过这么简单的饭菜，夹起一块鸡蛋，入口却意外美味。

"这是你第一次吃我做的饭。"晏鹤清弯唇，"我很高兴。"

林风致又夹了一块，气氛比最初轻松了不少，他的话也渐渐多了。

"你一个人住吗？你爸妈呢，不和你一起住吗，还是他们在外地？"

晏鹤清平静地说："如果你是问我的养父母……我和他们断绝关系了。"

林风致和养父母关系融洽，实在无法理解晏鹤清的行为。

"你发现他们不是你的亲生父母，就和他们断绝关系了？"

晏鹤清动作微顿，眼底闪过一丝不悦，只是很快，他又若无其事地夹菜。

"我没失忆，和他们断绝关系有其他原因。"

"无论什么原因，他们都养大了你啊。"林风致放下碗，"你这样做会很伤害他们。"

晏鹤清突然想到小说里对林风致的形容——天真善良的笨小鹿。

的确如此，他的弟弟，心性像水晶一样晶莹剔透、纯洁无瑕，可是又笨得那么可恶。

晏鹤清云淡风轻地笑了一下，放下筷子："我上个厕所，麻烦你收碗到厨房，放水池里就行。"

林风致觉得白吃不太好，他虽然没洗过碗，还是主动提："没事，我洗吧！"

晏鹤清唇角微扬："辛苦你了。"

林风致进了厨房。

听着里面乒乒乓乓的响动声，晏鹤清端起水杯，走至玄关，平静地把水泼向林风致的大衣。同时，他语气温和地问："风致，我身体不太舒服，能拜托你去我学校帮我取份东西吗？"

厨房传来林风致的声音："什么时候？"

"现在。"

晏鹤清望向闹钟——下午一点，赵惠、林晏胜炳应该吃完午饭，又到学校堵他了。

"啪！"水杯掉到地上。

林风致闻声出来，就看到晏鹤清眉头微微皱着，脚边是碎了一地的玻璃碴子和水迹。

晏鹤清抬头，面容苍白冷清，道："抱歉，弄湿了你衣服。"

林风致这才注意到他的大衣在往下滴水，他倒是不在意，这样的羊绒大衣，他有好几柜子，就是……他为难地问："没外套，我怎么出门帮你取东西？"总不能让他就穿一件薄毛衣出去，现在可是冬天。

晏鹤清走到装衣服的箱子前，拿出一件长款棉服，说："这件你应该能穿。"

棉服看着质量不好，林风致犹豫再三，还是接过了。

"取什么东西？"

"身份证。"晏鹤清平静地说，"迁户口到学校，重办了身份证，需要到保卫处户籍室领。"

林风致再次抿了下唇，显然晏鹤清迁户口，是为了和他养父母彻底决裂。可是发生再不愉快的事，他们也始终是家人啊……

林风致觉得晏鹤清有点儿太绝情了，他默默穿上棉服。衣服比较薄，有一股很好闻的皂粉味。

林风致刚要开门，身后传来声音。

"等等。"晏鹤清走过来，又拿来一条围巾递给他，"戴上围巾，天气冷。"

"谢谢。"林风致愣了一下，才接着。

晏鹤清眼眸微亮："我是你哥，你可以试着不用那么客气。"

林风致没说话，他暂时还过不了心里这关，只点点头。出门后，林风致没戴围巾，他皮肤敏感，碰到普通毛线会过敏。反正他里面穿着定制羊绒衫，非常保暖，棉服薄一点儿也不冷。

晏鹤清沉默地望着林风致走远，那条围巾被林风致抱在怀里。晏鹤清转身回沙发，抽了本《免疫生物学》开始看。

林风致这一趟出门，估计很晚才能回来，可是他不得不这么做。

晏胜炳在京大正门守着。风大，还夹着雪花，来往的学生络绎不绝，晏胜炳却眼都不眨，搜寻着晏鹤清。

晏胜炳被雪花糊了眼，不由得擦了擦眼睛，忽然，一件眼熟的棉服出现在他的视线里。

去年碰上史无前例的寒流，晏鹤清终于买了件棉服。赵惠林知道后，很是骂了他一顿，骂他败家、乱花钱。

"你天天不是待家里，就是去打工，又不用在外面吹风，哪里就冷死你了？还不如给你弟买双运动鞋！"

终于逮到了！晏胜炳大喜，摸出手机通知在另一道门守着的赵惠林，然后冲过去拽住他熟悉的棉服，怒骂道："好啊你！今天让老子逮到你了吧！"

林风致被一个陌生人拉住，他奇怪道："你找谁？"

晏胜炳本来就不大记得清晏鹤清的样貌，林风致和他眉眼相似，晏胜炳便认定他就是晏鹤清。

"我是你老子，你他妈说我找谁！"他嗓门儿大，言辞粗鄙，引得不少人侧目。

林风致从没遭受过这样的对待，他一时没反应过来："我不认识你，你先松开……"

"儿子！"冷不丁的，一声嘹亮的女声响起。

赵惠林从背后死死抱住林风致，拔高声音哭："妈可找着了！你别不认妈妈啊！"

晏胜炳也怕林风致跑了，上前抓紧他。

林风致彻底傻眼了，这到底怎么回事？

晏胜炳周身散发着酸臭味，头发长时间没洗，头顶刚好杵在林风致鼻尖，他快窒息了，他想推开他们，着急地喊："我不认识你们！快放开我！"手中的围巾掉到地上，很快被几只脚踩得乱七八糟。

见越来越多人围观，赵惠林眼珠骨碌一转，松开林风致，一屁股坐到地上，佯装痛心地拍着地面，低头抹眼泪："哎哟！是妈对不起你，妈不该来你学校给你丢人，你生气、打人、骂人都行，呜呜呜，妈任你打、任你骂，你消消气，跟妈回家吧……"

晏胜炳更是习惯性地一巴掌甩"晏鹤清"脸上，直接开骂："你什么玩意！敢推你妈！仗着……"

林风致被扇蒙了，嘴角渗出血都没感觉，整个人呆在原地。第一次有人打他，还说着他听不懂的污言秽语。

这一发愣，晏胜炳抬脚就踢了他一脚。晏胜炳还不解气，上前又捶了林风致肚子一拳，骂骂咧咧："吃里爬外的东西，快还老子的钱！老子的四百九十万！今天拿不出钱，老子跟你玩命！"

林风致根本不会打架，他捂着腹部跌倒在地，嘴里隐隐有血腥味。

有几个女学生喊来门卫，门卫见状赶紧上前制止："住手！干呢？"

赵惠林在地上撒泼哭，一见门卫过来，就扑过去抱门卫腿不让动。晏胜炳还指着林风致骂骂咧咧："老子打儿子天经地义！不给我钱，门都没有！什么东西，没人要的孤儿，要不是我，你早饿死了！还钱！快还钱！"

雪下得越来越大，什么都看不清，林风致只会机械地抱着头，就在这时，有人冷冷问道："你们在干什么？"

赵惠林听到熟悉的声音，马上擦掉泪，松开门卫站起来，大喊："陆少，他在这儿！"接到晏胜炳电话，她立马翻出陆牧驰的名片通知他。

钱来了！四百九十万！赵惠林暗喜。

晏胜炳也不敢动作了，他额头冒着汗，迎着笑脸讨好道："陆少，我在帮你教训——"

"滚！"陆牧驰狠狠一脚踢到晏胜炳腹部。晏胜炳直接摔倒在地。

周围一片惊呼，好多人都吓得退后，悄悄拿着手机拍摄。这时几个身着黑西装的保镖出现，让学生们删掉视频。

陆牧驰神色复杂地盯着地上蜷缩着的青年，不爽到了极点。

面对他是硬骨头，面对别人怎么就任打任骂了？

陆牧驰上前几步，脚尖踢了踢林风致的后背，语气冷漠："起得来吗？"

迷糊间，林风致隐约听到了陆牧驰的声音，他的眼泪倏地掉下来，哭喊道："陆牧驰，我好疼……"

陆牧驰神色微变，这声音……他蹲下身来抬起林风致的脸，就看到林风致嘴边沾着血沫，脸色青白。

"陆牧驰，我疼死了……"

陆牧驰傻了，怎么会是林风致？他赶紧拦腰抱起林风致，起身走得飞快。

"别怕，马上去医院！"

也是在这瞬间，赵惠林终于看清了林风致的脸。赵惠林傻了，不对啊，他不是晏鹤清！很像，但绝对不是！这人谁啊？他怎么穿着晏鹤清的衣服？晏鹤清呢?！

晏鹤清看完了一节内容，放下书看了眼时间，下午三点二十分。从这里到京大，来回不到半小时，林风致现在还没回来，应该是碰上晏家夫妇了吧？

他把书合上搁到了桌上。

林风致有事第一时间都会找陆牧驰，如果他被晏胜炳刁难了，陆牧驰一定会出手帮忙解决。

借陆牧驰的手摆脱晏家的纠缠，他的麻烦就会少一些，起码短时间内，晏家夫妇不敢再来烦他。

晏鹤清起身，换上大衣，拿上伞出门。

雪还是下得很大，晏鹤清出单元楼撑开伞，不紧不慢步入雪中。

地面积了一层薄雪，没人踩过，很干净，晏鹤清踩出一排整齐的脚印，到京大门口，人群早散了，冷冷清清的，只有下雪声。京大门口来往人多，白雪被踩成了冰碴儿，泛着灰黑，很脏。

一条黑色围巾静静地躺在冰碴里，晏鹤清过去捡起围巾，他拍了拍。完全能想象之前的战况，晏胜炳拳打脚踢，赵惠林哭闹撒泼，延续他们一贯的流程。

晏鹤清平静地走进学校。领取了新身份证，旧身份证就要弃用，如果需要留作纪念，只需要剪个小角。晏鹤清面无表情地把旧身份证剪成了几块，悉数丢进了垃圾桶。

离开学校时，雪下得愈发大了，满世界飞舞，他要看清路都困难。

晏鹤清摸出手机，拨通林风致的电话："风致你在哪儿？这么久没回来，我到学校也没看到你。"

病房里，护士在处理林风致的伤口。

消毒液气味刺鼻，林风致闻着难受，瞄着沙发上低头不语的陆牧驰，心虚地压低声音对电话那头的晏鹤清说："我有事先走了，过几天再帮你取身份证。"

"这样啊，忙你的吧，我现在在学校，自己取就行。"晏鹤清语气温柔，"你的衣服我送去干洗店了，你有空来拿。"

林风致现在还不想让陆牧驰知道他是被领养的事，"嗯嗯"几声快速挂了电话。

陆牧驰也无语，他知道林风致知道身世了，但林风致不主动说，他只好装作不知道。陆牧驰盯着沙发靠背上挂着的棉衣，他一眼就认出，那是晏鹤清的衣服。

晏家夫妇只认衣服，所以打错了人。

陆牧驰抬头，望着病床上疼得皱着脸的林风致，竟走神了。今天挨打的要是晏鹤清，就他那病恹恹的身体，肯定会伤得更重……

"对了，你到京大做什么？"林风致突然问他。

陆牧驰早想好了借口："京大校长邀请我叔叔开讲座。"

听到陆凛，林风致马上就感觉不疼了，他双眼发亮问道："什么时候啊？"

陆牧驰想了几秒："放假前一天吧。"

晏鹤清回到家，仔仔细细洗干净围巾，把围巾拧得特别干，挂到窗外晾着。

夜色降临，万家灯火亮起，风夹着大片大片的雪花呼啸而过。

这么大的雪，湖水一定很冷，明天……

晏鹤清关上窗户，他希望陆凛会去钓鱼。

隔天凌晨两点，晏鹤清准时下楼。提前约好的车等在楼下，司机看到晏鹤清的装备，边咂舌边挑开话头："这么冷的天去山里钓鱼？"

晏鹤清微微笑了笑，并未答话。

司机也就闭嘴了，启动车子，驶进了漫天风雪里。

到山脚，晏鹤清刷了会员卡，门卫打开道闸让车进去，还嘱咐："送到了就马上出来。"

司机碎碎念："什么地方啊，这么高级……"

凌晨四点多，山路寂静，只有车辆行驶的声音，司机有点儿发毛，踩着油门飙到湖边，等晏鹤清搬完东西，便光速掉头出谷了。

晏鹤清看向不远处的停车坪。

今天停车坪只停着零星几辆车。今天的雪太大了，来的人很少。东西放在路边，晏鹤清顶着雪走向停车坪。

第一辆，不是。

第二辆，不是。

第三辆——"京1111"。

晏鹤清眼睫很轻很轻地动了一下。

冰面上有不少帐篷没拔走。

停车坪停有四辆车。晏鹤清观察了，三辆被雪覆盖，要么是人走了车停这儿没开走，要么是人一直留这儿钓鱼没走。仅有一辆引擎盖上有稀疏的落雪，就是"京1111"。

晏鹤清提着照明灯踏上湖面，一直往深处走。

陆凛是一个严格律己、分秒必争的人，选择凌晨来钓鱼，不可能到了先休息，很大的可能，他在某个地方独钓。

四面八方只有落雪声，雪花不时落到晏鹤清眼睫上。

晏鹤清走得非常慢。冰面略滑，还得注意别踩进其他钓鱼人凿的冰洞。用过的

冰洞,碰上下雪,还没结成厚冰层就被落雪覆盖,和陷阱一样,踩中人就直接掉湖里了。

晏鹤清提着一盏小照明灯,在冰面落下一方小小的光晕。他谨慎地避开所有可疑的冰面,大约走了半小时,冰面终于狭窄起来,依稀能看见湖岸的树木了。

再往前又走大约十来分钟,连绵起伏的巍峨雪山的交会处,有一道亮光。

找到了。

晏鹤清停住,他的眼睫上已凝了霜,他抬起被冻得冰凉的手,僵硬地掸了掸睫毛。

宽阔明亮的帐篷里,暖气开得很足,陆凛脱下外套,只穿了一件薄线衫。在他左侧,有一张简易桌子,上面摆着一个保温杯,里面装有滚烫的姜糖茶,桌上还放着一本新出的悬疑小说。

陆凛钓鱼时会抽空看小说,他偏好悬疑推理类,助理每周会挑一本当季新书。陆凛一手拿过小说翻看,一手握着鱼竿。

小说开篇便是桩碎尸案,作者极其擅长营造悬疑氛围,陆凛看得正入神,"吱吱吱",忽地响起一阵刺耳的电钻声。

陆凛眉心一跳,有人在附近凿冰洞。

"吱吱吱。"

"吱吱吱。"

"吱吱吱。"

一连串刺耳的声音过去,只剩下雪花落到帐顶的声音,此处再次恢复了宁静。

陆凛继续看小说。

晏鹤清凿好两个冰洞,一个在帐篷内,一个在帐篷左前方一米左右。搭好帐篷,固定好四个角的地钉,晏鹤清进入帐篷铺地垫。铺完地垫,晏鹤清两只手接近冻僵,打开暖炉温了温手,他走到冰洞,用笊篱捞出冰洞里的一些碎冰。他撩开篷帘一角,距他两三米的地方,搭着一个大帐篷,帐篷里亮着明灯,隐隐约约透出一道模糊的身影。

晏鹤清又看向他钻的另一个冰洞,雪下得大,洞口上薄薄覆了一层雪,但还是能看出洞的轮廓。他要往外倒掉碎冰,刚要放下篷布,对面帐篷上的身影忽然动了。

那身影越来越大,几乎同时,晏鹤清掀开了篷布。

帐篷里暖气闷热,陆凛拉开篷帘透气,新鲜冷冽的空气瞬间灌进来,同时,他瞥见一道熟悉的身影。

天光微亮,大雪纷飞,少年拿着笊篱,往外倒着碎冰。帐篷里透出的橘色光照到少年身上,此情此景有一种不真实的感觉。

陆凛的视线扫过晏鹤清。

少年脱了外套,穿着黑色高领毛衣。隔着大雪,少年似乎往他这边瞟了一眼,随后收起笊篱,退回了帐篷。

陆凛看了几秒,放下篷帘,这次他留了缝隙透气。翻着小说,时间流逝,他只看了几行字。

陆凛很少见到年轻人钓鱼，冰钓的更是凤毛麟角。

忽而听到动静，陆凛低头，原来是一尾黑鱼自己跳出水，落在地垫上。陆凛弯腰捡起黑鱼放回了冰洞，黑鱼快速游走了。

另一边，晏鹤清钓到一尾鳜鱼。

他有些饿，熟练地处理好鱼，架上烤盘，放油做最简单的煎鱼。不多会儿，香味在帐篷里弥漫。

不知道隔壁帐篷里的人是否能闻到。

晏鹤清品尝着细嫩鲜美的鱼肉，眼前闪过雪中的一瞥。看不太清男人的五官，只能看出陆凛轮廓分明。

晏鹤清解决完煎鳜鱼，又喝光了一盒纯牛奶，继续看书、钓鱼。

时间一点点流逝，天气不好，下午三点，天就黑全了，晏鹤清合上书。脚边的小红水桶里，两条鱼游来游去。他站起身，有条不紊地收拾装备，然后穿上大衣，出去拆帐篷。一出帐篷，铺天盖地的寒气几乎立刻就驱散了他身上的热气。

气温实在太低，零下十来度，晏鹤清瑟缩了一下。

他拆帐篷的动静很大，陆凛微抬手腕看手表，三点十二分。

这么早就走。陆凛眼皮微微动了一下。

晏鹤清收拾好东西，看向早上钻的冰洞，它已经彻底被雪覆盖了。只有他知道，冰雪之下，是一个一踩便塌的陷阱。

他会掉进去，落入冰洞。

那个冰洞经过他精密的计算，即使陆凛没来得及救他，他也能确保自己可以爬回冰面。不过湖水冰冷，他无论如何都避免不了身体受冻。

他知道，想获得一些东西，就要付出相应的代价。

但是值得。

晏鹤清拎着水桶，稳步走向他亲手打的冰洞。

随后，"咚！"，重重一声，红桶掉到了冰面上，两尾鱼被甩了出来，在冰面上蹦跶着。薄薄的冰面碎裂，纤薄的身影踩进了冰洞。

"救……命……"

这是陆凛第一次听到晏鹤清的声音，伴随着重物落地声。陆凛第一时间抓上救生绳冲出帐篷。雪小了很多，冰面上躺着一只小红桶。陆凛当机立断冲向小红桶，近了，他看到晏鹤清被卡在冰洞里，两只手死命抓着冰面。冰面上传来咔嚓咔嚓的断裂声，陆凛没再贸然上前。

他停住，将绳子精准地抛向冰洞："不要慌，抓住绳子。"

冬天的湖水冷得刺骨，晏鹤清掉进去的瞬间，四肢马上麻木到僵硬，他努力保持冷静，判断绳子的方位，当听到左侧有落物声，他铆足所有的力气，伸出僵直的手指，一次就碰到了绳子。

感受到绳子另一头被拉动的力度，怕他中途失去意识，陆凛鼓励他："你做得很好，现在慢慢收紧手，对，不要害怕，很快就会没事……"

晏鹤清的眼睫毛开始结冰，视线越来越模糊，他听陆凛的话，慢慢收紧手。

"非常棒。"陆凛继续鼓励他，同时不动声色地拉动绳子，"再抓紧，对，就是这样……"

少年轻到令人惊讶，陆凛不费力地拉他出了冰洞，往前再拉一段距离，陆凛判断冰面足够厚实，他放下绳头，快步跑向晏鹤清。

少年趴在冰面上，衣服已经湿透了。陆凛蹲下身，手搭到晏鹤清肩头，先扶他起来。

"你——"

下一秒，少年抬头，一张面如茄色的脸尽收陆凛眼中。

晏鹤清周身发抖，他冻得视线都模糊了，双片嘴唇已然冻成了乌青色。他死死抓住陆凛衣领，毫不迟疑地倒进了陆凛怀里。

陆凛犹如抱着一个制冷机，寒气不断袭击着他，单薄的线衫很快跟着湿透了。他抱起晏鹤清，快步回到帐篷。

帐篷里很暖和，陆凛扯开羽绒薄毯摊在地垫上，刚要放下晏鹤清，只见晏鹤清双目紧闭，双手死抓着他不放，抖得厉害。

陆凛没有强行拉开晏鹤清，他拉过薄毯盖住晏鹤清，然后抓起手机先打了医院电话——这个山谷配套有私人医院，就在山脚。打完电话，陆凛丢开手机，抓过他的保温杯拧开，热腾腾的姜汁味道弥漫开来。晏鹤清不太清醒，嘴巴紧闭，他就强行掰开少年的嘴唇，给他灌了几口热姜汤。

喝了热姜汤，晏鹤清情况稍微好了一些，脸色没有刚才那样白得可怕了。

等待救护车的时间，陆凛才有空打量晏鹤清。他进行冰上救援不是一次两次，碰到过数次钓鱼人掉进冰洞，还是第一次碰到这般冷静配合的落水者。这时晏鹤清呢喃了几声，饱满的额头沁出细细密密的冷汗。陆凛拿出手帕为他擦去冷汗。

救护车二十分钟后到了，救护员接过晏鹤清放上担架。陆凛迈开腿跟着上车。救护员很茫然，上了救护车才知道原因——少年紧紧拽着男人的衣服，急救医生和护士一起使劲都掰不开少年的手指。

"先检查。"陆凛制止他们，简单说明了晏鹤清的情况。

医生点头，马上检查晏鹤清的情况。

"没有磕碰造成的外伤。"医生检查完说，"具体情况得回医院做系统检查再确认。"

救护车的警笛声在雪谷里回响，车子很快飙出山谷，到达山脚的私家医院。

几个护士共同用力，终于掰开了晏鹤清的双手，他们将晏鹤清放上转运平车。

护士长气喘吁吁："快，送去检查。"其余护士推着车迅速离开。

"你跟我去交费。"护士长对陆凛说。

现在零下十二摄氏度，陆凛只穿了一件薄线衣，看得护士长都替他冷。但护士长也不敢多说什么，带他到收费处就先离开了。

收费处的医生敲着键盘，问："病人姓名。"

陆凛拨通了谢昀杰的电话："OXYGEN 调酒师的姓名。"

谢昀杰那边吵得厉害，他快步走到一个安静的地方："什么？"

陆凛又问一遍。窗口的医生偷瞄了陆凛一眼。

谢昀杰都蒙了，但还是回答道："小晏吗？晏鹤清。"

陆凛挂了电话，转头和医生说："晏鹤清。"

一番检查下来，晏鹤清被送进病房，已经是半夜。豪华单间里暖气十足，还有加湿器喷着细细的白雾。

病床上，少年换上了病号服。他太瘦了，白色病号服跟挂在他身上一样，窄窄的尖下巴戳进他的肩窝，两块凹凸分明的锁骨露了出来。纤长的眼睫毛乖顺地贴着皮肤，鼻梁高挺。两片薄唇虽稍稍恢复了一点儿血色，整个人却苍白到几近透明。

他就这样安静地躺在床上，脆弱却不柔弱。

第一次见面，晏鹤清就给陆凛一种清冷的感觉，今天再见，这种感觉越发强烈。

晏鹤清的左手插着管子在输营养液，搁在床单上，指甲修剪得干净，却是一只完全不符合年纪的手——枯槁的手背，几条青色血管怒张，每根手指皆布满老茧。

陆凛静静看了会儿，上前提起晏鹤清的左手，放进了被子。

检查结果出来，好在陆凛强行给晏鹤清灌了几口姜汤，及时暖了五脏，晏鹤清没大问题，不过他身体过于虚弱，医生建议还是再住院观察几天。

晏鹤清沉沉睡了一觉，睁开眼，看见的是繁复的水晶吊灯，他微微侧头，才知道这是一间病房——非常高级的病房。

病房里特别安静，连加湿器都是无声的。晏鹤清胳膊撑着床缓缓坐起来。天已经亮了，灯还开着，偌大的病房，只有他一人。

晏鹤清垂下眼帘，静静等待着。

陆凛轻推开门，提着东西走进病房，看向病床，眉心微微一皱。

房间空了，床上没人，洁白的被子铺得整整齐齐，仿佛没人睡过一样。

这时，走廊里响起轻轻的脚步声，嗒嗒嗒，是竹底软拖鞋摩擦地面的声音，脚步声越来越清晰，最后停在病房前。

陆凛看向门口，就对上了一双明亮的浅褐色眼睛。宽大的蓝色病号服挂在少年身上，却遮不住他清瘦挺拔的身姿，裤管短了一点儿，一截修长细白的小腿露在外面。天光落到他脸上，轮廓清隽秀美，尖尖小小的下巴仿佛一捏就会碎。

四目相对，两人都没有说话，空气里是淡淡弥漫开来的加湿器喷出的水雾。下

71

落雪

一秒，晏鹤清先开口了，平静的嗓音像春天最先拔尖的那一把嫩芽，清新、脆生："您垫付的住院费可以分期还吗？我暂时没那么多钱。"

这家私人医院收费惊人。除了救护车出车费、昂贵的全身检查费，昨晚晏鹤清住的豪华单间住院费一晚就是五万块。

陆凛视线扫过晏鹤清的手，他意识到了昨晚行为的不妥——他没考虑过晏鹤清的消费能力。

"是我考虑不周，这笔钱我出。"

晏鹤清走进屋，离得近了，少年的模样更加清晰。输了一晚营养液，他的气色有了明显的改善。

"谢谢您的好意。"晏鹤清不卑不亢，"您已经救过我一次，这笔钱我得还。请给我您的账号，我每月固定十号转账，分……"他踌躇了一秒，"十二期行吗？"他眼眸清澈透亮，沉静坚定，不过这个分期提议有些尴尬，他的脸色稍显羞赧。

陆凛沉沉地看着他，片刻后，他摸出钱夹，抽出一张名片放到床头柜上。

"出院了联系我。"他默认了晏鹤清的十二期分期付款。

放下提着的东西——一个大黑提包、一个牛皮手提纸袋，陆凛迈腿走向门口，路过晏鹤清时，他停住说："我叫陆凛。"

晏鹤清回道："我叫晏鹤清。"

病房里又只剩下晏鹤清一人，他走到床边，拿起名片。烫金名片，名片上的内容无比简洁——陆氏集团，陆凛，一串号码。

晏鹤清放下名片，看向提包，是他落在冰上的包，打开，里面是钓鱼装备、手机，还有干洗好的他的衣服。

他又打开纸袋，里面是保温盒。晏鹤清眼里露出疑惑，他取出保温盒打开，热气扑到他鼻尖，带着微微的香甜，是一碗坚果白粥，米粒熬得烂，正适合没胃口又得吃点东西垫肚子的他。

晏鹤清放下粥，走到窗边。

楼下就是医院大门，一辆迈巴赫停着。司机候在门边，见陆凛从医院大楼出来，就上前打开后排车门，驾车离开了。

晏鹤清收回视线，回病床收拾东西。他很快办理了出院，要是再住一晚，又是五万块。

医生嘀咕着，将多余的钱退回了原付款账号。

那边陆凛收到了银行到账短信，还有一条陌生号码的短信。

"您好，我是晏鹤清，结算后共欠您五万两千两百元，分十二期，每期是四千三百五十元。请把账号发我，下月十号开始，我会准时汇款。"

陆凛先保存了号码，然后回了一条短信："手机号也是我的微信号，你加我，微信转账。"

发出不久，陆凛就收到了好友添加通知，点开，晏鹤清的微信号是默认头像，名字叫"52赫兹"，验证申请写着"您好，我是晏鹤清"。

陆凛点了通过。等了几分钟，对方并没有发送新的消息。陆凛放下手机，松了松领口，开始处理文件。

另一边，晏鹤清打车回家。

爬楼快到门口时，他看见门前堆着一摞纸箱，共五个。晏鹤清放缓脚步，走近了，才看到纸箱上的logo，一串英文，是进口猫罐头。

晏鹤清平静地挪开纸箱，掏出钥匙开门进屋。

在医院躺了一天，晏鹤清不困，他补上昨晚落下的功课，然后去厨房做饭。

浓浓的肉香味在小厨房里弥漫，晏鹤清炖了排骨汤，汤里加了一根很甜的萝卜。虽然并不饿，晏鹤清却还是强迫自己吃了两碗饭。

吃完上秤，一百一十三斤了，又长了几斤肉，只是离他的目标，还有一段距离。

"咳咳……"晏鹤清咳了几声，在冰水里泡了一段时间，他无可避免地受寒了。

晏鹤清拉开抽屉，找出几瓶药，分别倒了几颗，掌心就有了一小把药，就着水一口咽下。晏鹤清拢了拢领口，开着小太阳取暖，他却还是很冷。

同一时间，陆凛敲着键盘的手忽然停住，他拿过手机，点开刚才的银行到账短信，多出二百。他垫付的是五万二，晏鹤清要付他五万两千两百块，那二百是……粥和干洗费？

陆凛的眉峰微微皱了一下。

猫罐头在门口堆了一周，晏鹤清都没动。他最近很忙，找了一份新兼职，在陆氏大楼隔壁的咖啡店打工。朝九晚五，一周单休，基础工资加提成，也还不错。

晏鹤清气质温润，白衬衫工作装，黑色西装长裤，穿得简简单单，但站在柜台就是招牌。这几天光顾咖啡店的白领明显多了。

另一个男服务员语气酸不溜手："说长得好看不能当饭吃的那个人，一定长得丑，瞧瞧小晏，才来几天啊，提成噌噌噌涨。"

晏鹤清没说话，熟练地打着单。他对这份兼职很满意，工作环境简单，薪酬丰厚，最重要的是，在陆氏楼下。

这是一张来自陆氏八十一楼的大单，要二十杯拿铁、十杯美式、三十杯焦糖拿铁、五杯浓缩，以及六十五块蛋糕。

"小晏，我和前台打过招呼了，你直接送到秘书台放着就行，我忙着开会！"电话里，女人语气急切，说完就直接挂了电话。

晏鹤清放下电话，扭头和另一个一直默默冲咖啡的女孩说："张青，待会儿你能跟我一起去送外卖吗？"他微微笑了一下，补充道，"有点儿多。"

张青马上点头："好呀！"

她跟着送，这单有一半会算进她业绩，她这个月任务就达标了。先前酸晏鹤清的男服务员顿时更酸了。

打包好蛋糕、咖啡，晏鹤清提了两提，剩下一提给张青，两人一同出了店铺。

保安认识张青，咖啡店经常会给楼里送下午茶，于是直接放他俩进去。前台看到晏鹤清，暗想难怪要让他送上楼呢，工作一天，多看几眼帅哥能缓解疲劳。

前台笑吟吟地带他们到电梯刷卡，嘱咐道："顶楼别走错了。"

晏鹤清礼貌颔首。

进入电梯，张青悄悄打量着晏鹤清，真是又高又帅。张青感叹着，这段时间是她上班以来最高兴的时光。晏鹤清帅气、友好，业务能力强又愿意照顾同事，谁不想和这样的人共事呢？不过主管说，晏鹤清只兼职到年前，离过年就剩一个半月了。张青不免有些惆怅。

电梯速度很快，中途没有停，不多会儿就到了顶楼。晏鹤清先出了电梯，张青随后跟上。

秘书台没人，晏鹤清放下外卖，淡淡扫了眼远处紧闭的办公室，转身进了电梯。张青也赶紧放下外卖，跟着晏鹤清回电梯，突然想到一个八卦。

"小晏，你不是大学生嘛，这家公司超厉害的，工资高、福利好……"

晏鹤清侧耳倾听。

电梯徐徐下降，到第六十层停住了。电梯门打开，陆凛刚要进电梯，就看见一张意外的脸。

少年白衣黑裤，胸前挂着一小块金属铭牌——光影咖啡，晏鹤清。

少年没看到他，侧身在听旁边的女人说话。

"陆总？"特助见陆凛不动，眼见电梯要关上了，轻声提醒。

听到声音，少年抬头，就对上了陆凛的视线。

陆凛迈进电梯，淡声道："你们全进来。"他靠边站到晏鹤清身侧。

十多名员工鱼贯而入，宽阔的电梯瞬间塞满了人。

电梯门合上，再次下降。

陆凛站的区域无人敢挤，独立成了一小片天地，员工们全拥到张青那侧。张青不得不往晏鹤清身边挪，挤得晏鹤清往旁边动了动。

晏鹤清面色不变，有点儿意外，没想到这么快就见到了陆凛。

"叮"，这时电梯到了五十五楼，电梯门打开，陆氏员工一窝蜂出去，分两侧等着陆凛。陆凛没看晏鹤清，直接出了电梯。

等电梯门合上，张青长长吐了口气："刚刚的男人地位肯定很高，眼神太有威慑力了，他看我一眼，我脚都软了……"

晏鹤清没接话。

回到咖啡店，没一会儿就下班了，咖啡店不卖隔夜货，当日没卖完的蛋糕，员工可以半价购买。晏鹤清买了三个甜甜圈，还有一块奶油小方。奶油小方是单独打包的。

换下工作服，晏鹤清拎着东西出了店。

下午五点天就黑尽了，街上路灯亮着，飘着大雪，地面很湿——今天的雪还没落地，雪花便融化了。晏鹤清撑开伞，没去地铁，去了隔壁陆氏。到了陆氏大楼，他停在旋转门口，收拢伞，安静地等着。

下班时间，不断有人出入，渐渐地，人越来越少。漫长的时间过去，又一部电梯停住，门打开，陆凛走了出来。同时，晏鹤清看到迈巴赫缓缓驶来，停在大门口。晏鹤清微微侧身，隔着旋转玻璃门，隐约看到了陆凛的身影。

晏鹤清迈脚上前，待陆凛出来，他主动打招呼："陆先生。"

陆凛早发现了晏鹤清，他停住脚步，目光落到晏鹤清脸上。

晏鹤清递过奶油小方，语气真诚："上次在医院没来得及感谢您，没想到在这里碰上了，这款蛋糕味道不错，谢谢您上次救了我。"

"我记得你经济状况不是很好。"陆凛并未接。

晏鹤清露出一个浅浅的笑容，说："请一块蛋糕还是没问题，而且这块蛋糕半价，当然，它很新鲜，这您不用担心。"

陆凛第一次收到一块半价蛋糕，黑眸微闪，到底还是接过了。

"谢谢。"

晏鹤清微微颔首："再见，祝您生活愉快。"说完，他便从另一侧离开，撑开伞走进了夜色中。

陆凛目送他走远，收回视线上车。车缓缓启动，陆凛拆开纸盒，里面是一块寻常的奶油小蛋糕。

陆凛向来不爱甜食，奶油蛋糕更是不碰。他拿起勺子挖了一勺，奶油清甜，蛋糕松软细腻，如少年所言，味道不错。

与此同时，晏鹤清被张青喊住："小晏你是去地铁站吗？我没带伞，捎我一程。"

张青双手拿包顶着头，大衣落了雪，湿得很明显，她心疼坏了，这是她新买的大衣，还等着过年穿回老家呢。

晏鹤清停住，让出了半边伞。

"谢谢！"张青高兴地跑到伞下。

两人并排朝着地铁站走，伞微微往张青那头倾斜。张青注意到了，心里很是惋惜，想着这么优秀的男孩，要是她男朋友就好了。

不过张青知道这是不现实的事情。晏鹤清很好相处，对待所有人都谦逊有礼，但也仅此而已，他骨子里透出的淡漠疏离，让谁都无法真正靠近他。

一路上张青都没再挑起话头，安静地走到地铁口，她才从包里掏出一包东西。

　　"店里免费提供的宠物奶油杯，剩了好多，留店里也是扔垃圾桶，你住的小区不是有好多流浪猫吗，拿去喂它们，别浪费了。"

　　"谢谢。"晏鹤清接过，放进装着甜甜圈的袋子。

　　"别客气。"张青笑容灿烂，几步蹦出伞，"我先走啦，明天见。"挥挥手，张青噔噔噔地跑着赶地铁去了。

　　晏鹤清放下伞，朝地轻轻甩了甩伞面，收拢伞进了地铁。

　　回家要转两条线，等晏鹤清到家，已经快晚上七点了。他先给流浪猫送去了奶油，才回的家。

　　"喀喀。"上次落水，身体没完全康复，晏鹤清时不时还会咳嗽。他脱下外套，换鞋走向茶几。茶几上摆着一瓶枇杷膏，已经被喝掉了三分之二。晏鹤清取了把勺子，倒了勺枇杷膏放进嘴里咽下去，嗓子舒服了不少，随后去厨房做晚饭。

　　冰箱里有昨天买的菜，晏鹤清挑了几样食材，做了三鲜汤、甜椒炒肉片，还有蒸蛋。

　　坐下吃了没多久，有人敲门。晏鹤清快速吃了几口，起身开门。

　　门打开，林风致站在外面。一周未见，林风致态度自然许多，他目光在猫罐头上流连，出声询问："这些猫罐头是你的吗？"

　　"不是。"晏鹤清侧身让了让，"进来吧。"

　　林风致进屋换了鞋，见茶几上摆着饭菜，很是惊讶："你现在才吃饭？都八点了……"

　　"嗯，刚下班回来。"晏鹤清问，"你也来一碗？"

　　林风致震惊于晏鹤清竟然已经上班了，听到后一句，他赶忙摇头："我吃过了，不用。"

　　他喜欢吃帝王蟹，今天林风逸带了一箱回家，他大快朵颐，现在还饱着。

　　"那我先吃。"晏鹤清没强求，点点头，坐下继续吃饭。

　　林风致没看到凳子，想了想，在离晏鹤清有点儿距离的地方坐下，觉得尴尬，他主动找了话题："你上班了？"

　　"嗯，做了几份兼职。"

　　几份？林风致眼皮跳了跳，他学的摄影，同学们家境都还不错，没人兼职，更何况还是几份。

　　"你很缺钱吗？"林风致问出口就后悔了。

　　万一……晏鹤清说缺，他是给还是不给？

　　"攒学费，假期要考驾照。"

　　好在晏鹤清没回答缺，林风致松了口气，他偷瞄着晏鹤清。

　　上次他莫名其妙被打后，回去想了一会儿，大概猜到了打他的那对夫妇是错把他认成晏鹤清了。那对夫妇极有可能是晏鹤清的养父母。林风致还是第一次见那样毫无素质、滥用暴力的男人。他好像有点儿明白晏鹤清和他们断绝关系的原因了。

他小声问："你的养父、养母……是不是对你特别不好？"

晏鹤清很是磊落："嗯。"

林风致低下头，盯着拖鞋，"其实……那天去学校，我碰到你的养父、养母了。"

晏鹤清佯装惊讶，扭头看他："取身份证那天？"

林风致点头，斟酌着用词："他们是有些粗鲁……"

没说完，他脸上突然落下些微粗糙的触感，他诧异地抬头，见晏鹤清靠他极近，拇指落到他左脸被打的地方。他皮肤薄，留痕久，其实早不疼了，但还有地方留有一小块淤青。

晏鹤清皱眉："晏胜炳打你了？"

那个散发出酸臭味的男人叫晏胜炳？林风致不想晏鹤清再和他们关系恶化。他们或许对晏鹤清做过不太好的事情，但他们始终是晏鹤清的亲人，过去的事会被时间冲淡，而亲情永远断不了。

这样想着，林风致别开脸，说："没有，我不小心磕的。"

晏鹤清知道林风致被打了，他沉默片刻，拇指轻轻揉了一下林风致被打的地方，咳意涌来，晏鹤清转过脸，低低咳嗽两声。

"你感冒了？"林风致眨眨眼，"我让我大哥、二哥送药来，我不知道牌子，反正吃一粒就好了。"

晏鹤清转身收拾碗筷，说："差不多好了，不用。"

"好吧。"林风致眼珠骨碌转着，想开口又不太好意思。

晏鹤清猜得到林风致来找他的目的,无外乎让他不要透漏他们的关系。他不开口,等着林风致主动说。

他端起碗碟说："你坐，我洗碗。"

林风致点点头。

晏鹤清进了厨房，随后摸出手机，编辑了一条短信。

昏暗的房间。

"叮"，突然一声，陆牧驰的手机亮了。陆牧驰瞥到发信人，猛地抓过手机。

来自"不识好歹"的短信："门口猫罐头你买的？"

猫罐头是陆牧驰心血来潮买的。上周陪林风致处理完伤口，林风致去宠物店买东西，他倏然想到了晏鹤清——不识好歹，又穷酸，买不起进口猫罐头。

林风致上车后，他又回店里下单，让老板送到晏鹤清家。然而那是一周前的事了。

难道晏鹤清才回家？他眉头一紧，起身系上衬衫扣子，大步朝外走。

另一边，林风致见时间不早了，终于下定决心。

见晏鹤清从厨房出来，他站起来说："有件事拜托你。"

晏鹤清擦着手指上沾的水，没看林风致，淡淡问："什么？"

林风致抿了好几下唇，犹豫地开口："我们的关系，你能暂时保守秘密吗？"

"嗯。"晏鹤清神态平静。

林风致没想到这么顺利，反而有些结巴："我……我没其他意思，就是你也知道，林家是上市公司，要是因为我闹出新闻……"他低下头，"不太好。"

晏鹤清抬头，嘴角是浅浅的笑意："你别紧张，这事本就不用敲锣打鼓告诉旁人。你以前是林家人，现在是，以后也会是，这一点永远不会改变。"

林风致怔怔望着晏鹤清，他想，晏鹤清应该是真没想靠他们的关系从林家捞好处。他摸摸鼻尖，忽然不想走了。他瞟向晏鹤清的床，窄是窄了一点儿，但他和晏鹤清都偏瘦，应该能睡下。

林风致期待地问："今晚我能留宿吗？"

都不用晏鹤清想理由留他了，晏鹤清明眸稍弯，回答："当然。"

开着小太阳，房间里还算温暖，两人聊了会儿，就到晚上十点半了。

林风致去看了卫生间的条件——狭窄拥挤，没有地暖，也没有其他取暖设施。离开小太阳，身上只有羊绒衫，林风致冷得打了个喷嚏。

"阿嚏！"林风致决定明早回家再洗澡。

马桶尽管刷得十分干净，但马桶盖裂开了一条缝，林风致实在不想用。他只是洗了个手，便从卫生间出来。

见晏鹤清在铺床，林风致看了一会儿，摸着后脑勺说："我早上洗了澡，现在不洗没关系吧？"

没关系，因为林风致今晚不会在这儿睡。

"没事。"晏鹤清铺好被子，从箱子里找出一套运动服给他，"才洗干净的，你凑合穿。"

这次林风致没拒绝，他接过衣服。他还贴身穿着一件长袖，不怕磨到皮肤。准备休息了，林风致解开手表，那是一块白色陶瓷机械表，非常精致漂亮。

他把表摘下来放到床头，房间太过安静，他主动找话题："这表是理查德米勒白陶瓷。"又吐吐舌头，"我才舍不得买一百多万的表，这是我一个朋友送我的生日礼物——你说我们是双胞胎，那上个月你也过了生日吧？"

林风致来了兴趣，问："你生日收到些什么礼物啊？"

生日那天，林风致收到了非常多的礼物，光是亲朋好友送的礼物就堆满了一个房间。林父林母送了他一套海边度假别墅，因为他喜欢潜水。大哥林风弦送了冰球装备；二哥林风逸则给了他一把车钥匙，送他一台代步车，不算贵，九十多万；陆牧驰送的东西比较独特，一块白陶瓷手表，还送了他一颗星星——北纬六十一度的一颗小行星，用天文望远镜可以找到。陆牧驰买下了命名权，叫它"林风致的星星"。

林风致越说越来劲："你有天文望远镜吗？我调给你看，兴许还能看到我的那颗星星。"

"没有。"晏鹤清淡声说。

兴趣被浇灭，林风致有些失落："啊，那下次去我家吧，我有。"

晏鹤清铺好被子，拿过换洗衣服，说："你先睡，我去洗澡。"

林风致睡不着。晏鹤清去洗澡了，他坐在沙发不想动。太冷了，一离开小太阳，他浑身冷，脚也紧跟着发凉。真不明白，晏鹤清为什么不找一个有地暖的房子。小小的房间一览无余，如果是他的房间，可以看看他收藏的限量版鞋子，还可以用天文望远镜找星星。

没事做，林风致拿过晏鹤清的运动服，一如既往的皂角粉味，还很柔软。

卫生间传出淅淅沥沥的水声，林风致换上运动服。裤腿、袖子都稍微长了一点，林风致挽了一圈。

很意外，这套衣服不磨他的皮肤。林风致试了一下用袖子蹭自己手腕，没有任何异常，也没有过敏冒红点。

什么情况？

林风致研究半天，这材质不像是他常穿的匹马棉，也不像是其他高档布料，就很普通的棉，为何不磨他的皮肤呢？

水声停了，不多会儿卫生间门被打开，有热气飘了出来。

林风致回头问："你衣服……"声音戛然而止。

晏鹤清头顶搭着一块干毛巾，换了干净睡衣，边擦头发边出来。湿润的头发自然卷，和平时截然不同。纯黑睡衣衬得他的皮肤雪一样剔透白皙，淋了热水，此刻他嘴唇红润有光泽，纤长的睫毛沾了水汽，垂在眼皮上。

林风致以前觉得自己长得够精致了，可看到晏鹤清，他有一种自惭形秽的感觉。

怎么形容呢，皮相差不多，骨相天差地别。

晏鹤清还有一种由内而外的清冷气质，一看就知他读过很多书，是学习很好的那种优等生。林风致考的 T 大不错，但他是艺考生，文化课也就正常水平，不差，却也不拔尖。晏鹤清成绩应该非常拔尖吧，毕竟他考上了国内第一名校的王牌专业。

林风致突然想到陆凛。

陆凛也是京大毕业的高才生……就读另一个王牌专业——法律。

林风致一时很羡慕晏鹤清。要是他也念京大，哪怕陆凛毕业多年，哪怕不是一个系，勉强也能算是陆凛的小学弟吧。那样，陆凛至少会记住他的名字。

"什么衣服？"晏鹤清头发擦了半干，他拉下毛巾搭到脖子上。

林风致"啊"一声："什么？"

"你刚问我衣服。"

林风致想起来了，他拉扯着衣服："哦哦，我是想问你衣服材质，我皮肤敏感，很多衣服都会过敏，你的竟然不会。"

"旧。"

林风致愣住:"有这种材质?"

"衣服穿太久,磨多了就贴肤了。"晏鹤清淡淡解释。

林风致讶然,原来是这个意思。他低头瞟了眼衣服,晏鹤清保存得很好,没想到是很旧的衣服。再抬头,见晏鹤清往厨房走,林风致抓起手表看眼时间,晚上十一点多了,他奇怪地问:"你要吃消夜?"

"烧水。"

晏鹤清刚烧上水,就有敲门声传来,晏鹤清眸光微转。

陆牧驰来了。

晏鹤清接了一小杯自来水,慢慢给窗台的几盆多肉浇水,同时他在厨房里说:"风致,开下门。"

林风致第一次有这种体验,床对着门,有人敲门听得清清楚楚,感觉很新奇。都这么晚了,谁还来做客啊?晏鹤清的同学、同事,还是朋友?

"哦。"林风致起身,怀着好奇心去开门。

门打开,林风致瞳孔骤然张大,惊讶不已:"陆牧驰?"

门外,一身薄雪的陆牧驰僵住了,浑身血液似乎全冻结了,四肢发凉。他上门找碴儿,没想却会碰到林风致。陆牧驰拧眉,这要他如何解释,万一……

林风致同样心惊,自己和晏鹤清的关系,暂时不想告诉陆牧驰,陆牧驰怎么会找到这儿来?!难道他知道了?林风致面部微微抽动,手指不安地捏紧门把。

两人双双心虚,一时都默契地没有开口。

偏偏这时厨房传出晏鹤清的声音:"是谁啊?"

"咚!"下一瞬,林风致猛地关上门,心跳如雷。

晏鹤清从厨房出来,装作若无其事,问:"怎么了?"

"没事。"林风致机械地摇头,他抓起他的外套,"我突然想到有事,今晚还是先走了。"

来不及换衣服,林风致直接套上外套,着急忙慌地换上鞋就开门出去了。

晏鹤清端着温水,什么都没说,走到茶几旁,倒了几粒止咳药吞服下去。喝完水,他低低咳嗽了两声。

林风致拉着陆牧驰下了楼,又往前走了一段才停住。他心慌得厉害,不知道陆牧驰是单纯来找他,还是……听到了什么。

大哥出差了,二哥向来和陆牧驰不对付,林父林母应该也不会告诉陆牧驰。但林家每日进出的人不少,晏鹤清又顶着和他差不多的脸……

林风致很是后悔上次邀请晏鹤清去林家做客。他紧紧盯着陆牧驰,试探着问:"你……怎么到这儿来找我?"

陆牧驰此时也回了神，看来林风致还不知道他和晏鹤清认识，误会自己是来找他的。陆牧驰马上顺着话说："打不通你电话，联系林叔，说你在朋友家，我就问了地址找来了。"

林风致悄悄松了口气，他揉揉眼睛："这么急，找我什么事？"

陆牧驰忽然靠近，视线落到林风致脸上的淤青，关切地询问："看你伤好了没有。"

林风致莫名有点儿脸热，很是不好意思，陆牧驰那么关心他，他刚才却对陆牧驰有不太好的揣测，只得转移话题吐槽说："还以为什么大事，就这么点小事……"

"你的事再小，亦是我的大事。"

灯光下，陆牧驰的轮廓有几分像陆凛，林风致有一瞬的恍惚。片刻后，他眨了下眼睛，说："太晚了，我先回家了。"

陆牧驰点头："我送你。"

楼上，晏鹤清将压在书下的手表拿开，翻开书仔细看起来。看到差不多时间，晏鹤清便关上灯休息了。

隔天早上，晏鹤清上班路上，林风致电话进来了。他还是别扭地称呼其晏鹤清，简单地说了"早上好"就直入主题。

"我这几天学校忙，衣服和手表先放你那儿，我周末再去拿。"顿了顿，他还是犹豫着说了，"手表要不是朋友送的礼物，其实送给你戴也没关系。"

他觉得晏鹤清应该不是贪便宜的人，但再怎么说也是一百多万的东西，还是先委婉暗示下吧。

晏鹤清嗓音平淡："好。"

隔着电话两人似乎更尴尬，更无话交流，林风致扯了几句闲话便借口上课挂了电话。

地铁外的广告牌飞速闪过，晏鹤清收起手机，地铁渐渐停稳，门打开，争分夺秒的上班族像水放闸一样涌出去。晏鹤清走在最后，不紧不慢地走出地铁站。

今天上早班的是晏鹤清和另一个男服务员，晏鹤清换上制服，弯着腰在甜品柜摆着蛋糕。

另一个男服务员不屑地撇嘴，很是看不惯晏鹤清。店长不在，勤快给谁看！

"我去趟厕所，你先看着店。"他拿起手机去外面找地方偷懒了。

晏鹤清没反应，专注地摆着蛋糕。他不喜欢甜点，但色彩缤纷、味道香甜的东西，总是能令人心情愉悦。

"一杯黑咖啡，一块奶油蛋糕。"头顶落下一道声音。

晏鹤清站直，嘴角挂着礼貌的微笑，说："欢迎光临，请稍等。"说完便转身冲咖啡。

陆凛目不转睛地望着他挺拔清瘦的背影，直到晏鹤清端着咖啡回来。

店内非常安静，少年微低头，盖上杯盖，把咖啡装进纸袋，随后又拉开甜品柜柜门，很是利落地取出一块奶油小方。

陆凛一言不发，静静等着晏鹤清打包，口袋微振，他摸出手机，看眼来电，接通电话："什么事？"

"这周五，我婚前最后一个单身夜，这脸陆总你必须赏一个。"谢昀杰声音带笑。

晏鹤清打包好了，还用紫色缎带打了个蝴蝶结，和那晚送陆凛的一样。陆凛眸光微转，沉声问："地点。"

"还没定。"谢昀杰说，"要不陆总你来定？难得找到你满意的地方。"

这时晏鹤清将蛋糕装进装着咖啡的纸袋，放到了陆凛前方的台面，没有开口，等着陆凛讲完电话。

"你自己决定。"陆凛淡淡说，"鸡尾酒好喝就行。"

"喝鸡尾酒啊，那就OXVGEN，周五晚上八点。"谢昀杰哈哈笑，"小晏师傅八点上班。"

陆凛挂了电话，掏出钱夹付款："多少？"

晏鹤清微笑："不用，我请您。"

"今天也半价？"

"这倒没有，不过我有员工价，可以八折。"

陆凛抽出两张纸钞，放台上说："下次半价再请。"提着东西离开了。

晏鹤清目送陆凛走远，纤密的眼毛微微颤了颤。

陆凛提着纸袋出现在公司的消息，很快在内部各种小群传遍了。

"陆总提的纸袋是楼下咖啡店的？"

"陆总亲自买咖啡？"

"还有蛋糕！有人瞥见了！"

"妈呀，真是'活久见'……"

…………

这段八卦导致咖啡店中午生意爆好，尤其是奶油小方。

忙碌一天，晏鹤清下班回家，傍晚天就黑了，隔壁的陆氏大楼灯火通明，顶楼能俯瞰整片市中心，像是隐匿在乌黑的云层里，高不可攀。

晏鹤清收回视线，他无法确定陆凛对他的印象怎么样，但至少不会太差，起码已经注意到他，否则他不会来咖啡店，买一块自己不喜欢的奶油蛋糕。

天空又飘雪了，夹着冰凉的雨，晏鹤清平静地撑开伞，走向地铁站。

此时，陆氏顶楼，陆凛听到雨声，侧目望向落地窗。

外面黑得厉害，乌泱一片混沌。

陆凛收回目光，看向电脑左侧，一块奶油小方静静放在那儿，他想到中午路过茶水间听到的议论。

"小方味道一般般啦，但是有个服务员好帅啊！要不是太年轻，我肯定上了！"

"我就不一样了，喜欢嫩草，就是我问他要微信，弟弟拒绝我了！呜呜，姐弟恋多好啊，姐姐多会疼人……"

陆凛拿起奶油小方，放了一天，奶油有些塌，陆凛打开盒子，取勺子舀了一勺，放进嘴里，淡淡的奶油味在舌尖萦绕，没有昨日的香甜。

周五早上，晏鹤清去剪了个头，太久没剪，头发稍稍有些长，没剪造型，只修短了几公分。

小区门口的理发店，老板是一个笑起来特别富态的中年女人，洗剪吹只收十块，她笑眯眯地说："我开店三十多年，这么好的头型还是头一次见，是天生的还是你爸妈帮你睡出来的？"

二维码收费要交钱，老板没开通，只接受现金，晏鹤清从兜里掏出一张五十元递过去，说："我也不清楚。"

老板收好钱，低头找零，追着问："回去问问你爸妈呗，我也想给我孙女睡个漂亮的圆头。"

晏鹤清记不太清父母的样子了，模糊的记忆里，母亲似乎是个极其温婉的女子，说话温柔，会煮好喝的甜汤，还写得一笔好字。晏鹤清的一笔好字，大抵是他母亲打下的底子。父亲的印象就更浅了，只记得他说过的一句话——

"妈妈生下你们，是一件漫长且痛苦的事，感谢妈妈带你们来到这个世界，所以你和弟弟跟着妈妈姓晏，要永远记住妈妈哦。"

晏鹤清怕随着时间流逝，连他也会忘掉父母，那样世上再没人会记得他们，就太可怜了，因此当初得知领养他的人叫晏胜炳，和他一个姓，晏鹤清便同意了。

眼底有孤寂闪过，晏鹤清微笑回道："出生第一个月侧睡，每两个小时翻一次身，到六个月，醒一次翻一次身，六个月后隔天换一次方向侧睡，一岁左右应该会睡出圆头。"

老板找好零钱退给晏鹤清，笑着记下："这么年轻，懂这么多呢，我孙女要能睡成圆脑袋，以后你来剪头发免费！"

晏鹤清淡淡微笑，没有接话，收好零钱，走出理发店往地铁站走。

傍晚没下雪，地铁里难得空荡荡的，晏鹤清还是站在老地方，塞着耳机听俄文单词。这种时间，他都利用起来自学俄语，有不少生物学文献需要看原版，而且他计划本科毕业后去读研。

两个小时在默背单词里飞速过去，到站，晏鹤清收起耳机，随着人流下车。

到酒吧是晚上七点多，还能赶上免费的晚餐。今天谢昀杰包场了，晚餐比往常丰富。晏鹤清盛了一盘海鲜炒饭，独自在角落进餐。

快吃完时，经理一屁股在他旁边坐下，乐呵呵地说："小晏，今天酒吧包场了，是老顾客，下周结婚，今晚举办告别单身的派对。"

"嗯。"

见晏鹤清神色淡淡的,经理索性敞开说亮话:"我摊牌吧,谢总喜欢你调的鸡尾酒,今晚无论如何你得去包间全程调酒,算祝贺他结婚。"经理压低声音,"我知道这工作量大、辛苦。我找老板谈了,今晚给你开一万的奖金。"

晏鹤清没出声。

经理见他不答应,又继续加码:"工资也是三倍。"

晏鹤清时薪一百块,每周工作两晚,一晚七小时,一天七百块,三倍工资加一万块奖金,一晚就是一万两千一百块。

晏鹤清吃完,端盘子起身,说:"好。"

经理松了口气,过了一会儿,他接到电话,马上起身接听:"谢总……哎哎,您放心,小晏今晚调全场……是是是,我马上叫他上楼。"

晏鹤清刚放好餐盘,就被经理拉着去了包间。

包间里比往日热闹,长桌上摆满了价格昂贵的酒。三组沙发上坐满了男男女女,其中不少人的脸常出现在电视里。

晏鹤清推着酒车进来,喧闹的包间短暂安静了片刻。

无数道目光看向晏鹤清。包间里不乏各色俊男靓女,却都沾了庸俗媚气,晏鹤清则不同,有一种冷清的不容亵渎感。

晏鹤清推着酒车到唯一的空处,安静取出酒杯调酒,同这个纸醉金迷的世界泾渭分明。

楚子钰从人堆里挤出来,开口就是大舌头:"小晏师傅!你总算来了,我要一杯'教父'!"他已醉得不清。

晏鹤清微微颔首,先调了一杯"教父"。

最里侧沙发,一双黑眸紧盯着晏鹤清。林风逸没想到会在酒吧碰到晏鹤清,而且对方还是调酒师。上次在林家,晏鹤清又是种花、下棋,又是京大高才生,他还以为晏鹤清多清高,搞半天也就一混迹夜场的货色,根本不配做他宝贝弟弟的哥哥。

林风逸看向晏鹤清,突然朗声大笑:"新来的调酒师,光调酒多无聊,来跟我们玩骰子。"

这话一出,各种不同的目光再度盯着晏鹤清,今天所有游戏的筹码,不是钱,是人。这个看起来高贵、清冷的少年敢玩吗?

谢昀杰没注意到这边的动静,他讲着电话走出包间:"老陆你到哪儿……"

晏鹤清进来就看到林风逸了,他盖上酒瓶,淡定抬眸。

"玩什么?"

林风逸挑眉:"最简单的,摇骰子比大小,输的现场选个人互扇巴掌!"

林风逸的提议得到了一致喝彩。林风逸满腹算计,摇骰子他是高手,怕晏鹤清不敢玩,特意加了一个前置条件。他要拍下晏鹤清打人的视频,让他那善良天真的弟弟看看，晏鹤清就是一个彻头彻尾的小混混！尽管这是大冒险游戏，但林风致不会知道。

晏鹤清眼睫微垂，掩去了眼底的情绪。

"行。"他平静地说。

同时，酒吧门口，一辆黑色布加迪缓缓停稳。

摇骰子比大小的规则很简单，每人摇三粒骰子，喊小，三粒骰子相加小者胜，喊大则是相加大者胜。

玩游戏，楚子钰最积极，他大着舌头起哄："小小小！"

"好，比小。"林风逸抄起摇杯摇了几下按到桌面，翻开，一个两点，两个一点。

楚子钰蹲下身，凑近一粒一粒相加："二加一加一，四点！"

围观的人跟着兴奋了，晏鹤清摇出三个一点才能赢，那可得摇出豹子，实在很难。林风逸更是胜券在握，他睨着晏鹤清："到你了。"

晏鹤清不紧不慢，卷起袖口，露出一截细白的手腕，随后拿起摇杯，动作无比熟练、流畅，不等众人回神，晏鹤清落下摇杯。

"哇哦！"楚子钰尖叫，"三个一点……三……比四小！小晏赢了！"

林风逸脸色顿时十分难看。

有热闹瞧，楚子钰兴致勃勃地催促："林风逸输了！打人打人！"

其他人也纷纷起哄："快去快去！"

林风逸脸色变了几变，问也不问，咬牙起身下楼接受惩罚。

几分钟后，林风逸回来了，脸上有明晃晃的巴掌印，看来被打得不轻。包间气氛瞬间火热，成了乐子的林风逸气红了眼，咬牙切齿看向晏鹤清。

"再来一局，这次比大！"

同一时间，一道颀长英挺的身影出现在包间门口。晏鹤清余光扫过，嗓音一如既往平静。

"好。"

输了一次，林风逸这一次十分谨慎，他看着晏鹤清："一起摇了开。"

晏鹤清没意见。

两人抄起摇杯，摇了片刻，同时停手。数双眼睛盯着摇杯，两人同时翻开。

楚子钰蹲着先数了林风逸的："二、三、六，十一点！"

林风逸第一时间看了晏鹤清的骰子，一、一、二，四点……

晏鹤清输了，包间内顿时安静了，楚子钰舔舔嘴角，这次没有起哄，总觉得晏鹤清有一种不可亵渎的高洁，不适合当成笑话。

昏暗的灯光下，晏鹤清脸色很沉静。楚子钰摸摸鼻尖，实在不想看晏鹤清难堪，他决定牺牲自己，主动开口："要不选我……"

"我输了游戏，能麻烦您吗？"忽然，晏鹤清看向门口。

众人紧跟着看向门口。门外，一道颀长身影伫立良久。

谢昀杰上完厕所回来，见陆凛站在门外不动，奇怪道："怎么不进去？"

楚子钰的酒马上吓醒了，呦呵！小调酒师真是艺高人胆大，找谁不好，找陆凛！别说打脸了，谁敢找陆凛玩这类不入流的游戏，他都佩服得五体投地。

陆凛向来看不上这种低俗的游戏，万一发怒，这可不是一个拒绝就结束的事。

小调酒师，你摊上事了！楚子钰想得头都大了。

陆凛缓步走进包间，其实大部分人都不认识他，只是陆凛气场过于强大，四周瞬间鸦雀无声。皮鞋踩着地板的声音清晰可闻，陆凛走到晏鹤清面前。他俯视着少年，四目相对，少年眼中是未掺杂其他的清澈坦荡。

"哎。"楚子钰生怕陆凛发怒，硬着头皮要上来打圆场，"我们开玩笑……"

陆凛冷峻的脸上没任何表情，他淡淡说："都出去。"

简单明了三个字，楚子钰第一个回神，他马上赶人："快快快，都出去。"

谢昀杰同样进来招呼："楼下又来了几个朋友，大家下去玩。"

能让谢昀杰和楚子钰都听话的人，肯定是大佬，在场的都是人精，哪里还敢留下来看热闹，二话不说就往外拥。

包间渐渐空了，林风逸皱眉看了晏鹤清好一会儿，才不情不愿抬脚出去。面对陆氏掌权人，他不得不收敛他的少爷脾气。

很快包间只剩下谢昀杰、楚子钰、陆凛和晏鹤清。

灯光落在少年沉静的眼中，陆凛继续说："你俩也出去，带上门。"

楚子钰差点儿就叫出声了，为什么他们也得走，陆凛想干吗？楚子钰整个就是莫名其妙。谢昀杰看了眼陆凛的脸色，识相地拽着楚子钰走得飞快，悄无声息地关了门。

包间隔音效果好，关上门就隔绝了楼下的喧闹，安静得厉害。

陆凛后退一步，眉峰微蹙："我要是没来，你准备怎么做？"

晏鹤清眨了眨眼，头一次有些许符合他年龄的狡黠："我看到您了才同意比。无论摇出几点，我都注定不会输。"

"你怎么确定我会帮你？"陆凛眉眼逐渐舒展，走到沙发坐下。

"您是好人。"晏鹤清嘴角弯起浅浅的弧度。

陆凛还是第一次收到好人卡，他淡淡道："好人未必会帮你。"

"可您确实帮了我。"见陆凛一时无言，晏鹤清又说，"今天您又帮了我一次，我是这里的调酒师，您想喝什么，我为您调。"

陆凛解开袖口："'尼格罗尼'。"

晏鹤清走回酒车，安安静静调酒。包间里光线昏暗，他的轮廓十分模糊，陆凛看了一会儿问："没读书？"

"读的，大一。"晏鹤清调着酒，嗓音像是泉水一样清冽，"这两个月暂时休学了。"

陆凛若有所思："打这么多份工，你很缺钱？"

晏鹤清调好酒，送到陆凛面前的桌面上，落落大方回："嗯，很缺。"

陆凛没出声，他端起酒杯，味道一如既往，喝了几口说："我在这儿休息，今晚你也别出去了，你不适合在酒吧工作。"

陆凛一口喝完剩下的酒，放下酒杯，解开外套，果真靠着沙发闭目休息了。

晏鹤清轻手轻脚走到了另一侧沙发坐下，他望着昏暗的前方，眸光微微闪烁。他很会摇骰子，在上个酒吧兼职时，一个推销酒水的女孩曾教过他。

酒吧鱼龙混杂，会摇骰子有时能解决很多麻烦。今天果然用上了。

想了会儿事，晏鹤清也有些困了，包间里开着暖气，温度适宜，他裹紧衣服，微微侧身，头靠着沙发，合上双眼，很安静地睡着了。

时间一点一点流逝，包间里静得没有任何声音，黑暗里，陆凛缓缓睁眼，看向不远处的晏鹤清。

少年睡相很好，很安静，精致秀气的脸埋进颈窝，额前的碎发落下，遮住了他的眼睛。布满老茧的手搭在腿上，连睡觉都是乖学生的姿态。

"喀喀。"少年忽然低低咳嗽了几声，似乎是有些冷，他拢了拢衣服，整个人蜷缩着歪倒在沙发上。

上次掉冰窟里还没好？陆凛微微绷眉，起身找到空调开关，调高了室温。

回到沙发，陆凛突然想抽烟，他很少抽烟，偶尔需要思考一些事的时候会来一根。他伸手从口袋里摸出烟盒，刚要抽一支出来，想到晏鹤清也在，又塞了回去。

此时楼下，楚子钰和谢昀杰都盯着二楼，一个嘴巴还没合上，一个啧啧赞叹。

谢昀杰总算知道了上次陆凛为何问晏鹤清的名字，敢情是之前就认识了。

过了会儿，楚子钰总算合上嘴，他八卦挑眉："你猜老陆什么时候下来？"

谢昀杰端起酒："不知道。"

然后天就亮了。

晏鹤清的生物钟很准时，六点他准时醒了。他掀开眼帘，先看向陆凛休息的地方，陆凛似乎睡得很沉。晏鹤清就没出声，轻手轻脚起身，打开包间门，又无声关上了。

门刚关上，陆凛就睁开了眼睛，缓了缓神，他抓过丢在一旁的烟盒，点了支烟。

晏鹤清下到一楼，一楼很安静，没几个人了，晏鹤清回到换衣间，换上衣服出了酒吧。

清晨六点，从酒吧出来，晏鹤清就被一个人跟着。

晏鹤清面色如常，不紧不慢地走着，不动声色地打量着四周。很快，他发现对面有个卖早餐的流动摊。晏鹤清走过斑马线，走近了流动摊，才知道是卖薄饼的，有咸有甜。晏鹤清要了一份加香蕉的薄饼，还有一杯豆浆。

老板是个年纪很大的老妇人，动作却十分利落，摊好薄饼，卷上煎好的香蕉，再用纸袋一套，一气呵成。

"一共八块五。"连着豆浆，老人一起递给晏鹤清。

"谢谢。"晏鹤清付了十元纸币。

看到现金老人很是高兴，收款码是她儿子的，扫二维码，钱就进她儿子口袋了。

老人找出一块五递给晏鹤清。晏鹤清接过钱放进口袋，转身继续往地铁站走。

新摊的薄饼热气腾腾，握在手中还能暖手，晏鹤清小心地咬了一口，又烫又香甜，没吃几口，一个人拦在他面前。

林风逸等了晏鹤清一晚，从酒吧出来，一路跟着他。见晏鹤清很香地吃着路边廉价食品，林风逸嫌弃地皱着眉："你就这么缺钱？"

晏鹤清没理他，喝了口豆浆，态度和上次在林家截然不同。

林风逸甚至有一种十分强烈的感觉，晏鹤清看不起他！

这令林风逸很生气，他扯着嘴角冷笑："你在酒吧上班，要是让致致的同学、朋友知道了，会很丢他的脸。"

晏鹤清喝了一口豆浆，平静道："我凭劳动赚钱，不觉得丢脸。"

林风逸冷笑。"凭劳动？我看是凭靠山吧，昨天那么嚣张，不就是靠陆凛的身份吗？"他微微眯眼，"你说如果我把这事告诉致致，他还会认你这个哥哥吗？"

晏鹤清淡定地从口袋里掏出手机，点开一段视频，是林风逸昨晚和人互扇耳光的视频。

晏鹤清神色冷淡："你这样的，他应该更不想认。"

林风逸看到视频急眼了："你敢发出去，我绝饶不了你！"

"这取决于你。"晏鹤清收回手机，"看你是要井水不犯河水，还是玉石俱焚。"

林风逸咬紧牙，他盯着晏鹤清，面部都在抽动："算你狠！"他转身气冲冲地走了。

解决了一个小问题，晏鹤清又咬了口薄饼。在进地铁前，他要解决掉他的早餐。

另一边，谢昀杰上了二楼包间，他叩门："老陆？"

"进来。"

谢昀杰推门进去，包间的灯打开了，亮如白昼，只有陆凛一人，谢昀杰惊奇道："小晏呢？"

"走了。"陆凛穿上外套。

谢昀杰不理解了："昨晚你为什么帮小晏？"

陆凛可不是什么好心的慈善家，尽管陆氏每年都上公益榜，昨夜他如此反常地帮那小调酒师，谢昀杰可不信没有缘由。

陆凛并不打算回答，他整理好袖口，抬脚离开包间。

"先走了。"

第一班地铁上已经挤满了上班族，空气都挤得稀薄了。

晏鹤清站在角落，安静地听着耳机的俄文单词。他要坐二十多个站，然后再转一条线，到咖啡店，差不多早上八点了。

他第一个到店，擦干净台面，时间还早，他拿出细胞学的书，站在收银台看得专注。

早上九点，张青卡着最后一秒冲进店，大冷的天，她额头都跑出了汗。成功打卡，张青如释重负，她瞥了眼晏鹤清看的书，完全看不懂，她咂舌："小晏你一天是有四十八小时吗？又上班又学习，也太累了！"

到上班时间，晏鹤清收起书，淡淡笑了一下："还好。"

张青摇头。"你是我见过最勤奋的人了。"她咧嘴笑，"之前不是流行一句话嘛，明明可以靠颜值吃饭，却偏偏要靠实力，我看就非常符合你。"

晏鹤清没回，张青笑笑也不再聊，去后厨忙活了。

晏鹤清见时间差不多，拿起手机发了条短信给林风致。

"今天来拿你的东西吗？我在上班，晚上七点左右到家。"

林风致还在睡觉，手机在床头柜上振了一下。他迷糊着摸到手机，看到晏鹤清的名字，他一秒清醒，爬起来点开了短信。

看到内容，林风致松了口气。原来是这事啊。

他快速回复："我昨天打了一天冰球，累死了，今天要休息一天，明天去拿可以吗？明天你不上班吧？"

"不上班。"

回复完，晏鹤清放下了手机。看林风致的反应，林风逸的确没提昨晚的事。

周六没什么生意，一早上卖不到十杯咖啡。店里不包午餐，张青自己带了便当，在微波炉里热了几分钟，香气四溢，她转头去找晏鹤清："小晏我带了蛋饺，你要……"

店里有电话进来，晏鹤清示意张青稍等，他先接听电话。"两杯焦糖拿铁、一杯摩卡、三杯卡布奇诺、三块提拉米苏，五十六楼吗？好的。"挂掉电话，晏鹤清和张青说，"你吃吧，我去送外卖。"

张青撇撇嘴，晏鹤清来了后，外卖单子激增，下单的人都是醉翁之意不在酒。

打包好，晏鹤清提着东西去了陆氏大楼。

周六，大厅冷清不少，只有一个前台，前台已经对晏鹤清脸熟了，熟络地出来帮他刷电梯。晏鹤清微笑道谢，进了电梯。

一路畅通，他很快到了五十六楼，偌大的办公区很冷清，只会议室里有几个人在开会。晏鹤清联系了下单的人，安静地等在电梯口。

不一会儿，一个女人小跑着过来，她笑吟吟地接过东西："谢谢！"

"不客气。"晏鹤清微微领首，进了电梯。

电梯缓缓下降，到四十楼停住了。等电梯门打开，晏鹤清眨眨眼："陆先生？"

陆凛没想到这么快又见到晏鹤清，他目光扫过晏鹤清的咖啡店制服。刚通宵工作，又来上班？

陆凛走进电梯："早。"

晏鹤清莞尔："早。"

电梯门合上，电梯里又安静下来，少年站在最里侧，清瘦高挑的身影倒映在光滑如铜镜的电梯门上。与上次在湖边见面相比，长了些许肉，但还是过于瘦弱了。

"还没好吗？"陆凛忽然开口。

晏鹤清反应了一会儿，自然地勾了勾嘴角："差不多了，只是偶尔还会咳。"

陆凛又问："喜欢钓鱼？"

"嗯。"晏鹤清点头，"最初是钓着玩，后来发现了钓鱼的魅力，就一发不可收拾了。"

陆凛眉峰微动。

"钓鱼之前，你不知道会钓到什么，但你相信会满载而归。"晏鹤清眼眸微弯，"我喜欢这样的感觉，相信自己，就有无限可能。"

相信自己一定能改变既定的命运。他拒绝在无尽的痛苦里消磨灵魂，他要赏尽春日花，听遍夏日雨，尝尽秋日果，看遍冬日雪。

这才是他应有的人生。

"叮"，电梯到了一楼。电梯门打开，晏鹤清礼貌地和陆凛告别："下次见，陆先生。"

回到咖啡店，下午生意照样冷清，到下班都没什么客人。关好店铺，晏鹤清和张青往地铁站走。

"噫，你回家不是六号线吗？"过了安检，张青见晏鹤清没去搭回家那条线，有点儿意外，"还有其他事啊？"

晏鹤清笑笑："还有一个兼职。"

张青惊讶道："你也太拼了！难怪这么瘦。"她真心实意地说，"身体是革命的本钱，你还是多注意身体，年轻也禁不住长时间几班倒。"

这时地铁进站了，晏鹤清目光微微闪烁："嗯，做完今天，就辞职了。"

酒吧里，冯知闲找来一大帮人，占了吧台所有位置。晏鹤清只给一人调一杯酒，他就喊来几十个人，一人一杯，慢慢点。冯知闲坐在晏鹤清正对面，单手撑着下巴。

"小晏，你最近是不是长了点肉？"

晏鹤清调着酒，垂着眸，没有回冯知闲。

冯知闲并不在意，他笑得合不拢嘴，觉得自己是真的有点儿贱。晏鹤清越不理他，他越想跟晏鹤清交朋友。

晏鹤清调好一杯"B-52"，点上火，递给冯知闲旁边的人，说："您的酒。"

"给冯少。"都是冯知闲找的托儿。

晏鹤清平静地把酒递给冯知闲。

冯知闲没接，问："小晏，我请你出国旅游，去哪儿你决定怎么样？"

晏鹤清放下酒杯："谢谢，不需要。"

冯知闲长叹一声："小晏你到底喜欢什么啊？真给我搞不会了，你提示一下总行吧？"

晏鹤清总算正眼看他："安静。"

冯知闲："……"

接下来的时间，冯知闲真没出声了，晏鹤清忙到凌晨两点，准时回换衣间换衣服。只是这次他没马上离开，先去办公室找了经理。

"辞职？"经理脸色微变。晏鹤清现在是酒吧活招牌，他自然舍不得他走。经理倒了杯水："来，坐下喝口水。说说你的理由，是工资不满意？上班时间不满意？没事，这些都可以谈。"

晏鹤清没坐，也没喝水："是私人原因。"

经理犹豫了一会儿，艰难地开口："是不是昨晚……"他没敢再说。

昨晚的闹剧，其他工作人员不知情，他这个经理是一清二楚。他混迹夜场，看人不说百分百准，百分之八十是有的。别看晏鹤清年纪轻，但他品行端正高洁，自有一股傲骨，宁折不弯。碰到这种刁难，晏鹤清反应却如此平淡，经理反而有点儿意外。

"不是。"晏鹤清浅浅微笑，"您不用挽留了，我们没签劳动合同，也不用提前一个月申请离职，下周前，再找调酒师顶替我，时间很宽裕。"随后他礼貌颔首，说，"这一个月承蒙您照顾，工资您结算好转我卡上就行。"说完便离开了。

经理没动静，过了很久，他幽幽叹了口气。酒吧根本不缺调酒师，缺的是晏鹤清这样长得帅、能招揽客人的调酒师。但惋惜归惋惜，想到晏鹤清的脾气，以后保不准会得罪陆凛，经理又觉得晏鹤清早点离开，对酒吧也是好事。他拿过手机给财务留言，让她明早醒了就给晏鹤清结工资。

离开酒吧，外面刚下过雪，空气有点儿湿润，晏鹤清刚走到路边拦车，一辆奔驰开到他面前。降下车窗，冯知闲朝他笑："我送你。"

晏鹤清婉拒："接我的车马上到了。"

晏鹤清独居，半夜三更来接晏鹤清的人，不会是他父母。

冯知闲试探着问："你朋友？"

晏鹤清忽然笑了一下："昨晚酒吧发生的事，你不知道？"

冯知闲不解："什么？"

晏鹤清摇头，不再言语。

冯知闲心底掀起了惊涛骇浪，他抓心挠肺地开门下车，急吼吼冲回酒吧，连车门都没关。

晏鹤清绕到路边,关上那扇车门,抬脚往前走了。

第二天周日,咖啡店休息,晏鹤清还是自律地六点半起床。洗漱完毕,他蒸上二十个饺子,然后去背俄文单词了。背单词半小时,等他完成目标,饺子也蒸熟了。他又泡了一碗紫菜虾米汤,把早餐端到茶几,安静快速地解决干净。

吃完上秤,一百一十四斤。

几天过去,只重了一斤,大约是快速增重的时期已过去,他最近体重上升得极其缓慢,尽管他增加了食量。但不要紧,他最不缺的就是耐心。

晏鹤清收拾碗筷到厨房洗干净,出来差不多八点了。

看时间差不多,他拨了一个电话。

"嘟……嘟……嘟……"电话里传来漫长的响铃。晏鹤清耐心地等着。

在最后一个音符结束前,电话终于被接起,是一个很不耐烦的男人。

"谁啊?"

晏鹤清礼貌地问:"请问是彩虹桥福利院吗?"

男人拔高嗓音:"满了,暂时没床位接收孤儿了!"

"我是想报名义工。"晏鹤清态度依旧平和。

听到是义工,男人马上换了态度:"可以啊,你填个申请表发我,通过了我会联系你。我微信就是手机号,你先加我吧。"

晏鹤清添加了男人微信,很快男人就传过来申请表,晏鹤清认真填好,发了回去。

"OK。"男人回复,"等我交上去审核,有结果通知你。"

晏鹤清:"好的,谢谢。"聊天结束,晏鹤清放下手机。

彩虹桥福利院是他和林风致小时候待过的孤儿院,也是,陆牧驰母亲工作的地方。

在那本小说里,林风致在他死后很难受,回到彩虹桥福利院寻找过往的记忆,顺理成章地碰见了在彩虹桥福利院做美术老师的陆牧驰母亲。随后,林风致马上叫来陆牧驰,开始化解他们母子的隔阂。自此,林风致和陆牧驰的关系也更加紧密,而他这个亲哥,就活该成为炮灰……

胃部疯狂翻腾,呕吐的欲望越发强烈,晏鹤清快步走进卫生间,刚到洗手池就吐了。刚刚进肚的东西,悉数吐了出来,晏鹤清双手抓住台沿,静默好久,才抬起头。

镜子里,少年脸色苍白,清瘦到风稍稍大一些,就能卷走他。他的眼神却无比坚毅,让人无比笃定,就算碰到再大的困难,他也不会被击倒。

下午,晏鹤清收到了银行短信。

酒吧工资加奖金到了,一共一万七千六百五十六块。紧跟着,林风致的电话也来了。

"你方便来瑞星广场吗?就在你家附近,很近的,走路只需要十分钟。"林风致心虚时，语速超级快，"我想请你吃饭！"

林风致的东西晏鹤清早收拾进了纸袋。

林风致很担心别人知道两人的关系，上次他故意招来陆牧驰，林风致被吓到了，暂时不敢再上门了。

晏鹤清提上东西出门，说："方便。"

打开门，堆墙边的几箱猫罐头原封未动。

下了楼，晏鹤清往瑞星广场方向走，十分钟左右就到了。

远远就看到了林风致，奶白色羊绒大衣，雾霾蓝的毛线围巾，他戴着一顶枣红色毛线帽，站在广场铜像旁边，乖巧的模样十分吸睛。

林风致过了会儿也看到了晏鹤清，站在原地招了招手。晏鹤清忽然就停住了，他静静地望着林风致，没有再往前。林风致等了一会儿，见晏鹤清一直站在原地不动，他终于主动小跑过来。

"怎么了？"

晏鹤清浅浅勾唇："上班有点儿累，最近视力不太好，没看到你。"

林风致先看向晏鹤清提着的纸袋，随口问："什么班啊？"

"服务员。"

晏鹤清没有递纸袋，林风致也不好意思主动去拿，那样显得他很着急，他想着那块手表，有些心不在焉："服务员这么累的吗？"

晏鹤清微微一笑："还好，主要是几份兼职连轴转，现在辞了一份，以后会轻松不少。"

"那就好。"林风致点点头，他摸摸鼻尖，"你饿吗，先去吃饭？这里哪家店好吃啊？我第一次来。"

"我也第一次来，不清楚。"

林风致不可置信："你是宅男吗？这儿离你的住处和学校都很近，你竟然没来过！"

晏鹤清淡淡笑了一下："不是，只是商场东西卖太贵，不适合我。"

林风致尴尬了，他赶紧掏出手机率先往商场走。

"走吧，我搜一下美食排行榜。"他点开软件，点高分排序，"吃日料怎么样？评价不错。不行的话，火锅，烤肉，粤菜都有。"

"火锅吧。"晏鹤清轻咳几声，"我还有点儿咳嗽，想吃热的。"

林风致点点头："行。"

火锅店在 F 座 3033，林风致是路痴，平时别人带他，但今天跟他一起的是晏鹤清，他不好意思开口，只好硬着头皮带路。他带着晏鹤清走了十几分钟，火锅店没看见，一路上都是卖儿童玩具的店，竟是到儿童区了。

"奇怪了……"林风致看着地图上的红点嘟囔，"是在这儿啊。"

这时一个奥特曼模型伸到了他眼前，他愣了一下，回头就撞见了晏鹤清弯弯的眼眸。

"你小时候最喜欢奥特曼。"晏鹤清唇角勾起温暖的弧度，"有一次你摔坏了奥特曼的一只手，哭着跑去找我，说奥特曼少了一只手就打不赢怪兽了。"

林风致完全不记得了，在他的记忆里，他小时候并没喜欢过奥特曼，他喜欢变形金刚。他抿了下唇："我不记得了……"

"我记得。"晏鹤清眼里带着笑意，他们的眼睛都有同一个特点，不笑的时候就很明亮，笑了更是好看。

"给。"晏鹤清将奥特曼放到林风致手里，"我一直很想再送你一个奥特曼，现在总算实现了愿望。"

奥特曼带着微微的温热，那是晏鹤清皮肤的温度，林风致心里忽然像是被猫爪子挠了一样，有一点点抓人的痒。他终于开口："我找不到路！"

长睫微动，晏鹤清伸手："手机给我。"

林风致乖乖交出手机，晏鹤清接过手机看了眼地图，又抬头扫了眼路标："跟着我。"

这次是晏鹤清在前方带路。少年的后脑勺是圆的，和他一模一样，林风致出神地盯着，一不小心撞上了晏鹤清后背。隔着棉服，林风致都硌到了肩，他闷哼一声，抬头才看到店到了。

晏鹤清停下回头："你没事吧？"

林风致脸红了一点儿，他摇头："没事。"

火锅店的服务员出来迎接："您好，请问几位。"

"两位。"晏鹤清回答。

"好的，请跟我来。"服务员领着他们往里走。

这个时间来吃火锅的不算多，空位置很多，服务员领他们去了一个四人位。

坐下后，晏鹤清拿过菜单："你要什么汤？"

林风致回："都行。"

"菌菇和番茄的鸳鸯锅行吗？"

林风致其实想吃红油，吃火锅不吃红汤没味道，但话说出去了，他就别扭地点头："行。"

"菜呢？"

"都行。"

晏鹤清没再问了，勾了几样菜，一扎蓝莓汁，把菜单递给了服务员。

火锅出餐很快，汤底菜品陆续送来，但竟是红汤锅底和番茄锅底的鸳鸯锅。

林风致喊住服务员："上错……"

"没有。"晏鹤清夹起一颗墨鱼仔，放进红汤里，"我没忘，你小时候喜欢红汤锅。"

林风致胸口猛然一荡，他盯着翻滚的红汤，墨鱼仔时不时会冒个头，他也很喜欢墨鱼仔，原来这些都是他小时候的习惯……

他很是感动，捏紧筷子："你喜欢什么？我给你煮。"

"牛肉。"

林风致就往番茄锅里下了一片牛肉，随后快乐地去夹墨鱼仔。

晏鹤清端起水杯，少少地喝了口大麦茶，眼睫低垂，敛去了眼底的情绪。

林风致小时候根本不吃红汤和墨鱼仔，他们吃不起，也吃不了。

"你的也好了。"林风致又夹起牛肉，放到晏鹤清的骨碟里，"给！"

晏鹤清抬眸，唇角微微上扬："谢谢。"

林风致嚼着墨鱼仔，不时偷瞄晏鹤清。

晏鹤清下着蔬菜，问："有事吗？"

林风致耳垂悄悄红了，其实没什么大事，他就是有一点点好奇。

"你还记得你……我们的亲生父母吗？"

晏鹤清放下筷子，他的眼底浮起淡淡的笑意："我们的母亲叫晏秋霜，她是一个温柔娴雅的江南女人，说话软糯婉转，还煮得一手好薄荷绿豆水。父亲姓董，好像是大学老师，教历史……我们的家里，有很多的历史书……"

林风致听得入神，忽然他的口袋疯狂振动。他摸出手机，来电人是陆牧驰。

"我在外面吃饭。"林风致接起电话说。

陆牧驰轻笑："有朋友送了我一箱帝王蟹，正要给你送过去，既然你吃了……"

"我晚上还要吃一顿！"林风致露出笑容，"送出来的帝王蟹，你就别想收回去！"

晏鹤清听到对话，猜出他是在和陆牧驰通话，起身说："我去下卫生间。"

林风致点头："好。"

陆牧驰听到了晏鹤清的声音，连忙询问："你在和谁吃饭？"

糟糕！林风致眼珠乱转，含糊着说："就……一个朋友。"

陆牧驰没问了："你慢慢吃，帝王蟹我已经吩咐司机送去你家了，你吃了要是喜欢，明天再给你送。"

林风致笑得开心："好，谢啦！"

陆牧驰挂断电话，随后他起身抓过外套，大步离开办公室。

吃完饭，林风致要去结账，被晏鹤清拦住了。

"等你自己赚钱了再请我。"晏鹤清抬手轻轻地拍了一下他肩膀，"这顿我先来。"说罢他就去收银台付钱了。

晏鹤清指间有淡淡的洗手液味道，和他衣服上的皂角粉味儿类似，林风致愣了好一会儿，才快步跟上他。

出了火锅店，晏鹤清总算将纸袋递给林风致，说："时间还早，去我那儿坐坐吗？"

林风致打开纸袋，看到最上面的手表，他松了口气，抬头说："不去了，我送你到小区门口吧。我开车来的。"

晏鹤清微笑："不用麻烦。有点儿撑，我走回去刚好消食。"

"行吧。"林风致笑吟吟挥手，"那我先走了，有空联系！"

晏鹤清点头，目送林风致提着东西，往前跑远了。

少顷，晏鹤清收回视线，他并没有回家，将手机调成静音，转身去附近的书店看书。

晚上十点，书店要关门了，晏鹤清才拿着几本书去前台结账。袋子要一块钱一个，晏鹤清没要，抱着书不紧不慢地回家。

进了小区，远远地，看到两个人在单元楼门口对峙，晏鹤清停住。

昏暗的灯光落在两人身上，个子稍高一点儿的是陆牧驰，另一个是冯知闲。

晏鹤清走到墙根，隐藏在黑暗处。

陆牧驰黑眸似冰，冷冷睨着冯知闲——上次送晏鹤清回来的人，他查过对方身份了，冯家小儿子冯知闲，做房地产的，家里有几个小钱。

冯知闲打量着陆牧驰，他去酒吧问话，经理只说前晚谢昀杰包场，其他一概不知，并且还透露了一个重磅炸弹。

"小晏辞职了。"

冯知闲回家睡了一天，醒了就跑来找晏鹤清，结果在单元楼门口碰到了陆牧驰——一身私人高定，手戴百达翡丽，一个不应该出现在这种小区的男人。冯知闲几乎立刻确定了，陆牧驰和他一样，也是来找晏鹤清的。

"他不在。"陆牧驰先开口了，他掏出一支烟，颇为烦躁地咬进嘴里，"不过你最好别再来找他。"

冯知闲咬紧后槽牙，陆牧驰一看就知非富即贵，带着一身怒气出现在这种老旧小区，不知晏鹤清怎么招惹了这种人。别说冯知闲自己，估计整个冯家都得罪不起这位。他不可能为了一个有点儿兴趣想结交的朋友连累家族，更何况两人还不是朋友。没办法，冯知闲只得转身离开。

陆牧驰吞云吐雾，想到堆在晏鹤清门口没动的猫罐头，情绪根本不似他表现出来的平静。晏鹤清和调查资料上的人似乎完全不同，他倒是对晏鹤清越来越有兴趣了。

冯知闲在小区绕了几圈都没找到出口，"啪！"他砸了一下方向盘，索性停住不走了。额头抵着方向盘，冯知闲头一次这么难受，他闭上眼，只想马上原地睡死过去。

"叩叩"，恍惚中，有敲玻璃的声音。

冯知闲正一肚子火没地撒，他猛地坐直，降下车窗破口大骂："敲你——"

看清楚敲车窗的人，他喜出望外："小晏！"

夜色下，晏鹤清安静地站在外面，背着光，拿着一个纸杯。

冯知闲狂喜着要下车。晏鹤清先递过纸杯，说："欠你的一杯咖啡。"

冯知闲动作一僵，他扯了几下嘴角，勉强笑了出来："什么意思？"

"以后别来找我了。"晏鹤清简明扼要地说。

冯知闲的脸色瞬间很难看，他忍不住辩白："我是真的想跟你做朋友，你就不能给我一次机会吗？"

晏鹤清不置可否，只淡淡说："在酒吧，你找我比过一次飞镖。"

冯知闲不明白晏鹤清的意思，问："什么？"

"如果我输了，你会要我做什么？"晏鹤清神色平静。

冯知闲突然心虚起来，他不敢看晏鹤清，有些尴尬地说："那是玩……我玩习惯了，不是……"他说不下去了。

晏鹤清等冯知闲说完，才说："抱歉，我从来不玩。往前开十米左右左转就是出口。"

冯知闲定定望着晏鹤清，还想开口，晏鹤清却转身离开了。

黑暗的楼道，灯一层接一层亮起来，快到三楼，晏鹤清停住。

陆牧驰蹲在他家门口，开了一排的猫罐头，听到脚步声，他也没抬头，咬着烟慢慢说："我今天就是路过，带我去喂猫，喂完我就走。"

晏鹤清转身就下楼。

陆牧驰抱着一箱猫罐头，不远不近地跟着晏鹤清。他其实无比讨厌猫。他曾被林风致的猫抓过一次，他喂它吃肉，它却咬他，不识好歹。要不是林风致的猫，要不是林风致喜欢，他早就……

可陆牧驰很想再看一遍晏鹤清那晚喂猫的样子。他想看看是否还能再看到那个女人的影子。

天色很黑，少年的背影在昏暗的灯光下，朦胧又缥缈，他往小区深处走了一会儿，停在垃圾箱旁边。

"一、二、三……"他轻轻喊。

陆牧驰还在想"123"的意思，就听到细碎的声响，几只流浪猫蹿了出来。

那些猫叫"123"。

晏鹤清没回头，淡淡说："喂吧。"

陆牧驰深深地盯着他："说话看着对方，是最基本的礼貌。"

晏鹤清没反应，他蹲下身，轻轻抚摩着一只小猫的头。

陆牧驰只能看到晏鹤清的后脑勺，他几乎是迫切地几步走到晏鹤清旁边。他低头望去，晏鹤清还是没笑。

陆牧驰忍不住问："你是不会笑吗？"

晏鹤清抬头，四目相对，他眸子里是清晰的疑惑："面对你，谁能笑得出来？"

陆牧驰眼角狠狠抽了几下，比起晏鹤清的话，晏鹤清的态度更令他不爽。他是真的在疑惑，谁能对自己笑得出来。

陆牧驰火气噌地升上来，该死的晏鹤清，果然很有气他的本事，几个字就能激起他的怒火。陆牧驰猛地丢开箱子，一箱子猫罐头稀里哗啦摔了一地。黑暗里又蹿出好几只猫，直接奔向猫罐头。晏鹤清抚摩的猫也跑了。

陆牧驰弯腰扣住晏鹤清的肩膀，大力把他提了起来，低沉着冷笑："是我表现得太亲切，导致你有了可以无视我的错觉吗？"他强迫晏鹤清抬头。

晏鹤清有一种快被捏碎的痛感，最难受的是陆牧驰触碰他的那块皮肤，黏腻、恶心，像是感染了病毒，一点一点溃烂。晏鹤清眉头紧锁，他握紧拳头，目标明确，重重挥向陆牧驰的鼻子。

陆牧驰没想到晏鹤清敢还手，不闪不避，鼻子中了个正着，他痛得哼了一声，松开晏鹤清，后退几步去摸鼻子，紧接着鼻管涌出一股热流，湿漉漉的，打湿了他的手指。

挪开手指看着上面的鲜血，陆牧驰怒极反笑："你竟敢打我？"

晏鹤清脸色苍白，对上陆牧驰的目光，却比刀锋还尖锐，他淡淡开口："礼尚往来而已。"

陆牧驰舌尖抵着唇角，拇指擦过嘴皮，又沾上了血。

"好，很好。"

肩膀疯狂颤动起来，他笑得尤为吓人，忽然大步走向晏鹤清，想抓起他就走。

这一类举动在那本小说里经常出现。

无论什么地方，只要林风致不在，陆牧驰对待晏鹤清就像对待一只狗一样，高兴了赏点甜头，不高兴了，随时随地打骂。

晏鹤清眼眸微沉，在陆牧驰抓他肩膀的瞬间，他冷冷开口："我和他就这么像？"

晏鹤清一句话让陆牧驰的怒火瞬间荡然无存。他僵在晏鹤清面前，脑袋一片空白。

晏鹤清知道了？

晏鹤清知道他和林风致的关系了？

陆牧驰震惊地瞪着陆牧驰，人中还糊着血，五官僵硬的模样竟是无比滑稽。

晏鹤清低低咳了几声："我已经知道了，你和我弟弟是发小。"

"你担心我找林风致认亲，所以想要把我困在林风致看不见的地方。"晏鹤清冷冷抬眸，"你根本不是为了林风致，你是为了满足你自己！你得不到家人的关爱，就想在林风致身上得到，你接受不了一点点我的出现会破坏林家的和谐，你——"

"闭嘴！"戳中痛处，陆牧驰很是失态，下意识要扇晏鹤清耳光，"你立刻闭嘴！"

晏鹤清不闪不避，平静地看着陆牧驰。

掌心离晏鹤清的脸一厘米不到，陆牧驰重重咬着后槽牙。

他下不去手。

陆牧驰手往下滑，改为攥住晏鹤清的衣领，他压低嗓音道："我警告你，你要是敢破坏风致的幸福生活，我就把你的学籍弄没！"

晏鹤清的身体果然微微震了一下。

陆牧驰眼眸骤亮，找到晏鹤清的弱点了——学业！他原本只是试试，晏鹤清这样的高才生，专业前三，想必很爱学习，结果真猜对了。

陆牧驰自觉扳回一局，心情好转，他冷哼一声："我说到做到。"

晏鹤清当然知道陆牧驰能做到，在那本小说里，这个时间点，陆牧驰早替他办了退学证明。他眼里满是鄙夷，说："放心，我对你、对林风致、对整个林家的幸福生活都没兴趣。"

陆牧驰的脸一瞬间变了好几种色，他磨着牙："你最好说的是真话。"随后他松开手，放了晏鹤清，黑眸微微眯起，威胁道，"晏鹤清，别以为你是致致亲哥我就会放过你。我耐心有限，你最好自己想通，别逼我出手。"说完，陆牧驰就离开了。

晏鹤清完全没回头，他垂下眼眸，蹲下身将脚边一罐猫罐头捡起来，这一罐没有开封，他食指钩住拉环，"咔"地勾起盖子，将开盖的猫罐头放到流浪猫的大餐里。

同一时间，林风致在写日记。

台灯下摆着精致小巧的奥特曼手办，林风致拍了一张拍立得，仔细地贴到了今天的日记页。

"没想到我小时候喜欢过奥特曼！他……晏鹤清今天送了我一个奥特曼手办，我们还一起吃了火锅。火锅特别好吃！墨鱼仔、蓝莓汁……通通非常美味！晏鹤清应该很爱我吧？我的每个习惯、爱好，他都记得。今天就这样结束了，是开心的一天！"

"在做什么？笑这么开心。"房门被轻轻推开，林风逸端着牛奶进来。

林风致赶忙收起日记，手忙脚乱地把它塞进抽屉。"没什么。"他回头，看到牛奶，整张脸都皱了，"又喝牛奶啊……"

"睡前喝一杯助眠。"林风逸走到书桌旁，笑着放下牛奶，"还有点儿热，放一会儿再喝。"

林风致嘟囔："再说吧。"

林风逸后背抵着书桌，目光躲闪，问："你今天去见姓晏的了？"

"他有名字，叫晏鹤清。"林风致马上纠正他。

林风致竟然一反常态，维护晏鹤清，林风逸感到奇怪的同时，很担心晏鹤清出尔反尔，给林风致看那个视频，诋毁他好哥哥的形象。

"好，晏鹤清。"林风逸拐弯抹角打探，"他……你们聊什么了？"

"聊挺多啊，吃的、喝的。"林风致顿了顿，上半身忽然前倾，趴在桌上抓过奥特曼手办，拿着朝林风逸晃了晃，"还有这个，他送我的奥特曼！他说我小时候喜欢奥特曼。"

见林风致没有异常，林风逸悬起的心总算落地，看来晏鹤清守口如瓶，算他识相！

随后林风逸又有些酸溜溜地说："一个小玩具，看你乐的，我怎么记得你小时候喜欢变形金刚，怕不是他胡编骗你吧？"

"我有什么好骗的？"林风致把玩着奥特曼说，"再说，他骗我又没有好处，我还收了个礼物呢。"

林风致刚洗完澡，身上有淡淡的沐浴露香味，黑发蓬松、柔软。林风逸忍不住揉了揉他头顶，说："你要是喜欢，明天我给你买齐所有奥特曼。"

"别，我现在又不喜欢。"林风致还有半句没说出口。

除非是偶像送的礼物！

假如陆凛送他一样礼物，不用奥特曼，不用变形金刚，哪怕一支笔、一张纸，只要是陆凛送的，他就是全世界最幸福的人！

林风致手指轻轻捏着奥特曼，假装不经意地问："二哥，听说你那个姓谢的朋友要结婚了？"

"姓谢的朋友？"林风逸反应几秒，"谢昀杰啊，没错，这周六举行婚礼。"

林风致的小心思活络起来，谢昀杰是陆凛好友，他的婚礼陆凛百分百会参加，林风致立刻丢开奥特曼，挪了下屁股，扭身仰头，眼眸亮晶晶地望着林风逸："二哥，你带我参加呗，我想去看看新娘子！"

"我一定要去。"他又强调。

"好。"林风逸又揉了一把林风致的头发，眼里全是宠溺，"带你去。"

陆凛的微信提示有消息。

他的私人微信好友不多，就谢昀杰、楚子钰、陆家人，以及晏鹤清——"52赫兹"。

陆凛点开微信，消息来自他和谢昀杰、楚子钰三人的小群。

楚子钰："老谢，你婚礼哪天？在哪儿举行来着？"

谢昀杰："周六两点，松花酿春。"

楚子钰："噢，这酒店不错，酒酿圆子好吃！你们蜜月定下了没？没定下的话，我送你们一个月的蜜月旅行，地点任选。"

谢昀杰："嗙，又不是真心结婚，我和她都不想麻烦，举行婚礼都是走个过场，蜜月就算了。"

楚子钰感同身受了："我仿佛看见了我的未来……唉，老陆总@陆凛，你怎么样，光棍那么久，有没有什么想法？"

陆凛没回，他退出了群聊。

下一条是他和"52赫兹"的聊天框，通过好友已经小半个月，页面还是空白。

陆凛点进晏鹤清的朋友圈，和自己一样，都是空白。

陆凛关掉手机，继续看企划案，是陆氏最新的公益企划。

陆氏花三百五十亿元建设的主题乐园竣工几个月了，试营运完毕，预计年后正式开园。为了打造世界一流的梦幻儿童乐园，宣传部提交了一份企划，计划在开园当天，邀请福利院的小朋友到游乐场游玩，目前拟选的福利院是幸福蓝天福利院。

陆凛拨了个电话："明天下午所有行程取消，改成去彩虹桥福利院。"

轰隆隆。

清晨就开始下瓢泼大雨，晏鹤清撑着伞从地铁站出来，根本看不清路，等到了咖啡店，他两只裤腿都湿透了。

晏鹤清又是第一个到店，他换好制服，打扫了一遍店里。另一个男店员和张青前后脚来了。

"冬天下雨简直是生化武器。"男店员全身发抖，抱怨道，"这种天气来上班，老板就应该加工资。"

张青撇撇嘴，没搭理他，擦着脸上的雨水，笑吟吟和晏鹤清打招呼："早啊小晏。"本来挺烦下雨天，但进来就看见晏鹤清在安安静静地擦杯子，心情瞬间就美丽了。

优质帅哥果真可以当维生素！

晏鹤清微微笑："早上好。"

话音刚落，晏鹤清手机响了，是彩虹桥福利院发来的微信。

"你的申请通过了，请下午两点带上身份证、学生证来福利院详谈。"

结束早上的工作，晏鹤清跟店长请了下午的假。

雨停了，晏鹤清还是习惯性地带上了伞。

彩虹桥福利院离最近的地铁站要走半小时，出了地铁站，路面还是湿的，积着水，前几条街还好，拐进小路，路面状况就变糟糕了，挖了一半的路，满地黄泥脏水。路边的店铺全部很破旧，大部分倒闭了，只有几家小店还开着门。

其中一家是便利店。晏鹤清推门进去，老板正在追剧，电脑里是女人的哭声，正看得入神，来客人了也没反应。

晏鹤清取了一只最大的购物篮走到货架，他没看牌子，从第一排开始拿，面包、饼干、威化饼、巧克力……还有新鲜的酸奶。

晏鹤清记得很清楚，林风致以前特别喜欢草莓酸奶，酸酸甜甜的，有一点点草莓果肉粒，每次林风致都会把盒子舔得干干净净，然后眼巴巴地望着他："哥哥，我还想吃！"

每次他都会省下自己的留给林风致。

晏鹤清拿了很多盒酸奶，各种口味、带大粒果肉的，还有两箱纯牛奶。当他提着东西去结账时，老板都惊呆了。

这条街以前还算繁荣，但这十来年早衰败了，基本没生意，东西都是卖给左邻右舍。她之所以还开着这家小店，完全是因为铺面是她自己的，不用租金，自己开个店，一天赚的勉强够小菜钱。

这可是很久没有的大单子了！老板眉开眼笑，还给晏鹤清抹了几块钱零头。

"欢迎下次光临！"

晏鹤清左手提着两个大塑料袋，右手提着牛奶走出便利店。

沿着路继续往前走两百米左右，尽头就是彩虹桥福利院。这里曾经也算是很有规模的福利院，门头很大，如今门卫亭里只有一个老人。

晏鹤清主动要登记。老人头都没抬，低头烤着火炉，说："直接进。"

晏鹤清进了福利院，刚下过雨，操场很安静，没人在外面跑动，不过，就算天气晴朗，也并不会有人在外跑动。

来福利院的孤儿，只要身体健康、四肢健全，很快就会被领养走，剩下的大多数是有问题的小孩。

福利院的工作人员很少，一个人要照顾一大群小孩，只是照顾他们一日三餐就够累了，很少会放他们出来操场活动。操场也就是一块光秃秃、面积比较大的水泥地，没有滑梯这类小朋友喜欢的游乐设施，也没有运动器材。

和晏鹤清记忆里一个样。

晏鹤清走到一个屋檐下，地面很干净，他放下零食和牛奶，给联系人打了电话。

"您好，我到福利院了。"

"你从大门笔直往里走，看到一栋浅蓝色五层楼，上二楼第二间办公室来。"

晏鹤清重新提起东西，继续走了几分钟，直到看见一栋浅蓝色的楼。一路上去都很安静，二楼第二间办公室门开着，一个四十出头的男人在电脑前坐着。

晏鹤清停在门口，彬彬有礼地开口："您好，我是晏鹤清。"

男人抬头，瞥见晏鹤清提的东西，他用下巴点了下茶几："东西放那儿，过来谈。"

晏鹤清放好东西，走到办公桌旁边，那里有一张为访客准备的椅子，晏鹤清拉开坐下。

晏鹤清进屋后，男人一直在打量他。男人在心里默默叹气，这个男孩气质干净，细皮嫩肉的，能干得来福利院的苦差事吗？前几年申请做义工的大学生络绎不绝，有为了修学分的，有图新鲜的，也有真心想做公益的。但无一例外，来过几次就联系不上了。

男人也理解。

福利院剩下的这些孩子和正常小孩不一样，多少都有点儿问题，一些小孩还会打人、摔东西，整宿吼叫、骂人。

男人已经判定晏鹤清来不了几次，但还是走流程，敲着键盘开始询问。

"你的简历上写你是京大的学生，是来一次呢，还是长期？"

"长期。"

男人以为听错了，他停止打字，抬头看向晏鹤清："长期？"

晏鹤清平静地点头："嗯，长期。"

男人看了晏鹤清好一会儿，片刻后他关掉电脑，起身说："这样，我先带你到处去逛一圈，你看过之后再决定。"

男人帮着他提了一袋零食和一箱纯牛奶，领着晏鹤清去了三楼。

"我们这儿的住宿区有三个楼层，根据孩子不同的情况分配楼层。越往上呢，小孩状况越不理想。这些孩子通常被虐待过又被抛弃，有严重的心理阴影，因此对我们非常戒备和排斥，前两天有个小孩差点把我们的美术老师抓伤了……"

到了三楼，从这一层开始楼梯口上加了铁门。这一层没有上锁，依稀能听到嬉笑打闹声。

男人熟练地朝着第一间房走："这一层的小孩还算好带，一些胆子比较小的，你主动一些，他们也容易亲近。"

推开门，里面有三十来个孩子，女孩比较多，他们看到晏鹤清，都好奇地望过来，看到他提着的零食，眼睛里更是迸发出渴望的光。

他们很少能见到零食。偶尔有团体或爱心人士捐赠，也是几个月才有一次。有几个胆子大的已经冲过来了，热情地喊晏鹤清。

"欢迎哥哥！"

"哥哥好！"

…………

大部分孩子都很胆小，躲在后面偷偷望着晏鹤清。

"来来来，这是这位哥哥给你们带的面包、牛奶……"男人将东西放到桌上，招呼那些主动的小孩，"你们站成一排，排好队来领。"

晏鹤清则是主动去给那些内向的小孩发。

男人默默观察着，见晏鹤清很平静、很熟练地和内向的小孩交流，他有些惊讶，没想到这少年真的很有耐心。男人看在眼里，开始希望晏鹤清参观结束后还能留下来做长期义工，福利院真的很缺义工，小朋友们也很缺老师。

发完东西，晏鹤清给小朋友们讲了几个故事，大家都听得很专注。

时间一点一点过去，男人还是决定带晏鹤清到四楼看几眼。

上到四楼，铁门上已经上了锁，男人打了个电话，一个灰白头发的女人过来开门了。她系着围裙，围裙上染着大片的颜料，她瞥了晏鹤清一眼，嘴里说着："什么事啊？徐老师在上课。"

男人没进去，说："新来的义工，你带他转转。"

女人笑了："这倒是稀奇，好久没来义工了。"

晏鹤清礼貌地颔首："您好，我叫晏鹤清。"

女人回他一个笑容："叫我张姨就行。"

落雪

男人把剩下的零食、牛奶递给晏鹤清，说："你和张姐在四楼看看，完事到二楼找我。"说完，他就下楼了。

等晏鹤清跨进铁门，张姨就又锁上门，走在前面介绍："现在孩子们都在上美术课，等下课你再进去发东西吧。"

"好。"晏鹤清礼貌地回答。

不同于三楼的热闹，四楼很安静，一间特别大的教室里摆着二十来个画架，有十来个小朋友在里面安静地画画。教室最前方，站着一名高挑清瘦的女人，年纪四十岁出头，她身着罩衣，端着颜料盘，正在教一个小女孩上色。

"那是学校的徐老师，教美术的。"站在门口，张姨微微摇头，"现在福利院就剩她一个美术老师了，十几年风雨无阻，她也不要工资。"

隔着玻璃，晏鹤清静静地望着那个女人。

徐乔音，陆牧驰的生母。

半小时过去，终于下课了，轰隆隆，此时天空又开始打雷，张姨轻轻敲门："徐老师，有义工来给小朋友发牛奶。"

徐乔音听到有陌生人来，马上低头，快速收拾自己的画具。张姨习惯了，她招呼晏鹤清："跟我进来吧。"

晏鹤清进了教室。

四楼的小孩比三楼的更加安静，因为他们大部分是听障儿童。

晏鹤清顺着画板，一个一个给他们分发面包、牛奶，到最后一名女孩，晏鹤清递东西给她，她接过东西却没吃，小心翼翼地放进了口袋。

"你不饿吗？"晏鹤清比画着。

女孩盯着晏鹤清的唇形，很是紧张地打起了手语。

"你……要……带……"晏鹤清认真地辨认着，"给你的……好朋友？"

女孩眼眸亮晶晶的，这次她用力点头。

这时张姨过来了，她看到小女孩鼓鼓的口袋，笑着说："这孩子和五楼一个小女孩是好朋友，是要留给她的。"

晏鹤清的眉眼温柔了几分，他又给了小女孩一份面包和酸奶："你一份，你的好朋友一份。你可以吃了。"

小女孩欣喜地眨着眼，比画着手语："谢谢哥哥！"

这一切，全都落到了徐乔音眼里。

雨越下越大，晏鹤清回到二楼时，才下午五点多，天却已经黑透了，灯都打开了。

"你参观完了。"男人问晏鹤清，"现在再告诉我你的答案，还要长期来吗？"

"是。"晏鹤清颔首，"我每周都可以来一次。"

男人相当意外，更感到高兴，福利院实在太缺物资和人手了，他说："欢迎你的加入。"

电话响了，男人接起座机，听了几秒，他肉眼可见地激动说："院长，您不是在逗我开心吧？"

"当然不是。我太高兴了。"

"没问题，我立刻统计好发给您。"

挂掉电话，男人坐下打开电脑，敲了一会儿键盘才想起晏鹤清还在，他拍了下脑门，带着兴奋的口吻说："瞧我，有企业赞助就忘了你。今天没事了，你先回吧，以后每周来一趟就成。"他拉开抽屉，将一张蓝色工作证递给晏鹤清，"照片、姓名你拿回去自个儿填吧。"

晏鹤清接过工作证，道别后出了办公室。

走廊没有安装玻璃，安的是铁丝网，瓢泼大雨穿过铁丝网飘进走廊，地面上已经积了不少水。

晏鹤清贴着墙下楼，快到一楼时，他看到了徐乔音的背影。

徐乔音提着包站在屋檐下，安静地望着大雨。忽然，她迈脚就要冲进雨里。

"徐老师。"晏鹤清小跑上前，撑开伞遮到徐乔音头顶。

噼里啪啦，雨水砸落在伞顶。

徐乔音看到晏鹤清，苍白的脸上有几分不知所措。她记得这个少年，是今天新来的义工，看着……比她的儿子还要小几岁。

想到陆牧驰，徐乔音一时忘了跑走。

晏鹤清把伞塞到她手里："雨大，您慢点走，我先走了。"晏鹤清说完就戴上帽子，冲进雨里往前奔跑。

"你……"徐乔音想追上去，然而少年跑得很快，瞬间就在雨中消失了。

徐乔音默默握紧了伞柄，也步入雨中，慢慢离开了。

与此同时，一楼院长办公室的门打开，院长恭敬地送陆凛出来。

"陆总，实在太感谢您对彩虹桥的热心资助了，我们缺图书馆和医务室很多年了，尤其是医务室，碰到突发状况……"院长停住，他顺着陆凛的目光看向大雨里，只隐约看到一道跑远的身影，院长小声喊，"陆总？"

陆凛收回目光："后续我的助理会跟进，有任何需求都找他。"

院长乐得眼睛都要笑没了："这可太好了。"

迈巴赫停在宿舍楼前，司机下车撑着伞来接陆凛。

院长送陆凛上车离开，一颗七上八下的心总算落地了。

几个亿的资助，以后小朋友治病、看书都有保障了！还多一栋新宿舍楼，能再多接收些孤儿了。院长摸着胸口，又一次感谢了陆凛。

从福利院出来，晏鹤清身上湿了一大半，雨下得实在太大。他就跑到便利店买了一个果酱面包、一瓶水，站在便利店前的屋檐避雨。

撕开包装袋,晏鹤清安静地吃着面包,他拿的是蓝莓酱面包,甜到发腻,他不喜欢,但为了不浪费食物,还是慢慢咀嚼着。

不远处,迈巴赫缓缓停住,车门打开,司机撑开伞,小跑向便利店。

以为有人来躲雨,晏鹤清默默让到一边。

司机却撑着伞跑到他面前,微笑着说:"晏先生,我老板请你上车。"

晏鹤清很疑惑,顺着司机指的方向,他看到路边停着辆车,但雨太大了,看不清车牌。晏鹤清咽下面包,问:"你老板是?"

司机回答:"陆总。"

晏鹤清认识的陆总只有一个——陆凛。陆牧驰是小陆总。

在彩虹桥福利院碰到陆凛,这在晏鹤清计划之外。

在那本小说里,陆凛是被他姥姥、姥爷带大的,与父亲那边的家庭关系十分淡漠,跟他大哥更是基本不联系,和徐乔音只在婚礼时见过一面。晏鹤清推测,以陆凛的手腕,他必然知道徐乔音这十多年都在彩虹桥福利院,只是他不在意。

那陆凛此时出现在这儿是何缘由?

晏鹤清猜测着,跟着司机走向了车。

等司机打开后排车门,晏鹤清往里一看,恰好对上陆凛深邃的黑眸。晏鹤清低头看了眼他沾满了泥的鞋和裤腿,并未上车。

"陆先生,竟然在这儿碰上您,您找我有事吗?"

陆凛目光扫过少年冻得发青的脸,眉峰微皱,说:"先上车。"

"我鞋和裤子都沾了泥水。"

"无所谓。"陆凛伸手调高了暖气温度,"上车。"

晏鹤清弯腰坐进去,立即感受到了暖意,他坐在靠车门的位置,鞋踩的地方无可避免落下了泥水。

司机关上门,跑回主驾驶座,他启动车子问:"陆总,还是回家吗?"

陆凛看着晏鹤清,发现少年的头发像炸开的爆米花一样,满头卷,比平日多了几分少年气。

陆凛问:"你住哪儿?"

晏鹤清也不扭捏,既上了车,他就落落大方报出地址。

不用陆凛开口,司机马上导航出发。

迈巴赫在大雨里前行。车内又安静下来,晏鹤清的裤腿不断往下滴水,他微微低头,有些局促。这时陆凛先打破沉默。

"我在福利院看到你了。"

"您刚才也在福利院?"晏鹤清扭头,瞳孔里倒映着车顶的灯光。

"有个合作。"陆凛说。

晏鹤清点点头,他唇角微微翘起:"我是来报名做义工的。我以前在彩虹桥待过一段时间。"他并不觉得这是一件羞耻的事，大大方方说，"我很小的时候父母意外离世，亲戚们都不愿意收留我，是福利院暂时收养了我。"

陆凛很意外，晏鹤清的身世竟如此坎坷，仔细想也有迹可循，如果不是得自己养活自己，晏鹤清不会四处打工。若晏鹤清父母在世，不会舍得他如此辛苦。

陆凛沉默片刻，换了话题："你的头发卷了。"

"噢，是的。"晏鹤清倒是忘了这事，他露出浅浅的笑容，"我的头发湿了就会卷，大概是遗传自我母亲。"他眼里露出怀念，"我记得她的头发是天然卷。"

上车了好一会儿，晏鹤清的嘴唇还是发青。陆凛拿过保温杯，倒了一杯姜茶递给晏鹤清，说："我没喝过。"

"谢谢。"晏鹤清接过喝了一口，有点儿烫、有点儿辣，姜茶所过之处却很舒服，他眼睫轻轻颤了一下，"上次在山谷，好像也是这个味道。"

安静片刻，陆凛才说："每次见到你，你都在出状况。"

晏鹤清微微一笑："确实是，但不管您信不信，其实我是很少出状况的。"

这时司机终于找到了机会开口："陆总，到晏先生家楼下了。"

迈巴赫已经在雨中停了几分钟。

陆凛嘴唇刚动，晏鹤清已先出声："陆先生，雨这么大，要不上我家喝杯热水？"

落雪

卷 三

破
冰

热水？

司机眼角悄悄抽搐，他第一次见有人请陆凛喝热水。全京城想邀请陆凛去酒局、饭局的人，恐怕听到这句话都要吐血。

司机还在感叹，却见后视镜里，陆凛已经开门下车了。司机大惊，竟然真要去？他赶紧开门撑伞跑到后排给陆凛遮雨。

另一边晏鹤清也下车了，几步跑进单元楼，在门口等他。

陆凛撑伞过去，随后收了伞。晏鹤清走在前面："我家在三楼。"

墙皮在橘光灯下有一种潮湿气息，狭窄的楼梯被人踩得光亮，两人很快就到了三楼。

晏鹤清从口袋里掏出钥匙，插进锁孔，往左扭一圈，门锁"咔嚓"一声打开了。晏鹤清推门进去，先打开了灯，然后换上拖鞋，侧身让门，说："您进来吧。"

陆凛将雨伞靠在墙根，看向晏鹤清："有鞋套吗？"晏鹤清的家里应该没有他鞋码的拖鞋。

晏鹤清摇头："不讲究这些，您直接进来就行。"

老房子的瓷砖能看出岁月的痕迹，但少年勤快，地板拖得反光发亮。

陆凛的皮鞋沾了雨水，他在屋外脱掉皮鞋，光脚进屋。

晏鹤清微怔，他垂下眼睫，脱下外套挂在门后，快步进屋先打开了小太阳增温。

陆凛并不像其他人那样进屋就四处打量这个小鸽笼，他走到沙发旁，等晏鹤清开口请他坐下，才坐到沙发上。

"您稍等，我换身衣服。"晏鹤清拿过一套家居服，快步进了卫生间。

房子隔音差，一墙之隔，卫生间里窸窣的动静清晰可闻。晏鹤清速度很快，一分钟左右就从卫生间出来了。

宽大的圆领套头衫，一条黑色长裤，套头衫很大，陆凛能看到他两块凸出明显的肩胛骨。晏鹤清平时穿着外套还不算特别明显，一旦脱了衣服，瘦得吓人。

晏鹤清脖间还搭着一块干毛巾，他随意擦了几下头发，然后擦着手说："我去烧水。"

茶几上放着一本书，全俄文的《细胞学》，夹着书签，露出来一小片绿色的叶子装饰，陆凛视线扫过，发现书看了大半。

厨房里，晏鹤清倒了两瓶纯净水进水壶，开火烧水，又拿出淘米篮，舀了三杯米，淘了四五遍，将洗干净的米倒进电饭煲，通电煮饭。冰箱的冷冻室里还有一块瘦肉，晏鹤清取出来接冷水泡着解冻。

这时灶上的水开了，晏鹤清取出一个干净杯子，倒了杯热水，又从冰箱里拿了几个苹果，洗干净一起端了出去。

陆凛还是一开始的坐姿。

"水很烫，要凉一会儿。"晏鹤清将水杯、果盘放到陆凛面前的茶几上。

陆凛问他："你在生物专业？"

晏鹤清也注意到了茶几上的书，他把书拿开放进抽屉："暂时没有，下学期开学才转系。"

陆凛眉心微动，转系要求一般是年级前五，看来晏鹤清成绩很好。他余光扫过沙发扶手那堆书，全是教材，房间里也没电视、游戏机，开口问道："平时除了上班，就是学习？"

"偶尔会看小说。"晏鹤清从茶几下面拉出一张小凳子，坐下挑了一个苹果削皮，"学校图书馆免费，图书种类还齐全。"

晏鹤清削苹果很利落，皮薄薄的，还不会断开。陆凛望着快速变长的苹果皮，问："看什么类型？"

上次在冰湖，晏鹤清在陆凛的帐篷里看到陆凛在看悬疑小说。他削好了苹果，仔细切成小块，开口："悬疑推理，很喜欢阿加莎的作品。"他从牙签盒里倒出一小把牙签，插在苹果上，递给了陆凛，说，"这个苹果口感脆甜，您尝尝。"

陆凛很少吃水果，尤其是苹果，但他还是拿了一块。

安静的屋子里，偶尔有小太阳工作发出的声音，这是劣质电器的通病。沙发旁摆着一个大花瓶，大捧梅花已经干了，像干花，隐隐约约还散发着淡淡梅花香。在花瓶旁边，有一个电子秤，这在男生房间比较少见。

陆凛回想刚才的场景——福利院那条泥泞的街上，少年站在便利店的屋檐下，专注地啃着一块普通的面包，他咽下苹果，问："你晚饭就只有一块面包？"

晏鹤清似乎不理解他的问题，过了一两秒，他明白了，眼眸微弯，说："您误会了，我没有在食物方面省钱，相反我最近在增肥，每顿至少两碗米饭。"他站起身，说，"雨还很大，您留下吃顿便饭吧，饭已经煮上了，炒个锅底煮火锅，很快就好。"

陆凛抬起手腕看手表，下午六点四十分，窗外雷声阵阵，暴雨持续拍打着窗户，他也就没有拒绝。

晏鹤清又进了厨房，很快，厨房里响起做饭声。

水凉了一些，陆凛端起水杯喝了几口，他手机响了。

"老陆，你没在公司？"楚子钰满是意外。

"没。"

"我顺路给你带了一盒蝴蝶酥。"楚子钰叹了一口气，"现在大雨倾盆，反而被困在你公司了……只能自己解决了，这玩意儿凉了就是另一个味。那我挂了……"

"陆先生，您吃辣吗？"忽然一声熟悉的声音。

陆凛扭头，就看到晏鹤清从厨房里探出上半身。

他戴着围裙，黑色，上面是一只白色的绵羊。黑发渐渐干了，真的就不那么卷了，柔顺地垂在他额头。

陆凛回："不吃。"

晏鹤清点点头，回了厨房。

"啊！"楚子钰在电话那头鬼叫，"刚是不是小晏师傅的声音？肯定是！老陆你到底在哪儿？"

陆凛稍稍挪开手机，说："朋友家。"

"这到底什么情况？"楚子钰的八卦欲望达到了顶峰，"我昨天去酒吧，听说小晏师傅辞职了，你让他辞的？"

陆凛看向厨房，他不知道晏鹤清辞职了。上次在酒吧，他确实说过一句"你不适合在酒吧工作"，但陆凛并不认为那句话能让晏鹤清辞职，这少年显然是非常有主见的。

"哎哎，你要带他去老谢的婚礼不？"楚子钰还在大呼小叫，"让老谢多留个房间，小晏师傅辞职后我再没喝到那么好的酒——"

陆凛挂断了电话，耳边终于安静了。

过了一小会儿，晏鹤清端着汤锅出来了，还有小小一个电磁炉。电磁炉是晏鹤清在修电器的地方买的二手货，被他擦得很干净。清汤里翻滚着大小均匀的猪肉圆子，几片鲜嫩的西红柿片，几朵蘑菇，还有翠绿的蒜叶子。晏鹤清又回厨房端来两碗米饭，两碟花生蘸料，还有一篮子新鲜时蔬。

很简单的火锅，却很适合冬天的夜晚。

"您试试猪肉圆子，这是我的拿手绝活儿。"晏鹤清推荐道。

陆凛工作忙，又独来独往，已经很久没有吃过火锅了。他果真夹了一个猪肉圆子，咬一口，浓郁的肉香和清脆的颗粒感，还爆了鲜甜的汤汁。

陆凛仔细咀嚼，问："莴苣？"

晏鹤清眼眸弯弯，答："是的，我加了一点点剁碎的莴苣，圆子口感会更有层次感，也不会太腻。"

"你还在酒店打工？"陆凛顺理成章地问，虽然是简单的小火锅，也能吃出晏鹤清的厨艺不错。

"不算酒店，就路边的家常菜小馆。"晏鹤清端起碗，烫了一片生菜，"基本上家常菜我都会做，那种高端菜品和西餐，我就不会了。"

"味道不怎么样。"陆凛吃了口米饭，意识到有歧义，他补充道，"那些所谓的高端创意菜。"

"我没吃过。"晏鹤清夹出生菜，"以后有机会去尝一次。"

汤锅咕嘟嘟作响，两人吃饭都安静又迅速，不一会儿就吃完了。陆凛吃了一碗，晏鹤清两碗。陆凛帮着收碗筷去了厨房，狭小的厨房依旧被晏鹤清收拾得干干净净，井井有条，窗台上还有几盆多肉，是陆凛见过开得最好的多肉。

"放水池就好。"晏鹤清端着汤锅进来。

厨房瞬间拥挤了。

陆凛放下碗，顺手洗了，也就两个碗，他意外地很会洗碗，洗完碗，他很熟练地取下干毛巾擦掉碗里的水，开口问："你辞职了？"

晏鹤清捞出锅里的残渣倒进垃圾桶，回答道："酒吧吗？赚够了学车的报名费就辞了。咖啡店也是，做到年前就不做了。"

陆凛擦完碗，伸手要接汤锅，晏鹤清犹豫了一下，还是递过去了。

"麻烦了。"

陆凛若无其事地刷着汤锅："看你在学外语，以后要出去深造？"

晏鹤清点头："嗯。"

此时雨声小了，陆凛刷完锅，又用毛巾擦干，扫了一眼，挂到窗台边的钩子上，他从口袋掏出手帕，一根一根擦着手指，说："谢谢款待，我先走了。"

晏鹤清视线扫过垃圾桶旁的红色水桶，突然想到他酿的饵料："我做了一些饵料，您要带走一罐试试吗？"

陆凛果然停住："什么？"

晏鹤清拉开抽屉，取出一个干净的透明罐子，蹲下身打开水桶，一股类似酒酿的味道飘了出来。

"我用高粱、大米、小麦加酵母酿的酒糟，是一个钓鱼的老人教的配方，我稍微改良了一下，还没实验过。"晏鹤清装了满满一罐，拧紧盖子，起身递给陆凛，"饵料直接撒进水里。要是觉得好用，我以后再给您带过去。"

陆凛定定看了晏鹤清一会儿，突然说："我三十岁。"

"嗯？"晏鹤清瞳孔微微张大，"您说什么？"

"称呼'你'就行。"陆凛接过饵料，"我还没那么老。"

陆凛离开了。

晏鹤清站在门口，楼道里的灯亮了，又灭了，脚步声渐渐消失。晏鹤清眼里的笑意渐渐平静，他关上门，点开手机地图搜索松花酿春——离咖啡店很近，地铁线直达，只需要三站。

破冰

他听到了陆凛和楚子钰的电话,按照小说的时间线推算,是那件事了。

松花酿春,是谢昀杰举行婚礼的地点。

隔天早上,晏鹤清七点出门,先搭地铁去了松花酿春。

松花酿春是京城首屈一指的五星级酒店,除了舒适豪华的房间,餐点也极为出名,是黑珍珠三钻。大厅装修得极为古色古香,还有假山流水。

晏鹤清走到前台,礼貌地询问:"请问招临时工吗?我什么都能做。"

少年实在是耀眼到过分,前台拒绝的话在嘴里转了个弯,她点头说:"后厨好像有招人,我帮你问问?"

晏鹤清微笑:"谢谢。"

前台拿起座机拨了个号码,讲了几句,她放下电话,指向左边电梯:"你搭电梯到三楼,找一个姓杨的领班。"

晏鹤清谢过前台,抬脚走向电梯,前台目送他进了电梯才收回目光。

电梯徐徐上升,到了三楼,出电梯就是一个很大的自助餐厅。非就餐时间,餐厅里十分安静,只几个服务员在打扫卫生。晏鹤清判断了一下方位,往左边餐台走,到了厨房,一个穿着制服的女人从里面出来。女人约莫四十出头,拿着一长串钥匙。

"您好。"晏鹤清视线扫过女人胸前的铭牌,上面写着"杨真",猜测女人就是杨领班,他彬彬有礼地说,"我来应聘。"

杨真打量着晏鹤清:"你会做什么?"

"配菜、打荷、切墩都可以。"晏鹤清微笑说,"我还会简单的雕花。"

杨真有些意外,这个少年看着唇红肤白、十指不沾阳春水的样子,竟然真懂后厨的活儿,她转身说:"跟我来。"她领着晏鹤清进了后厨,大家都在有条不紊地准备午餐,杨真走到案台前,拿了一根胡萝卜给晏鹤清,说,"雕朵玫瑰。"

晏鹤清接过,说了声"好",低头熟练地削皮。

也是这时候,杨真看到了晏鹤清的手,和他吹弹可破的脸判若两人,这双手一看便知经过生活的打磨,不只沾过阳春水,甚至长期泡在阳春水里。

事实证明杨真没看错,很快,一朵栩栩如生的玫瑰花在晏鹤清掌心成型。

"你很谦虚。"杨真评价,"这不是简单的雕花水平,你至少在后厨工作过五年。"

晏鹤清回想了一下,从小学到初中,他在小饭店工作的时间的确超过了五年,他微笑着道:"您眼力真好。"

杨真却因为猜准了而颇为惋惜,晏鹤清看着比她女儿大不了几岁,却拥有一双四十岁人的手。她轻轻摇头,说:"暂时不招临时工,不过这周六有场婚宴,人手不够,你愿意,可以来帮工,工资日结。"

晏鹤清说:"谢谢,我愿意。"

应聘结束,晏鹤清搭地铁回咖啡店上班。

工作日的早上通常都很忙，尤其晏鹤清会根据顾客的需求，拉出不同的漂亮花色，顾客都喜欢要他做咖啡，晏鹤清忙得脚不沾地。

张青还好，可以收银，另一个男服务员基本没什么事做，他也乐得偷懒，拿着块毛巾偶尔擦擦桌子摸鱼。这时店里的座机响了，男服务员磨蹭半天，见晏鹤清和张青都在忙，实在没空接电话，才磨磨唧唧过去接电话。

"您好，光影咖啡。"男服务员懒洋洋地拿过记外卖单的本子。

"您好，一杯黑咖啡和一块奶油小方，午休时送到陆氏顶楼。"

听筒里，女人音色甜美，男服务员态度马上好了："没问题，很快为您送到！"

女人这时又说："请晏鹤清送来哦。"

男服务员："……"

男服务员不情不愿接过晏鹤清的活儿。

晏鹤清视若无睹，做好一杯黑咖啡，又打包好一块奶油小方，提着去陆氏送外卖了。

黑咖啡加奶油小方，再加陆氏顶楼，晏鹤清就知道是陆凛。

前台提前接了电话，微笑着领晏鹤清到了陆凛的专用电梯。这部电梯在大厅另一侧，和午休时拥挤的员工电梯不同，不需要刷卡，也没其他人用，到达顶楼只需要几分钟。

前台按开电梯，待晏鹤清进去了，才露出八卦的神色。秘书处特地交代让外卖员搭陆总的专用电梯，这还是头一次。

这咖啡、蛋糕，真那么好吃？陆总就这么喜欢？

前台决定待会儿也点咖啡、蛋糕作为午餐。

电梯一路不停，到顶楼很快。从电梯出来，晏鹤清看到秘书处，刚要过去，秘书就微笑说："您往前走，送到办公室。"

晏鹤清颔首，继续往里走了一会儿，才到总经理办公室。他曲起手指轻轻叩门："陆先生。"

陆凛放下报表道："进来。"

晏鹤清推开门，提着东西走到办公桌前，把东西轻轻放下说："你的咖啡和蛋糕，请慢用。"这次他没用"您"。

刚转身要走，他就被陆凛叫住："吃饭了吗？"

晏鹤清回头，露出几分疑惑之色："还没。"

陆凛下巴点了下左前方："礼尚往来，今天我请你吃饭。"

晏鹤清顺着方向看过去，几张沙发、一张茶几，茶几上摆着几盒菜。晏鹤清猜不透陆凛的意思，难道是特地叫他来吃午饭？

他回头问道："我一个人吃？"

破冰

陆凛拿起报表继续看："嗯，我吃过了。"

晏鹤清安静片刻，走到沙发坐下。

一共五道菜，莲藕排骨汤、蚝油生菜、玉米青豆炒腰果、菠萝黑椒牛肉粒、京酱肉丝，还有一盒水果，全是没动过的。

晏鹤清余光看向陆凛，男人正专注地翻着报表。办公室里很安静，晏鹤清收回视线，坐下端起米饭。

米饭和他平时吃的不一样，有浓浓的米香，粒粒饱满，嚼着还有些许甜。莲藕亦是，炖得很粉很糯，满口留香，小排切得均匀，入口脱骨，肉一抿即化。其他几道菜也是清淡鲜甜，搭配得营养均衡。米饭不多不少，一盒的量刚好够装两碗。

在晏鹤清专心吃饭时，陆凛余光不时扫过他。少年进食安静又迅速，不挑食，夹到什么吃什么。是人便有偏好，就有不愿意吃的食物，如果没有，那就是没条件挑食。

"我不清楚你的口味。"陆凛开口，"有不喜欢的菜，不用勉强。"

晏鹤清咀嚼的动作微微一顿，这是第一次有人告诉他，他也可以挑食。片刻后，他推开京酱肉丝，说："肉丝太甜，我吃不惯。"

陆凛翻了一页，说："那就不吃。"

晏鹤清果真没有再夹京酱肉丝，办公室里偶尔有一两声碗筷摩擦的动静。差不多二十分钟后，除了京酱肉丝，晏鹤清把一盒米饭、四盒菜解决得干干净净。他收拾好餐盒，将京酱肉丝打包好，说："陆先生，剩下的肉丝我能带走吗？我住的地方有很多流浪猫。"

陆凛目光掠过没动的水果："还有水果。"

"它们好像不吃水果。"

陆凛又翻了一页，头微微低着，说："水果你自己吃。"

晏鹤清带着一盒水果、一盒京酱肉丝离开了，还是搭陆凛的专用电梯，几分钟就到了大厅。

提着东西回去，男服务员还好奇地瞄了一眼，阴阳怪气地说："嘿，这外卖送得有意思，提着一袋出去，拎着一袋回来。还有，怎么去了这老半天，不知道中午店里最忙啊？"

张青白他一眼："就你做得最少，话说得最多。昨天中午你出去一个小时，谁说你一句了？"

男服务员马上换了张笑脸："我就顺口说说，没有怪小晏的意思。谁还不知道啊，午休时间陆氏的电梯多挤啊，这还算回来得快的呢！"

这次没有人回他了，他尴尬地摸摸鼻子，也不说话了。

下午下班，晏鹤清提着东西回家，先去给流浪猫送了几盒店里剩的宠物奶油，还有那盒京酱肉丝，才提着水果回家。

冬天温度低，水果保存得很好，其实不是太贵的水果，就很常见的青提、猕猴桃、红心柚子、车厘子，还有草莓。

晏鹤清拿出手机拍了一张水果的照片，发到了朋友圈。没有设置陆凛单独可见，可他的通讯录里也就只有陆凛一个人。

"水果特别甜。"他配了五个字。

发完晏鹤清就退出微信了。

"风致，睡觉了吗？"他给林风致发了条短信。

几分钟后，林风致回复："没有，有事吗？"

晏鹤清拿起一颗车厘子，很红、很大，他敲着字："没事，就是想和你说一声晚安。"

林风致在试周六要穿的衣服，这是一套纯白色西装，试完他还是不太满意，随手拿过手机，看到晏鹤清发的内容，他胸口蓦然一热突然有点儿不好意思。

他这几天一门心思想着婚礼能见到偶像陆凛，都忘记了晏鹤清，可晏鹤清却时刻挂念着他，还惦记着和他说晚安。

林风致一个电话回过去："没打扰你吧？"

晏鹤清音色温柔："没有，在吃水果。"

林风致"哦"了一声，有些兴奋："那你帮我挑套衣服吧！我周六穿，你微信发我，我加你。"

"就手机号。"

林风致马上加了，通过后一个视频打过去，晏鹤清秒接。

视频接通，林风致举高手机，全方位展示他的造型："这套西装怎么样？"

晏鹤清打量着，突然问："你是什么场合穿？"

林风致还不想晏鹤清这么早就介入他的私生活，他含糊地说："就普通婚宴。"

"那我建议你穿休闲装，"晏鹤清微笑，"符合你的气质，也不会抢走新郎的风头。"

林风致不好说他参加的婚礼是高端场合，必须要穿正装。这些礼仪，晏鹤清接触不到，他不应该问晏鹤清的意见。

林风致岔开了话题："你这几天忙吗？"

"和以前一样。"晏鹤清吃着车厘子说，"兼职赚点生活费。"

林风致点头，他眼尖，忽然瞥见茶几上的打包盒，上面印着他最爱的那家餐厅的logo。那家餐厅消费可不便宜，就晏鹤清吃的这一盒，至少几百块。

林风致感到奇怪："你自己买的水果？"

晏鹤清咽下车厘子，指尖沾了紫红色的果汁，他抽了张纸巾擦着手指说："不是，一个朋友送的。"

"你朋友对你不错，在黑珍珠三钻餐厅给你买水果。"林风致心想，晏鹤清竟然有这么有钱的朋友。

晏鹤清只知道陆凛请的饭应该不便宜，却没想到是黑珍珠三钻。他略微走神，片刻后才说："嗯，他对我是挺好。"

林风致随口问："男人还是女人？"他开玩笑说，"如果是女人，估计人家对你有意思，在追你呢。"

晏鹤清唇角弯得很温柔："你好像很有经验，是有喜欢的人了吗？"

"没有啊……对了，时间不早了，先不和你说了，晚安！"

晏鹤清没有回晚安，他微笑着说："祝你有一个愉快的周末。"

提到周末，林风致想到马上就能见到偶像陆凛，说不定能进一步拉近关系，和他成为朋友，心情瞬间雀跃。

这个周末，肯定非常愉快！

他眉眼弯弯，说："嗯，你也是，有一个愉快的周末！"

翌日早上，晏鹤清进了一家文具店，买了一本墨绿色壳子、底纹是叶子的笔记本，还买了一支漂亮的钢笔。

上完班，晚上回到家，晏鹤清简单煮了一碗饺子，吃完后照常开始复习功课，这学期的期末考下周三开始。晚上十点，晏鹤清准时关了电脑，旋开钢笔盖，先在草纸上试着写了三个字——林风致。

他习惯写楷书，线条平直严整，林风致的字体偏圆，偏艺术字体。晏鹤清试写了几个偏圆的字体，还是不像林风致的字。

试写结束，晏鹤清翻开新买的漂亮笔记本，一边回想小说中的内容，一边默写林风致的日记。

看了眼时间，快十一点了，晏鹤清停住笔，捏了捏酸痛的颈椎，拿上换洗衣服，去卫生间洗澡。洗完澡，他将头发吹到半干，到厨房检查酿的饵料，打开桶盖，浓郁的酒糟味扑面而来，米色的饵料在橘光下散发着光泽，这是快酿好的表现。

晏鹤清眼睫低垂，浅褐色的瞳底流淌着淡淡的情绪。准备了这么久，他为陆牧驰安排的饵料，终于到撒网的时候了。

第二天，晏鹤清照常到咖啡店上班，工作了一天，他和店长调了班，这周六休息，周日上班。

男服务员酸不溜丢地问："周六要去约会啊？"

晏鹤清没理他。

下班时天色昏暗，飘起了鹅毛大雪。晏鹤清看了眼隔壁灯火辉煌的陆氏大楼，撑开伞，走进了大雪里。搭着地铁坐了十个站，晏鹤清提前下车，出地铁口，他找了一家平价西餐店，落座后编了一条信息发给陆牧驰。

"我想好了，今天见个面，我们一次说清楚。"

发出去几分钟，陆牧驰回了电话："怕了？"他以为晏鹤清是被学籍拿捏了。

晏鹤清面色平静："嗯，怕了。"

"你现在哪儿？"陆牧驰问。

晏鹤清说了店名。

四十分钟左右，陆牧驰就到了。他大衣外套上还落着雪花，坐下后，他端详着晏鹤清。不得不说，晏鹤清的长相的确优秀，尤其晏鹤清现在长了点肉，皮肤也不再是单纯的白，而是带了点光泽的白，如同上好的绸缎。要是当初被林家收养的是晏鹤清，不知他现在会是多耀眼的人。

"说吧。"陆牧驰盯着晏鹤清，"你要怎么说清楚？"

晏鹤清却先递过菜单："先点东西，我请客。"

陆牧驰弯起嘴角："看来你很是在乎学籍，竟然主动请我这个垃圾吃饭。"

晏鹤清眼皮动了一下，没有开口，只是淡淡看着他。

陆牧驰挑眉："我说错了？在你心目中，我不就是只有两个臭钱，一无是处的垃圾？"

"曾经是。"晏鹤清垂眸，过长的眼睫毛彻底遮住了他的情绪，"现在我只觉得你可悲。"

陆牧驰脸色微变："你再说一遍！"

"想要的东西不敢争取，"晏鹤清却不惧他，语气依旧平静，"只能躲在暗处自怨自怜，这不是可悲是什么？"

陆牧驰脸色越发难看，忽然，他古怪地笑起来："你以为你是什么货色，你若不是有这张脸——"

"我和他并不像。"晏鹤清抬眸，"点好了吗？"他平静地转移了话题。

陆牧驰一口气堵在胸口，他瞥了眼菜单，冷着脸招来服务员："和他一样。"

若是以往，陆牧驰早发飙了，但现在，他意外地有耐心，反正晏鹤清要认输了，稍微顺着他点也无伤大雅。

服务员下完单离开了，很快送来两份意面牛排。

晏鹤清不疾不徐地切着牛排："不用瞪着我，吃完再聊，我很饿。"

陆牧驰神色渐渐复杂，晏鹤清怎么敢这么嚣张，以为是林风致亲哥，自己就拿他没办法了？不对，在他找到林风致之前，他也没把自己放在眼里，总是用和看垃圾一样的眼神看着自己。

或许是习惯了，陆牧驰竟也没有生气，他安静地吃完了这顿廉价的牛排。今天之前，陆牧驰从没想过，自己会吃五十块一份的牛排。

吃完饭，晏鹤清去收银台结账，陆牧驰在门口等着。

付完账，晏鹤清推门出来，外面很冷，他微微仰头看了眼天空，没有看陆牧驰，淡淡询问："可以送我回家吗？"

陆牧驰舌尖扫过后槽牙，缓缓吐出烟圈回："可以。"

晏鹤清的住处，陆牧驰闭眼都能开到，车内十分安静，他用余光观察着晏鹤清。
"现在，你可以畅所欲言了。"

"我拒绝你的提议。"晏鹤清平静地说。

车差点儿打滑，陆牧驰抓紧方向盘，颇为恼怒："晏鹤清，你玩我呢？"

晏鹤清没接话，他安静地看着前方，陆牧驰的余光能看见他精致又沉静的侧脸。

陆牧驰接下来也没再开口，送晏鹤清到单元楼门口，他没提出要上楼，只是意味深长地说："下次再请我吃饭，可以找个贵点的店，我付钱。"

晏鹤清一言不发转身上楼了。

陆牧驰目送他进了单元楼，自动感应灯一层一层亮起，等到三楼那个小房间亮起灯，陆牧驰才收回视线，开着车出小区。快到小区门口，他忽然瞥到副驾驶座上有个绿色的东西。陆牧驰空出一只手，随手抓过来，定睛一看，是一个笔记本。

晏鹤清掉了东西？

陆牧驰单手翻开，先是看到一个日期，日记？陆牧驰眼眸危险地眯起，顺着看了下去。

次日早上四点，晏鹤清就打车去了松花酿春。

通过后视镜，他看到了不远不近跟着他的那辆奔驰，是陆牧驰的车。

到酒店，晏鹤清若无其事地开门下车。

谢家包场了，光是下午的婚宴，后厨早上四点就开始准备，忙得不可开交。晏鹤清手脚麻利，又什么都会，一直在后厨忙得脚不沾地。

陆牧驰全程盯着后厨监控，眉峰微微打结。晏鹤清怎么跑来打杂了？

此时酒店入口，出现了一道眼熟的身影，是谢昀杰。陆牧驰眸光微闪，他爸前些天好像提过一嘴，谢昀杰和乔家大小姐联姻了。他对参加婚宴没兴趣，而且陆凛和谢昀杰是发小，必然会出席，他不想碰上陆凛，就借口推掉了。

原来这是谢昀杰的婚宴。

就在此时，林风致和林风逸也到了，和谢昀杰打过招呼，两人说笑着进入酒店。

不多会儿，陆凛和楚子钰也到了。

"你俩怎么才来？"谢昀杰西装革履，看到两位老友，露出开心的笑容。

"给你们在楼上开了房间，要不要先去休息？"

楚子钰吐槽："休息个鸟，我今天是伴郎，得帮你挡酒。"说到这里，楚子钰乐得不行，又道，"我可能是史上年龄最大的伴郎了。"

谢昀杰看向陆凛，他没敢喊陆凛当伴郎，不是因为陆凛身份矜贵，而是因为陆凛做伴郎了，谁还看他啊！好歹第一次做新郎，风头得保住，他乐滋滋地说："那老陆你先去休息？2120号房。"

"2120。"那边林风致翻到陆凛的房号，眼眸骤亮。他找了个理由和林风逸分开，完全没打算参加婚礼，进电梯直奔二十一楼。

同一时间后厨里，晏鹤清知道陆牧驰通过监控监视着他，他淡定地配菜。不一会儿，一个服务员跑来喊他："小晏，来帮忙摆下桌子，忙不过来了！"

晏鹤清抬头回："好。"

他放下菜，仔细擦干手，往宴会厅方向快步走过去。

到了宴会厅，宾客还未进场。婚庆公司将现场布置成了宇宙星空，餐具全是黄金、白银和水晶的。

"餐具用完要还回去的。"喊晏鹤清来帮忙的服务员小声提醒，"摆放千万要仔细，磕坏一个咱们今天就白干了。"

晏鹤清点头，他摆放好水晶杯，又跟着服务员叠餐巾，很快一只栩栩如生的天鹅在他手心成形。

服务员满眼羡慕："小晏你要是做长期就好了，什么都一教就会！"

晏鹤清淡淡微笑："以前叠过，就几个细节不同。"

服务员也跟着笑，温又谦虚的少年，谁能不喜欢呢。分了几组让晏鹤清摆放，她去其他桌了。

每一桌都叠了十只漂亮的餐巾天鹅，摆放好餐具，晏鹤清又被喊走了，宾客要入场了，要准备上菜了。

宴会厅入口渐渐有了脚步声。晏鹤清低着头，从侧门出去了。

陆凛没有去房间休息，进了宴会厅，一堆人拥簇着他，他端着一杯红酒，听着各式各样的奉承，偶尔冷淡地回应一两句。

楚子钰和陆凛不同，他还没正式接楚家的担子，上面有他爸和他哥，这种场合也轮不上他社交。他找了个位子坐下，低头刷着手机，过了会儿，见陆凛终于过来了，楚子钰收起手机，调笑道："难怪你总不愿意出来，走哪儿都一堆人围着，累得慌。"

陆凛不置可否，他并不反感必要的社交。他放下酒杯，一口未动。

楚子钰又来劲儿了，说："不是小晏调的酒，你都不喝了？这可是老谢特地为你开的柏图斯。"

提到晏鹤清，陆凛拧了下眉："别拿他开玩笑。"

楚子钰一愣，随后微微挑眉道："别说你们不熟啊，我可不信，前两天大晚上还去人家那里吃饭了。"

"去朋友家吃顿便饭，很正常。"陆凛淡淡道，水晶灯的光影落到他的脸上，黑眸幽深不可测。

楚子钰好奇得心里发痒，但见陆凛明显的到此为止的态度，他还是把话咽了回去，这时他瞥到一道眼熟的身影，举起酒杯喊了声："哟，小陆总，还以为你今天不来呢。"

陆牧驰是来宴会厅找晏鹤清的，被楚子钰一喊，他只好硬着头皮过来，对陆凛

破冰

低眉顺眼地喊"叔叔"，然后偏头和楚子钰打招呼："小楚总说笑了，谢总的婚礼，我再忙也得来啊。"

陆牧驰和楚子钰倒是相处自然，也没论什么辈分，说话特别随意。

唯独对陆凛，他实在怕极了他这位叔叔，不敢造次。

陆凛淡淡地"嗯"了声，就没有第二句话了，也没让陆牧驰坐下。陆牧驰巴不得，他现在一心想找到晏鹤清，只是还没来得及开口，楚子钰就踢了一下旁边的椅子说："坐，和我们一桌呗。"

陆牧驰下意识看向陆凛，见陆凛没反应，他只好坐下，视线却不断地在人群中搜寻着。除了后厨，监控只能拍到各处的入口，他只看到晏鹤清进了宴会厅，就不见影了。陆牧驰越来越烦躁，要不是陆凛在，他能马上踢开桌子，去把晏鹤清找出来。

此时的二十一楼，林风致用万能房卡刷开2120，他轻轻关上门，闭上眼，仰着脖子深深呼吸着房间里的空气壮胆，今天他一定要向陆凛传达他的崇拜！

传菜间里，众人忙碌得热火朝天，晏鹤清接过托盘，不断地往宴会厅送菜。

婚礼举行得很顺利，新郎、新娘在台上互相亲吻，现在正由双方父母发言，现场流淌着煽情的钢琴独奏。服务员穿梭其间，有条不紊地上菜。

晏鹤清扫视了一圈，确认陆凛不在左侧这几桌，他就往这几桌送菜。

今天要避免碰到陆凛，巧遇多次就太刻意了，而且今天也没有见陆凛的必要。

众人的焦点都在台上，场内光线十分昏暗，陆凛旁边的人时不时找他说话，陆凛偶尔颔首，表示他在听着。忽然，他微微侧目，看向远处，离他七八张桌子的地方，一道纤薄身影一闪而过。

"陆总？"身旁的人喊了好几声，陆凛才回神。

他端起酒杯，浅尝了一口，终于开口："抱歉，你刚说什么？"

楚子钰已经离桌去招呼客人敬酒了。陆牧驰根本没心情观看什么婚礼，他焦躁地捏着手指，终于等到上菜，他胡乱敷衍了几口，放下筷子，起身走到陆凛旁边，低头小声说："叔叔，我有急事先走了。"

陆凛淡淡点头算是回应。

怕陆凛发现端倪，陆牧驰起初走得很正常，快到门口时，他加快脚步，几乎是飞奔去监控室。他顺着小窗口一个一个检查，还是没发现晏鹤清的身影。晏鹤清就跟凭空消失了一样。

陆牧驰骂了一声，他扭头让保安回放前几个小时的监控。保安不敢拒绝，麻溜地回放监控。陆牧驰往前凑了过去，看得无比专注。

另一头，晏鹤清送完菜，在散席之前，他们总算可以短暂地休息一会儿了。

"小晏！"先前和晏鹤清摆餐具的服务员跑过来，她手里端着一盘榴莲酥，笑得无比可爱，"这是后厨剩下的，是用今天空运来的新鲜的猫山王做的，料特别足，给你吃吧。"

晏鹤清没有拒绝她的好意，他眼眸微微弯起，道了声谢，拿了一块。

休息室的灯光落到少年额头，服务员发现忙了这么久，晏鹤清竟然都没有出汗，连额头都比旁人饱满光洁。服务员歪头眨眨眼，忍不住说："小晏，你长得可真好看呐，你妈妈肯定是个大美人！"

晏鹤清安静地咬了一口榴莲酥，薄薄的酥皮包裹着厚实、滚烫的馅料，是他从未吃过的味道，很新奇、很甜，也很美味。他抬眸，嘴角勾起浅浅弧度："嗯，她是很漂亮。"

快到晚上十一点，婚宴接近尾声，谢昀杰包了整栋酒店，给所有宾客都准备了房间，陆陆续续有宾客离场，上楼休息。晏鹤清没有立刻去清理宴会厅，他借口上卫生间，进了一部电梯。

陆牧驰查监控都快盯出斗鸡眼了，时间越来越晚，他暴躁地用力锤着桌面："该死，凭空消失了不成！"

保安吓得缩着肩膀，努力降低存在感。就在这时，保安眼尖地瞥到左下方的一部电梯画面，陆家小少爷下午一直在监控里找的那个服务员出现了，他赶紧出声，指着左下角问："陆少，是不是他？！"

陆牧驰已接近暴怒的边缘，他马上看过去，那小小的屏幕里，站着的人正是晏鹤清。陆牧驰松了口气，随即双目瞪圆，死死盯着晏鹤清那块监控屏幕。

晏鹤清特地站在监控能拍清脸的地方，让陆牧驰清清楚楚地看到他，他消失这么久，陆牧驰本来就没有多少的耐心，早就耗尽了。

到达二十一层，晏鹤清走了出去，消失在监控里。

酒店要保证安全，又要兼顾顾客隐私，客房楼层并未安装监控，但足够了，陆牧驰转身争分夺秒地奔向电梯。一路到二十一楼，二十一楼是贵宾套房，一层仅有五间，陆牧驰早做了准备，他跟酒店高管要了房间万能卡，酒店每一间房都能打开，他从最近的 2116 号房间开始找。

"滴！"门一解锁，陆牧驰直接推门进去。昏暗房间里，落地窗旁，两道身影交叠。冷不丁听到开门声，女人先回神，瞥到陆牧驰，她当即尖叫一声。

陆牧驰见不是晏鹤清，掉头就走。

2118，无人入住。陆牧驰退出来，大步走向斜对面的 2120。

"滴！"又响起清脆的一声。

楼道消防间里，晏鹤清冷眼看着，在看到陆牧驰进了 2120 后，他淡漠转身，一层一层下楼。

与此同时，又一部电梯"叮"的一声停在二十一楼，英挺的男人走出电梯，皮鞋踩在羊毛地毯上，没发出一点儿声音。

二一二零房间，落地窗外，远方的灯光隐约透进来些许，超大尺寸的床上，有彩色的光影缓缓流动。

林风致听到了开门声，还有越来越近的脚步声，他躲在床侧，手脚都紧张地蜷起，期待着陆凛开灯能看见他准备的礼物。

他为陆凛布置了一个惊喜房间，陆凛一定会很喜欢！

脚步声近了，终于停在了床边。林风致双手抓紧了衣角，紧张的心跳声在安静的房间憾如鼓声。

陆牧驰双眸冷得发寒，无声冷笑，摁下手下的开关，偌大的房间瞬间亮如白昼，只见铺在床上的有关陆凛的各种报道、杂志用彩条装饰成相片框，摆成了两个字——英雄。

无数悬浮在空中的气球在灯光下闪烁着光芒，每只气球上贴满了陆凛的照片，几乎都是从远处拍的背影照。

"呀！"林风致猝不及防惊呼一声，他先是欣喜地抬头，在对上那双充血，又不可思议的眼眸时，林风致的笑意僵在脸上，他吃惊道："怎么是你！"

陆牧驰同样僵住了。

几乎是同一时间，皮鞋踩在地板上的声音停在了房间门口。陆牧驰和林风致同时看过去。

卧室门外，陆凛微微皱眉，旋即一言不发，转身离开，并顺手带上了门。

林风致脑袋"轰"的一声。怎么办，陆凛是不是生气了？

林风致整张脸倏地发白，他甚至来不及在意被陆牧驰发现了秘密，急切地想要追上陆凛解释。

"不是的！陆凛叔叔……"他没跑几步，胳膊便被陆牧驰拽住。

陆牧驰偏过头，林风致还在掰他的手，突然就被他的眼神吓到了，林风致瑟缩了一下肩膀，不敢挣扎了。

陆牧驰手指用力，像是要捏碎林风致的胳膊，原来那本日记的主人是林风致！他从牙缝里挤出声音："你利用我！"

不是疑问，是肯定。林风致和他交朋友，只是为了接近他叔叔！

林风致细皮嫩肉的，胳膊很快红紫一大片，他疼得厉害，急忙说："是，我是利用过你，想要接近陆凛叔叔。他是我的偶像！你快松手！疼死我了。"

陆牧驰眼神晦暗不明，曾经的记忆在此刻无比鲜活起来。

"陆牧驰你在家吗？祖宅？我来看你！不是，好久没见面，想你了呗。"

"陆牧驰，我请你打冰球！哦，对了，你叔叔在家吗，要不要邀请他啊？"

"陆牧驰，你吃蛋糕吗？正好，我做多了，顺便给你叔叔带一些吧！"

原来他以为的"抱团取暖"，他曾坚信不疑的、来自对方的信任和依赖，全是谎言，全是林风致在利用他！

陆牧驰顿时头疼欲裂。

另一边，清理完宴会厅，晏鹤清今天的工资到账了，一千元。

后厨的大师傅还额外给晏鹤清打包了菜。

"都是多出来没上的硬菜，回家热一下就能吃。"

大师傅还给了他两盒猫山王榴莲酥。

晏鹤清礼貌谢过，拎着东西，从侧门离开了酒店。太晚了，地铁停运，他就走到路边打车。

另一侧的酒店停车场出口，一辆黑色布加迪缓缓开出。

在出租车启动的瞬间，街边的路灯，影影绰绰，黑色布加迪从旁边开过。

视线抬高，倒退的酒店高层灯火辉煌。

应该开始了，晏鹤清面色平静。

陆牧驰搭着电梯下到停车场，他上车连安全带都不系，毫无目的地在路上狂奔。不知过去多久，他看向中控台上的笔记本上，墨绿色，叶子底纹在车灯照射下隐隐泛着银光。

晏鹤清到底在搞什么鬼？

陆牧驰咬紧牙，口腔里满是血腥味，他猛地转过方向盘，掉头朝着熟悉的地方疾驰而去。

夜深人静，出租车内很安静，司机没有主动跟乘客搭话。大晚上，他看得出这个少年面容疲倦。

快半夜了，路上车少，一路过红绿灯也很幸运，全是绿灯，比平时提前半小时到了单元楼门口。晏鹤清付了车费，道谢后下车。

小区基本都是租户，深夜才是下班高峰期，整栋单元楼大部分房间都亮着灯。这也是小区流浪猫多的原因——租户搬离了，有的会带走宠物，有的就原地遗弃了。快到年关，最近流浪猫更多了。

晏鹤清上到三楼，他家门口还堆着剩下的几箱猫罐头。晏鹤清开门，没有换鞋，将食物挂到门后，又关上门，抱起四箱猫罐头下楼。

四箱猫罐头有点儿重，晏鹤清搬起来觉得吃力，他走得很慢，到了他常喂流浪猫的地方，他将猫罐头一一打开，蹲下身摆在地上，然后轻轻唤了几声。不多会儿，接二连三有猫从暗处蹿出来，晏鹤清常来喂食，它们早已经熟悉，毫不设防地大快朵颐。高级罐头全是好肉，流浪猫们吃得特别快。

晏鹤清脚边有一只特别瘦小的猫，他静静守着，不让其他猫过来抢食，等小瘦猫吃完，蹑足着开始舔毛了，晏鹤清才起身回家。

快到单元楼门口，他就看见一辆奔驰霸道地横在路中间，连车门都没关，可想而知车主下车时有多愤怒。

陆牧驰来与不来，都在晏鹤清计划中，只是分早晚而已。晏鹤清脚步不停，平静地踏进单元楼。

刚进去，破风声响起，有东西从他脸颊擦过，重重掉到他身后。晏鹤清的右颧骨有明显的刺痛，应该是被划破了。他微微侧目，身后不远处，静静躺着一个墨绿色的笔记本，叶子底纹润润地泛着光。

晏鹤清没有出声，倒是陆牧驰先沉不住气了。他双目喷火般瞪着晏鹤清："你是故意的！"

晏鹤清神色平静，他转身弯腰捡起笔记本，拍了拍面上的灰，云淡风轻地对上陆牧驰的怒容，说："是。"

陆牧驰的眼眸危险地眯起，他紧紧盯着晏鹤清："为什么这么做？"

晏鹤清没有直接回答，他眼眸澄净，如同两泓泉水，平静地对上陆牧驰的审视："是啊，为什么呢？"

一楼的感应灯应声亮了，橘色的光落到晏鹤清脸上。他右脸上离眼尾很近的地方被笔记本划出了一条小口子，血痕像是在下眼睑拉出的一条浅红色眼线，那双浅褐色的狐狸眼，在昏暗的光线里，像是在勾人魂魄。

陆牧驰无意识地放缓了语气："是我问你，不是你问我。"

晏鹤清面容沉静，说："答案要靠自己挖掘，不是等别人告诉。"他抬脚要走，陆牧驰堵在楼梯口，他擦着陆牧驰手臂走了过去，"谢谢你的猫罐头，它们吃得很开心。"

晏鹤清上楼了，不疾不徐的脚步声渐行渐远。直到听到关门声，陆牧驰才猛然回神，他仰头望着漆黑的楼梯间，脑海里的答案逐渐成形。

关上门，晏鹤清换好鞋，先去了厨房，他没有开灯，借着从窗外照进来的路灯光，翻开笔记本，撕下那页日记，再翻出备用的火柴，划了一根，橙红色的火焰发着光，晏鹤清点燃了页角，放到水池里。

他静静望着燃烧的纸片，火光倒映在他瞳孔里，像是两团热烈燃烧在他眼底的火焰。

很快，黑色的小碎屑一点一点往下落。烧干净后，晏鹤清打开水龙头，将一堆灰烬彻底地冲进了下水道。

回到房间，被刮伤的地方隐隐作痛，他在伤口处贴了一张创可贴。

翌日，晏鹤清如往常一样，按时起床，背完单词吃早餐，随后出门上班。

周日没什么生意，晏鹤清很清闲地做完了他在咖啡馆的最后一天。

张青从店长那儿得知晏鹤清以后不来了。虽然早知道有这一天，但张青第一次觉得，时间其实过慢点也挺好。她跑去厨房装了一大袋宠物奶油，收拾好有些低落的心情，笑容明媚地出来递给晏鹤清："以后有空，或是想给小家伙们加餐了，随时回来啊！"

晏鹤清接过，微笑道谢。

最后结工资，店长还多给晏鹤清发了三千块奖金，提醒了他好几遍："以后打暑期工、寒假工，店里永远欢迎你！"

晏鹤清微笑着答应了。

提着宠物奶油，还有最后一次用员工价买的奶油小方，晏鹤清离开了咖啡店。路过陆氏大楼，他抬眼看了看，顶楼隐在最高处，完全看不见。昨晚，陆凛应该没有看见他吧？

收回视线，深冬的风刮在脸上有点儿疼，晏鹤清往上提了下围巾，遮住下半张脸，走向了地铁站。

回到家快晚上八点了，晏鹤清没有做饭，他倒了一杯热水，打开奶油小方，安静地吃完他今天的晚餐。

晏鹤清记忆里第一次吃蛋糕，吃的就是奶油小方，简单的奶油上面放着一小颗糖水樱桃，糖水樱桃的味道特别奇怪，但似乎因为是妈妈买的，他总是吃得很开心。

解决完奶油小方，晏鹤清拉开茶几的抽屉，里面放着彩虹桥福利院的工作证。蓝色挂绳，一张写着彩虹桥福利院的塑封卡片。晏鹤清拿出工作证，又拿过书包，打开夹层。

拍身份证照时，他顺便要了一套免冠照备用，他翻出免冠照，一共有八张，上下两排各四张。晏鹤清拿过剪刀，仔细剪下一张免冠照，又从塑封里抽出工作证，照片处贴上免冠照。他旋出钢笔盖，在姓名栏用打印字体一样的楷书工整地写下三个字——晏鹤清。填完工作证，晏鹤清把它塞回塑封里，放到桌上，摸出手机对着工作证拍了一张照。

"明天的新工作。"有图片、有文字，他发了一条仅陆凛可见的朋友圈。

现在他的通讯录里多了一个林风致。林风致每天都会发一条朋友圈，拍风景或是拍美食，昨天没发，估计是受了不小的刺激。

晏鹤清不清楚陆凛昨晚有没有去二一二零房间，他发这条朋友圈，是想测试一下陆凛对他的态度。如果陆凛对他好奇，不会毫无反应。

上次他去福利院，离开时接待他的工作人员接了个电话，说有企业赞助福利院，后来他想，那个企业应该就是陆氏。

晏鹤清猜测陆氏应该是在做公益。做公益就不可能只去一次，陆凛明天有理由出现，而普通公益，陆凛又不需要次次出现。如果陆凛明天出现了，说明他看到了自己的朋友圈。

晏鹤清放下手机，给自己放了今天晚上的假，不再复习。后天就开始期末考，他已经准备好了。

难得放松，晏鹤清选择好好睡一觉，洗完澡，他给多肉浇了水，就上床休息了。

陆凛看到了晏鹤清那条朋友圈。

蓝底的免冠照里，少年的模样干净清爽，嘴角是浅浅上扬的弧度。把证件照拍得如此漂亮的，陆凛只见过晏鹤清，但如此单薄的男生，也只他一个。

脑海里又浮现昨晚宴会一瞥的背影，陆凛放下手机，拿起坐机联系助理。电话很快被接通。

"给彩虹桥福利院送礼物安排在哪天？"

周日联系他，助理还以为出了什么大事，听到是福利院的事，他松了口气，马上回："下周六。"

"提前到明天。礼物清单现在发我。"陆凛挂了电话。

助理大吃一惊，陆凛竟然在意送礼物这种小事，这还是头一次。

陆氏旗下有几十万员工，要是大大小小的事都过目，陆凛一天二十四小时不休息也处理不完。陆凛只处理大事，其他小事，自然是由他们领薪水的人处理。助理很快发了清单过去。

陆凛打开邮箱，下载礼物清单仔细浏览，都是常规的文具、图书、玩具、衣服、奶粉、零食，还有福利院最需要的尿不湿。浏览到最后一页，陆凛又给助理打了个电话。

"加一个光之立方。"

助理知道光之立方，陆凛办公桌就有一个，是一个创意透光摆件。只是和普通光之立方不同，陆凛那个摆件是纯水晶制作的，据说几十万一个。

助理不明白陆凛为什么要加一个摆件送福利院，但老板吩咐的事，照做就完事。助理将光之立方添进了清单，他想到一件事，马上询问："您明天要去？安排的媒体是否再增加一些？"

"取消媒体。"陆凛抬手看了眼时间，"明早九点出发。"言下之意，他要去。

助理回："我马上安排！"

晏鹤清睡了很满足的一觉，他没吃早餐就先上秤，一百一十七斤，虽然偏瘦，但体重在稳步增长。晏鹤清早餐多吃了两个包子。

他搭乘地铁再转步行，到彩虹桥福利院也不过七点半。门卫没在，大门开着。

晏鹤清进了福利院，天气不太好，天色有点儿阴沉，住着小朋友的宿舍楼都亮着灯，他们也起了。

有些不能自理的小朋友，需要义工们帮助他们穿衣。

晏鹤清刚到五楼，就闻到一股淡淡的霉味，走廊封得严严实实，是那种特别细密的铁网，就算有太阳，也很难见到。没有教室，就两个大通间，男孩一间，女孩一间，门全敞开着，有光亮照出来。第一个通间住的八个小男孩，全是无法自理的孩子。上次见到的张姨正在利落地帮其中一个孩子换尿不湿。

其实这些孩子都八九岁了，但是晚上没人照顾，如果不穿尿不湿，他们就会尿得满床都是。换尿不湿的工作又累又脏，先前来过的义工，换一次就跑了，再不来五楼。

张姨以为晏鹤清也会如此，年轻人做不到她能理解，然而她万万没想到，晏鹤清不仅做得很好，还特别认真。到隔壁小女孩时，他还关门在门外等候，等张姨换完，他才进来安静地收拾那些臭味熏天的垃圾。

张姨看在眼里，去食堂帮忙的路上，她主动问晏鹤清："小晏，你家里是不是有弟弟妹妹？这么会照顾人。"

晏鹤清笑笑没回。

张姨明白了，她拍拍晏鹤清的手臂算是安慰。到了食堂，张姨特地安排晏鹤清去发早餐，这少年刚刚累坏了。

张姨翻出一件旧的白大褂给晏鹤清。晏鹤清穿上白大褂，有股浓浓的书卷气，身处食堂，也像在实验室做实验。

晏鹤清熟练地分着早餐。早餐还算丰盛，稀饭、油条、肉包子，每个小朋友还有一个苹果。苹果是那种小小丑丑的苹果，但口感脆，味道清甜。

小朋友看到晏鹤清特别好奇，领到早餐都不走，围着他看，此起彼伏的"哥哥你真好看""哥哥你会经常来看我们吗？"响起。

与此同时，三辆大货车开进彩虹桥福利院，紧随其后的是一辆黑色布加迪。

院长早等在门口。黑色布加迪停在操场的临时停车位，见开门下来的不是助理，而是陆凛，院长马上上前握手，热情地说："陆总您还没吃早餐吧？走，我们食堂这会儿正在发早餐。"他指着不远处的一层建筑，说，"就在那儿，很近。"

陆凛和院长握手，黑眸打量着周围，没看到人，他收回视线问："今天是不是有义工？"

院长一愣，义工？怎么问起了义工？他有些摸不着头脑，但还是回："这个时间点，义工应该是在食堂帮忙。"

陆凛当即抬脚，走向食堂。

福利院食堂就在操场旁边，几辆大卡车进来，早有小朋友跑出来看热闹。

晏鹤清在给小朋友削苹果，直到食堂门外隐约传来说话声，他才微微抬眸。

外面天色昏暗，食堂的白炽灯明亮，两扇大门像是晨昏交接的界线。

在看到陆凛推门而入的那刻，晏鹤清知道，他的计划就要成功了。他低下头，一个光滑的苹果出现在手里，他把苹果递给眼巴巴等着的小女孩，平视着她，眉眼弯成月牙模样，说："吃吧。"

小女孩接过苹果，先礼貌地说了声"谢谢哥哥"，才欢喜地小口小口啃着苹果。

晏鹤清收拢苹果皮，刚要起身，一双黑亮的皮鞋闯进了他视野。他抬头，男人挺拔的身影遮住了头顶的光，脸有一些模糊，让人看不清表情。

破冰

急匆匆的脚步声打断了晏鹤清的注视，院长快步上前，看到晏鹤清穿着员工白大褂，院长直接说："快给陆先生准备一份早餐。"

晏鹤清起身，他朝着陆凛礼貌颔首，算是打招呼，然后转身回了窗口。

陆凛黑眸微凝，见晏鹤清右眼下方贴着创可贴，心想受伤了？

院长环顾食堂，对陆凛说："陆总，去那边坐。"

陆凛收回视线，跟着院长去了餐桌。

晏鹤清回到窗口，就看到徐乔音神色慌张地蹲在桌子下面——她认出了陆凛。

四目相对，徐乔音看到晏鹤清，面露尴尬，心虚地低下头。晏鹤清当没看见她，径直到餐台取早餐。

和发给小朋友的一样，餐盘里装了油条、肉包子，还有一个苹果，只是量是成人的分量，晏鹤清又另装了两碗稀饭搁到餐盘放碗的地方，放上两双筷子，两手各端着一个餐盘，送到了前方的餐桌上。

今天气温到了零下，食堂没有空调，也没有暖气，刚还热腾腾的稀饭，转眼就凉了不少。

院长眼睛都直了，他小声训斥晏鹤清："怎么端这样的东西上来？快叫厨房另煮一碗面，多放肉。"

陆凛却说："和大家一样就好，不用搞特殊。"

"是，不过您第一次来食堂吃饭，按道理，是该好好招待您一顿的。瞧这……"院长有些无奈，"天气冷，热食都变冷食了，万一您吃坏肚子，这可怎么好？"

陆凛望着晏鹤清，创可贴不像新贴的，是旧伤，旋即他看向院长："空调随后到，按照你们的需要，食堂有四台。"

院长眼里瞬间有光了，他最担心的就是冬天。福利院经费有限，承担不了这么大面积的暖气费，他们只能优先孩子的宿舍，教室食堂没开。因此每逢冬天，小朋友特别受罪。他刚也是有点儿卖惨的意思，想再和陆氏多要几台空调，没想到陆凛竟然提前准备了！院长大受感动，要不是陆凛太稳重、威严，他真想抓着陆凛的手感谢一天一夜。

"好好好。"他端起粥道，"您快吃吧，别全凉了。"

突然，陆凛问："你吃了吗？"

院长马上回："还没呢，这不——"意识到似乎不是对他说，院长转过头，发现陆凛确实不是问他，而是看着刚才的食堂义工。

晏鹤清点头："在家吃了。"

院长十分惊讶："你们认识？"

晏鹤清解释道："陆先生帮过我。"

陆凛对这个解释不太满意，但他也没说什么。

院长了然地点头，陆氏在公益方面涉猎非常广，除了自然灾害时捐钱、捐物资，听说还在高校设立了高额奖学金，前两天书记提过，福利院来了一个高才生义工，眼前的少年文质彬彬，应该就是他，估计拿过陆氏奖学金。

熟人好说话，院长记挂着捐建的医务室、图书馆、新宿舍，他扫了眼晏鹤清挂着的工作牌，姓晏，他立即顺水推舟说："陆总，那待会儿让小晏先带你在福利院转一圈。"

陆凛拿起筷子，夹了一根油条回："好。"

院长囫囵吃完早餐，借口上卫生间，跑去找晏鹤清，找了个僻静的地方交代他："小晏啊，一会儿你带陆总参观的时候，多提陆氏捐的楼，尤其是医务室和图书馆，福利院实在太需要了，最好年后能动工。"

不是他心眼儿小，这种事他碰到了好几次，有几个企业都来赞助过修楼，不是一纸空文，就是建个地基就烂尾，现在看到楼他才能彻底安心，哪怕赞助方是陆氏。

晏鹤清原以为陆凛只是送些礼物，没想到还捐了楼，他点头答应。

回到食堂，陆凛已经吃完早餐。院长要去清点卡车拉来的物资，客套几句就快步离开了，只剩下晏鹤清、陆凛，以及一堆好奇的小朋友。

晏鹤清对陆凛说："陆先生，现在走吗？"

陆凛看着他，先问："你脸受伤了？"

他是第一个问的人，晏鹤清眼眸弯了一下："小伤，不小心刮到了，快好了。"

陆凛目光沉沉，说："要注意，离眼睛很近。"

晏鹤清稍稍愣住，过了两秒，他微笑点头："谢谢提醒，眼睛对我非常重要，我下次会小心。"

"走吧。"陆凛抬脚先行。

晏鹤清跟了上去，那些小朋友也蜂拥追上。

"这是混合楼。"晏鹤清先带陆凛去了宿舍，"一、二楼办公，三、四、五楼是小朋友们的宿舍。"

陆凛上次来，上楼看过了，他突然问："你以前住这里？"

"那栋楼三楼。"晏鹤清摇头，指向不远处门窗都被拆了的废弃楼。

"几岁？"陆凛问。

"五岁。"

陆凛沉默片刻，才重新开口："上楼吧。"

晏鹤清点头，带着陆凛去了三楼。小朋友们都还在玩，教室里闹哄哄的，看到他们，好几个冲上来要礼物，其中一个小男孩手玩得脏兮兮的，也不懂，直接抓住陆凛的大衣外套："叔叔，你带的礼物呢？"

晏鹤清看向陆凛。陆凛没生气，也没拨开他，只是从口袋摸出手帕，蹲下身拿起小男孩的手，帮他擦着手。"擦干净手才能拿礼物，不然你的礼物就脏了，明白吗？"

小男孩别的不能理解，但他的礼物脏了他能理解，他主动去擦手，唯恐弄脏了

破冰

自己的礼物。

给小男孩擦干净手，陆凛站起身，晏鹤清注意到陆凛将手帕叠好捏在手里，没马上丢。陆凛另一只手摸出手机，拨了个电话讲了几句话，喊他的员工带着礼物到三楼。

不一会儿，教室外传来脚步声，随即一群统一穿着胸口绣着陆氏logo的蓝色T恤的员工抱着大箱小箱鱼贯而入。领头的是一名年轻男人，戴着一副无框眼镜，他应该不常做重活儿，抱着一个不大的箱子就气喘吁吁，满头大汗。他小跑上前，瞥到晏鹤清，眉毛轻微动了一下，这不是他老板请到办公室吃饭的咖啡店员工吗？又看见了晏鹤清的工作牌，助理明白了，他老板之所以改计划，提前来福利院，原来是醉翁之意不在酒。

助理恭敬地看向陆凛："陆总，为小朋友们准备的礼物都在往上搬，现在发吗？"

陆凛点了下头。

晏鹤清见他们要工作了，就准备离开去打扫卫生。

助理眼疾手快，上前一步将箱子递给晏鹤清。"年轻人，你帮着我们发一下吧，今天来的人手不够，还有这些小孩，"他礼貌地微笑，"我们不太搞得定。"

晏鹤清接过，道了声"好"。他蹲下身，熟练地撕开纸箱上的胶带，翻开盖子，里面是花花绿绿、各式各样的文具。他仰头询问助理："是按人数分好，统一发放，还是按文具种类划分，一样一样单独领？"

助理没想到晏鹤清反应这么快，他瞄了眼陆凛："你在这儿工作，比我熟，你认为哪种适合？"

晏鹤清思索了一下："单独领，他们可以多领几次。"也就多次的期待和开心，福利院的小朋友与其说是缺物资，其实更缺的是陪伴。他们在这方小小天地，能接触的人太少，每次来义工，或爱心团体，都是他们最开心的时候。

助理又看向陆凛，见陆凛没有反对，他立马点头道："按你说的办。"

晏鹤清不再出声，麻利地开始工作。

四楼、五楼，也有人上去发礼物，琳琅满目的礼物快到中午才派完。工人这时来安装电视了。陆氏为每个教室都配了一台新电视。

张姨脸上喜气洋洋，招呼陆氏的员工去食堂吃午饭。经过一早上的相处，小朋友们熟悉了陆氏员工，也七嘴八舌要和他们一起吃饭。助理马上询问陆凛，得到首肯，他礼貌地微笑道："却之不恭了。"

晏鹤清也去了食堂，不过他不是吃饭，他打了十几份饭，提到五楼。五楼的小朋友们需要送饭。

女孩宿舍里，女孩们领到饭就安静地开吃，只有一个小女孩小声喊晏鹤清："哥哥。"这个小女孩就是上次那哑巴小女孩的朋友，她双腿瘫痪了，一直都待在床上。

晏鹤清过去，弯下腰耐心地问："什么事？"

小女孩有些胆怯，但她记得早上是这个哥哥帮她收拾了纸尿裤，她从枕头底下，摸出她收到的礼物，是一个四四方方的、像水晶一样的透明正方体，她求知欲旺盛地问："哥哥，这是什么呀？"

晏鹤清打量着这东西，很像摆件，又有点儿像透明的魔方，但似乎不能扭动，他正要接过来研究，身后有脚步声靠近。

随即一道身影倾泻下来，一阵淡淡的气息传来，有些像雪后的松针。陆凛修长的五指接过女孩手里的正方体。

他答道："这是光之立方。"

晏鹤清没动，陆凛站在他身后，他现在转身，会撞到陆凛。

小女孩继续问："光之立方有什么用吗？"

陆凛和小女孩解释："它可以捕捉阳光。"

听到阳光，小女孩大大的眼睛瞬间亮起来，她太久没有见到阳光了，她期待地问："怎么捕捉呢，叔叔你能教我吗？"

陆凛说："今天不行，没有太阳。"

小女孩肉眼可见地失望了，整个人泄了气似的。这时陆凛又说："但可以见到彩虹。"

另外几个女孩也停止吃饭，不约而同望过来，她们也想看彩虹。

陆凛空着的手轻拍了一下晏鹤清的肩膀说："去拉上窗帘。"

晏鹤清现在已知道光之立方的原理了.棱镜原理，折射光.不过，他也是第一次见，有些稀奇，他点头，微微侧身站直，走到窗口拉上窗帘。

房间顿时昏暗，晏鹤清刚转过身，一道光照亮了他面前的地板，是陆凛打开了手机电筒。

晏鹤清借着光回去。陆凛将手机递给他说："照亮。"

晏鹤清接过。陆凛和小女孩说："摊开手。"

小女孩紧张又期待地摊开掌心，陆凛调着光之立方的角度，伸到光里，下一秒，几道彩光落到了小女孩的掌心，宿舍里顿时发出几声惊喜的笑声。

"彩虹！"

晏鹤清的瞳孔也短暂地亮了一秒。陆凛余光没有错过这一秒，他将光之立方交回给小女孩，随后拿回手机离开了。

助理吃完饭，接到陆凛的电话，他"嗯嗯"几声，抓起车钥匙就跑出了食堂。

陆凛离开了，陆氏的赞助却没结束。晏鹤清跟着陆氏员工一直忙到下午六点才下班，在食堂吃了饭，他揉着肩膀，刚拿上包要走，就听见有人喊他。

"小晏。"

陆凛走了徐乔音才敢出来，她把一把黑伞递向晏鹤清，拘谨地说："上次你借我的伞，谢谢。"

晏鹤清微笑着拿回伞，回道："不客气。没事我先走了。"

他完全没提早上的事，快到门口，徐乔音又喊住他："还有……还有早上，谢谢你，我有点儿原因……"

"每个人都有隐私，您不用和我解释，我不会乱说。"晏鹤清回头，唇角是浅浅的弧度。

徐乔音愣住了，等她回神，晏鹤清已经走远了。

出了福利院，晏鹤清刚走几步，就有人在后面追他，喊着："晏鹤清！"

晏鹤清回头，看见是陆凛的助理，停住了脚步。

助理跑上前，他提着一个公益帆布袋，掏出一个宝蓝色的天鹅绒盒子，递给晏鹤清道："陆总让我转交你的。"

晏鹤清有些疑惑，但还是接过，说："谢谢。"

"这是我的工作，不用客气，那再见了，路上注意安全。"

晏鹤清点头。

助理离开后，晏鹤清才翻开盒盖，里面静静地躺着一个光之立方，和发给小朋友的一样，只是稍微大了一圈。

回到家，晏鹤清洗完澡就开始复习第二天考试的考点，到十一点才放下书，刚关灯准备回床上睡觉，不期然瞥见茶几上的光之立方。静静站了几秒，晏鹤清拿着光之立方走到床边，打开台灯，将光之立方举进灯罩里。

五彩斑斓的光芒瞬间四射，每道光都清透明亮，比白天他在福利院见过的更漂亮。

晏鹤清缓缓转动光之立方，溢彩流光在空中如同太阳光一样旋转。少顷，晏鹤清抬高右手，轻轻地、紧紧地将所有的光握进掌中。

同一时间，陆凛回到陆家祖宅。客厅有光亮，陆凛打开门，正在换鞋，一阵急切的脚步声由远及近。

"陆叔叔！"

陆凛换好鞋看过去，玄关处站着一个陌生的少年，他淡淡问："你是？"

林风致完全僵硬了，前晚的事，他辗转反侧两天，还是决定来找陆凛解释，可没想到，陆凛竟不认识他。

林风致死死咬住下唇，他劲儿太大，嘴里很快就有了血腥味。

这时客厅里又出来一个人，身材高大，五官和陆凛有一点儿相似，只是年纪大了不少。

陆翰和陆凛向来疏远，他并不喜欢这个没相处过几年的弟弟，但陆凛才是陆氏现任掌权人。

陆翰挤出笑脸说："阿凛你不记得了？这是林友祥的小儿子，林风致。"

陆翰今天回祖宅取东西，在门口碰见了林风致，就带他进来了，也是这时候才想起来，问："对了，风致你是来找牧驰的吧？他晚上不回这儿。"

林风致低下头，难受得不行，满脑子只有一个念头，陆凛连他是谁都没记住。再待下去他怕会憋不住崩溃，低头艰难地说："我先走了。"说完就狼狈跑走。

外面在下雪，冷风夹着雪打在林风致脸上，他闷着头跑了很长一截路，终于停下来，抱住双膝，眼泪夺眶而出。他颤抖着手，摸出手机要给他妈妈打电话，正准备按时，又怕林母担心，便取消了。他咽着嘴里的血水，一时间竟想不到其他还能听他倾诉的人。

爸爸肯定会告诉妈妈，大哥不方便谈这些事，二哥更不行，二哥对他耳提面命大学要好好学习……换到两天前，他肯定会找陆牧驰，但那晚在酒店，他和陆牧驰大吵一架，他再不想见到陆牧驰了。

林风致更难受了，无声地哭了半天。突然，他想到了一个人。如果是他，一定会无条件安慰他。

"嗡嗡嗡……嗡嗡嗡……"晏鹤清刚睡着，就被手机振醒了，他睁眼拿过手机，看到来电，稍稍思忖，等铃声快结束才接通电话。

"什……"

刚开口，对面哭着喊他："哥哥。"

阔别十五年的一声"哥哥"，晏鹤清听了，内心却已经没有波澜了，只有一瞬间的疑惑，前夜没有崩溃，怎么现在哭了？但他很快调整好情绪，温声打探："出什么事了？怎么在哭？"

听到晏鹤清的声音，林风致绷不住了，他更觉得委屈了。明明所有人都那么爱他，为什么陆凛却记不住他？一想到这个，林风致的眼泪不断地涌出来。

"哥哥，我想问你一个问题。"

"可以。"

林风致咬着破皮的嘴唇，过了会儿，他轻声问："如果一个人对你很好，非常非常好，你……你会喜欢她吗？"

"哥哥？"晏鹤清没回答，林风致急切起来，"她对你很好，非常喜欢你，愿意为你做任何事，哪怕付出她的生命，就这样你都不会感动吗？"

晏鹤清沉默了一会儿，才开口："不会。"

林风致哽住了，眼泪再次汹涌而出，他哭泣道："可……为什么？她那么喜欢你也不行吗？"

"随意为我放弃生命，我不会感动，更不会接受。"晏鹤清语气平静，"我为了活着，愿意付出我的全部。"

林风致一愣："我听不懂……"

晏鹤清淡淡换了话题，"你现在在哪儿？"

　　林风致环顾四周，他已经跑出陆家老宅的范围，在一个静谧的交叉路口，路上没有行人，只远处有车灯偶尔闪过，他摇头说："我不知道……我不会看……这里是岔路口……"

　　晏鹤清突然问："今天几号？"

　　林风致猝不及防，他挪开手机，看清楚了又把手机贴回耳朵道："二十九号。"他不明白晏鹤清怎么扯到了日期。

　　晏鹤清说："明天开始期末考。"T大和京大的考试时间一样，明天林风致也有考试。

　　果然，林风致傻了好一会儿，才讷讷说："我忘了……"

　　晏鹤清调整了一下睡姿，不紧不慢地说："现在听我的，先站起来。"

　　林风致擦了擦眼睛，真听话站起来了。

　　"走到路边。"

　　林风致走到路边。

　　"向前伸手。"

　　林风致迟疑了一会儿，向前伸手，他实在不理解，开口正要问，一辆出租车停在他面前。

　　听到动静，晏鹤清问："有车来了？"

　　林风致明白了，原来晏鹤清是让他打车。他吸了吸鼻子，轻轻"嗯"了一声。

　　"上车，告诉司机你家地址。到家马上睡觉，明天去考试。"

　　林风致鼻子发酸，眼泪又差一点儿涌出来，晏鹤清真的很爱他，他忍住眼泪："嗯，我听你的。"他打开车门上车，告诉了司机地址。

　　他发现和晏鹤清聊天真的很舒服，还想继续，却听到晏鹤清先开口："到家给我打电话，我先睡了。"

　　林风致这才注意到晏鹤清声音里浓浓的困倦，他有些不舍，但确实太晚了，他揉了揉鼻尖回："嗯。"

　　晏鹤清挂了电话。

　　被吵醒，他暂时没了困意，打开台灯，抓起家居服的外套披在身上，下床去开了电脑。幽幽的屏幕光落到他脸上，创可贴已经撕掉了，刮痕颜色变淡，表明伤口快好了。

　　晏鹤清全神贯注地敲着键盘，快到十二点，他手机响了，不是电话，是林风致的微信。

　　"哥，你睡了吗？我安全到家了。"

　　晏鹤清回："晚安。"

　　林风致看到秒回的信息，放下手机，戳了戳台灯下方悬挂的奥特曼手办，奥特曼轻轻晃动。

简洁的灰白风房间里，陆凛指间夹着一根快燃尽的烟。

"叩叩"，有人敲门。

陆凛淡淡说："进来。"

门被推开，陆昌诚嗅到淡淡的烟草味，他用力皱眉，就在门口说："阿凛，明天晚上时间空出来，和你蒋叔叔吃个便饭。"

陆凛三十岁了还没结婚的意思，陆昌诚很不满，但他管不了陆凛，当初他和陆凛母亲联姻，条件就是第二个孩子归女方家——陆凛的母亲也姓陆，第二个孩子是陆凛。陆凛出生就被抱去了他姥姥、姥爷那儿，到念大学才回陆家，和他们关系都十分疏远。

陆昌诚对这个聚少离多的儿子没什么感情，就算同姓陆，也跟他和陆翰不是一个"陆"。虽然他偏心陆翰，奈何陆翰却不争气，老爷子去世前，指定要陆凛接班。前年陆凛姥姥去世，去年他姥爷也跟着走了，陆昌诚就想要陆凛认祖归宗，姓回他这个"陆"。

陆凛却根本不睬他，把陆昌诚气得够呛，高血压上头，住了小半月的院。现在相亲，陆昌诚也不敢明着提，只能迂回让陆凛去吃饭。

陆昌诚打的主意，陆凛门儿清。烟快燃尽，陆凛将烟头放进临时充当烟灰缸的一次性纸杯里，烟噗的一声就灭了。他甚至没回头，说："空不了，有事。"

陆昌诚耐着性子问："什么事？"

"钓鱼。"

陆昌诚气得跟跄了一下，陆凛摆明是和他对着干，他气得浑身哆嗦，说："非得你妈来请，你才去？"

陆母身体一直不好，生下陆凛没几年，连走动都费劲，一直在半山别墅疗养。

陆凛终于回头，他冷静道："别扯上我妈，也打消让我相亲的念头！我想结婚，自然会结。"

陆昌诚气得转身就走。

陆凛看了眼桌上那瓶饵料，起身收拾明天去钓鱼的装备。

周二早上，秘书照例先把要处理的文件整理好，放到陆凛办公桌，等他来处理。放下厚厚一摞文件，秘书刚要走，又突然停住，她诧异地望着左上角放摆件的地方，摆件不见了。她摸不准是陆凛自己拿走了，还是进了贼，她听说陆凛那个摆件是私人订制的，花了几十万呢。她匆匆跑回秘书台，用自己的手机联系特助。

助理回了几句，秘书很是惊讶，随后点点头。

"明白。"

同一时间，晏鹤清刚到学校，他特地去正门看了，晏胜炳没在了，赵惠林倒是还蹲守在那里。

试卷发了下来，晏鹤清收回心神，专注地答题。很快，干净的卷面上写满了工整的字，晏鹤清答得很快，做完他检查一遍，提前交卷离开考场。

晏鹤清先去食堂简单吃了一餐饭，然后去图书馆，到了下午，他又开始第二场考试，卷子对他而言都不难，他再次提前交卷了。

这次，他特意走的学校正门。

大约是他变化很大，他主动走到赵惠林面前，赵惠林才认出他。

赵惠林的确不敢认晏鹤清了。眼前面容光洁的少年仿佛在发光一样，全然不似那个沉默寡言、任打任骂的阳台孤儿。

赵惠林结巴了，问："你……你是鹤清？"

晏鹤清回："怎么就你一个人？"

赵惠林这才确认，确实是晏鹤清，换往常，她早破口大骂了，今天她却凑上来问："我不知道记错没有，你好像有一个亲弟弟，是被有钱人家领养了吧？"

晏鹤清又问："怎么就你一个人？"

赵惠林咧嘴笑："看来你也不是那么无情无义。你爸最近有事。"这段时间晏胜炳老往外跑，完全不着家。赵惠林得意扬扬地说："你别以为迁走户口就没事了，我咨询过律师，咱们家这样的情况，你必须得给我们养老。"

晏鹤清平静地说："看来你咨询的律师不够专业。"

赵惠林笑容僵住："什么意思？"

"我咨询的律师告诉我，只要父母严重虐待过子女，双方实际毫无情感联系，司法实践判定，足以构成——"晏鹤清等到赵惠林脸色大变，才说出剩下的话，"丧失要求赡养的权利。"

赵惠林不懂法，不知真假，但晏鹤清神清气正，她被震慑得半天说不出话。

还是晏鹤清问了她一句："这么急着找我，是钱花光了？"

赵惠林这才回神，她破罐子破摔："是啊，那才多少钱？都是你！放着五百万不要，十万块还不够塞牙！"

晏鹤清点头，那就好。他不再理赵惠林，径直离开了。

赵惠林本想追上去，想到晏鹤清刚说的什么司法判定，她心头着急，一跺脚，还是往公交车站跑，赶着回家找对面胡同里的小律师再问问。

郊区私人湖，陆凛两小时前放进冰洞的饵料，吃醉了一堆鱼，现在冰面之下全是迫不及待咬钩的鱼。

今天，晏鹤清没来钓鱼。

陆凛翻了一页《无人生还》，并没有理会剧烈颤动的鱼竿。钓到快晚上九点，陆凛收拾好东西，回到停车坪，刚上车，手机在口袋里振了一下。陆凛坐进驾驶室，才摸出手机。

刚点开手机，微信通知弹出来。

发信人是"52赫兹"。

加好友后，这还是晏鹤清第一次主动联系陆凛。

车内光线昏暗，停车坪的灯光从挡风玻璃照进来。陆凛解锁，直接点进聊天栏：有两条信息。

第一条是一个小程序，第二条是一段话。

"抱歉陆先生，我今天开始期末考，现在才有时间准备回礼，谢谢你的光之立方，我很喜欢，希望你也会喜欢这份礼物。"

陆凛眉峰微微动了动，礼物？陆凛点了一下小程序，手机屏幕瞬间黑了。先是一阵海浪声响起，夹杂着几声海鸥叫，随后一条蓝色的星点光带出现，逐渐流淌成大海。很快，一声类似婴儿的啼鸣划破安静，海面上猛然跃出一头白光闪闪的白鲸，它灵动无比，尾鳍勾起波浪，到空中停住。白鲸从头部一点一点变幻成金色的鱼，紧接着是无数不同种类鱼的叫声，鲤鱼、草鱼、鲢鱼、黑鱼、青鱼、带鱼、沙丁鱼……数不清的鱼类从空中落下，掉进海洋里，溅起星星点点的金光。

小程序的动画时间不算太长，一分钟不到就结束了，车内恢复安静。

过了会儿，一声轻笑声打破了安静。这是他收过的最有意思的礼物。

陆凛敲字回复："现在念的是软件工程？"

晏鹤清刚洗好一盒蓝莓，水洗过的蓝莓，像一粒粒晶莹的蓝紫色珍珠。晏鹤清在沙发前坐下，放下蓝莓，没打字，发了一条语音。

语音弹出来，陆凛点开，少年的声音干净清透，和他做的小程序里的鲸鱼叫声一样，有着最原始的纯净，既不浮躁，也不嘈杂。少年说："是的，陆先生。"

陆凛拨打了语音聊天。

晏鹤清抓了一把蓝莓，刚放进嘴里，语音邀请弹了出来。他来不及嚼蓝莓，先点了接听："陆先生？"

陆凛调整了靠背，往后靠着，望着挡风玻璃上簌簌落下的雪，他的表情柔和了几分，问："在干什么？"

"吃蓝莓。"晏鹤清咽下蓝莓，"抓了一把，有点儿多。"

"喜欢蓝莓？"

"嗯，对眼睛好。"晏鹤清又抓了一把蓝莓，"你那边很安静，是在钓鱼吗？"

陆凛现在是很放松的状态，他单手解着外套扣子："你的饵料很有用，今天大丰收。"

"我还有很多，下次再给你带几瓶。"

"好，早点休息，明天考试加油。"陆凛略微停顿又说，"你的礼物，我很喜欢。"

晏鹤清也礼貌回："你喜欢就好。"

破冰

挂掉电话，盘子里还剩下七八颗蓝莓，晏鹤清一把抓，放进了嘴里。

期末考断断续续持续了一周才结束，软件工程专业的最后一场考试在早上。考完，晏鹤清出了考场，走了几步，有人在后面喊他。

"晏同学。"

晏鹤清停住，一个男生跑上前，他个子很高，比晏鹤清还高出半个头，剪了一个莫西干头。

晏鹤清记得这个发型，来人是他的同学，开学第一堂课，自己坐他旁边。

傅何朗看到晏鹤清，眼睛明显发亮，他停在晏鹤清面前道："好久不见，老师说你请了病假，你身体好点了吗？"

晏鹤清点头回："好了。"

新生第一堂课，傅何朗走进教室，少年就安静地坐在最偏僻的角落，可他还是一眼就注意了他。不只他，其他同学全注意到了晏鹤清。

晏鹤清的衣着极其普通，身量清瘦，脸色又过分苍白。尽管如此，大家就是能在人群里一眼就注意到他。

不过晏鹤清周围仿佛有一层无形的隔阂，清晰地拒绝着别人的靠近。唯有傅何朗厚着脸皮坐到了他旁边的座位。只是傅何朗还没好好跟晏鹤清交谈过，就听到晏鹤清休学的消息。傅何朗打听到晏鹤清期末会回来考试，一直期待和他碰面。可惜前几场考试他们都没在同一个考场，今天好不容易才碰上。

简单的对话开始即结束，眼见晏鹤清要走，傅何朗摸着后脑勺，想半天，终于挤出一个理由："下午两点有讲座，好像是什么京大历史上唯一拿全A的大佬，还是大公司的老板。"

晏鹤清脚步微顿。

京大历史上唯一拿全A的学生是陆凛。

他停住，礼貌地问："是在大礼堂吗？"

一辆保时捷开出T大。

林风逸瞄着副驾驶座上的林风致。上次谢昀杰婚宴，林风致突然有事离开，此后林风致一直郁郁寡欢，饭也不好好吃。

林风逸腾出一只手，摸了摸林风致的头说："考完试了，想吃什么？哥哥请你。"

林风致摇头："没胃口。"

"怎么还没胃口？一副失魂落魄的样子。"林风逸随口说。

林风致浑身一震，委屈得双眼通红。

林风逸瞥见林风致的反应，将车停靠在路边，他拧起眉头说："跟哥说，到底出什么事了？"

林风致揉了揉眼睛，低声答："我有一个特别敬佩的前辈，我特想和他做朋友，但对方好像都不认识我。"

"我还以为什么大事。"林风逸笑出声，"不就交个朋友？多简单，哥教你一个办法。"

"真的吗？"林风致惊喜问，"什么办法？"

林风逸说："你呀，就多刷存在感，次数多了，自然就熟悉了。"

林风致越听越觉得有道理。对啊，既然陆凛不记得他，他就多出现在陆凛面前，让陆凛记住自己就好了呀！他这几天到底为什么要伤春悲秋，一副惨兮兮的样子啊！

林风致猛然用力拍了一下额头。

"你做什么？"林风逸赶紧抓他的手，"拍疼了怎么办？"

"我真笨，竟然纠结了这么久！"林风致露出笑脸，他上前抱了一下林风逸，"谢谢哥，你对我太好了！"又马上松开，抓住书包下车了，"我有事先走，拜！"

林风逸降下车窗想喊林风致回来，他可以送他，但眼前早已没有了林风致的身影。

林风致跑得飞快，很快招到一辆出租车。他上车，关上门就和司机说："去京大。"

陆牧驰说过，放假前一天，陆凛要去京大开讲座，就是今天！他掏出手机，给他京大的同学打了个电话："我马上到你学校，你学生证借我用一下……对，在正门等我。"

陆氏大楼，陆凛结束了上午的工作。

助理进来报告下午的行程："下午两点，您应京大校长邀请，有一场一小时的讲座。"

陆凛抬起手腕看了眼时间，中午十二点半，他关上电脑起身，摁了内线，吩咐："备车。"

助理跟着陆凛往外走，突然想到一件事："陆总，明年优秀学子奖学金的学校还没敲定，京大主任和我联系了几次，我们连续赞助了京大三年，今年您看要不换T大？T大传媒掌握着京城的媒体话语权，我认为赞助T大有利于为公司树立正面形象。"

两人进了电梯，助理按了一楼。

陆凛问："还有多久？"

助理算了算："开春开学，还有两个月吧。"

"放到下个月的议题。"

"是。"

电梯很快到了一楼，门打开，陆凛迈脚出去。

上了车，助理接到电话，回头和陆凛报告："陆总，是京大主任的电话，说您的讲座太受欢迎了，现在大礼堂已经坐满，进不去人了。"

车后排，陆凛闭目养神，并没有反应。助理升上隔音板，安静地转了回去。

同一时间，晏鹤清将学生证递给志愿者，跟着人流，进了大礼堂。

晏鹤清进到大礼堂，偌大的礼堂已经快坐满了，只最后几排还有零星位子。晏鹤清找了个空位坐下。

傅何朗随后也跑进来了，他四处张望，很快发现了晏鹤清。见晏鹤清左右两边都有人坐了，傅何朗先用书包占了后排一个座位，一路"借过"。快到晏鹤清的位子时，他弯下腰，小声和晏鹤清左侧的女生耳语，女生爽快地答应了换位子。傅何朗满口感谢，又伸手拿回书包，随后坐下去。

"晏同学，喝口水。"傅何朗从书包里掏出一瓶果汁，他就是为了买饮料，才晚到了几分钟。

晏鹤清从包里拿出一个水杯，里面是喝了一半的凉白开，婉拒道："我不喝饮料。"

傅何朗赶紧收起饮料，咧嘴笑出一口大白牙："我也不怎么喝饮料可乐，还是喝水对身体好。"

这时，整个礼堂突然沸腾，还有人小声尖叫。

"好年轻啊！好帅啊！"

晏鹤清抬眸望去，只看到陆凛挺拔的身形，他今天穿了一套简洁的黑色西装。

傅何朗跟着感叹了一句："这么年轻就上全球富豪榜了，太厉害了。难怪是学校历年来唯一的全 A 学生。"他忽然转头，小声说，"晏同学，你成绩那么优秀，肯定也能考全 A。"

晏鹤清道："演讲开始了。"

"喔！"傅何朗赶忙坐正。

此时，台上的陆凛摆正了话筒，礼堂座无虚席，一眼望去，台下乌泱泱全是人。陆凛收回目光，开始演讲。

和其他企业家的讲座内容大同小异，都是一些激励人心的创业心灵鸡汤，只是陆凛音色低沉，外形又优越，加上是京大传说中的学神，每次发言结束，台下除了雷鸣般的掌声，还有此起彼伏的喝彩声。

林风致坐在第一排正中间。他的位子距离陆凛是那么近，近到他从未如此满足地长时间看到陆凛。

半小时演讲结束后，是半小时的学生提问时间。

学生们特别踊跃，纷纷举手，问的问题也是五花八门，个别问题还很犀利。

林风致一直高高举着手，快结束时，点名的老师终于叫到他："第一排中间的同学。对，就是你，蓝衣服那个。"

林风致很激动，马上站起来，眼里闪烁着执着的光："我想问陆叔……学长，你有特别热衷的爱好吗？"

大礼堂瞬间热闹了。

也是这时候，晏鹤清才知道林风致也来了。

隔壁的傅何朗瞥着晏鹤清，抓紧时间搭话："像陆学长这种成功人士，最大的爱好不会是坐在家里看股票吧！"

晏鹤清没有回答，提着书包，微微侧首说："我先走了。"他起身从另一侧离开了。

傅何朗赶紧抓着书包跟了上去。

陆凛在台上回答："我不回答私人问题。"答完最后一个问题，陆凛就下台离开了。

林风致瞬间失落，不过他又有些小小的雀跃——陆凛和他说话了。演讲结束，大礼堂里的学生也说说笑笑地往外走。直到看不到陆凛的背影，林风致才回神，转身跑进人流里着急往前挤。"麻烦让让……"

陆凛从侧门离开，京大校长没在，副校长、主任和几名老师送他到停车场，一路上聊着接下来的合作项目。

快出礼堂，经过一个大厅，陆凛突然停住，看向左边的照片墙。

副校长感觉有些奇怪，但还是笑着介绍："这都是历年新生中排名前五的照片，你的也在呢。"

主任也笑着，示意大家看右边顶部的第一张照片。"陆总的照片在那儿，那时候他才十八岁。"

主任感叹着："时间过得真快啊。"

所有人都看过去。

陆凛则看向左下方。助理注意到了，也往那儿看了一眼。陆凛很快收回目光，又往外走。一群人赶紧追上。

到停车处，副校长、主任没有先走的意思。陆凛看向助理，助理马上明白，他上前客套了几句，副校长他们才走了。

助理这才问陆凛："陆总，您要在学校逛逛吗？"

陆凛点头，说："明年的奖学金，给京大生物系。"

助理了然，他刚在照片墙上看到了晏鹤清。原来晏鹤清是京大的高才生，还是生物系的，不过陆凛没提，他不好直接说出来，迂回确认："需要指明给某个学生吗？"

陆凛否了："不用。"晏鹤清能凭自己的实力拿到奖学金。

助理在心里暗暗佩服，不愧是他老板，送人钱都送得这么舒服。陆氏设立的高校奖学金无比丰厚，就算是第十名，也能够四年的学费和生活费，入学成绩能上照片墙，进前十应该很轻松。

"你们先回去。"陆凛开车门拿手机，"我——"

"陆叔叔！"话没说完，有人打断他。

陆凛侧首，就看到一个男生冲过来，伸手挡住了车门。

这一次林风致气都没喘匀，先来了个自我介绍："陆叔叔，我叫林风致，我爸是林友祥！"这次总会记得他了吧！

陆凛的目光扫过他的眉眼，淡淡问："什么事？"

林风致目光灼灼，他深吸口气："我能搭个顺风车吗？我有急事赶回家，现在不好叫车，我打了好久的车……"为了显示他的话可信，他还掏出手机，页面还真是打车的页面。

陆凛拿出手机，没再看林风致，吩咐助理："送他回家。"

助理应了声。

林风致刚高兴，就看到陆凛关上车门走了，他顿时愣住。

助理上前几步再次打开车门，礼貌地说："请。"

出大礼堂，往左边走是一条比较幽静的小道，两旁种满了蜡梅，鹅黄色的花瓣开得很好，被昨夜的雨打落了一些，地上残留着不少落花。

傅何朗快步追上晏鹤清，隔着羽绒服，还能看出他的胸膛微微起伏着。

"晏同学，三点多了，你饿吗？我请你吃饭吧。"

晏鹤清拒绝道："我不饿。"

傅何朗咬着嘴角，终于开了口："那能加个微信吗？我开发了一个小软件，想让你看看，给点意见。"

这时一阵寒风吹来，蜡梅树上又掉落几朵花，晏鹤清平静地回答："如果只是看软件，可以。但是其他，很抱歉，我要拒绝你。我没有时间，也没有任何交朋友的打算。"

傅何朗愣住，倒是没想到晏鹤清会拒绝得如此干脆。高高大大的男生，离开时差点儿撞到垃圾桶，他回头，笑得有些尴尬。"我没注意。"他抬脚走得很快，最后干脆跑起来了。

晏鹤清收回视线，转身要走，却在抬眸瞬间停住。不远处，陆凛不知在那里站了多久。

陆凛其实没来多久，他信步走了一会儿，就看到了晏鹤清。

晏鹤清看到陆凛其实有一点儿意外。这次真不是他故意制造偶遇的，他只是单纯想听陆凛的演讲。

陆凛先走向他说："我曾经也是京大的学生。"

晏鹤清点头："我知道，我刚听完你的演讲。"

陆凛问："感觉如何？"

晏鹤清想了想，道："如果收门票，我不会花钱。"格外坦诚的答案。

"我来演讲，也不收钱。"

"那还值十块钱。"晏鹤清看了眼天色，有些暗，像是要下雨了，"有时间吗？我可以请你吃十块钱的东西。"

陆凛突然笑了，回："有。"

多年没来，陆凛还是认识路，到交叉路口，再前行几分钟就是大门。正欲往前走，他听到晏鹤清提醒："陆先生，走另一侧的小门。"

陆凛道："我记得美食街是在校门对面。"

"是。"晏鹤清点头，"不过正门有我债主。"

陆凛侧身，黑眸对上晏鹤清的目光。少年嘴角微微翘起："我债主很多。你忘了吗？你也是我债主。"

陆凛眉峰微微皱起："他们经常来学校找你？"

"大概吧。"晏鹤清并不在意，拉着他转向了另一条小道。

"要帮忙吗？"陆凛斟酌着说。

"谢谢你的好意。"晏鹤清褐色的瞳孔里闪烁着醉人流光，他弯起双眸，"不过是一些小麻烦，我自己很快就能处理了。"他催促说，"快走吧陆先生，那家店的东西卖得很快。"

京大在老城区，就算是老牌名校，对面的美食街上也大部分是苍蝇馆子，主打一个实惠。陆凛念大学时，只知道有这么个地方，但没来过。

放假前最后一天，又刚结束期末考，美食街上摩肩接踵，晏鹤清拉着陆凛，在美食街左拐右转，走了差不多十来分钟，终于停在一家小小的水煮丸子店门前。

店面特别小，只有四五平方米，在这寸土寸金的地方，这么丁点儿大的地方租金也很高昂。门前支了个遮阳遮雨棚出来，不占地，刚够遮住顾客头顶。店铺虽小，却干干净净。老板是一个头发花白的老奶奶，格子锅干净得在反光，沸腾的汤汁里，各种食材用竹签串着，分门别类码得整整齐齐，有鱼丸、虾丸、蟹肉棒、开口肠、牛肉丸、鱼子福包、嫩豆腐、白萝卜、海带结……只是和其他店稍有不同，一串就一颗。

老奶奶也不问他们，抽出两个中杯奶茶般大小的纸杯，熟练地捞起丸子，一样一串，纸杯塞得满满的，又舀了一勺热热的汤，这才递出来。

晏鹤清付了二十块，接过侧身递了一杯给陆凛："这家店十块一份，不选。"

噼里啪啦，下雨了，大雨砸在棚顶，发出清脆的声响。很快暴雨如注，刚刚还热闹的美食街，瞬间空了，人们匆忙找了最近的商铺避雨。

晏鹤清和陆凛就在遮雨棚下，那儿刚好够站他们俩，再往前一步，就是暴雨，断线一样的雨连绵不断地落下。

天色昏暗，对面的小店接二连三开了灯。老奶奶也开了灯，棚顶缠绕的灯带亮了。暗淡的橘光落到少年弯弯的眉眼上，他嘴角挂着浅浅的弧度。

"吃不惯再给我。"

陆凛接过，抽出一块白萝卜，刚要咬，晏鹤清打开书包，从书包里掏出手机，上面插着一副耳机。

破冰

晏鹤清递出右耳机，问："一起听吗？这时候听歌吃东西，感觉味道会更好。"

陆凛将纸杯换了只手，接过耳机，塞进耳朵。

晏鹤清点开了音乐软件，随后将手机放进口袋，看着前方的雨帘，安静地开吃。

耳机里，轻快的前奏响起，隔绝了雷雨声，很快一个男歌手开始唱歌，是一首外语歌。

> There once was a ship that put to sea,
> The name of that ship was the Billy of Tea,
> …………

陆凛没有转身，眼神落到晏鹤清的左耳。

少年的耳廓线条非常流畅，但有几条细细的小伤口，受伤后新长出的肉，颜色比原始肤色更白。

耳机里还在唱——

> The winds blew up，her bow dipped down，
> Oh Blow，my bully boys，blow（Huh），
> Soon may the Wellerman come，
> To bring us sugar and tea and rum。
> …………
> When down on her a right whale bore，
> The captain called all hands and swore，
> …………

这首歌唱的是一群水手出海远航的故事。

气温低，手中的纸杯渐渐凉了，溅落的雨水染湿了裤腿，片刻，陆凛出声问："歌名是什么？"

"Wellerman。据说这首歌的创作背景是十八世纪，一条捕鱼船追捕一头鲸鱼时，水手用鱼叉狠狠叉伤了它的尾巴，却还是没能抓住它，水手一直在海上与鲸鱼缠斗，想要抓住这头鲸鱼。"晏鹤清嚼着东西，左边脸颊微微鼓起，这让他看起来多了几分少年气。

"有公司派船给那些捕鲸者送补给，那些水手就称呼那些船为 Wellerman。"

晏鹤清突然偏头，清澈的眸子里倒映着蓬勃的雨势，他很认真地问："陆先生，你认为结局是什么？是捕鲸者抓住了那头鲸鱼，还是鲸鱼反杀了他们？"

陆凛目光沉沉，反问："你认为的结局呢？"

晏鹤清笑了一下，他收回看向他的视线，望着雨，纤密的眼睫不时扇动，他有非常漂亮的睫毛，像是用工笔一根一根画出来的，根根分明。

"不知道，但我希望是鲸鱼赢。"

陆凛也看着雨，拿起已经有些凉的白萝卜咬一口，不知是萝卜炖透了，还是确实听着歌会更美味，满口鲜甜的汤汁，吃起来比酒店几百块一份的萝卜更可口。

慢慢咽完萝卜，陆凛再次问道："你喜欢鲸鱼？"

海洋里有一头鲸鱼，它发出声音的频率是 52 赫兹，而它的同类发出声音的频率都在 15 到 25 赫兹之间，它们永远接收不到它发出的信号。晏鹤清的微信，叫"52赫兹"。

晏鹤清吃完了一串牛肉丸，微微低头，"嗯"了一声，随后抽出一串白豆腐，咬了一口。

"想去看吗？"

晏鹤清忽然停住，他看向陆凛。"海洋馆吗？不想。"停顿一秒，晏鹤清眼底流淌过暗淡的光，"不是门票的原因，就是不想看被关起来的它们。"

"是大海的鲸鱼。"陆凛也抽出一串牛肉丸，"天气好的时候，我们会出海，常能碰见成群的鲸鱼、海豚。"

一小颗牛肉丸，一口就没了，他偏头："明年夏天，一起海钓吗？"

陆凛回到市中心的住处。这是一套三百多平方米的大平层，外面有一个露天游泳池，离陆氏大楼近，加班太晚，他通常是回这里。先是洗澡，换了身衣服，随后回到客厅，他调了杯"尼格罗尼"，和晏鹤清调的一样，加了几滴橄榄汁。

身处最繁华、喧嚣的市中心，高空平层却安静到寂静，陆凛喝了一口酒，放下酒杯，拿过茶几的手机，拨了一串号码，拨通瞬间，黑眸微微闪了一下，他又摁断了。

几乎只有一秒，电话响了。

对面恭敬地问："老板，有什么吩咐吗？"

"没有。"

"好的，不打扰您休息了，晚安。"

屋里再次恢复寂静，陆凛登录微信，最上面的就是他和晏鹤清的聊天框。

点开小程序，闪耀的白鲸在大海里一点一点幻化成金色的鱼，在海面上溅起了星星点点的光。

动画很快结束了。陆凛端起酒杯，微微仰脖，把酒悉数喝光，放下杯子，起身走到玄关，抓起大衣，边穿边走进电梯。

三个小时后，将近晚上八点，半山别墅气温比市区低，昨夜下的雪还没有融化。陆凛进屋，刚脱下外衣换鞋，保姆就推着陆母出来了。

陆知婵六十多了，常年化疗，头发掉光了，戴着顶柔软的帽子保暖。她也很瘦，体形比同龄人小了整整一圈，因为被病痛折磨，脸上是遮不住的病容，可在看见陆凛那瞬，那双如死水的眼睛，又瞬间焕发活力，她微笑着问："阿凛怎么来了？"

她的病要绝对静养，陆凛每周会固定安排一天来陪她，但这周不是今天。

陆凛加快脚步，随后蹲在陆知婵面前，细致地帮她掖好毛毯，前些年，陆母的腿也不行了，夏天都会从骨头里发寒，常年要盖着毯子。

陆知婵眼里满是慈爱，她吃力地抬手。她的手干瘦得像是骨头上裹了一层泡过的白皮一样，她温柔地抚摸着陆凛的头顶。"你爸又找事了吗？"她低低咳嗽几声，"不要理他，做你自己想做的就好。"

陆凛抬头，他说："不是。顺路来看看你，马上就走。"

陆知婵也不点破。

陆凛起身和保姆点点头。保姆把轮椅交给陆凛，便回自己房间了。

"上次的人参吃了吗？我再叫人送来。"陆凛慢慢地推着陆知婵去客厅。

"还有呢，吃不下，你自己留着。"孩子来了，陆知婵话也多了点，"彩虹福利院的事你做得很好，那个女人一个人在外面很不容易，你能帮扶就帮扶一些。你爸你哥，太对不起她了。"她口中的女人是徐乔音。

陆凛点头应下："我会的。"

"你呢？"陆知婵忽然回头，笑容温暖，"有没有碰到合适的人？要是碰到了，一定要带来我这儿让我见见，我不怕吵。"

到了客厅，陆凛停住轮椅，给陆知婵揉着肩，应了一声。

母子俩又闲话了几句，见陆知婵有了困意，陆凛推她回房间休息。抱她上床，盖好被子，他蹲下身："我给您讲个故事。"

陆知婵满足地闭上眼："好。"

"有一群水手，在海上猎捕一头鲸鱼，他们弄伤了鲸鱼，却还是没有成功抓捕到它。"

陆知婵等了一会儿，没等到后续，她睁开眼问："然后呢？"

陆凛目光沉沉："没有结局。您希望是怎样的结局？"

陆知婵没有迟疑："我当然希望鲸鱼能逃回大海。"

陆凛笑了一下，没有再说话，他检查了陆知婵的被子，说了声"好梦"，关灯起身离开。临走前，他又叫来保姆、住家医生叮嘱了一会儿，才驾车离开。

昏暗的房间里，只有床头的台灯亮着，寒风拍打着窗户，似乎又要下大雨了。

彩虹光带倒映在天花板上，晏鹤清缓缓转动着光之立方，片刻后，他才把它放回床头，关灯休息。

次日，外面雾蒙蒙的，晏鹤清走出单元楼，才发现地面铺着厚厚的雪。昨夜不仅下了雨，还了下雪。晏鹤清拉高温暖的黑色毛线围巾，踩着干净的雪去了地铁站。

张姨看到晏鹤清又来了，很是意外："你不是一周来一次吗？"

晏鹤清蹲下身，熟练地收拾孩子们换下的纸尿裤："考完试了，年前我都来。"

虽说这样不太好，但张姨心里很庆幸，晏鹤清脾气好又会做事，帮了她不少忙，减轻了她的负担，能常来实在是太好了！她笑道："有你这样的孩子，你爸妈可太幸福了。"

这时徐乔音到了门口，听到张姨的话，她一愣，又看了看晏鹤清，纠结再三，还是转身要走。

张姨眼尖，赶紧喊住她："徐老师，骚扰你的那个流氓抓到了吗？"

徐乔音瞥了眼晏鹤清，微微摇了摇头。

晏鹤清将纸尿裤卷好装进垃圾袋，抬眸问："什么流氓？"

徐乔音还没开口，张姨就义愤填膺地骂："不知哪个臭流氓，天天往徐老师门上贴恶心的话，最近徐老师下班回家，也总有人跟着她。"

晏鹤清望向徐乔音。徐乔音本来在看晏鹤清，他一看过来，徐乔音马上紧张地挪开目光。

晏鹤清提着垃圾袋起身，他开口道："您要是不介意，这段时间我送您回家。"他是在和徐乔音说。

徐乔音身体微微一震，犹豫着要拒绝。张姨开口："对啊，有个男人跟着，那混蛋就忌惮了，有些臭垃圾专找单身女性骚扰。虽说咱们小晏年轻，但刚好像你儿子嘛。"

张姨并不知道徐乔音的过往，只以为她不婚不育，徐乔音听到儿子却满心酸涩，她刚也是看到晏鹤清，就想起了陆牧驰，陆牧驰只比晏鹤清大几岁。

徐乔音轻声说："不用了。"

张姨擦着手，不认同地说："我知道你内向，不爱和别人接触，但咱们小晏可不同，是特别好的孩子。"

徐乔音点头："我知道。"她只是不想再麻烦晏鹤清，晏鹤清帮过她两次了，一次是送伞，一次是陆凛来福利院。

其实徐乔音和陆凛没见过几次，她和陆翰结婚的时候，陆凛不过五岁，后来她和陆翰离婚，离开陆家，陆凛也就十岁，只逢年过节，陆家老太爷会接陆凛回来过节。之所以认得出现在的陆凛，是因为她常看陆氏的新闻。

"您是担心麻烦我吗？"不知何时，晏鹤清走到了她面前。

徐乔音不安地捏着手指，到底轻轻点了点头。

"不会。"晏鹤清微笑，"就送几天，吓退那个混蛋，算不上麻烦。"

徐乔音其实很害怕，好几次在家，她都感觉外面有脚步声，吓得她不敢出声，还好最后没出什么意外，但再继续下去，她就快神经衰弱了。她终于望着晏鹤清确认："真的不会给你添麻烦吗？"

破冰

"不会。"晏鹤清莞尔。

徐乔音这才点点头。

晚饭是在福利院解决的，陆凛来过后，食堂饭菜的品质有了质的飞跃。

下班时微微落雪，地面有点儿湿润，晏鹤清撑开伞，走在徐乔音的右边。徐乔音比晏鹤清矮一头，这十几年她都是独来独往，现在这一幕，仿佛晏鹤清真是她的孩子一样。

徐乔音终于有了笑意，她主动搭话："来福利院做义工，很辛苦吧？"

晏鹤清也笑了一下："我只是偶尔来，你们更辛苦。"

徐乔音却摇头，她看着前方，细细的雪偶尔从伞面滑落，不是她在帮福利院的小孩，而是那些孩子治愈了她。离开陆家，和自己的骨肉分离，她几乎生不如死，来了福利院，她才得以用另一种方式延续她的母爱。

两人都很安静，进了地铁，徐乔音带着晏鹤清搭了一号线。她住的地方离福利院比较远，有二十多站，下午六点半从福利院出来，快九点才到徐乔音住的地方。

这里非常繁华，是新区最发达的片区。晏鹤清知道这里，陆牧驰的公司就在附近。

路过一家店，晏鹤清把伞交给徐乔音，让她稍等片刻。他进了一家商店，出来时，手里提着东西。雪下得大，徐乔音快步上前给他遮挡。晏鹤清也小跑着过来。

进了伞下，晏鹤清的发梢、围巾上还是沾了不少雪花，徐乔音还在犹豫着要不要给他拍掉，晏鹤清就举起拎着的东西晃了晃，干净的眉眼微弯，他说："买了一个监控器，待会儿给您安上，要发现陌生人就马上报警。"

徐乔音鼻头有些酸，她点点头。她的住处是商业大楼对面的公寓，很小的一室一厅，晏鹤清在门口安装监控器。从来没来过客人，徐乔音手忙脚乱地撕开牛奶，用微波炉加热了，跑去递给晏鹤清："先喝点热牛奶。"

晏鹤清不跟她客气，他接过牛奶，喝了一口，露出笑容道："谢谢。"

徐乔音极其不好意思："我谢谢你才对，监控器的钱我转给你，你一定要收下。"她掏出手机。

晏鹤清并没有拒绝，他掏出手机："一百二十块，加微信吧，要是下次您发现有人跟着您，或是找您麻烦，您就联系我。"

徐乔音笑了，她加上晏鹤清的微信，转了钱，有些感慨说："我有个儿子，他和你一样，也这么高、这么帅。"

晏鹤清喝光剩下的牛奶，他弯弯眼睛，道："我妈妈也像您一样，温柔又漂亮。"

徐乔音许久没真正开心过了，安装完监控器，她切了很甜的哈密瓜，一定要晏鹤清吃一块才让他离开。

从公寓出来，晏鹤清微微抬眸，看向对面灯火辉煌的商业大楼，陆牧驰的公司就在顶楼。收回视线，晏鹤清压下伞面，转身回家。

陆牧驰没去公司，和几个朋友在酒吧喝酒，他两只脚搭在桌上，手指夹着烟，一看心情就不好。

他朋友往他这边瞅："听说陆少跟林家的小少爷吵架了？"

提到林风致，陆牧驰眼神冷下来，婚宴那晚过后，他们一直没联系，陆牧驰也没想联系他。

陆牧驰猛地起身大步往外走。满包间的人都很蒙，不知道陆牧驰突然怎么了。

陆牧驰没事，就是突然觉得这样的生活很无聊，做什么都提不起兴趣。

出了酒吧，还没到停车处，纷飞的雪花落到他脸上，有几片在他鼻尖融化，竟然散发着一点点梅花的香味。

陆牧驰回头，旁边有一棵开得极其繁茂的梅花。路灯笼罩着花树，给花瓣镀了一层淡淡的光晕。

不知为何，他想到了晏鹤清，突然就有了想去的地方。

晏鹤清从地铁站出来时，雪已经下得很大了。还有三周过年，街边的树上已经挂上了红色的小灯笼，灯笼亮着，在雪花里一摇一晃，憨态可掬。

晏鹤清突然想起了小时候。

那时候家里似乎有一棵石榴树，枝叶茂盛得快垂到地面，春末夏初的时候，树上就会挂满红彤彤的小灯笼花。天气热了，妈妈会搬两张摇椅到树下，煮一锅薄荷绿豆汤，牵着他和林风致到树下纳凉，然后哼着一首不知名的歌。母亲的声音很温柔、很清澈，像涓涓流淌的溪流。他就在那样的歌声中，喝着清爽解暑的薄荷绿豆水睡着了。睡得很香，他再睁眼，晚霞在院子里铺了一地的霞光，这时爸爸就回来了。爸爸有时带回来一块肉、几棵水灵的菜、一袋新鲜的水果，一包那时候小孩都特别喜欢的变色糖，有时带回很香很甜的小蛋糕，那种街边刚出锅的。为了急着送回来让妈妈和他们吃热乎的，爸爸总是跑得满头大汗。

晏鹤清曾经发誓要记得很深刻，可随着时间的过去，那些彩虹一样耀眼的记忆，还是渐渐在他脑海里蜕变成了黑白色。他甚至开始记不起父母的模样。

唯一清晰的，只有那场火，熊熊燃烧的火。

已经昏迷的女人，不知为何竟然醒了，抱紧哭泣的他和林风致，冲出了大火。女人静静躺在地上，再也没说一句话，往日漂亮的容颜被藏在浓浓遮住天际的黑烟之下，什么都不见了，也看不清了。

唯独他和林风致活了下来。家里所有的东西被烧得一干二净，连一张照片都没留下来。

晏鹤清眼里有微光浮动，他收回视线，撑开伞，像每一个刚出地铁匆匆赶回家吃饭的行人一样，随着人群往前走。就在大学城附近的地铁口有很多卖花的大学生，卖的大多是玫瑰花。

晏鹤清蹲下身找了好一会儿，才发现一桶剑兰，有白色、淡紫色。晏鹤清各挑

破冰

了一枝,在不算清晰的记忆里,妈妈常穿漂亮的旗袍,只是他忘记颜色了,或许是白色、淡紫色,又或许是粉色、墨绿色……

挑完花,晏鹤清付了钱,老板刚要给他用报纸包好,晏鹤清已经拿着花走了。

陆牧驰开车到了晏鹤清楼下,三楼的窗户是黑着的。他皱眉,怎么这么晚还没回来?他掏出烟盒,抽出一根烟点燃,调低座椅躺着,视野矮了不少。雪花不停地落下来,落在挡风玻璃上。陆牧驰空着的那只手的手指微微曲起,烦躁点着扶手箱。

晏鹤清和他以为的不一样。

晏鹤清身上似乎藏着巨大的秘密,他和林风致是双胞胎,却是截然不同的两种人,晏鹤清是他以前从未碰到过的、无比矛盾、无比神秘的人。

烟一点点燃尽,就在陆牧驰耐心耗尽准备掏手机打电话时,他突然停住了。

落了一小层雪的挡风玻璃外,一道安静的身影渐渐走近。

暗淡的路灯照着清瘦的少年,他一手撑着伞,一手拿着两支花,从漫天风雪里,越过了他的车。陆牧驰转过头,望着晏鹤清进了单元楼。

陆牧驰就保持着侧身的姿势,半晌没动,直到三楼灯亮了,他的手指也传来了痛感,陆牧驰这才低头,烟燃尽了,烧到了他的手指。

三楼,晏鹤清打开灯,换上鞋,先拿着剑兰进了厨房,又取了一个空瓶子,接了水,将剑兰插进瓶子里。

他认出了陆牧驰的车,但他不动声色。从厨房出来,他看了眼时间,然后看向门。

如果陆牧驰来踹门,说明他的饵料还不够,反之……晏鹤清眸底闪过明亮的光,他该收获第一批鱼了。

“滴答、滴答”,安静的房间里,传出秒针转动的声音,从晚上九点半,到十一点,那扇生锈的铁门始终安静。

晏鹤清垂眸,随后转身进了浴室。

热腾腾的水雾笼罩了小小的浴室,晏鹤清闭眼仰头,水花不断地落在他的脸上,脸上有轻微的痛感。修长的手指拂过左耳廓,在那儿有几条永远不会消失的伤口。手指落到左肩,那儿有一块碗口大的红疤,凹凸不平,摸起来像是一条粗糙的毛巾。

晏鹤清忘记当时的感觉了,似乎很疼,但他不能哭,要是哭,晏胜炳会更生气,打他更狠。

热水从他肩头滑落,顺着笔直的长腿往下流,流过一条蜿蜒丑陋的长疤。

晏鹤清猛然关了花洒,抓过毛巾擦着头发,拉开浴帘出去了。从浴室出来,他换上柔软、干净的家居服,拿了一本生物学的书,坐在窗边认真看起来。

楼下,陆牧驰在看到晏鹤清撑伞走来那瞬间,觉得非常安宁,这种感觉,自从那个女人离开,他已经很久没感受过了。

忽然,窗口出现一道若隐若现的影子。纱帘透着光,模糊的剪影低着头。陆牧驰甚至能联想到晏鹤清此刻的样子。他记得，晏鹤清那又破又小的房间里，靠窗的位置摆着床。也就是，晏鹤清现在坐在床上。

他在做什么？

这时晏鹤清的影子又动了，双手举起，翻了一页书。

原来是在看书。他在看什么书？课本、小说，还是漫画？

陆牧驰的目光不自觉地被吸引，他猝不及防地陷入了回忆里。那个女人还在的时候，每逢下雪天，也会这般地坐在窗边安静地看上一整天的书，好像整个世界只有手里的书。

和那个女人那么像，晏鹤清该不会是她的第二个孩子吧？

陆牧驰胡思乱想着，直到有雪花飘进他眼里，他低声骂了一句，揉着眼睛又坐回驾驶室。他关上门，车内烟雾缭绕，他就这样望着三楼窗口，直到灯灭。

看完一节内容，晏鹤清拉上窗帘，关灯睡觉。

睡得正沉，枕头冷不丁在振动，晏鹤清猛地睁眼，坐起身，房间里很黑，也很安静，不是地震，缓了一会儿，他低头，发现是手机在振动。

晏鹤清摸出手机，凌晨一点多，来电人是林风致。

林风致兴奋得睡不着，他的房间里灯火通明，他穿着薄薄的睡衣，光脚踩在因地暖热得发烫的地板上，来来回回走了很久，还是没控制住激动的心情。

他从昨天回家，亢奋到现在。虽然和他计划的略有出入，不是陆凛本人送他回来的，但那是陆凛的车啊！他第一次坐陆凛的车！他二哥说得没错，先混个脸熟是第一步，他的第一步就很成功。

"哥，我现在很激动。"电话通了，林风致干脆抱膝坐到地板上，眼眸里满是笑意，"但我不知道和谁说，只能找你。"

房间里很冷，晏鹤清披上外套，撩开窗帘的一角，雪下得越来越大了，窗户外面的台子上积了厚厚一层雪，难怪冷得厉害，他又往下望，陆牧驰的车不在了。

放下窗帘，晏鹤清开口，嗓子有一点点沙哑，问："怎么了。"

林风致脸颊烫得厉害，他抿了下唇，说："我只告诉你，其实我有一个特别特别特别崇拜的人，他昨天送我回了！"舔了舔嘴角，他继续道，"他派车送我回来的，四舍五入是他送。"

"是吗？"晏鹤清眼睫微垂，他单手收拢了外套，靠着床头，微尖的下巴抵进柔软的衣领里。

"嗯！"林风致眼睛弯起，"但你别问我他是谁哦，我暂时不能告诉你，总之，他是个特别特别好的人！"

晏鹤清低低咳嗽了一声。

林风致这才注意到，问："你咳嗽还没好吗？"

"好了。"晏鹤清眸光幽远，"降温了，好像有点儿着凉。"

"降温了吗？"林风致低头看了眼他薄薄的睡衣，他今天没出门，都不知道。他记得晏鹤清家里有一个能取暖的笼子，便说："你打开取暖器啊，或者明天去买个空调，不过我不太喜欢空调的风，有股味儿。"

晏鹤清笑了一下，他又咳嗽了几声，拉开被子下床："很晚了，快睡觉吧。"

林风致还想聊，但晏鹤清这么说了，他还是点点头说："嗯，晚安。好梦！"

挂掉电话，晏鹤清去厨房烧了一壶开水，倒进杯子，添了点凉水，翻出几片清火片，还有一片感冒药，放进嘴里一口咽了进去。

晏鹤清第二天起晚了，感觉头有些重，嗓子眼也有点儿疼。虽然他半夜吃了药，还是没能把感冒压下去。尽管没胃口，他还是煮了一点儿稀饭，什么菜都没弄，只吃了一碗稀饭。

他上秤看了下体重，一百一十九斤，又缓慢长了两斤。

看了一会儿《细胞学》，他又吃了一片感冒药，换上外衣出门了。天气冷，今天他穿得特别厚实。

雪已经停了，但全世界白茫茫一片。天还不算很亮，路上没行人，只有两道车轮轧过的痕迹。

时间还早，晏鹤清走得慢了一些，轻轻呼吸着雪后的空气，很凉，有着很干净的味道。

晏鹤清喜欢这个味道，他从包里掏出耳机，塞进耳朵，播放的内容还是前天放给陆凛那首歌。他不爱听歌，切回了俄文单词，在心里跟着默默背。

他不疾不徐地走到地铁站。大学放假了，时间又早，今天的地铁里人格外少，空气也很清新，几乎都是空位。晏鹤清坐了下来，耳机里的单词有些催眠，他难得闭眼假寐了一会儿，快到站时才睁眼。

即便是寒冷的冬天，福利院的小朋友也还是想去操场玩，他们能活动的地方就只有福利院，因此格外向往外面的世界。

有晏鹤清保证，张姨才同意他带着三楼的小朋友去操场堆雪人。

徐乔音拿了一盒画画用的模型给他们，雪人的鼻子、眼睛就有了。

小孩子的想象力是无穷的，堆出来的雪人造型奇特。有一个小女孩问晏鹤清："晏哥哥，我堆的这个雪人对吗？"

晏鹤清捡了几根被雪压断的树枝做雪人的手，听到小女孩的话，他蹲下身，认真看小女孩堆的雪人，眼睛是绿色的，嘴巴是黑色的，头顶插着一根小树枝。

晏鹤清眉眼弯了弯，转头和小朋友说："每个人的雪人都不一样，都是对的，你堆的雪人非常可爱。"

小女孩马上雀跃起来，跑着去喊小伙伴来看她堆的雪人。

晏鹤清起身，将树枝送给需要的小朋友，然后自己找了一小块地，蹲下身团着干净的雪，捏了一个小小的雪人。

五楼，几个女孩沉默安静地看着窗外，白茫茫的，是下雪了吧？好久没看到雪了……清澈的眼眸里，是显而易见的失落。

忽然，有人敲门。

"可以进来吗？"

她们都听出是晏鹤清的声音，回头齐齐开心地说："可以！"

晏鹤清推开门，左手掌心里有一个白白胖胖的迷你雪人。

女孩们眼睛都有了光，惊喜看着雪人，说："是雪人！"

晏鹤清捧着雪人，过去挨个儿让所有小女孩都用手摸了一下。

"好凉！哈哈。"

"好白的雪呀！"

"我以前也捏过小雪人！比晏哥哥捏的漂亮。"

最后，这个可爱的小雪人，被放到了女孩宿舍的窗台上。

中午晏鹤清还是没胃口，简单塞了一点儿饭，又吃了一片感冒药，下午的主要工作是洗衣服。陆氏捐了洗衣机和烘干机，方便了很多，脏衣服放进去，一下午就全都洗干净烘干了。将衣服叠好，分别送回小朋友的宿舍，晏鹤清今天的工作就结束了。

他等着徐乔音下班，徐乔音也比昨日话多了。

"今早出门，没有人跟着了。"她弯唇微笑，"应该是昨天看见你送我回家了。"

两人慢慢往地铁走，晏鹤清微微笑着："多几次，会更有用。"

徐乔音点头，笑容也多了不少，一路上都在和晏鹤清聊天。

到了公寓，徐乔音打开冰箱，她特地买了榴莲，水果店老板说这是水果之王，年轻人都喜欢吃，她端出去道："不知道你喜不喜欢吃，我一个人也吃不完。"

"喜欢的。"晏鹤清拿了一小块，吃完才离开。

剩下的徐乔音本想让晏鹤清都带走，又怕晏鹤清有负担，她小心地用保鲜膜包好放回冰箱。

晏鹤清回到小区时，已经很晚了，陆牧驰等了一晚上，目送晏鹤清上楼。他的眼睛微微眯起，大学早放假了，晏鹤清怎么天天这么晚回家？

陆牧驰越想越烦躁，他拨了个电话。

"我给你个地址，马上过来。"

没过一会儿，一辆车停在他前方，车门打开，一个中等身材的中年男人下车，他环视四周一圈，很快朝着陆牧驰跑来。

车窗降下，中年男人殷勤地问："陆少，有什么吩咐？"

陆牧驰递过手机，屏幕上是晏鹤清的入学照："明天开始，跟着他，将他的行踪一五一十报给我。"

中年男人看着屏幕，这小区明显不是陆牧驰会住的地方，他堆着笑脸问："他住这个小区吗？"

陆牧驰扬起下巴，看向三楼亮灯的窗户说："那一户。"

与此同时，晏鹤清放下窗帘的一角。他看不清来找陆牧驰的男人的模样，但也能猜到他的身份，小说里有一个私家侦探为陆牧驰跑腿，那时都是查林风致，陆牧驰从不避讳，私家侦探到别墅汇报，他都在场。

晏鹤清并不在意，有私家侦探跟着他，他就不用想办法让陆牧驰发现徐乔音的存在。

嗓子又涌起咳意，晏鹤清低低咳嗽了好几声，他走到沙发坐下，喝了几口热水，拿过手机。

九号，快了。

晏鹤清拿起药瓶，这次倒了好几片消炎药、清火药，混着一片感冒药，悉数咽了下去。

第二天，陆凛洗漱完从卫生间出来，他的手机"叮"了一声。

陆凛点进微信，没有信息，只有一个转账，四千三百五十元。

转账说明填着：第一期，谢谢陆先生。

今天十号，是晏鹤清分期还款的第一期。

"收到。"陆凛回了两个字，随后点了接收。

简单煮了一杯咖啡，热了一份三明治，陆凛吃完出门上班。路边全是积雪，今天开始化雪了，气温降得厉害，刚出门，冷风就刮到脸上。

陆凛出来，司机马上下车给他开门，陆凛却没上车，他停在原地，感受了一下气温。随后上车，陆凛查了下昨晚的气温，入冬以来的大降温，低至零下二十摄氏度。脑海里闪过晏鹤清住的房子，里面只有一个迷你取暖器。

司机安静地启动车，陆凛拨通了助理电话。

助理驾车刚到公司停车场，接到陆凛的电话，接连"是"了几声，挂掉电话，又马上拨出个电话，交代几句，停好车，没上办公室，搭电梯到一楼，径直跑出大堂。

约见面的地方是对面的早茶餐厅，一个安静的适合谈话的包间，助理等了约莫十来分钟，一个女人推门进来。

女人是光影咖啡的店长。待她坐下后，助理推过菜单，礼貌说："这么早打扰您，先点东西，吃完我们再详谈。"

店长点了几份小点心，交给服务员后微笑回："有事您直说。"

助理也就开门见山道："我有一份礼物要送给贵店的晏鹤清，但不方便出面，还需要店长帮个忙。"

店长有些许惊讶："晏鹤清已经离职了呀。"

助理错愕了一秒就恢复了微笑："那更好办了，麻烦您打个电话，说是过年礼物，其他的我来办，不会让您白帮忙，以后陆氏的下午茶，都会交给您。"

陆氏下午茶的单子！店长眼睛都亮了，但她没马上答应，晏鹤清在咖啡店这段时间，表现特好，她最喜欢这种踏实又有能力的年轻人，她客气地问："能告诉我是什么礼物吗？"

助理回答得很爽快："暖气片。"

店长愣了一下："暖气片？是我理解的给房间增温的暖气片吗？"

助理拿起手机，解锁递给店长。店长接过，就看到屏幕上下单成功的订单，写着家用可移动暖风机电暖气片，适用十五至二十平方米的房间。

店长马上答应了："没问题。"

晏鹤清出单元楼没多久，手机响了。他还留着咖啡店店长的电话，看到来电，他有些许疑惑，接听道："您好。"

店长热情洋溢："小晏啊，没打扰你吧？"

"没有，您说。"

"是这样，马上放年假了，我们店每年会根据业绩发新年礼物，你也算做到了年底，有你一份，你把地址给我，我叫人给你送过去。"

"不麻烦了，晚点儿我自己过去取。"晏鹤清以为是小礼物。

"是大件，你来取不方便。"店长笑着说，"不麻烦的，是商店自己派送，你来取才是真的麻烦。"

晏鹤清走进地铁站，余光里是一个跟着他的中年男人，晏鹤清不动声色，过了地铁安检和店长说："稍后我发给您。"

店长满口答应。

挂了电话，晏鹤清走到候车区等地铁，在等待过程中，他将地址以短信发给了店长，并告知了他回家的时间。

店长秒回："收到！提前祝你新年快乐啊，小晏！"

晏鹤清也回："您也新年大吉。"

这时地铁来了，晏鹤清收起手机上车。不远不近跟着他的中年男人随之上车。

晏鹤清和往常一样，上车就找了个安静的角落站着，戴上耳机记单词。中年男人假装在玩手机，却朝着晏鹤清的方向照了几张照。

时间渐渐过去，晏鹤清全程站着认真记单词，没有动作也没有说话，中年男人脖子都麻了，实时给陆牧驰报告："陆少，他上地铁就塞着耳机，一个小时没动了。"

陆牧驰刚到公司，点开私家侦探的信息，第一张就是从单元楼出来的晏鹤清。少年穿着深蓝色中长大衣，围着红色围巾，戴着口罩遮住了下半张脸。陆牧驰嘀咕，这么早去哪儿了，又往下翻。看到晏鹤清讲着电话进了地铁口，陆牧驰一时没反应过来——他从未坐过地铁。

过了一会儿，私家侦探回复："已经出地铁了。"

陆牧驰马上问："他去哪儿？"

没一会儿，弹出来一张照片。照片里的石墙上，是几个掉漆的大字——彩虹桥福利院。

陆牧驰眉心微动，晏鹤清回他小时候待过的孤儿院做什么？不是已经找到林风致了吗？捐款？不会是去当义工吧，长大了回馈社会？陆牧驰觉得好笑，晏鹤清自己都一副惨样，竟然还想着去帮别人，就像那个女人，抢着做家务活儿，那陆家花钱请佣人做什么？真好笑！

尽管这样想，陆牧驰还是敲了一串字："跟着看看他在做什么。"

私家侦探回："陆少，不方便进去，要登记，太容易暴露。"

反正福利院里也就一些孤儿，陆牧驰就无所谓了，说："继续守着，有新动向立即向我报告。"

私家侦探回："明白！"

这时一个中年女人进了福利院，私家侦探瞥了眼，就找了个地方蹲下身玩手机。

福利院里，晏鹤清在教小朋友们拼音。

大部分小孩反应慢，理解能力差，晏鹤清极有耐心，不厌其烦，一遍又一遍地教他们。

徐乔音都自愧不如。她刚到福利院时，第一次接触特殊儿童非常不适应，好几次想过放弃，磨合很久很久才撑了下来。

晏鹤清却不同。他完全不像一个刚上大学的孩子，拥有绝对的耐心，超稳定的情绪。

通过晏鹤清的能干和他指间明显的老茧，徐乔音多少也能猜到他家庭条件不好。

午休时间，徐乔音喊晏鹤清到她办公室，从包里拿出榴莲道："你快吃吧，放久就坏了。"

"我不能吃。"晏鹤清在徐乔音对面坐下，没有取下口罩，"您自己吃吧。"

徐乔音很奇怪："为什么？"

"有点儿感冒。"晏鹤清说。

"难怪你一直戴着口罩。"徐乔音点点头，又把榴莲收了回去，"生病了就在家休息呀，怎么还来呢？"

"这点小病没什么。"晏鹤清低低咳嗽了几声，"过完年，想多来也来不了了。"

徐乔音听张姨提过，晏鹤清是大学生，过完年没多久就开学了，当然要以学业为主，她莞尔："你爸妈真幸福，有你这么懂事的孩子。"

晏鹤清垂下眼睫，过了几秒，他才说："待会儿回家，您也戴上口罩吧，这个天气，口罩防唾沫还保暖。"

徐乔音马上说："你病了就早些回家休息，不用送我了。"

晏鹤清微微歪头，眨了眨眼睛说："您别小看我，这点病都休息，我……"他没说下去，从口袋里摸出一个单独包装的口罩，"为您准备好了，您别忘了戴。"他起身继续去做事了。

徐乔音望着晏鹤清的背影，鼻头酸了酸，她低头，摸出手机，屏保是一张很模糊的抓拍照片，是上个月她等在陆牧驰的公司楼下，远远地、悄悄地拍下的陆牧驰的背影。

徐乔音轻轻摸着冰凉的屏幕，眼里浮起慈爱的笑意。

下午回家，徐乔音戴上了口罩。下着小雨，晏鹤清撑着伞，和徐乔音一路聊着天，进了地铁站。

陆牧驰收到照片，眼睛都直了。哪里冒出来的女人？还是一个老女人！

照片里看不到女人的脸，只看到侧脸，而且她还戴着口罩，但从穿着打扮来看，是上了年纪的人。

陆牧驰百思不得其解，私家侦探紧接着又发来几张照片和一句话："他送那女人进去，待了快半小时才离开。"

陆牧驰看着物岛公寓四个字，眉头拧成了结。晏鹤清一个孤儿，除了他养父母和林风致，就没其他人际交往了，这个女人会是谁？

收到晏鹤清回家的消息，陆牧驰略一沉思，说："继续看着他。"

回到家，晏鹤清又下楼一趟给流浪猫送了点食物。等他再次上楼，送货员已经等了一会儿，地面放着一个长方形箱子，光线昏暗，看不清纸壳上的字，只大约看出是家用电器。

见他拿着钥匙，送货员问："是晏鹤清先生吗？"

晏鹤清点头。

送货员赶忙递过笔和签收单："麻烦你签收。"

晏鹤清接过笔，签下了他名字："谢谢。"

"不重，你自己搬进屋吧，我还赶着送货。"送货员说着已经跑下楼了。

晏鹤清打开门，将箱子提了进去。

进屋打开灯，屋里只比外面气温高一点儿，晏鹤清又低低咳嗽了几声，这才看清纸壳上的字——取暖器，无声运行，毫不干燥，舒适省电，每天只需两块钱，超大面积、地暖式无死角供暖。

晏鹤清有些奇怪，新年礼物竟然是取暖器，咖啡店的福利有那么好吗？他记得张青还抱怨过，逢年过节发的员工礼永远是咖啡豆，还是最便宜的那种。

晏鹤清又和店长确认了一次，确定没送错，他才拆开纸壳。

白色机身虽然稍长，但是机体很薄，贴着墙几乎不占地方，很适合他这个狭小的空间。插上电，不需要看说明书，晏鹤清蹲下身摁了几下按键，将温度调到二十六摄氏度。几乎是瞬间，就有热气从散热片里吹出来，真的很暖和。

晏鹤清双手冰凉，他将手伸到散热片的上方，十根僵硬的手指，渐渐恢复了知觉。

房间实在太小了，不到十分钟，整个房间都温暖如春，不知是因为开的时间不长，还是因为它是新机器，现在的确如它的广告语，空气没有开空调那样干燥，非常舒适。

晏鹤清还穿着一件线衫，身上已经开始发热了。脱掉线衫，晏鹤清去卫生间洗澡，这次只穿了薄薄的白T和宽松的运动裤，出来也丝毫不觉得冷。

到厨房烧了一壶热水，晏鹤清倒了一杯热水放在茶几上，坐下翻开书，开始今天的学习。

卷 四

苏
醒

陆凛还没下班，处理完文件，他听见助理轻轻叩门说：陆总，饭到了。"

"放桌上。"陆凛没胃口，他按住太阳穴。

助理轻声进来，将饭菜放在茶几上，看了眼陆凛，这才报告晏鹤清收到暖气片的事，以及他辞职的事。

陆凛不意外晏鹤清辞职，过了年他就要开学，或许连钓鱼，以后晏鹤清都没时间了。

"成绩出来了吗？"他问的是晏鹤清这次的期末成绩。

"出来了。"助理不由赞叹，"第一！转系没问题，奖学金也拿了。"

"你下班吧。"

助理看了眼饭菜，秘书处早下班了，要是他也下班……

陆凛注意到助理眼神，淡淡道："我自己收拾。"

助理应了声，轻手轻脚退了出去。

陆凛又点开了微信。早上，晏鹤清回了他一个笑脸，他没有再回了。往上划了一下，指尖碰了下屏幕，小程序就弹出来。

短短几十秒反反复复，直到饭菜快凉了，他才放下手机。

接下来几天，陆牧驰每天都会收到晏鹤清和同一个女人的照片，同进同出，同撑一把伞。晏鹤清在公寓待的时间也越来越长，今天最是夸张，长达一个半小时。

一个半小时，能做很多的事情。

陆牧驰手一挥，手侧的酒杯就摔到了地上，满地都是细碎的玻璃碎片，事情很明显了，晏鹤清肯定不会和老女人谈恋爱，那女人看起来也不像晏鹤清的亲戚，他……被这个老女人包养了！

晏鹤清不是很硬气、很清高吗，竟然也会做这种事！

陆牧驰气得失控，抓起外套就要去找晏鹤清麻烦，快到办公室门口，他又停住。不行，捉贼要拿赃。他现在上门，就凭几张照片，晏鹤清完全可以不承认。

陆牧驰冷笑。好啊，他明天就来个人赃并获，看晏鹤清如何狡辩！紧抓门把的手，青筋都暴了出来，过去好一会儿，陆牧驰才重重收回手，咬牙切齿往回走。

热得只用穿短袖的小房间里，只开了台灯，墙壁上是斑驳交错的彩虹光。晏鹤清趴在床头，轻轻转动着光之立方，浅褐色的瞳孔在影影绰绰的光里流转着琉璃般的光彩。

片刻后，他放下光之立方。

三天了。陆牧驰的耐心最多三天。不出意外，明天或是后天，他就该找上门了。

"喀喀。"晏鹤清又低低咳嗽几声，他拉过了被子。

尽管房间里开着暖气，他还是习惯盖被子，这让他安心。关上台灯，晏鹤清闭上眼，很快睡着了。

次日，难得没下雪，地面是干的，私家侦探还在跟着晏鹤清，晏鹤清照常走进福利院。还有十天过年，福利院早早挂上了红色小灯笼，绑着喜庆的灯带。挂完灯笼，晏鹤清去打扫卫生。

一个小女孩捏着光之立方，小声问："晏哥哥，你会来和我们一起过年吗？"

晏鹤清抬眸，眼睛弯了一下："不来了。"

小女孩很是失落，不过她很快又好奇起来："你过年要去做什么呀？"

晏鹤清停住扫地的动作，他看向小女孩，瞳孔里是清晰的笑意："去见我最亲的人。"

"小晏，今晚去我家打火锅吧。"下班时徐乔音阻止了晏鹤清去吃食堂，"我早上去菜市场，买到了很新鲜的菌菇，你感冒还没好，吃菌菇火锅对身体也好。"

晏鹤清微笑回："好。"

看见两人如往常一样聊着天走出福利院，私家侦探立即通知了陆牧驰。

陆牧驰此时就在徐乔音家门口，他才发现，那老女人的公寓就在他公司对面。

陆牧驰扯开衬衫的第一颗纽扣，和私家侦探说："知道了，你不用再跟了。"

余光注意到私家侦探离开了，晏鹤清若无其事地偏头，继续和徐乔音聊天。到公寓楼下，徐乔音又去小超市买了一些新鲜蔬菜。提着菜回到公寓，她不让晏鹤清帮忙。

"你去看电视，马上就开饭。"她还特地关上了厨房门。

晏鹤清取下口罩，没有去客厅看电视，而是在玄关处安静等着。

陆牧驰亲眼看到晏鹤清和徐乔音提着菜，愉快地聊着天开门进屋。他一刻都不想等，从转角出来，大步走向徐乔音的公寓，抬脚狠狠踹着门。

"晏鹤清，开门！"

陆牧驰踢得特别重，整块门板都在晃动。

徐乔音在厨房洗菜，水声哗啦啦，听到踢门声，她还以为是隔壁——这栋公寓的隔音非常差。

晏鹤清没让陆牧驰踢太久，上前开门。

门刚打开，陆牧驰就如同发疯的野兽一样冲进屋。陆牧驰双眼赤红，用力一甩，将晏鹤清抵到鞋柜上。

晏鹤清后背重重撞上柜子，肩胛骨上传来清晰的痛感，但他脸色都没变一下，只平静地望着陆牧驰。

这波澜不惊的眼神越发刺激了陆牧驰，尤其厨房里还不时传出做菜声和饭香，陆牧驰咬着牙嗤笑：“还真是浪漫。”

晏鹤清总算有了表情，他知道陆牧驰恶心，却没想到他竟恶心至此。

陆牧驰见他表情松动，以为戳中了晏鹤清的痛处，他扯着嘴角冷笑。

脖子被掐紧，晏鹤清呼吸不畅，剧烈咳嗽起来，却还是不言语。他冷冷地看着陆牧驰发疯。

就在这时，徐乔音听到怒吼，发现不对，她赶紧开门跑出来。

看到玄关的场景，还有陆牧驰，她全身血液都凝固了，也只一秒，她飞快冲过去，掰着陆牧驰的手喊：“你在干什么？快松开他！”

陆牧驰听到女人的声音，眼球立马充血了，五官都跟着扭曲了，他不屑看徐乔音，胳膊一拐，直接甩开徐乔音。

“住手！”徐乔音发出一声凄厉的尖叫，冲上去一巴掌扇到陆牧驰脸上，使劲推着陆牧驰。

猝不及防之下，陆牧驰被徐乔音推得踉跄几步，双手放开晏鹤清，后背重重撞到门上，发出沉闷的声响，他疼得闷哼一声，脸颊火辣辣发疼。

这是继上次晏鹤清扇他后，第二次有人敢扇他的脸，他舌尖划过有些裂开的嘴角，抬头握拳就要挥过去：“敢打我，女人我照——”

徐乔音护在晏鹤清身前。她已经满脸是泪，嘴唇都咬破了。

也是这时候，陆牧驰终于看清了徐乔音的脸。陆牧驰如遭雷击，拳头拐了个弯，撞上了墙壁，指关节擦破了皮，瞬间冒出鲜血。陆牧驰全然没有知觉，他转过脸，震惊地望着徐乔音。她和记忆里没太大变化，只是上了年纪，头发也白了。

陆牧驰流露出慌乱的神色，不由自主往后退，肩膀再次撞上门，两只眼睛睁得奇大，骇然、惊愕地望着徐乔音。

怎么会是她？！怎么可能是她？！

晏鹤清咳嗽了几声，轻轻拨开了徐乔音：“徐老师，您让开，他是来找我的。”

陆牧驰听到“徐”字，更加确定眼前的女人是徐乔音，是消失了十几年的徐乔音！

他猛地拍了一下门板，惊慌地拉开门跑了。

徐乔音原以为陆牧驰是发现她了，来找她麻烦，没想到他和晏鹤清竟然认识，联想到陆牧驰的反应，她双眼一黑，差点儿晕倒。她惊恐地抖动着嘴唇说：“他……他是……”徐乔音猛地一把拉住晏鹤清，不可置信地盯着他，“小晏，你……”

晏鹤清此时脸色白得吓人，他摇头道：“没关系，您别担心，我会找他说清楚，不会让他来找您麻烦。"他取下他的外套，说，"今天打扰您了。"

在陆牧驰回来之前，晏鹤清快步离开了。

刚才那一幕不断冲击着她，她愣在原地，脑海里嗡嗡作响，眼泪不断涌出眼眶，她的小驰，她的儿子怎会变成这样……

另一头，陆牧驰冲到一楼，快出公寓时却猛然停住。有保镖跟着他，万一保镖发现徐乔音，报告给他爷爷……

他猛地回头，又大步走回电梯，拇指不断用力摁电梯键。

电梯来得很是缓慢，好不容易到了，门才开了一条缝，陆牧驰就直接掰开进去，丝毫不在意其他人惊异的眼神，按了徐乔音所在的楼层。

陆牧驰一个人搭着电梯上楼，公寓的电梯老旧，运行慢又有奇怪的声响，陆牧驰暴躁得不行，一直砸着电梯壁。

过了好一会儿，电梯门打开，他大步跑出去，快到徐乔音的公寓门前，他的脚步却慢下来，捏了好几次拳头，才板着脸进去。

门大开着，徐乔音还在原地。听到脚步声，徐乔音泪眼汪汪地望过来，四目相对，两人均僵在原地。

最后是陆牧驰先开口，他扫视着房间，从牙缝挤出声音："晏鹤清呢？叫他出来！"他突然冷笑道，"怪不得你抛夫弃子，原来是在外面有小情人。晏鹤清是不是服侍得你——"

徐乔音再次被他气得头疼："你在胡说八道什么？！"

其实经过一段时间，陆牧驰已经冷静了。

晏鹤清不可能那么巧就碰上了徐乔音，肯定是从林风致那里听到了他的身世，晏鹤清就到处帮他找徐乔音。尽管不愿承认，但他很清楚，心底深处，他特别想念徐乔音。

但恶毒的话，还是一句一句从陆牧驰嘴里蹦出："我说什么？我在说你和晏鹤清龌龊不堪！你还真有本事，年纪这么大了，还能找到这么年轻的小情人，你也教教我呗，怎么……"

清脆的巴掌声打断了陆牧驰，徐乔音不用问也明白了，她这个儿子太混账了！这么一闹，徐乔音毫无再见儿子的喜悦，她举着的手颤抖得厉害，嗓子眼儿里都快呕出血了，她凄厉地喊着："走！你马上离开我家！"

接连挨了巴掌，陆牧驰火气也上来了，他咆哮着："你没管过我，凭什么打我？！"

徐乔音脸上霎时褪掉了所有血色，她怒道："我是没管过你，但这不是你侮辱小晏的理由，他是个好孩子，你有什么气冲我撒！"

陆牧驰怒气冲冲地瞪着她，过了会儿，他心虚地挪开目光，再次问："晏鹤清在哪儿？"

徐乔音闭着嘴一言不发，陆牧驰掏出手机，当着她的面就拨晏鹤清的电话，然而机械音提示他："您所拨打的电话正在通话中，请稍后再拨……"

晏鹤清在消防通道看到陆牧驰出了电梯，过了一会儿才走。

走出公寓，不知何时飘起了小雪，天色昏暗，有路灯照着，地面也看不太清晰。

晏鹤清感冒还没好，身体很虚，加上刚才被陆牧驰狠狠掐了一会儿呼吸不畅，现在难受得厉害。他走了一小节路，终于忍不住找了个地方蹲下身，捂着胸口往外吐，只是他胃里没有东西，甚至连酸水都呕不出来。保持不动蹲了好一会儿，晏鹤清才抓着垃圾桶慢慢站起身。

事情出了些偏差，不过陆牧驰的发疯，在他计划之内，虽然作呕了些。

晏鹤清继续往前，他走得很慢，顺着路一直往前走了好一会儿，到一个路口，他找到了一个很显眼的地标——交叉路口唯一一家便利店。

便利店在对面，他走过斑马线，却并未进去。

他走到路灯下面时，没多少力气了，他背靠着路灯，吃力地从口袋里摸出手机。他先添加了陆牧驰的号码，随后将之拖进黑名单，退出来又将电话簿里除了陆凛之外的联系人通通拉进黑名单，然后清空通话记录和短信。做完这一切，他拨通了120。

"您好，我现在灵桥路交叉路口，有一个便利店……"他的声音越来越小。

晏鹤清仰头看着从橘色的光里陆陆续续落下的雪花，最后的意识停留在了一闪一闪的车灯上。感觉到有人把自己抬上了救护车，晏鹤清才合上了眼。

临近过年，陆凛的饭局更多了，今晚就有一场商业饭局。

"陆总，您尝尝这六头网鲍。"酒店老板亲自上菜，将捞汁鲍鱼放到陆凛面前。

其他人也全围着陆凛聊天。

这时，陆凛口袋里的手机振了振，他放下刚拿起的刀叉，掏出手机，来电是一个本地座机号。

其他人见陆凛来了电话，马上噤声。陆凛示意他们继续，拉开椅子起身，开门去露台接电话。

接通，手机里传来一个礼貌的女声。

"您好，请问是陆先生吗？这里是市二医院急诊中心。"

陆凛眉峰微拧，问："什么事？"

"是这样，我们的一位患者现在昏迷了，他手机里只有您的联系方式，您现在方便来一趟吗？"

陆凛四十五分钟后到了市二医院。隔着病房门上的小玻璃，陆凛确认了病床上的人是晏鹤清。

"什么情况？"他问医生。他的音调平缓，却自带一股威严，像导师来查房一样。

年轻的医生下意识回："患者是反射性晕厥，应该是碰到了不太好，或是很难受的事情，刺激到神经系统发生过度反应，出现暂时性的血管扩张和心动过缓，导致患者脑灌注压及动脉压降低……"注意到旁边小护士疑惑的目光，年轻医生猛然停住，他回过神，有些尴尬地说，"简单地说，就是他受了刺激，加上身体虚弱，又在感冒，不是大事，多休息，好好调养，年轻人恢复得很快。还有，他后背有淤青，应该是撞到了什么硬物吧？没伤到筋骨，这段时间别让他做重活儿。现在让他先睡会儿，等醒就可以出院了。"

陆凛颔首，转而看向小护士："缴费处怎么走？"

小护士马上带路："请跟我来。"

年轻医生总算松了口气，加快脚步回办公室了。

缴费处窗口里的收费员瞥了眼陆凛，瞬间在心里"啧"一声，这穿着打扮一看就非富即贵，他接过单子敲着键盘，堆出笑脸："现在有单人间，不用预约，两千元一晚，换吗？"

陆凛却说："开普通病房。"

收费员笑容微变，在心里默默吐槽："这么有钱了还那么抠门儿，连个单间都不舍得住，难怪说有钱人更抠门儿！"收费员噼里啪啦敲着键盘，出单收费后将收据从窗口递出来，这次没再和陆凛搭话。

陆凛接过收费单，转身要回病房，瞥见小护士还跟在旁边，他停住问："还有事？"

小护士刹住脚，也有些蒙，她不知不觉就跟着了。听陆凛问，她抱住病历，快速摇头答："没事，没事！"

陆凛迈开脚步，进了电梯。

病房在三楼，多人间，床位费一天一百块。陆凛推门进去，晏鹤清还没醒，他的床在最里侧，靠着窗。

其他病人和陪床的家属或是聊着天，或是玩着手机，时不时有人瞥几眼晏鹤清。这小孩长得实在有气质，和其他人不太一样，躺在床上露出一小半脸，也特引人注目。

待陆凛走进病房，七八道目光又看向他。

长款羊绒大衣，内里简洁又讲究的西装三件套，进屋就挡住了头顶的灯光，快一米九的身高，冷锋般锐利的下颌线，显得不怒而自威，和整个病房格格不入。

房间里瞬间安静了，一个外放视频的男人悄悄关了声音。所有人屏息着，瞄到陆凛走到了那个孩子的病床前。

陆凛拉上了晏鹤清那张病床的床帘，瞬间隔绝掉所有窥视的目光，也遮住了明亮的白炽灯，只窗外隐约透进来些路灯光。

这是陆凛第二次见晏鹤清躺在病床上。

这次晏鹤清没换病号服，只脱了外套，一如既往苍白瘦弱，细长的脖颈上有几条清晰的青紫痕迹，他似乎难受得厉害，两弯眉毛都紧紧地皱着。

晏鹤清睡得极不安稳。他做梦了，梦里交错着黑白色的画面，像是放映机的老胶片，有时清晰，有时模糊，最后终于有了颜色，在一树红火的灯笼花下，有潺潺的流水曲调，一把蒲扇在他耳畔扇着，清爽还带着安稳味道的凉风掠过，他抱住那只细腻又温暖的手睡着了，再热也舍不得放开。

忽然灯笼花莫名燃了起来，像是光速划落的流星一样，不断往下掉着火光。房子也跟着燃起来了，熊熊的火光把天边都染成了触目惊心的红色。他待在原地，只会哭。那只手将他拥进温暖的怀抱，一道女声在他耳边响起，如潺潺流水一般，温柔又强大。

"宝贝不怕，妈妈保护你。"

他紧紧抱住妈妈，却分不了她一点儿温度，只能眼睁睁地任由怀中的身体一点一点冰凉。

"妈妈！"撕心裂肺的痛，四面八方涌来。

长睫微微动了动，晏鹤清猛地掀开眼帘。

周遭不太安静，打雷一样的鼾声此起彼伏，意识逐渐回笼，先入目的，是一片白色，随后是一张熟悉的脸。

晏鹤清静静望着这张脸，半晌都没动。

还是陆凛问他："饿吗？"

晏鹤清开口，声音沙哑得几乎要听不见了："不饿。"晏鹤清胳膊支着略硬的床铺，撑起身坐起来，眸子里还蒙着一层若有似无的雾气。

陆凛弯身帮他把枕头立起来。

"谢谢。"后背抵着柔软的枕头，晏鹤清还是疼得眉心微微动了一下。

陆凛拿过小柜子上的保温杯，那是一个新保温杯，常见的样式，应该是在医院楼下的小商店买的。他旋开杯盖，杯盖倒过来是一个简易杯子，他倒了半杯热水，递给晏鹤清道："喝点水。"

晏鹤清是很渴，他接过杯子，低头抿了一小口，正是适宜入口的温度，水淌过干燥的嗓子，润得十分舒服，晏鹤清一口喝完了。

陆凛伸手过来接杯子，问："还要吗？"

晏鹤清轻轻摇头，他现在摇头都费劲，抬眸望着陆凛问："陆先生你怎么在这儿？"

陆凛盖上保温杯，回答："你昏迷了，医院通知了我。"

晏鹤清脸上并没有意外的神色，他浅浅笑了一下，这让他苍白的脸有了几分生动："又打扰你了。"

手机搁在床头，晏鹤清拿过来看了看时间，晚上十一点了，他嘴唇有些干，抿了一下，又看向陆凛："我没事了，你回家休息吧。"

陆凛却未动，反而问他："和上次一样，马上出院？"

上次晏鹤清住院，他离开不久就接到医院电话，说晏鹤清办理了出院。

晏鹤清却摇头："不，我没地方去。"

陆牧驰打不通他的电话，必然会找上他家，晏鹤清现在很不舒服，也不打算回去。这应该是普通病房，住一晚一百元左右，比旅馆划算。

陆凛眸光一沉："债主堵上门了？"

晏鹤清眼睫动了动，他笑了一下，微微点头道："算是。"

在他们谈话时，病房里的鼾声越来越响。

陆凛略一沉吟，拿过叠好的外套，递给晏鹤清，说："走吧。"

晏鹤清微怔："去哪儿？"

"我的住处。"

陆凛将车开到了医院大楼门口，才打电话让晏鹤清出来。

半夜，医院大厅还是有人，缴费窗口排了几个人，轮到晏鹤清，他办理了出院手续。还好，这次检查费、药费加住院费只有三百多块，在他的承受范围内。

叠好收据放进口袋，提着一袋药，晏鹤清朝着大门方向走，远远就看见了一辆银灰色的车。陆凛今天换了辆车，他脚步稍稍快了些。

走到副驾驶座那边，晏鹤清看到车门却停住了。他没见过这种车，没发现门把手。这时车门自动打开了。

晏鹤清这才上车。车内开着充足的暖气。关上车门，陆凛启动车，淡淡地说："借的车，这种隐藏式车门是最没用的设计。"

晏鹤清突然想起了那本小说的一个桥段。

他没接触过冰球，那种烧钱的运动他没机会学。陆牧驰带他去冰球馆，买了一套和林风致一模一样的装备让他穿上。他根本不会，上冰场就狠狠摔倒。陆牧驰发了火，连踹他好几脚，骂："你是蠢货啊！滑冰都不会，连致致一根头发丝都比不上！"尽管穿了护具，他的腹部还是被陆牧驰的冰刀踢伤了，养了一个月才恢复。

晏鹤清垂眸，他望着鞋面，白色的运动鞋，有半边明显的脚印，应该是在徐乔音家和陆牧驰拉扯中，被陆牧驰踩到了。

晏鹤清突然问："陆先生，你家里有鞋刷和肥皂吗？"

十几分钟后，陆凛找到了一家还在营业的小超市，他将车停在路边，见晏鹤清要下车，陆凛拦住了他："待车上别动。"

陆凛下了车，很快又提着东西出来，除了鞋刷、肥皂，他还买了一套洗漱用品。还有一包……糖？

陆凛打着方向盘，目不斜视："吃过药再吃。"

晏鹤清低头望着亮闪闪的糖纸，糖是那种颜色很透亮的水果糖，用透明镭射糖纸包着，光看着就能想象到它清甜的水果味。

吃了苦涩的药，再吃一粒糖，应该是很幸福的一件事。

晏鹤清有些微走神。

陆凛又开了半个小时，将车开进一个地下停车场。晏鹤清看了眼，是市中心最贵的那栋楼。

以前，他还在晏家时，晏胜炳每次输了钱，喝得头大脚轻回家，都会嚷嚷一夜，等他下次赢钱了，要在这栋楼买一套临江的大房子。

停好车，陆凛先开了晏鹤清那边的车门，才解开安全带下车。走几步就是电梯，陆凛刷了指纹，他的住处在顶楼。电梯很宽敞、很明亮，上行速度也非常快，从电梯出去就是陆凛家的玄关，全屋智能，电梯门刚打开，全屋的灯就亮了。

陆凛打开鞋柜，取出一双一次性拖鞋递给晏鹤清。

晏鹤清接过，说："谢谢。"

"随便坐。"陆凛脱下大衣挂好，换好鞋就往卧室走。

晏鹤清也脱了外套，挂在另一个挂钩上，往里走，房子装修得简洁大方，和陆凛一样低调，又处处透着贵气。

客厅摆着一套真皮沙发，晏鹤清低头看了眼身上的衣裤，刚在医院病床躺过，他到底没有坐下，只将装药的袋子和装日用品的袋子轻放到茶几。

进入卧室，陆凛径直去衣帽间，拉开挂家居服的那几格衣柜，找了一会儿，终于找到一套尺码稍小的衣服。

他拿了一件白色V领短袖、一条烟灰色长裤，又拿了一盒没开封的一次性内裤。

从衣帽间出来，陆凛又走向床头柜，拉开抽屉，里面有几罐从国外带回来的青草膏，他取出用过的一罐，这才出去。

客厅里，隔着羊毛地毯，晏鹤清脚底还是能感觉到热度。室温大约有二十五摄氏度，地板还要高出几度。

听到关门的声音，晏鹤清循声看过去，陆凛拿着衣服出来了。

陆凛见晏鹤清笔直站着，眉心微动，他走向沙发，把衣服递给晏鹤清。

"左边第二间是浴室，白瓶洗发露，黑瓶沐浴露。"

晏鹤清点头接过，拿起茶几上装日用品的袋子往左走。

走过过道，靠墙的黑胡桃边柜上方摆着一个相框，照片里是陆凛和一个女人，女人坐在轮椅上，身后是一丛开得非常漂亮的粉色龙沙宝石。女人五官深深地凹陷下去，但依稀能看出和陆凛眉眼、鼻梁的相似，可以想见她年轻时定是一位风华绝代的大美人。

晏鹤清收回视线，推门进了浴室。

浴室是简单的黑白色装修，瓷砖是温热的，也铺了地暖，温度适宜，并不需要开风暖浴霸；做了干湿分离，单洗手间就有十几个平方，往里走是隔了一半墙的单独淋浴间，里面挂着一条黑色浴巾，花洒左下方就是一白一黑两瓶沐浴用品。空气里隐隐有着淡淡的雪松味，和陆凛身上的气息一模一样。

沐浴间门口摆着一个放衣服的换衣柜、用塑封包着的几套浴巾、一双沐浴用的黑色拖鞋。晏鹤清将换洗衣服放到左侧，脱掉身上的衣服叠好放到右侧，他脱了一次性拖鞋，没穿那双黑色拖鞋，光脚踩进沐浴间。

地砖是水泥一样的灰色，有细细的磨砂感，非常防滑。打开花洒，不用等，温度适合洗澡的热水从头顶倾泻而下。

挤洗发水时，晏鹤清才知道，原来那股雪松味是洗发水的味道。白色瓶身没有任何 logo，就一个简单的白瓶。

晏鹤清洗完澡，没有用浴巾，他将买的新毛巾用热水仔细清洗几次，拧得特别干，用它擦着头发和身上的水珠。头发擦到半湿，不再滴水，晏鹤清从淋浴间出来，拿过换洗衣服刚准备换，"咚"，一个东西滚出来掉到地上。

晏鹤清蹲下身捡起一个圆罐，拧开盖子，里面是淡绿色的膏体，散发着淡淡的青草味。晏鹤清眉心一动，他穿上拖鞋，走到洗漱台前。

光洁的镜面里，他的脖子上有着很明显的几道青紫淤痕，背部也在疼，他侧过身，镜子里，他肩胛骨下方一团浓重的青紫。晏鹤清挖了一小块淡绿色药膏，对着镜子抹药，药膏涂在皮肤上很清凉，只花了两分钟，晏鹤清就抹完了。

浴室温度高，药膏很快浸入皮肤，晏鹤清走回换衣柜，将衣服套到身上，宽大的衣服松松垮垮地挂在他身上，长度到他大腿。他拆开一次性内裤，裤腰是松紧的，勉强能穿，但运动裤就没办法了。

晏鹤清的腰实在太细，系紧了裤带，腰侧还是多出来大团褶皱堆在腰间，裤腿也长出一截，他蹲下身，挽了两圈。

漱完口，晏鹤清打扫干净浴室，没发现洗衣盆，他将衣服放进塑料袋里，这才出了浴室。

客厅里空无一人，晏鹤清有几分疑惑，刚转头就看到陆凛端着两个冒着热气的碗从厨房出来。

陆凛见晏鹤清出来了，朝他看了一眼。晏鹤清并不矮，一米八一的身高，穿着自己的衣服，却有点儿像偷穿大人的衣服。宽大的裤脚挽着，露出一小截细白的脚踝，浓密的黑发没干透，每一根都肆意卷曲着。

他刚沐浴过，脸颊有着一抹淡绯色，眼珠像被水洗过一样澄净、明亮，他就站在灯光下，安静地看着陆凛。

陆凛收回视线，走到饭厅，说："来喝点粥。"

晏鹤清提了下裤子，轻轻走了过去。

陆凛又回了厨房，再出来时，手里多了一杯水，还冒着扑腾的气泡，应该是放了泡腾片。陆凛把水杯放到晏鹤清面前，在他对面坐下。

没有其他油腻的东西，只两碗窝蛋牛肉粥。米和牛肉炖得十分软烂，晏鹤清喝了一口，粥非常容易下咽，他微微低着头，吃相十分斯文，饭厅里，只偶尔响起勺子碰碗的动静。

陆凛很快放下碗，看向晏鹤清。少年因为不太有胃口，喝得稍慢了些，低着头，自然卷曲的头发散发着雪松的香味，脖颈的淤青仿佛浅了一些。

待晏鹤清快喝完粥，陆凛开口问道："打架了？"

晏鹤清动作微顿，他咽下最后一口粥，放下勺子抬眸，点点头："嗯。"

"输了？"

"不。"晏鹤清摇头，"赢了。"

晏鹤清端起水杯，喝了一口，品尝到很浓的橘子味，不是那种廉价的香精味，而是刚刚剥皮的橘子，是清新诱人的橘子味。

陆凛望着他说："你手机里没其他人的联系方式。"

"有的。"晏鹤清一口喝光剩下的水，放下杯子，嘴角微微翘起，"拉黑了。全是债主，不想接他们电话。"

陆凛又问："在福利院长大的？"

长睫微微动了一下，晏鹤清抬眸，说："不，我到福利院没多久就被一对无法生育的夫妇领养了。不过第二年，他们就生了一个儿子，前几个月——"他停顿了一下，才又继续，"遇上你的那段时间，我刚跟他们断绝关系。"

晏鹤清的目光干净透亮。陆凛瞳孔微微收缩了一下，没再继续问。他起身要收拾碗筷，眼见晏鹤清跟着站起，淡淡说："你是客。"

"上次在我家，你也洗碗了。"

"那时我不是病号，"两个碗、一个杯子，陆凛收拾得很快，"而且厨房有洗碗机，明天家政会处理。"

晏鹤清这才停住。

陆凛去到厨房，在水池里冲洗了碗和杯子，又倒了一杯温水，这次没加泡腾片。他端水出来，看见晏鹤清正在玄关收拾他的鞋。

听到动静，晏鹤清提着鞋跑过来，一脸认真地问："陆先生，哪里可以洗鞋？"

陆凛被问住了，他不需要洗鞋。

晏鹤清似乎也想到了，他又问："有盆吗？"

"应该有。"陆凛把水杯放到茶几上，往储物间走。

他在储物间翻了好一会儿，终于找到一套崭新的不锈钢盆，是做料理用的。他取出最大号的料理盆，拿着出去了。

这个料理盆看起来价值不菲，崭新锃亮，折射着光晕，晏鹤清微微踌躇了。

陆凛注意到他的神色，把料理盆递给他说："它的价值就是被使用，无论用来做什么，放储物间反而是浪费。"

晏鹤清这才接过道："谢谢。"

到洗手间，晏鹤清接水泡上鞋子，抹上肥皂，鞋面刺目的痕迹很是显眼。他眼神冰凉，用力刷着陆牧驰留下的脚印。

鞋子被刷得跟新的一样，再无任何污痕。淋浴间二十四小时循环排风，他将鞋子摆到通风口下方，加上浴室的温度，明天应该能干。

晏鹤清将料理盆摆好便洗干净手出去了。

陆凛换好了客卧的被套，那间房是为陆如婵准备的，只是至今陆如婵都没来过。他从客卧出来，晏鹤清也刚从浴室出来。

陆凛嘱咐他："吃完药早点儿休息。"

晏鹤清点点头道："晚安，陆先生。"

"晚安。"他还有工作要处理，往书房，走了几步，他又突然停住，回头问，"上次你说的故事……你觉得那头受伤的鲸鱼要如何才能赢得最后的胜利？。"

晏鹤清有些意外，但他还是回答："等。"他唇角浅浅扬起一个弧度，说，"只要补给船不到，水手的力量就会被削弱。鲸鱼只要足够有耐心，等待机会，就能将敌人一网打尽。"

书房里，陆凛处理着文件，没一会儿，他就放下文件，注意力无法集中。他拉开书桌抽屉，里面备有一包烟，他取出一根，刚要点燃，抬眼看向关着的门，又将烟放了回去。

几墙之隔，晏鹤清吃了药，却没有动那包糖。他并不怕苦，甜的东西太容易让人沉溺，届时就会怕苦了。他掀开被子躺上床，感觉像躺进了柔软的棉花里，被子也有淡淡的雪松味，和陆凛身上的气味一样。药里有安眠药成分，但晏鹤清此时却无比清醒。

他已经可以确认，陆凛没有调查过他，尽管这对陆凛来说易如反掌。

晏鹤清翻过身，平躺着望着天花板。

房间的灯光是无主灯设计，四面吊顶透出柔和的暖光，很适合睡觉。不知过去多久，晏鹤清的眼皮渐渐往下垂。

在他快睡着时，手机突然连着振了几下。睡意瞬间就消失了，晏鹤清的意识再度清醒。

他拿过手机，通知显示，"sep12"发来信息。

"sep12"是林风致的微信名，sep是九月的英文缩写，九月十二号，是林风致第一次见到陆凛的日期。

林风致连发了四条信息。

苏醒

"哥你怎么一直通话中？"

"哥你在忙吗？"

"我明天要去买新年礼物，你陪我去吧！"

"忙完回我！急急急，很急！"

晏鹤清神色平静，他没有回林风致的消息，将手机调成静音，关掉屏幕，放到床头柜，闭眼再次入睡。

林风致又等了快十分钟，盯着毫无反应的聊天页面很是疑惑。他低头，轻轻抚摩着怀里布偶猫的头念叨："都十二点半了，不会还在打电话吧？"

林风致退出微信，点开通话记录，拨打了晏鹤清的号码，电话里依旧是那道女声："您拨打的电话正在通话中，请稍后……"

林风致掐掉电话，更好奇了，他是十一点半给晏鹤清打的电话，到现在都过去一个多小时了，还在通话中，现在谁还打那么久电话，不都语音电话或是视频吗？

"咚咚！"这时有人敲门。

"致致，还没睡？"是林风逸的声音，他才回来，照例来看林风致，见林风致屋里还亮着灯，就敲门来看看。

林风致朝门喊了一声："门没锁，自己进。"

林风逸转动门把，推门进屋，见明亮温暖的卧室里，林风致抱着猫在玩。林风逸双眸都跟着暖了，他松了松领带，问："这么晚还不睡？"

他身上有浓浓的烟草味和酒味。林风致皱了皱鼻尖回："不晚啊，才十二点半，放假谁睡那么早？"

林风逸今天喝得有点儿多，他没坐沙发，坐到了林风致旁边，想要摸一摸猫："早睡早起身体好。"

林风致眼疾手快地抱起猫说："你别碰它！你臭死了！"

林风逸抓起衣襟闻了闻，他看向林风致，嘴角噙着笑："在外应酬难免喝几杯，都这样。"

林风致嘀咕："陆叔叔就不这样。"

林风逸没听清，头也晕，笑道："嘀咕什么呢？"

"没什么。"林风致嫌弃地踢了他一脚，"你真的太臭了，快回房间洗澡睡觉！"

"是，小少爷。"林风逸撑着茶几站起来，见旁边挂着一套熨烫好的衣服，问，"明天要出去？"

"跟我哥逛街。"林风致回。

林风逸先没反应过来，快到门口，他猛地停住，不太清醒的脑海里，闪过那双浅褐色，如狐狸一般的眼睛，他扭头问："晏鹤清？"

"是啊。"林风致催促他，"你别问东问西了，和妈妈一样。快去洗澡吧！"

林风逸眸光微闪，关门出去了。

虽然没调闹钟，但晏鹤清第二天六点准时醒了。他下床整理好被子，走到门边开门，准备先洗漱。门打开，门把上有东西轻晃，撞到了他的手背，晏鹤清低头看，是一个纸袋。

他先看向客厅，很安静，只一盏落地灯亮着，陆凛还在睡。

晏鹤清取下纸袋，打开袋子，里面是他的衣物，散发着淡淡的洗衣液味道，已经干洗过了。晏鹤清沉默片刻，关上门，换上衣服再出去。

洗漱完，晏鹤清去了厨房，打开冰箱，里面东西并不多，大部分都是瓶装水，好在有几板鸡蛋，一包面条。陆凛应该是不常回这套房子住。

晏鹤清熟练地做了两碗鸡蛋面，做好后他擦干净手，想去叫陆凛吃早餐，转身看见陆凛穿着深蓝色睡袍，不知在门口站了多久。

脱下西装的陆凛，晏鹤清是第一次见。"早上好，陆先生。"他礼貌地说，转身端上两碗热气腾腾的面。

"煮的什么？"

"鸡蛋面。"

晏鹤清快到门口时，陆凛侧身让开，待晏鹤清出了厨房，他才跟上。

极其简单的鸡蛋面，除了鸡蛋就只有面，却意外爽口，汤汁调得清淡，鸡蛋也炒得嫩滑，撒上了一点儿胡椒，还很暖胃。

吃完早餐，陆凛拿餐巾纸擦着嘴角，看向对面穿戴整齐的晏鹤清问："要去上班？"

晏鹤清起身拿起碗筷，唇角有些微的弧度："不是，跟人有约。"

陆凛移开视线，拇指摁了下嘴角，才放下餐巾纸。晏鹤清先一步收了他的碗，端着去了厨房。厨房传出淅淅沥沥的水声，陆凛迈步回了房间。

晏鹤清整理干净厨房，出来又没看见陆凛，就先去浴室拿鞋。一晚过去，鞋已经干了，他拿着鞋走出来，陆凛已经穿戴整齐在玄关处换鞋了。

换好鞋，陆凛抬眸看着晏鹤清问："晚上还回来吗？"

晏鹤清提着鞋，长睫轻微颤动，问："还可以回来吗？"

"入户密码是二一二一九零。"陆凛按开电梯，"我不常回这儿住，你可以住到不想住为止。"说完，他进了电梯。

电梯门关上了，光洁明亮的面板上映着晏鹤清的身影。过了几秒，晏鹤清才弯腰换鞋。

陆凛上了车，系上安全带，拿起手机拨了家政电话。

同一时间，晏鹤清也在打电话。

"嘟……嘟……嘟……"铃声响了很久，对面才接通。

林风致的声音带着没睡醒的起床气："谁啊？"

"是我。"晏鹤清望着电梯下降的数字，平静地说，"我看到你的留言了，在哪儿见面？"

卧室里只亮着一盏壁灯，特别适合睡觉，林风致挪开手机看了眼时间，才早上八点！他又倒回枕头，闭上眼抱怨："哥，你干吗啊？这么早，我还在睡觉，等我睡醒——"

"现在。"晏鹤清打断他，"马上起床。"

林风致被晏鹤清强硬的态度搞蒙了，晏鹤清还是第一次这么对他呢！林风致猛地睁眼，不困了，他报了市区最大的奢侈品商场的地址。

约好九点见，林风致踢开被子，一骨碌下床，花几分钟洗漱完毕，换上衣服，如一阵风般飞快开门下楼。

楼下，林母在剪窗花，茶几上摆着好几张剪好的福字和窗花，看到林风致，她笑着调侃："太阳从西边升起了，今天起这么早！"

林风致调皮地眨眨眼，说："今天有约。"

眼见他冲到玄关了，林母赶忙放下剪子，朝着他背影喊："你还没吃早餐！"

"不饿！"林风致胡乱系上鞋带，起身跑得飞快。

"这孩子……"林母摇头，继续剪窗花。

林风致刚跑出大门，要去车库开车，一辆白色保时捷停在了他面前，车窗降下，露出林风逸的脸。

"上车，我送你去。"

晏鹤清没有选择打车，陆凛的住处离林风致说的商场不远，步行十分钟左右就到。

今天没下雨也没下雪，只是风大，吹到脸上刮得人疼。晏鹤清拢了拢围巾，又摸出手机，将林风致拉出了黑名单。

离过年没几天了，街上四处张灯结彩，匆匆赶路的上班族都在往地铁口走。

晏鹤清逆着人流前行，到了商场，晏鹤清没有停下脚步，又往前走了一会儿，发现一家书店才进去。

挑了几本书，刚付完账，林风致打电话来了："哥，你还没到吗？我到了！"

"马上到。"

等他挂了电话，店员将装好的书递给他，道："欢迎下次光临。"

晏鹤清接过装书的袋子，推开玻璃门走出书店，往回走了几分钟，远远地，看见林风逸站在林风致旁边。

林风致四处张望，嘴里说着："二哥你走吧，我自己等。"

林风逸没动："你一个人我不放心，等晏鹤清来了我再走。"这句话瞬间踩了林风致的雷点，他收回视线正要抱怨，却看到了熟悉的身影，他眼睛骤亮，救星来了！

他甩下林风逸，迈着长腿跑上前喊："哥！"

林风逸转头就看到了晏鹤清，一个月没见，他还是这副讨人厌的虚伪模样。

晏鹤清全然不在意他，没看他一眼，只和林风致说："走吧。"说完，他径直走向商场。

林风致鼻尖隐约闻到了一股雪松味，他绝不会闻错，这是陆凛常用的香氛。哪儿来的？他扭着脖子，方圆几米，只有……瞳孔蓦然瞪大，他上前凑近晏鹤清，鼻翼翕动，他眨了下眼睛，竟然是晏鹤清身上的味道！

他完全忘记林风逸还在后面，快步追上晏鹤清，惊喜地问："哥，你喷的什么香水？"

晏鹤清起初没明白，稍一想，又明白了。

雪松味。

昨晚用了陆凛的洗发水，现在发间还留着香味，是和陆凛同样的气味。

"不是香水。"他平静地说，"昨夜在朋友家留宿，用了他的洗发水。"

洗发水！

林风致拍了一下脑门，他真笨，一直在找香氛、香水，原来是洗发水，难怪他找不到！他欣喜地追问："是什么牌子？我喜欢这个味道，我要买！"能和偶像用同款，啧啧，这也太幸福了吧！

晏鹤清转过脸，见林风致满眼期待，他嘴角微微勾了一下回："没注意。"

林风致明显很失望，他缠着晏鹤清："你什么时候再去你朋友家里？去了拍个照给我吧！"

说话间，两人并肩进了商场。远处，林风逸独自站在原地。

望着从小疼爱的弟弟离开的背影，林风逸胸口霎时和塞了团棉花一样，堵得郁闷，站了好一会儿才离开。

早上九点多，商场店铺全开了，只是没什么客流，不过，这里全是奢侈品店，平时客流量就不大，一般都是接待熟客。

林风致黏着晏鹤清问："哥，你快说啊，你什么时候再去你朋友家？"

拿到陆凛同款洗发水，他每天要洗两次头，早一次，晚一次。他还要用这款洗发水洗被套、枕头套、床单，这样全天都能被偶像的气息包裹着。

林风致迫不及待了，他第一次撒娇地拉住晏鹤清的手臂。

"今天。"走到扶梯前，晏鹤清停住，"你要买什么？"

现在林风致心思全在洗发水上，听到晏鹤清今天就去，他雀跃不已，松开了晏鹤清。

"说好了，你到了你朋友家，马上拍洗发水牌子发给我！"他瞥见晏鹤清提着一袋书，咋舌道，"你去买书了？"他拨开瞄了几眼，随口一提，"全是生物相关的啊！我高中同桌也是京大生物系的。要是你转系成功，说不定会和他成为同学呢。"

林风致走上扶梯又说："一层一层逛，有合适的就买。"

晏鹤清也踏上扶梯，目光掠过林风致的手腕，林风致没戴陆牧驰送的表。婚宴后，两人的关系如何，他尚不清楚，思索间，林风致突然回头。

"哥，你昨晚一直在和谁通话啊？我一直打你电话都打不通！"林风致自顾自说着。

晏鹤清神色平静地说："嗯，有个课题在和同学讨论。你有什么事找我？"

林风致甩甩头说："没事，走吧。"

晏鹤清不紧不慢地跟上。

前方有一家男装店，林风致熟门熟路地进去。店员认识他，亲切地迎上来道："小林少，我们正要送新春装的图册到您府上呢，今儿怎么亲自来了？"

林风致露出灿烂的笑容："偶尔来逛逛也不错。"他走向中间的展柜，端详模特儿穿着的深蓝色经典款长风衣。

林风致马上想象了陆凛穿上的样子。太适合了！陆凛身材高挑、气质卓越，他从没见过比陆凛更适合穿长风衣的人。

他又改了主意，想着要不送风衣？

"这件怎么样？"林风致回头，才发现晏鹤清没跟上来，他疑惑地张望，才发现晏鹤清在另一侧，他小跑绕过去。

晏鹤清在看一件米白色中长款大衣。

林风致的视线在大衣和晏鹤清间徘徊，眼睛逐渐发亮。"哥，你眼光真不错，这件大衣不错！"

店员赶紧上前介绍："这件是今年的早春新款，采用了紫貂化工艺，任何光线、任何角度都有水波纹的效果呢，纯手工缝制的双面羊绒也非常轻薄、保暖呢。"她微笑着道，"目前店内只有这一件S码的，南区的店有一件L码的，其他地方暂时还没上。"

林风致直接和店员说："取下来试试。"

晏鹤清的目光从吊牌上的"120000元"收回，他阻止了店员："不用。"

林风致眨着眼："为什么啊？你穿绝对合适。"

店员不动声色地打量着晏鹤清，他和林风致眉眼有几分相似，更高一些，气质截然不同，像兄弟，又不是那么像。晏鹤清衣着普通，她入行十几年，一眼就看得出面料的价值。

晏鹤清的外套顶天两三百块，只是他把衣服穿得有质感，不显廉价而已。他们到底什么关系啊？这个娇贵的林家小少爷要买下衣服送他吗？

卖一件十万以上的衣服提成小一千，店员当然不想错过机会。她确实认为这件大衣很适合晏鹤清，这款大衣是气质款，适合高瘦肤白的男人。

她一分推销，九分真诚道："是啊，您穿效果绝对好。"她示意两人看店内最新的海报，说，"我敢打包票，您穿上比模特儿还好看。您就试试吧，就几分钟，不合适也不耽误时间。"

晏鹤清浅浅微笑，还是婉拒了，他看向林风致问："你有看中的吗？"

林风致马上拽着晏鹤清去看刚才那件深蓝色风衣，他找了个理由说："我打算买来送我大哥，他个儿高，气质沉稳。你觉得合适吗？"

晏鹤清知道他是要送陆凛，目光淡淡扫过风衣，说："要看你大哥的喜好了。"

"应该喜欢吧……"林风致很不确定，他能见陆凛的机会不多，有时候还是远远看一眼，他完全不知道陆凛的喜好。

都怪陆牧驰，明明是陆凛的亲侄子，却一点儿陆凛的信息都不知道！突然想到陆牧驰，林风致的好心情突然就没了。陆牧驰竟然说自己对他这么多年的交情只是利用！枉他一直当陆牧驰是最好的朋友！

林风致松开晏鹤清："算了，去其他店看看。"

一路逛过去，林风致买了一件几万块的毛衣给林父，一个十几万的手拿包给林母，还买了给他朋友的礼物。

最后逛到一家奢侈品店，林风致已恢复元气，他跑到领带展示柜，一眼看中一条宝蓝暗花斜纹款领带。

林风致这次没问晏鹤清，直接买了。"包这条！"随后他又随便包了两条其他款的领带，准备送给他大哥、二哥。

他偏头跟晏鹤清说："领带是给我大哥、二哥……"这时候他终于意识到买了那么多新年礼物，也该给晏鹤清买一个，他指着展示柜说，"你也挑一条吧，我送你！"

晏鹤清笑笑："我用不上领带。"

"那挑皮夹吧。"林风致指着另一侧的玻璃柜，"他家皮夹也不错。"

"我也不用皮夹。"晏鹤清掏出手机看时间，"买完去吃饭？"

林风致又灵光一闪说："你没手表吧？我送你手表！"

"有手机就够了，现在戴表大多是做装饰。"晏鹤清顺势将话题引到他想知道的事情上，"你不是也没戴了！我记得你上次戴的手表很精致。"

提到手表林风致就生气。那块白陶瓷手表他是不会戴了，陆牧驰送他的东西，他全都不要再碰！谁稀罕？！这段时间忘了这事，等回家就整理了，把东西全还给陆牧驰！

林风致摇头："别提了，我和那个朋友……不，我和他不是朋友了，闹翻了，他送的东西我才不戴。"

晏鹤清得到信息，没再说了。

这时，店员拎着打包好的领带过来，微笑着递给林风致："还上了其他新品，两位要再看看吗？"

"不看了。"林风致接过纸袋，他现在满心想着立即把东西还给陆牧驰，转身和晏鹤清说，"我有事先回家，吃饭下次吧！"

晏鹤清表情还是淡淡的，说了声"好"。

出了商场，在路边招了半天都没叫到车，林风致直接打了电话给司机。挂了电话，他对晏鹤清说："我家司机还有二十分钟左右到，先送你去你朋友家。"他又提醒一次，"你别忘了拍洗发水牌子给我。"

晏鹤清却道："我还有事，不陪你等车了。"

"不一起走吗？"林风致瞪眼，有些失望，他还想多和晏鹤清聊聊天。他换了只手提东西，抓了抓下巴说："那好吧。今天你都没要礼物，等你有想要的礼物了，直接告诉我，我给你买。"

晏鹤清没接话，说了声"注意安全"，就转身离开了。

林风致望着晏鹤清颀长的背影，有一点儿羡慕，他不到一米八，明明是双胞胎，怎么他就比晏鹤清矮啊？

不过，他很快就忘了这事，收回视线，他摸出手机对着纸袋咔咔拍照，在朋友圈发布："今天大丰收！"

晏鹤清跟着地图，进了一个普通的商场。他找了一家快销店，选了一件米色大衣，款式简单，布料摸着也很柔软保暖，就是价格有点儿贵，要八百多，晏鹤清在心里算了下他银行卡上的余额，还是买了，又挑了几件内搭、两条裤子，以及一盒特价内裤。

提着几个纸袋从店里出来，晏鹤清的余额少了一千五百元。

商场负一楼是美食城和超市，晏鹤清搭着扶梯下去，找了家实惠的小店解决掉午餐后去了超市。

陆牧驰现在大概率在四处找他，家暂时回不去，酒店也会被查，借住陆凛的房子是目前较好的选择。

到了中午，晏鹤清给陆凛发了条微信。

"陆先生，这几天你不用请家政，我会清理房间抵房费。"

陆凛在吃午饭，茶几上手机"叮"了一声，他拿过手机，看到是"52赫兹"，才点进微信，看到内容，他眸光微闪，回："好。"

晏鹤清又发了一条："有人喜欢你洗发水的味道，要我拍洗发水瓶给他，可以吗？"

回复跳出来，陆凛眉峰微动，问："你今天约的朋友？"

"嗯。"

陆凛端起咖啡喝了一口，回："可以。"

得到回复，晏鹤清收起手机，对比挑选，将一棵新鲜白菜放进购物车。

从超市出来，晏鹤清两只手提满了袋子。不到下午四点，天色却黑沉沉的，风刮得景观树呼呼作响,风雨欲来。东西不重,晏鹤清沿着来时的路,踩着刚亮的路灯回陆凛的住处。到电梯输入密码,电梯门打开,直到顶楼。

灯瞬时亮了,房间非常安静。陆凛还没回来。

晏鹤清放下东西换鞋,低头发现他昨天穿过的一次性拖鞋不在了,取而代之的是一双米色家居鞋,鞋子不是陆凛的尺码。

晏鹤清脱下鞋,换上家居鞋,大小刚刚好。

晏鹤清提着买的新鲜肉、蛋、奶去厨房。他打开冰箱,冰箱里和早上不一样了——早上只有矿泉水,现在码着琳琅满目的新鲜蔬菜,还有几盒蓝莓。

另一边,林风致早到家了。他进屋直奔上楼,将纸袋一股脑儿堆到桌上后,就跑去他放礼物的房间收拾。

游戏机、限量版运动鞋、双筒望远镜、手表、星星证书……装了满满两箱,林风致额头沁出薄汗,还是不停,抱着两个大箱子,气喘吁吁下楼,上车吩咐司机:"去陆牧驰家!"

林风致以前常去陆牧驰那儿玩,那里离林家不算远。天色昏暗,别墅没开灯,林风致就没下车,在车上等着陆牧驰,结果这一等,直接等到了晚上。

快九点了,陆牧驰还没回来。林风致肚子都饿了,他咬了下嘴唇,索性掏出手机,将陆牧驰从黑名单放出来,打了他电话。

"嘟……嘟……"林风致有些意外,竟然通了。然而没响几声,电话就被掐断了。

林风致脾气瞬间上来,他不再等,开门下车,抱着两箱东西,直接扔到陆牧驰的别墅门口,箱子里的东西滚落一地。他气呼呼地回到车上道:"回家!"

司机早饿得不行了,闻言喜出望外,启动汽车飞驰而去。

"嗡",林风致的手机振了一下,显示是一条微信。

晏鹤清发来一张图片。

林风逸立即不气了,是洗发水的照片!

他飞快点进微信。照片里有一个白瓶。林风致点开图片,拇指、食指拉大图片,翻来覆去地看,瓶身上什么都没有。

他马上拨了晏鹤清的语音电话。

晏鹤清刚打扫干净厨房,他炒了几道菜,陆凛没回来,他就独自解决了。从厨房出来,他进浴室拍了洗发水的瓶子。

没 logo,他早知道。

晏鹤清点了接听。

"哥,你发的什么,洗发水吗?"刚接通,他就听见林风致着急地问。

"嗯。"晏鹤清将洗发水瓶放回原处。

"怎么回事啊……"林风致吐槽,"标签撕掉了?"他仍不放弃,"那你直接问你朋友。"

晏鹤清走出淋浴间，走进客卧回："不方便。"

"不会啊！就随便问问。"林风致很着急，他找了这么久，好不容易才找到陆凛用的洗发水，他必须要有同款！

关上门，晏鹤清淡淡说："对我不是随便问问的事。"

林风致这时才听出晏鹤清的拒绝，他马上委屈了，问洗发水牌子哪儿难了？分明是不愿意帮他。不帮就不帮，他现在知道是洗发水了，他自己找！

"我挂了。"他气呼呼地结束了通话。

晏鹤清并不在意，他放下手机，走到床边掀开被子上床，拿过今天新买的书，轻靠着床头看书。

时间滴答过去，快到十二点，门外依旧没动静。陆凛今晚不会回来了，或许他住在这里期间，陆凛都不会回来。

晏鹤清想到早上陆凛的话。

"我不常回这儿住。"

大概是真话，不会因为他在，就有改变。

晏鹤清合上书，把它轻放到床头柜上，随后滑进被子里，关灯睡觉。

市中心商业区，灯火一点一点黯淡，陆氏大楼顶层，总裁办公室昏暗无比，只一点忽明忽暗的星火，在黑暗里闪烁。

陆凛指间夹着一根烟。他所用的日用品是陆氏旗下的日用品牌研发又关闭的生产线，只他能用，从未在市面流通。

遍体鳞伤，却又坚韧如梅花的少年，身上有太多秘密。

烟还剩一截，陆凛把它杵进烟灰缸里，用力摁灭，旋即起身，取过大衣离开办公室。

他回到陆宅，陆宅灯火通明。

陆凛进屋，客厅是陆昌诚中气十足的骂声："饭桶！一个大活人都能跟丢！"

高壮的保镖低着头，半个字都不敢回。

陆翰扶住陆昌诚，小声劝着："爸，小驰爱玩，也许是跑哪儿玩去了。"

"他是陆家的长孙，消失一天，电话还打不通，他要出什么事，你们通通别想好过！"陆昌诚气得胸口疼，坐回沙发，提起座机听筒拨号。

陆凛没什么反应，换鞋上楼。

陆昌诚瞥见陆凛，和电话那头的人交代几句，飞快搁下电话，起身喊他："阿凛！"

陆凛停住，微侧头问："什么事？"

陆昌诚被他的态度气到，用力跺着手杖："你听到你侄子出事了，毫无反应吗？"

陆凛说："他是成年人，一天联系不上很正常。"

"别找理由！你根本没当他是你侄子！"陆昌诚血气上涌，晃了起来，"你打从心里没认我这个爸！要不是你爷爷生前要求，你连这个家都不回来！"

陆翰赶紧扶住陆昌诚，给他顺着气："爸你别激动，医生才说你要好好休养。"

陆昌诚看向陆凛："他少气我就是我最好的休养。"

陆翰瞥了眼陆凛，也不太高兴地说："阿凛，工作重要，家人也重要，爸天天念着你，你顺着他点儿，不就没事了。"

这时客厅的座机突然响了，管家赶紧接听，几秒后，他捂住听筒惊喜地说："老爷，找到小少爷了，他回他的别墅了。"

陆昌诚的表情这才松动，他拄着手杖坐回沙发。陆翰也跟着坐下，笑着说："这下安心了，爸你可以去休息了吧？"

陆昌诚点头，又往楼梯看过去，陆凛已经不在了，他再次气得血压升高。

"不孝子！"

陆牧驰找了晏鹤清一天一夜，所有地方他都找遍了，晏鹤清的家也去过了，还是不见人。大大小小的酒店、火车站、机场、汽车站，他全查遍了，晏鹤清仿佛凭空消失一样，没有一点儿消息。

陆牧驰甩上车门，第二次有些心绪不宁。

第一次是徐乔音消失时。

他放学回来，却没看到门口那道始终等着他的身影。

起初他不以为意，等到第二天还是不见徐乔音，第三天、第四天……再见就是前几天。怕被他爷爷、他爸发现，他叫人把徐乔音送到了他的度假别墅。

等安排妥当，他才发现晏鹤清消失了。陆牧驰驾车四处找晏鹤清，他甚至还去了彩虹桥福利院，晏鹤清却根本没出现！

陆牧驰一天一夜没休息，双目都充血了，这才回别墅稍作休息，到门口，鞋碰到什么东西，他烦躁地踢开。

"咚！"是重物的落地声。陆牧驰全然不在乎，推门进去。

浴室里，热水淋下来，陆牧驰眼前还是不断闪现着前天他掐住晏鹤清脖子的场景。

"你为什么不解释？"

明明在关心他，帮他找到徐乔音，可晏鹤清就和哑巴一样，什么都不说。

陆牧驰愤怒地一拳砸到墙上，关节磕破了，他也没感觉，嘴上骂骂咧咧，心里却在担心，晏鹤清不会出事吧？

他已经确定，晏鹤清在讨好他，晏鹤清没有表现出来的那么厌恶自己，得知他想念徐乔音，默默帮他找到，加以照顾。

"蠢货。"陆牧驰手拂过头顶，拨开水流，以为这样他就会感动？闭上眼，复又睁开，陆牧驰大步跨出浴室，抓过浴巾随便擦了擦，换上衣服，再次出发去找晏鹤清。

接下来几天，晏鹤清都在陆凛的住处，没出门，安安静静看完那几本书。陆凛也是，

183

苏醒

和他预料的那样，再没回来。

在过年的前两天，晏鹤清收拾好他的东西，将陆凛的住处彻底打扫一遍，每一块地砖、每一块玻璃，他都擦得发亮。

天色将黑，晏鹤清下楼在取款机取了五张崭新的百元钞票，又去超市买了一个红包。再次回到陆凛住处，晏鹤清将五张钞票齐整地放进红包，留下一张便条，一起放在饭桌上，用餐巾盒压着。最后又检查了一遍厨房和浴室，灶具、水龙头全关了没有遗漏，才提着他的东西，进电梯离开了。

走出大厦，湿冷的寒气袭来，晏鹤清微微仰头，天空洒下细碎的雪花，不大，落到睫毛上就化开了。

搭上了最后一班地铁，到小区附近的地铁站已经快晚上十点了。雪下大了，地铁口有人在卖伞，非常劣质的透明伞，但胜在便宜，十块钱一把。

晏鹤清买了一把。

大约是太冷了，又或是卖花人回老家过年了，路旁前所未有地冷清，只两旁树上挂着的小灯笼透着微微光亮。

晏鹤清撑着伞慢慢前行。他不确定陆牧驰此时会不会在门口等着。

只是，不是今天，也是明天。用尽方法也找不到他，陆牧驰除了守株待兔，没第二个办法。

进小区，保安看到他很是意外，这段时间没见他出入，还以为他回老家过年了呢！保安热情地打招呼："好久不见。"

晏鹤清礼貌回应："您好。"

走进小区，离住的地方还有一段距离，他并不急。

小区大部分租客回老家过年了，只有零星几户还亮着灯，快到晏鹤清住的那一栋，更是一片黑暗，没亮一盏灯。

晏鹤清安静地收拢伞，轻轻抖掉伞面上的残雪，才走进单元楼。

感应灯一层一层亮起，快到三楼，晏鹤清停住了。陆牧驰站在他门前。

一个在台阶之上，一个在台阶之下，这次，陆牧驰没再睨着晏鹤清，他反而像那个站在低处，只能仰视对方的人。

他开口，嗓音沙哑得不像话。

"晏鹤清，我们重新认识彼此怎么样？"

空气里流动着安静。那双褐色的眸子平平静静、毫无波澜、安静地望着他。

陆牧驰从未如此紧张，他嘴唇干得有些起皮了，他不安地舔了一下嘴唇，正要再开口，比冬夜飘着的雪还要冷的声音响起。

"怎么重新认识？"

这么简单的一句话，晏鹤清怎么可能听不懂？

陆牧驰皱眉："从今天，这一秒起，忘掉以前的一切，重新认识。"

晏鹤清微微抬眸，他望着陆牧驰，平静的嘴角忽然很轻地勾了一下，他笑了，声音里透着几分好笑："陆牧驰，你在开玩笑吗？"

陆牧驰被这个短暂的笑容晃了眼。

他第一次看见晏鹤清笑，原来……和林风致是这么不一样。

陆牧驰呼吸屏住道："我没开玩笑。"

"那你记性可真差。"晏鹤清收起笑容，语气淡漠，"一个被十万块就能预定的商品，要怎么和你重新认识？"

陆牧驰听得纳闷儿。

什么十万块的商品？很长的时间，似乎是十几秒，又似乎是几分钟，陆牧驰终于想起来了。之前他找上晏鹤清的养父母，开出他们这辈子都挣不到的价格，在晏鹤清不在场情况下，双方完成了晏鹤清"所有权"的交易。

在晏鹤清签合同前，他随手给了晏鹤清养父母十万块做定金，而这，不过是几个月前的事。

陆牧驰早忘了。

忽然感应灯灭了，楼道里陷入黑暗，他瞬间看不清晏鹤清的神色。昏暗的天光从窗缝透进来，只勾勒出少年挺拔清瘦的模糊轮廓。

陆牧驰无意识地吞咽着口水。

"我……"他开口，嘴里干得厉害，说出一个字，就说不出话了。

他无法辩解。晏鹤清的每一个字都没说错。那时的他的确只当晏鹤清是一个商品，一个可以被自己随意掌控的东西。

但那是曾经，如今不同了。

他明白他曾经的不择手段，深深伤了晏鹤清，在晏鹤清心底扎进了一根刺。要重新来过，就得先拔出那根刺。

陆牧驰几步跨下楼，他停在晏鹤清面前。

少年脸上罩着若有似无的光亮，那两只浅褐色的眸子，比月色还要明亮。

晏鹤清冷冷望着他，在陆牧驰靠近的那一瞬，他后退一步，嫌弃之色在眼底一闪而过。

陆牧驰猛然清醒。他僵直片刻，才重新站直，捏住手心说："走吧。"

感应灯应声而亮。

橘色的光落到晏鹤清的眉眼上，刚才的嫌弃似乎只是陆牧驰的错觉。

晏鹤清声音很冷淡，问："去哪儿？"

陆牧驰率先下楼，擦身而过时，他的声音又低又沉："收回那让你不痛快的十万。"

走了几步，身后有动静，却离他越发遥远。陆牧驰停住回头，看见晏鹤清在上楼，

苏醒

陆牧驰有些诧异："你不去？"

难道他理解错了，晏鹤清并没想要回那十万？

晏鹤清走到门口停住，他没回头，掏出钥匙开门，平稳的声音听不出情绪："之前我不在场，现在也没必要。"他扭动钥匙，门锁发出细微的声响，门打开，晏鹤清忽然回头，橘光落进他眼底，流动着琉璃般的光彩，他道"晚安。"

晏鹤清进屋，轻轻关上了门。

短短几十级台阶，陆牧驰走了快十分钟。出了单元楼，他才急切奔向停车处，他一刻也等不了，他要立刻拔掉那根刺！

车子启动，陆牧驰闪电一样开车走了。

三楼，晏鹤清放下窗帘，神色平静地走回茶几旁，从纸袋里取出那几件衣服，抱进卫生间清洗。

他用的是皂角粉，倒进水里，皂角粉慢慢溶入水里，不会起泡。晏鹤清将浅色和深色的衣物分别泡进盆里，然后擦干手，出了卫生间。他换了一套衣服，拿上帽子、口罩出门了。

门卫端着泡面出来就看到晏鹤清出了小区。晏鹤清以前在酒吧上夜班，偶尔会大晚上出去，清晨回来，门卫碰上好几次都习惯了。他揭开泡面盖，热气冒了出来，他摇着头感叹："这么小就这么辛苦地赚钱，真懂事啊！"

晏鹤清走到路边。太晚了，他在寒风中等了快十分钟，才招到一辆出租车。

他上了车后座，司机启动车问："到哪儿？"

晏鹤清坐稳，报了晏家的地址。

陆牧驰去过晏鹤清养父母家几次，他认识路，不到晚上十点就到了晏家楼下。

这个小区住的大多是本地人，快过年的这个时间点还是万家灯火，时不时有电视声、搓麻将声，还有小孩的嬉笑声。

车直接停在单元楼门口，陆牧驰往后视镜看了一眼，果然有一辆车紧跟着停在不远处。他掏出烟，点燃放进嘴里，拿起手机拨了电话，讲了几句，后方停着的车就开了车门，两个高壮的男人快步跑向他。

"陆少。"两个保镖恭敬地低着头喊他。

陆牧驰这次没有发飙，他抽出烟，缓缓吐出一口白雾："二楼左边那户，姓晏……要回我的十万块，今晚必须一分不少收回来。"

两个保镖应了"是"，迅速跑进单元楼。

晏胜炳好几天没回来了，赵惠林吃过晚饭也出去了，此时晏家就晏峰在。他正打算找部电影看，听见有人敲门，以为是晏胜炳回来了。晏胜炳经常不带钥匙，半夜喝醉回来敲门，烦死了，不过以前有晏鹤清开门，他才不用动。

晏峰不情不愿从被子里爬出来。他最近又胖了，浑身肥肉都跟着抖。他的房间里装着空调，非常暖和，他穿着短袖就出去，刚开门，他就冷得一哆嗦。

赵惠林怕晏鹤清占到便宜，没在客厅装空调。

敲门声还在继续，晏峰回房抓了件外套，穿好才打着哈欠出来，假装刚睡醒来开门。

打开门，晏峰那声"爸"便卡在喉咙——门外是两个高大的陌生男人。晏峰胖，却不高，只到保镖的胸口位置，他有些害怕，声音小了不少，问："叔叔你们找谁？"

个头直逼门楣的保镖往里打量，没见其他人，问："你是不是姓晏？"

晏峰抓紧门把手，想关门又不敢，战战兢兢地回答："是。"

保镖又问："你爸妈呢？"

"没在。"

保镖直接进屋命令道："打电话，叫他们立马回来。"

晏峰完全不敢不听，跑回房间掀开被子拿出他的手机，抖着手退出游戏，直接拨了赵惠林电话。

"现在不能起诉？"赵惠林一脸不理解，"凭什么不能起诉啊？我养了晏鹤清十三年，他说跑就跑了，这告到哪个法院都是我有理！"

"你的养子还在读书，你和你丈夫都是壮年，能赚钱，没有丧失生活能力，达不到要赡养费的条件。"律师都无语了。

赵惠林不满："我养他多不容易，一把屎一把尿，我不管什么法律，你就给我写，过完年我就要告晏鹤清！"

律师拿出合同说："告也行，但先说好，我没把握赢，律师费你得先付一半。"

听到要钱，赵惠林有些肉疼，但上次晏鹤清真的吓到她了，什么家庭暴力、虐待，她跑去问胡同里的小律师，小律师说确有先例，她就觉得小律师不够专业，重新找了这个据说专打赡养费官司的律师。

还有四百九十万呢！她决不让晏鹤清独享！

赵惠林刚要讨价还价，手机响了，一看是晏峰，她眉开眼笑接通，道："儿子……"

晏峰小声打断她："妈，你快回来！有两个男人找你们，我一个人好怕！你快回来！"

赵惠林接到电话招呼都没打就走了。

律师无语地收起合同，心想这什么人啊，四十多岁就来打赡养费官司。

律师事务所离晏家并不远，赵惠林一路急匆匆跑得飞快。

晏鹤清刚下车就碰见赵惠林跑进小区，他戴上，压低帽檐，不紧不慢地跟上。

晏峰是赵惠林的命根子，她跑得气喘吁吁都没停，一路狂奔到家。她进屋，看到晏峰捏着手机乖乖站在墙边，而两个穿着风衣的高大男人坐在沙发上，赵惠林上前抱住晏峰，警惕地盯着保镖："你们想干吗？"

保镖见只有她一人，皱眉起身问："你男人呢？"

赵惠林狐疑道："他没在，你们在找他？"

"你能做主也一样。"另一个保镖频频看手表，怕陆牧驰等发火，他开门见山说，"你们事没办成，我老板的十万块，还回来。"

赵惠林听到十万块，心顿时猛沉，她慌张起来，说："你老板……是陆少爷？"

见保镖点头，赵惠林最后一丝希望彻底破灭。

那十万块早花没了。她自己买了个包，晏胜炳拿几万说是和朋友做生意，剩下的钱，他们这片区分到的学校不行，明年晏峰小升初，她下血本联系了一个私人初中，光报名费就给了三万。换别人，赵惠林早撒泼不认了，要钱没有要命一条，但她见识过陆牧驰的手段，知道这是她惹不起的人。

她赔着笑说："两位兄弟，你们是不是搞错了？陆少爷……他怎么会把钱要回去呢？"

保镖不耐烦了，厉声说："少废话，陆少发话了，今天就要拿回那十万块，一分不能少！否则……"他打量着房子，"你这房子也值点钱，我马上联系人来评估。"

听到要卖房子，赵惠林眼前一黑，房子是她家晏峰最后的保障，绝对不能动！她咬着牙说："我还，我还！"

赵惠林掏出手机。她存了一笔钱，是给晏峰上大学用的，有八万块，再加上晏鹤清还的一万多，凑个十万出来，还是可以。

结果登录银行账号，赵惠林傻眼了，她不可置信凑近看，余额显示零！

什么情况?!

赵惠林赶紧点开明细，差点儿没晕过去。

账户显示，这段时间，有人一直在陆陆续续往外取钱，每次都是八千、一万的，昨天全取完了，而密码账号只她和晏胜炳知道。

赵惠林咬破了嘴，肯定是那不争气的晏胜炳又开始赌了！都不用想，先前所谓拿钱和朋友做生意，也是骗她！钱全被晏胜炳输光了！

保镖见赵惠林脸色变了，猜到肯定是她没钱了，他不耐烦地催促:"再给你半小时，见不到钱，就卖房还钱！"

赵惠林没办法，只得打晏胜炳电话。不出所料，晏胜炳又在喝酒，赌得分文不剩。

赵惠林骂骂咧咧，最后忍不住哭了。"早和你说不能沾赌！现在我是没办法了，你马上找十万块回来，不管你偷还是抢，反正不能动我儿子的房子！"

此时，晏鹤清走进晏家斜对面的单元楼，看着陆牧驰的车，将陆牧驰放出了黑名单。

半小时后，晏胜炳满身酒气、火急火燎地提着一个小袋子跑进了单元楼。没一会儿，两个保镖捏着小袋子下楼走向陆牧驰的车，毕恭毕敬递了进去。

黑暗中，晏鹤清的手机屏幕亮了，来电显示是陆牧驰，只是响了两秒，又断了。

陆牧驰几乎是瞬间掐了电话，他脑海又回想起那一声"晚安"，想着现在晏鹤清或许睡着了。陆牧驰点开了短信，他反复编辑了几次，才发出去。

"钱要回来了，醒了联系我。"

晏鹤清看过短信，将手机放回口袋，目送陆牧驰的车开远，他又抬眸看向那个他住了十三年的阳台。

哭声、骂声渐渐清晰地传出来……

"你借高利贷！你又借！你要害死我和儿子啊……"

晏胜炳大着舌头也在骂："不找高利贷，谁会马上借你十万块？都怪你这没用的女人，老子的四百九十万都飞了！"

"怪我？！你偷我的钱去赌光了，你还怪我？我和你拼了！"

随后，传来歇斯底里的打骂声，夹杂着晏峰的哭声。周围邻居早对这家人避如蛇蝎，根本没人来劝架。

晏胜炳借高利贷并不是第一次。

晏鹤清记得清楚，在他小学三年级时，晏胜炳在赌场借了五千块，最后变成了二十万。大过年，一帮混混到家追债，能搬的东西全搬走了，还狠狠打了晏胜炳一顿。

那个年，晏胜炳和赵惠林天天吵架、打架，有几次还见了血，晏峰吓得天天尿裤子，满屋充斥着晏峰的尿腥味。最后两人把能变卖的全变卖了，还和亲戚朋友四处借钱，总算还完了。

不知这次的十万块高利贷，会滚成多少钱，一套房大约不太够吧。

晏鹤清调整了一下口罩，朝着来时的方向走去，一个人融进了夜色里。

要回十万块，陆牧驰心情大好，他甚至想带着钱直奔晏鹤清楼下，让晏鹤清看看自己求和的诚意，不过……陆牧驰低头嗅了嗅衣领，连续几天找晏鹤清没能洗澡，身上都有味了。

车速慢下来，陆牧驰极不情愿地换了方向。

驾车到了小区，保安看到他，赶忙跑过来，堆着笑脸说："陆少爷，清洁工在您家门口捡到一堆东西，您一直没在家，也联系不上，就先放物业了。您看您什么时候有空去取？"

陆牧驰皱眉问："什么东西？"

"有照片。"保安掏出手机，点开相册递给陆牧驰，"您看。"

陆牧驰瞥了眼，刚开始没印象，直到瞥到那块白陶瓷手表，他才明白。

这是林风致扔的。

以前也有过几次，他惹林风致不高兴了，林风致就拉黑他，把他送的礼物还给他。这次，还是同一招。想到前几天，林风致给他打电话，他当时正焦头烂额地找晏鹤清，根本没心情接电话。

片刻后，陆牧驰漫不经心说："丢了。"

保安非常惊讶，听物业说，那可是价值好几百万的东西啊！他张大嘴问："您说什么？"

"丢了，扔垃圾桶。"

陆牧驰一踩油门，扬长而去。

晏鹤清到家已是半夜。

半夜气温降低，室温跟着降得厉害，晏鹤清全身冻僵了。他取下帽子、口罩，脱下外套挂在门后，换鞋过去开了暖气片。散热口吹出热气，晏鹤清蹲着吹了一会儿，四肢才渐渐缓和，在这短短的时间里，他规划了一下明天的行程。

小年夜，他要再去一趟福利院，给那些小朋友带去一些新年礼物。等过完年就开学了，他能去福利院的时间就不多了。

待手完全恢复知觉，晏鹤清拿了套换洗衣服进浴室洗澡了。洗澡时，他顺手将泡好的衣服揉搓几遍，拧得特别干，挂在了浴帘架上。

换上干净的家居服，晏鹤清擦着湿发从浴室出来。

狭窄的空间已升温，光脚也不感觉凉，晏鹤清有点儿饿，到厨房煮了一碗饺子，只煮了几个，他在厨房就吃完了。

几天没回来，窗台几盆多肉依旧长得好，尤其有一盆玉露，宛若一朵真正的莲花，肉瓣肥美。晏鹤清浇了水，擦干手出了厨房。

头发半干，也吃了东西，晏鹤清又看了会儿书，才关上暖气片，上床休息。

次日，晏鹤清多睡了半小时，六点半才起床，没在家煮早餐，他洗漱完，换上衣服就出门了。

晏鹤清在小区门口的流动摊买了一份蛋饼和一杯豆浆，走到地铁口，刚好解决完，将垃圾丢进垃圾箱，便进了地铁。

他的目的地是书店。

到时书店刚开门，晏鹤清是书店今天的第一位客人，晏鹤清认真选了很多适合小朋友看的书，童话、寓言、历史、成语故事……

他从小就特别喜欢看书，没钱买就去回收站蹲着，能淘到不少二手书，价钱还不贵。有时废品站老板生意好，会大方地让他自己去废品里找，不收钱。

结账时一千出头，老板见他瘦瘦高高的，热心地问："我帮你送到车上吧？"

晏鹤清礼貌地微笑着婉拒："我能提动，谢谢。"

几大袋书确实有些重，提着它们上地铁也不方便，晏鹤清走到路边，招了辆出租车去彩虹桥福利院。

晏鹤清快到福利院时，陆牧驰的车也停在了他楼下。

下车后，陆牧驰刚抬脚要走，又退回后视镜前，整理了一下衣领，才提着那十万块走进单元楼。

敲门半天没人回应，陆牧驰抬起左手看表。九点半了，还在睡？

他耐着性子，拨通了晏鹤清的电话。电话很久才被接起。

还没等晏鹤清开口，陆牧驰就抢先问："你没在家？"房子里没有任何动静。

晏鹤清声音很冷淡地说："没有。"

陆牧驰脸色微变，但还是没发脾气，说："我昨晚发的短信你没看见？"

"看见了。"

陆牧驰的好心情瞬间跌到低谷，问："你还在生气？"

晏鹤清不置可否，只平静地说"我还有事"，便挂了电话。

晏鹤清将手机调成静音，放进口袋，提着图书进了教室。

这个时间点小朋友都在宿舍或者操场玩，教室里没人。教室后面靠墙摆着一个简易的书架，上面也有图书，只是种类较少。

晏鹤清将书拿出来，分门别类码放整齐。

张姨路过，瞥见教室里有人，就多看了一眼，发现是晏鹤清，她满面笑容地进来。"小晏你来了！还以为你年后才来了呢。"她走近了，才看到一大摞书，她看向晏鹤清，忍不住叹气："你又买东西送来，自己还过得下去吗？"

晏鹤清礼貌回："过不下去就不会买了。"

张姨眼里浮现慈爱之色，手背在围裙上蹭了蹭，也蹲下身帮忙，一边整理一边说："对了，过完年，有个大型游乐场邀请咱们福利院的小孩免费去玩。"张姨满面笑容道，"小朋友们全高兴坏了，他们从没去过游乐场呢。"

晏鹤清整理着书，应了一声表示他在听。张姨又说："我问过时间了，在周六，你也去啊。要好几个人带队呢，小朋友们都说要和你一队。再说那是职工福利，你也是咱们的一员了，不去白不去，据说是国内第一大游乐场，可有趣了。"

"到时看。"有些书包有塑封，晏鹤清仔细地撕掉，才把书放上书架。

张姨突然扭头问："这些天你有和徐老师联系吗？她好几天没来了，前几天打了个电话请假，说是身体不舒服，年后再来。这么多年，还是头一次。"

晏鹤清动作一滞，只是很短暂，又继续整理书。

在福利院忙到下午，晏鹤清才下班回家，结束了年前最后一天。下午又飘起了小雪花，还好是干雪，不用打伞。晏鹤清今天也没带伞。

他记得离地铁站不远有一家花店，他加快脚步，怕花店关门了。快过年了，大家总是忙着归家过年。

远远地，他看到了亮着灯的花店。尽管如此，晏鹤清还是跑了起来，很快便到了花店。这是一家很大的花店，鲜花种类齐全，灯光明亮，照得店内像春天来了似的，百花都在盛放。

　　花店老板正在盘点，明天过年会特别忙。本来要关店，但她想着又冷又晚，反正没客人，就让店员先下班了，没关门。没想到算了会儿账，抬头就见一个俊秀的男生站在剑兰前面。

　　剑兰有好几种颜色，晏鹤清一一扫过，红色、蓝色、紫色、黄色、白色、淡粉。他记不清母亲的喜好了，回头对老板微笑着说："您好，要一束剑兰，所有颜色都要。"

　　老板本来想说关店了明天再来，不过晏鹤清长得太好看，她还是放下笔，走出收银台，再次确认一遍："所有颜色都包？这样搭配起来不一定好看哦。"

　　晏鹤清唇角微微扬起，说："没关系。"

　　老板各挑出几枝，要扯漂亮的包装纸包上，晏鹤清阻止了她。"简单裹住就行，再要一束菊花，白色和黄色就行。"

　　老板有些疑惑，春节在家摆菊花很少见，不过店里也有货，她就点点头，拿报纸简单裹好剑兰，又裹了一束菊花。

　　春节花价都上涨了，平时几十一束的花，今天都得上百。晏鹤清付完账，抱着两束花走了。

　　地铁上已经空了，很长一段路上，往日拥挤的车厢里都只有晏鹤清一个人。大家都回家过年了，只经过市中心那一段，才上来了一些人。

　　熟悉的站台，出站口不远就是陆氏大楼和咖啡店。晏鹤清腾出一只手，掏出手机登录微信。他和陆凛的聊天记录还停留在上次。

　　他点开朋友圈，被"sep12"刷屏了。忽然，晏鹤清眸光微闪，停在林风致半小时前的最新一条朋友圈。

　　图是一个精致礼盒，配文：到楼下了！

　　礼盒晏鹤清见过，装着林风致买给陆凛的那条领带。

　　陆氏一楼大厅，正要下班的前台再一次礼貌地微笑着拒绝："抱歉，我们陆总不认识这位林先生。"

　　林风致推高帽檐，语气急切道："不是，我认……林先生真的认识陆总，你再打电话确认一下呢？这是林先生送给陆总的新年礼物！"林风致找了一套快递服，假扮快递员。

　　逢年过节，给他们陆总送礼的人多不胜数，前台很明白，她依旧露出抱歉的微笑，拒绝道："确实很抱歉呢，我和秘书处确认过了，的确不认识这位林先生，你退回发件人吧。"

　　"漂亮姐姐你行行好，帮帮忙吧，这是我今天最后一单了。"林风致施展美男计，他举起手保证，"我保证送完马上下来！"

　　前台还是笑着摇头："确实不行，你还是请回吧。"

前台油盐不进，林风致咬着下唇，突然埋头往里冲。他跳过刷卡机，保安正在换班，前台也没想到他会往里闯。林风致目标明确，快步冲到陆凛的专用电梯厅，急急按下电梯键，在前台追上来前，他冲进电梯按了顶楼，用力戳着关门键。

他来之前已经听清楚了，陆凛专用电梯在左边，不用刷卡。

前台追过来时，电梯已经往上升了，她快哭了，陆凛还没下班，要是有人闯进去，她的工作很有可能泡汤，便又跑回大厅，急急喊着保安。

电梯运行速度极快，很快就到了顶楼。

林风致抱着礼盒，手有些发抖，还没见到陆凛，他就开始紧张了。

走出电梯，干净明亮的走廊里非常安静，秘书下班了，只尽头的总裁办公室还亮着灯。每靠近那里一步，林风致的心跳声都更清晰一分。

"不要紧张。"林风致调整着呼吸，小声安慰着自己。

到办公室门口，林风致紧张地调整了一下衣领，尽管他现在假扮快递员，也想帅气地出现在陆叔叔面前。

"叩叩"，他屏息叩门，下一瞬，他听到了令他心悸的声音。

"进来。"

林风致呼吸瞬时一滞，他五指发抖，颤抖着推开厚重的门，视野一点一点扩大，不远处的身影逐渐清晰。

办公桌后方，陆凛在处理文件，他微低头，专注地看着文件。

认真工作的陆叔叔，也太酷了！

年前最后一天，陆凛需要再确认一遍报表，来人半晌没动静，他抬眸望向门口，旋即沉声问："什么事？"

林风致马上回神，他脸红到快要冒烟，嘴唇抖着，说话结结巴巴："有……有一位林先生送你的新年礼物……"

陆凛收回目光，再次看向报表，道："放桌上，出去。"

"哦。"林风致脑袋都空了，他眼睛一眨不眨地盯着陆凛，螃蟹一样往茶几挪。

"在这儿！"就在这时，前台和几名保安赶到了。发现林风致进了陆凛办公室，保安发挥了前所未有的跑步实力，几秒冲进去迅速架起林风致离开办公室。

林风致挣扎时，礼盒摔到地上。前台白着脸跑上前捡起来。

前台冷汗直流，不停鞠躬道歉："对不起陆总，您放心，绝没有下次了！我们马上带他离开。"

外面，林风致还在红着脸挣扎："你们放开我！你们凭什么抓我？陆叔叔……"声音越来越小。

陆凛皱眉，他合上文件问："什么情况？"

前台在心里骂死了林风致，要是害她丢了工作，她就撕了他！前台快速、简洁地说了一遍事情经过。

　　陆凛听完，没有呵斥前台，只沉声说了句："下次注意。"

　　前台连连点头，转身要走，又看到手里的礼盒盖子被打开了，里头似乎是条领带，她又回头说："陆总，这礼物……"

　　陆凛看着手表，七点多了，他放下文件道："退回。"

　　前台点头，无声关门离开了。

　　陆凛拉开椅子起身，取过大衣，随后也离开了。

　　陆凛自己驾车离开停车场，先去了超市。明天过年，中午和陆氏家族的人在酒店吃饭，晚上他要去半山别墅陪陆如婵过年。

　　陆凛去的超市是会员制，一个苹果卖几十，尽管过年，超市里也并不热闹，只有零星的客人。没什么好买的，陆如婵大部分东西都不能吃。陆凛选了一些水分多、糖度低的水果，以及几盒蓝莓果王，随后去了副食品区，买了一些自己未必吃，但是在过年清单里的糖果、坚果。

　　提着几大袋东西，隔了几天，陆凛再次回了市中心的住处。

　　电梯门打开，全屋的灯瞬时亮了，室内异常安静。陆凛的视线扫过地垫，少年的运动鞋不见了，米色的家居鞋摆放得齐整。

　　晏鹤清已经走了。

　　陆凛换上鞋，先去冰箱放东西。打开冰箱，里面瓜果蔬菜清空了，蓝莓也没了，只矿泉水还在。陆凛松松领带，将新买的蓝莓放进去。

　　从厨房出来，陆凛提着给陆如婵买的东西要走，路过饭厅时又折回来，走向饭桌。他把东西放下，挪开餐巾盒，拿起那封显眼的红包。红包上贴着一张淡粉色的便签。便签纸上是两行打印体一样工整端正的楷书，和少年的气质一样，他的字透着拒人千里的清冷。

　　内容却很有温度："陆先生，冰箱里的东西我全吃了，非常美味，谢谢你。红包不是还你的医药费，医药费我会计入下月分期。这是喜钱，祝你新年快乐！"

　　落款是一个简笔笑脸。

　　晏鹤清的画工也不错。

　　今天的本地新闻报道：明天可能是近百年来第一次会下雪的年三十。

　　护着怀里的两束花，晏鹤清顶着越来越大的雪，从地铁口一路跑进单元楼。

　　一辆黑色奔驰横在单元楼门口，挡风玻璃和车顶上已经积了一层薄雪。

　　晏鹤清神色不变，轻轻拍掉外套上的落雪，不紧不慢地上楼。他脚步轻，感应灯没亮。

　　昏暗的光线里，三楼门口有红点忽明忽暗，楼道里弥漫着浓郁的烟草味。陆牧驰今天一天，抽了过去半个月的烟量。他抽出烟嘴，压抑着怒气说："我等了你一天。"

他的声音叫亮了灯。

橘光瞬时照到晏鹤清身上，他抱着花，发梢还留着冬夜的寒气，却仍是不紧不慢地上楼，语气淡淡道："那是你的事。"

陆牧驰腾地起身，瞳孔猛缩，几乎捏碎指间的烟，他拽过挂在楼梯扶手上的袋子，挥手一扬，纷纷扬扬的钞票从袋子里飞出，像纷飞的雪花，飘落在楼梯间里。

"你心里的刺我连夜拔了，你还有哪儿不满意？"

陆牧驰盯着晏鹤清怀里的花，牙齿磨得咯咯响。他是真的很生气，晏鹤清的电话一直无人接，怕离开会错过，他便在这儿守了一整天。结果他等了一天，晏鹤清到似没事人一样抱着两束不知谁送的花回来！

瞥了一眼楼梯上散落的纸币，晏鹤清神色平静："伤痕都需要时间愈合，我并非天赋异禀，转瞬便能若无其事。"他抬眸，迎上陆牧驰错愕的目光，道，"能让路了吗？我工作了一天，实在很累。"

昏暗的光线落到晏鹤清的眉眼上，他确实很是疲倦。

陆牧驰的怒气瞬间无存，他舔了一下嘴角，侧身让开。

晏鹤清避开落有钞票的地方，全程都没看陆牧驰，走完最后几级楼梯，掏出钥匙开门，就要进屋关门。

陆牧驰眼疾手快，快步上前卡住门，不等晏鹤清开口，他眸光闪烁，说："我不进去，我再说一句。"

"你的意思我明白了。"他目光灼灼，"我……我不会再做伤害你的事，我不说让你现在就既往不咎，但你得答应我，你要接我电话，我——"话在嘴里转了几圈，到底没有说出口。

门将合上时，响起晏鹤清清冽的声音："离开时请带走你的垃圾。"

陆牧驰下意识看向满地烟屁股，他掏出手机就要喊保镖清理，又扭脸看着紧闭的门，脸色变了几变，还是蹲下身自己捡，捡了一会儿，抓过几张钞票，陆牧驰的眼皮跳了几下。

晏鹤清口里的垃圾，难道还包括这些钱？

晏鹤清进屋后，换鞋抱着花进了厨房，堵住下水道，接了半盆水，取下裹花的报纸，小心地把花放进水里泡着，然后煮他的晚餐。

热水沸腾，晏鹤清放进十个水饺，在脑海里仔细复盘陆牧驰刚才的表现。

虽然陆牧驰看上去有些烦躁，但他整个身体语言都显示出一种很松弛的状态，加上徐乔音莫名请假……晏鹤清低头，盯着逐渐漂起来的白胖水饺，他有九成把握，是陆牧驰把徐乔音藏起来了。

片刻后，晏鹤清捞起水饺，做了一个蒜蓉醋碟，端上水饺去客厅吃晚饭了。

虽然冷得手指僵硬，看了眼暖气片，晏鹤清想了想，还是打开了小太阳，摆在脚边取暖，迅速解决了晚餐。吃完，整理干净厨房，晏鹤清进卫生间检查了晾的衣服，手感还很润，不用暖气片，明天无法穿。他取下衣服回到客厅，打开暖气片，将衣服挂到暖气片烤衣服的支架上。时间快晚上九点，他坐下看书，看完将近十二点。他脖颈难受得厉害，就没去洗澡，简单洗漱完上床睡觉。

关上灯，安静得能听见落雪声。春节，要下大雪了。

次日六点，晏鹤清掀开被子起床，先去厨房看花，剑兰和菊花泡了一夜水，开得更好了，有几个花骨朵儿，也展开了花瓣。晏鹤清放了心，重新找了几张纸，自己包上两束花。

和花店老板说的一样，所有颜色的剑兰不好搭配，包成花束并没那么好看，但这不重要。

包好花，他快速煮了碗面条，吃完上秤，还是一百一十九斤，体重似乎卡在这个数字，很难再长上去。

晏鹤清敛了下眉，才去洗澡。

洗完，他第一次用了房东给的那个噪声极大的吹风机，他不会弄造型，只把头发吹干，又用小剪刀给自己简单修剪了刘海。

开了一夜暖气片，房间暖如春天，烤着的衣服、裤子也热乎乎的。晏鹤清换上新毛衣、裤子，再穿上那件新大衣，仔细系上围巾。晏鹤清看了看窗外，没下雪了，他就没带伞，抱着两束花出门了。

整个楼梯间干干净净。

他走出单元楼，地上铺着皑皑白雪，没人走过，干净无比。晏鹤清走过，才留下了一排单向的脚印。

这次他没有去地铁站，走过斑马线，到京大门口的公交车站等车。

京大公交车站是大站，几乎囊括所有线路，大清早，已经挤满了要去抢购年货的人。公交车一辆接一辆，半小时后，和其他早挤满人的公交车不同，一辆空落落的公交车姗姗来了。

这班车的终点站是郊区陵园，司机停车打开车门，只有晏鹤清上车了。

刷了卡，晏鹤清走到最后一排靠窗的位置坐下。车门关上，公交车载着晏鹤清再次启程。

到终点站要三小时，晏鹤清塞上耳机，耳机里没有任何声音，他搂住花束，静静望着窗外倒退的街景。

同一时间，林风致顶着一头乱发下楼。他穿着睡衣，进厨房接了冰块，然后倒了一大杯汽水，仰着脖子咕噜咕噜灌。

林母进来看到，嗔怪道："少喝汽水，对身体不好"。

林风致眼睛都还闭着，昨天他被陆氏的保安丢出来，给陆凛的新年礼物没送成，他气了一晚上，快天亮才睡着。

他嘟囔："我只想喝汽水。"他放下只剩冰块的杯子，又要回房间睡觉。

林母在后面问他："年夜饭想吃什么？不许再吃帝王蟹，你经常吃，身体受不了。"

这时，林风逸也来了，他穿着睡衣，双手抱胸靠着门框，嘴角挂着笑说："来道白斩鸡，好久没吃了。"

林风致打着哈欠反驳："我最讨厌鸡肉！"

"用葵花鸡。"林风逸上前揉了一把他的头发，满目笑意，"上次出去吃饭，你不是说葵花鸡香，我昨天叫人弄了几只。"

林风致掀开眼皮，眼里还是困意，说："是吗？不记得了。"

又一道脚步声靠近，是林家大儿子林风弦，他这段时间一直出差，昨晚深夜才到家。

林风弦一身家居服，戴着银丝边眼镜，他气质温和，虽比林风逸大两岁，但不常见他的外人都会误认他是老二。

"大哥！"林风致马上清醒了，上前浅浅抱了一下林风弦，"你总算回来了！我想死你了！"

林风弦拍拍他的后背，笑着松开他调侃道："是想我还是想你的礼物？"

林风逸也凑过来，说："那肯定是礼物。"

林风致咧嘴说："都想！在哪儿？我现在去拿！"

"还在行李箱里，晚上给你。"

林母瞧着三个儿子相处融洽，眼里的笑意都快溢出来了。

这时，林风弦突然换个话题："风致，你找到了亲哥，今天要不叫他上家里吃团圆饭？"

林母早有这个意思，赶紧附和道："对对，我刚想说，一打岔差点儿忘了。致致，你给鹤清打个电话，叫他来吃饭。"

林风致忽然就安静了，上次晏鹤清来林家，大家全都很喜欢他，而且他现在还在生气，晏鹤清连个洗发水牌子都不帮他问，他搜了好久还是没找到。

林风逸听到要邀请晏鹤清，先是看向林风致，见他气鼓鼓的样子，马上说："别人有家人，来我们家吃年夜饭算怎么回事？"

林风致本想解释晏鹤清和他养父母断绝关系了，话到嘴边，他又咽了回去。过年不一样，阖家团圆，万一晏鹤清就回去过年了呢？

林风弦没想到这一点，他非常惋惜地说："爸说他下棋很厉害，我还想讨教几盘。"

林母提出另一个建议："那初二邀请他吧，走亲访友的日子。"

林风致犹豫了一下，才嘟囔："再说吧。"不想再继续这个话题，他跑了。

等林风致上楼，林风逸皱眉不满地说："哥，你话多没处说，就去找我嫂子！"他口中的嫂子是林风弦的未婚妻，两人明年结婚。

林风弦多少看出点眉目，他非常诧异地问："风致和他亲哥关系不好吗？爸说那个男生性格很好啊。"

"不是晏鹤清不好，是你弟弟过不了心里那关。"林母微微叹气，"再给他点时间适应吧。"

公交车行驶了很久，最后停在终点站。

晏鹤清下车，因为过年，附近更冷清了，晏鹤清往前走了快二十分钟，才到陵园。

自从能自己赚钱，晏鹤清每年过年都会来这儿。晏赵夫妇巴不得他过年出门，免得他跟着自己家吃香喝辣，根本不过问晏鹤清去哪儿。

到他爸爸的墓，一共二百零八级台阶。当年晏家烧得一点儿不剩，两块墓地还是街道出面弄来的，所以没能挨在一起。

孤零零的一块碑上，只有简单的名字、年月日，没有照片。

晏鹤清放下那束菊花，微笑说："爸，新年快乐。"

再往前走四百二十六步，左转上五十六级台阶，是他妈妈的墓。

晏鹤清轻轻放下剑兰，蹲下缓慢抚摸着"晏秋霜"三个字。

"妈，我来了。"眸子里有些微的水光涌动，他弯起双眸，说，"新年快乐。"

脑海里是女人模糊的身影，漫天火光可怖，唯独她的怀抱安全温暖。

晏鹤清突然话多起来，说考试成绩、说转系、说他早上吃了一大碗面，事无巨细，全说给面前的墓碑听。风越吹越大，整座墓园死一般沉寂，今天最后一班公交车只到下午三点，快到时间了，晏鹤清才停住。他闭眼亲吻了一下墓碑，轻声说："妈，您睡觉吧，我下次再来看您，不用担心我，我现在过得很好。"

他垂下眼睑，过很久才轻声开口："弟弟也很好，您放心。"

一年一度的陆氏家族聚餐，全族人都围着陆凛。

陆翰脸拉得老长，那个位置本应是他的。他放下筷子，转头说："小驰……"声音卡住。

陆牧驰不时看看手表，随口应道："什么？"

陆翰不高兴了："老看表做什么？我警告你，今天别想溜。晚上我和你齐叔叔约好了打牌，他女儿也到。"

陆牧驰要回半山别墅和徐乔音过年，拒绝道："我不——"

"你想学你叔叔不听话？"陆昌诚过来了，他沉下脸，"齐家姑娘我见过了，模样漂亮，学历又好，还知书达理，这几个世家的女孩里，独她配得上你，你今晚的活动通通取消！"

陆昌诚发话，陆牧驰再不情愿也不敢多说，他烦躁地放下手机应下："知道了。"

陆昌诚这才满意，又看向不远处的陆凛，血压再次攀升。

连一顿年夜饭都不陪他吃！逆子！

陆凛应酬完，独自驾车出城。刚开没一会儿，他突然将车停在路边，快到年夜饭时间，市中心格外冷清。

陆凛点了支烟，烟雾缭绕，他的黑眸深邃无比，令人猜不透他的情绪。时间渐近，路灯亮了。抽完烟，陆凛降下车窗散味，再启动时已是换了个方向。

晏鹤清下了公交车，司机忙着回家团圆，立即关上门开车离开。

早上还热闹的街道，此刻寂静到晏鹤清的脚步声清晰可闻。到小区，保安室还亮着灯，只是保安也回家吃年夜饭，只有灯亮没有人。小区里一排排楼，也只零星亮着灯。路面还有残雪，一踩就咯吱作响。

晏鹤清走得非常慢，一是因为路面有些滑，二是因为小区路灯形同虚设，毫无照明的作用。

转个弯就是晏鹤清住的单元楼，他小心辨认着脚下路面，忽然一束车灯亮起，明亮的橘光穿透黑暗，一路铺到他脚边，照出一条清晰的路。

晏鹤清停住脚步望过去，只见车门打开，一道模糊的身影下了车。

随后，那人喊他："晏鹤清。"

朦胧的光晕里，男人沉稳地走向晏鹤清，挺拔的身影逐渐清晰，黑色长款大衣微敞着，里面是简洁的同色西装，米色羊绒围巾搭在脖间，自然垂下。

是陆凛。

晏鹤清没想过陆凛会大年夜出现在这里，他短暂错愕了片刻，陆凛已经到了他面前。回过神，晏鹤清礼貌地弯起嘴角："陆先生，是找我有事吗？"

陆凛音色低沉："有一个抵医药费的临时工作，接吗？"

晏鹤清问："现在？"

"现在。"

晏鹤清直觉这工作不简单，问："我能先问是什么工作吗？"

"陪我母亲。"陆凛眸光幽深，"她身体不好，常年在山中静养，很少见人，你的工作就是哄她开心，按市价三倍时薪支付工资。"

晏鹤清脑海里闪过在陆凛住处见过的合照。原来小说里写陆凛从不在陆家吃年夜饭是这个原因。

晏鹤清沉默了一会儿，他摇头道："不接。"

陆凛黑眸微沉，还未开口，就见晏鹤清突然扬起脸。对上陆凛的目光，晏鹤清唇角微微扬起，说："我想去做客，蹭一顿饭可以吗？"

晏鹤清要上楼一趟，让陆凛在楼下等他。

目送他单薄的背影消失进单元楼门口，陆凛摸出手机拨了一个号，对面迟迟未接。陆如婵这些年开始耳背了，通常要等一段时间才会接听电话。

苏醒

铃声快结束时，电话里才响起陆如婵的声音："阿凛，要到了吗？"

"没有，来接一个朋友。"

陆如婵颇是意外，带朋友？这还是头一次。她笑着点头道："好，我让人多添几道菜。你朋友喜欢什么口味？"

"家常菜，清淡些，别太甜。"顿了顿，陆凛又说，"他是年轻人。"

陆凛特意强调，倒是让陆如婵好奇起来，问："多年轻？"

这时楼道灯亮了，晏鹤清从单元楼出来。

陆凛回答："还在上大学。"

晏鹤清提着一个纸袋出来，见陆凛站在车外，空中又开始飘雪，他加快脚步，小跑向陆凛，说："陆先生，可以走了。"

陆凛将手机放回口袋，走到后排座开了车门。晏鹤清一时不解，是要他开车？他没有驾照。

陆凛没让他疑惑太久，说了声"上车"，随后回驾驶座。

晏鹤清坐在了后排，车内温度很高，和外面仿佛两个季节，他的前方是陆凛高出椅背的半个后脑勺。

陆凛扣上安全带，启动车子出发了。

晏鹤清将纸袋轻搁到脚边，里面装的是他养的那几盆多肉，这是给陆凛母亲带的礼物。现在这个时间，商店全关门了，买不到其他礼物。

许是车内太安静，陆凛随手开了电台。两个演员在讲相声，语调浮夸。

陆凛望着后视镜，镜子里，少年安静地坐着。

"不喜欢就换歌。"

"不用。"少年忽然抬眸，看向后视镜，"过年听相声很热闹。"

陆凛挪开目光，车开出小区，又前行了一段路，他掉头上了高速。

车内是演员不断夸张的笑声，陆凛再度开口："怎么不继续住？"

"有事要处理，回家住方便。"

高速两旁路灯照着，有雪落到挡风玻璃上，雪渐渐大了起来。

"没碰上债主？"

"嗯。他们也要过年。"晏鹤清弯起眼眸，"谢谢你陆先生。"

陆凛神色不动道："你谢过了。"

"是今天的谢谢。"晏鹤清莞尔，"其实我今天心情有些糟糕，你愿意邀请我去你家过年，我很高兴。"

陆凛喉咙有些许咳意，他压下去问："为什么糟糕？"

"很想念一些人。"晏鹤清这才收回目光，他转而看着窗外，间错有几缕路光，大部分时间是寂静的黑暗。

电台里，相声说到高潮处，台下一片欢声笑语。

接下来的路，两人皆没再出声。

下高速，陆凛又开了一段路上山，山间宁静，只半山腰有一处地方亮着灯。

车到别墅停住，雪下得比市区大，大片大片往下掉，晏鹤清合上纸袋，下车几步上了台阶。

陆凛降下半边车窗嘱咐："先进屋，我去停车。"

身后响起开门声，亮光照到台阶，旋即一道慈爱的女声传来："你好，小朋友。"

晏鹤清转身，映入眼帘的是一个瘦到极致的女人，看起来几乎是一张苍白的皮裹着骨架，她戴着一顶厚帽子，坐着轮椅，几乎立刻和陆凛家里那张合照里的女人重叠了。

这是陆凛的母亲。

晏鹤清礼貌地鞠躬道："您好，我叫晏鹤清。"

陆如婵招招手说："靠近些。"

晏鹤清不明所以，他上前几步，弯腰靠近陆如婵："您说。"

陆如婵这才看清了晏鹤清，她微笑着说："很配你的名字。"她干枯的手温柔地拍了拍晏鹤清的肩。"快进屋，外面冷。"

晏鹤清跟着她进屋，佣人早已备好了客人的拖鞋，全屋开着温度令人舒适的地暖，晏鹤清换上鞋，又脱掉了大衣，等到了客厅，他拿出礼物："这是我养的小盆栽，希望您喜欢。"

共四盆多肉，粉色蓝鸟、彩色浆果、雪花玉坠、钱串锦，都用白色小瓷盆种着，每一盆都开得特别有生命力。

陆如婵看得惊喜，她端过粉色蓝鸟，爱不释手道："好漂亮，我一定会好好养。"

晏鹤清还提着纸袋，佣人要接过，晏鹤清微笑着摇头，佣人也回了一个笑容，就没动了。

玄关响起关门声，不一会儿，陆凛进来了。

他脱了大衣、围巾、西装外套，只穿着浅棕色细条纹衬衫，边走边解着袖扣。陆如婵举起小盆栽道："阿凛，你看小鹤清送我的礼物，多漂亮！"

陆凛看向那盆粉色蓝鸟，的确养得很漂亮。他取下手表，看了眼时间，晚上八点多了，他拿起搁到小边几上的收纳盘，往饭厅走。

"开饭吧。"

陆如婵还是不舍得放下盆栽，翻来覆去看了好一会儿，这才放下。她忽然朝晏鹤清眨眼道："我也给你准备了一个小礼物，就在餐桌上。"

到了餐桌，晏鹤清才知道，礼物是一道菜——菠萝油条虾。

佣人笑着说："这道菜是夫人亲自下厨做的，她上次下厨还是十年前呢。"

陆如婵笑着摇头："不全是我做的，站不起来，只能准备食材，最后拌一拌，其他还是要厨师操作。"她看向晏鹤清，说，"阿凛说你不吃太甜的，这道菜不甜，

201
苏醒

酸甜口味。"

晏鹤清知道这道菜，谢昀杰的婚宴菜单有这道菜，做法简单，但准备过程麻烦，要将虾泥逐个塞进切成段的油条里，特别受小朋友欢迎。

其他的全是家常菜。上汤芦笋、鲍鱼红烧肉、清蒸牛肋条、茶树菇拌黄瓜花、鲍鱼焖虾仁、椰子排骨汤、酒香焗鸡、元宝蛋、干煎薄腌黄鱼、板栗烧仔排、梭子蟹炒年糕，还有一锅薄荷绿豆汤。

佣人倒了一杯水，陆如婵端给晏鹤清，她打量着晏鹤清，用公筷夹了一大块牛肋条到晏鹤清菜盘里，说："多吃肉，你太瘦了。"

晏鹤清却看着薄荷绿豆汤，除了他老家，在其他地方几乎没见过加薄荷煮绿豆汤的。他端起杯子，一口喝了半杯。陆如婵问："喜欢吗？这是我老家的做法，特别解腻，夏天和过年喝最合适了。"

晏鹤清问："您老家不在京城吗？"

"不算，祖籍在南方，只是我出生时身体就不好，坐车超半小时就发病，出不了远门。"陆如婵微微叹气，"一直没能回去，阿凛倒是去过两次。"

陆凛的姥姥、姥爷相继去世，遗愿是落叶归根回老家合葬，两次都是陆凛亲力亲为送老人回去。

晏鹤清握住筷子，夹起牛肋条，这时一双公筷落到他的菜盘，夹来一块塞满虾泥的油条，随后又是一块凤梨。

晏鹤清抬眸，陆凛平静地收回公筷道："我试过了，不会太甜。"

他想起上次在陆凛办公室，他提过京酱肉丝太甜。

晏鹤清默默啃着牛肋骨，又夹起油条，裹着调配的沙拉炼乳酱料，甜味点到即止，油条清脆，虾泥鲜甜，再加上酸甜的凤梨，确实开胃可口。他自己又夹了几次。

吃完晚饭，按照往常的习惯，陆如婵就要准备休息了，但她今天异常高兴，便把休息时间推迟了两个小时。她特别喜欢听晏鹤清说话，少年的声音清亮，带着不疾不徐的沉稳，听着特别舒服。

晏鹤清知道陆如婵在山里静养这么多年，很少接触外面的世界，他就将他打工时的一些见闻稍加润色说给陆如婵听。

陆凛去了厨房，没一会儿端着果盘出来。陆如婵晚饭后不能吃水果，盘里全是蓝莓。

陆如婵听入了神，等回神已经快半夜了，陆如婵低语："又过去一年了。"

她声音极低，晏鹤清没听清，他靠近一些问："您说什么？"

陆如婵眼里浮起笑意，她轻轻抓过晏鹤清的手，双手握住，满脸慈爱地说："我说十二点会放新年烟花，足足十分钟。"

"花园有块地方没遮挡，是赏烟花的最佳观赏位，每年都有人想花钱上来观赏呢，待会儿让阿凛带你去看。"她拍拍晏鹤清手背，收回手微微笑着说："我困了，先回房休息了。"

陆凛要送她回房，陆如婵自己操纵轮椅，拒绝道："这么点距离，我能行。你啊，带着小鹤清好好玩。"

陆如婵回房了，客厅里安静下来。

落地窗外已隐隐有动静，十二点快到了。

"走吧。"陆凛迈腿往外走。

晏鹤清起身，提起纸袋，跟着陆凛出去了。

外面雪已经停了。

别墅花园正前方是大草坪，围栏齐腰，上面缠绕着干枯的蔷薇枝蔓，站在这里能俯瞰远处星星点点的灯火。山脚下有个小镇，常住人口不多，但每年有一场新年烟花秀，大年夜从市区来观赏烟花的市民很多。

身后响起咯吱的踩雪声，陆凛侧头看去。别墅门前亮了一盏照明灯，花园光线昏暗，晏鹤清穿了大衣，围巾也围得严实，垂眼盯路，因为鞋滑，走得缓慢。

晏鹤清快到跟前时，陆凛收回视线，他抬手将围栏扶手上的积雪悉数无声推落。五指冰凉，他将手收回到身后。

这时晏鹤清也到了，却没有去搭围栏，只站定在陆凛旁边，轻轻吁了口气，偏头微笑着开口："陆先生，你每年都到这儿看烟花？"

"不是。"陆凛比晏鹤清高些，微低了头回答，"我对这些没兴趣。你呢？喜欢吗？"

晏鹤清眼睫轻扇了一下，双眸微弯，道："谈不上喜不喜欢，只是漂亮的东西，总归是赏心悦目。"

围巾围到了他鼻尖，遮住了他半张脸，仅露出那双清浅明亮的眼睛。

"不觉短暂吗？"

"短暂与否是人给的定义。"晏鹤清眼眸更弯了，"生命和时间相比，也如流星转瞬即逝。"

陆凛眸色渐深："你的回答，每次都让我意外。"

"会吗？那我很高兴。"晏鹤清微笑着转回脸，他伸手抓着围栏扶手，望着远处的灯火说，"说明我是一个独特的人。"

陆凛沉默片刻，也转头看向远方。

砰！远处瞬间有无数道光冲上空中。

十二点，新年到了。

烟火绽放出漫天金色火星，如花朵般绽放，又似雨丝一样缓缓下落，照亮了整片夜空，宛如一场盛大缠绵的金色雨。

"嗡嗡……嗡嗡……"两人口袋里的手机同时振动。

每逢跨年，陆凛手机每秒能进九十九条以上的祝福短信。晏鹤清却是第一次收到。

晏鹤清摸出手机，有好几条，来自咖啡店店长、福利院的员工，还有一条陌生号码。

"小晏，新年快乐！"

下一秒，又进来一条："对不起打错了，是快乐，新年快乐！"

晏鹤清没马上回，他把手机放回口袋。

陆凛本来没看短信，突然有电话进来。他掏出手机，看见是谢昀杰的来电。

恰巧这时烟花绽放，陆凛恍了一下神，没注意电话断了，进来了另一个电话，陆凛划过接听。

"什么事？"

听到声音，林风致瞬间从床上弹起来。快到十二点，他借口肚子疼，回房间给陆凛打新年第一通祝福电话，他没抱希望，每次给陆凛发的短信都石沉大海，从无回应，但没想到，接了！陆叔叔接他电话了！

林风致听到了听筒里的烟花声。陆叔叔在看烟花吗？

林家佣人也在后院放烟花，就在林风致楼下。他捂住话筒，激动无比地欢呼几声，光脚快跑到落地窗前，拉开窗帘，望着外面绚烂的烟火。

四舍五入，他就是和陆叔叔一起赏烟花、聊天了！

林风致按住胸口，深呼吸数次，终于松开听筒，嘴角飞扬，说："陆叔叔是我——"

"嘟……嘟……嘟……"陆凛早挂了。

林风致的笑容僵住。

什么啊！他快速重拨过去，然而一直有其他人给陆凛打电话，导致持续占线。

林风致不得不放弃。他垮下脸，不爽地朝墙壁踢了一脚，但看到窗外绚烂的烟火，他又开心了。

新年的第一通电话，陆叔叔接了！

他双手合十，对着窗外的烟花虔诚许愿："明年今日，希望我能和陆叔叔一起看烟花！"

另一边，对方没有出声，陆凛就挂了电话。看到是一个陌生号码，不是谢昀杰，陆凛随手将它拉进黑名单，将手机调成静音放回口袋。

就在这时，旁边的晏鹤清喊他："陆先生。"

陆凛侧身，一盆晶莹宛若玉雕的多肉出现在眼前。

晏鹤清单手端着小小一盆栽。围巾已经拉回脖间，他露出了整张脸，瞳孔倒映着明亮的烟火，见陆凛看过来，唇边漾开暖暖的笑意。"新年快乐。"

陆凛接过盆栽，问："像莲花，叫什么？"

"玉露。"晏鹤清微笑说，"八到十天浇一次水就行，养在阴凉通风处，不能暴晒、淋雨。"

这时烟花秀接近尾声，夜空绚烂了十分钟，即将归于平静。

晏鹤清稍稍伸展了一下双臂，提着空纸袋要回别墅，一个东西拦住了他。

光线不甚明亮，那东西似乎是信封，仔细再看，是一个红包。

是上次留在陆凛住处的红包？

晏鹤清没接，说："陆先生……"

"是给你的新年红包。"陆凛望着他，"不多，只是一个好彩头。"

晏鹤清这才接过，收进口袋，仰头轻弯着眼道："谢谢陆先生，这是我收的第一封红包。"

佣人已经整理好客房，在二楼，不算大，但很温馨，有家的感觉，最重要的是有一墙顶天立地的实木书柜，摆满了书。只粗略扫几眼，晏鹤清已经看到好多绝版书。晏鹤清没碰那些书，静静看了会儿书名，才进卫生间。

他要洗澡，脱衣时碰到裤子口袋，摸到了红包——在楼下脱掉外衣时，他摸出红包放进了裤子口袋。

陆凛准备的红包和他买的那封红包差不多，普通款。他打开红包，抽出不算太厚的纸币，如陆凛所言，不多，一个好彩头，八百八十八元，全是新钞票。

晏鹤清凑近鼻尖轻嗅，有墨香，很好闻。

几墙之隔，陆凛坐在书桌前，房间里只开了桌面台灯，玉露剔透的叶瓣染上了淡淡的橘光，修长的手指缓缓转着小花盆。许久，陆凛才放下盆栽，拉开椅子起身，走进浴室。

一夜无梦，晏鹤清醒来时，窗帘缝隙隐隐透着亮光，他摸过手机一看，竟已八点了，他头一次醒这么迟。

手机有两个未接电话，一个是两分钟前打的，一个是刚才打的。

下一秒，陆牧驰的电话再次打过来。

陆牧驰昨晚表面参加牌局，实则是相亲，他兴致缺缺，对方却看中了他，一直找他聊天、喝酒。往年零点，他都会给林风致打第一通新年电话，今年错过，喝醉回家睡到现在。他睁眼第一件事就是打电话，拨的号码却是晏鹤清的，然而铃声结束，电话依然无人接听。

陆牧驰脸色有点儿黑，还要继续打，一个电话突然进来，是度假别墅的管家。

"说。"陆牧驰脸色一沉，接起电话。

"少爷，你有空过来一趟吧，夫人还是不肯吃饭。"管家诉苦，"我们用尽了办法，早上她还是短暂休克了，给她打了一针营养针，实在没其他办法了。"

"看好她，我很快到。"陆牧驰掀开被子下床，快步往外走。

晏鹤清洗漱出来，手机已经安静了。

他回复了除陆牧驰外所有人的新年短信，随后拨打方老电话——方老就是教他钓鱼的老头儿。

接到晏鹤清的拜年电话，方老特别开心。"谢谢谢谢，小伙子新年快乐！"他道。

晏鹤清微笑着祝福："您也新年快乐，今年钓鱼永不空军。"

这是方老常挂嘴边的话——永不空军，钓鱼永不落空！

方老立马笑得合不拢嘴："哈哈，承你吉言！天气暖和了再一起约钓。今年冬天太冷，家人不让我出门钓鱼，快憋死了。如果发现好的钓鱼点，你一定马上告诉我！"

晏鹤清一一答应，又聊了几句，两人才挂了电话。

晏鹤清把手机放回裤子口袋，开门下楼。

过道安静，佣人提过一嘴，陆凛的房间也在二楼，扫了眼前方，晏鹤清轻声下楼。

新年佣人不用早起，一楼同样寂静，似乎还没人起床。晏鹤清走进客厅，视线扫过落地玻璃门，看到了陆如婵。

陆如婵独自在花园里。

略作停顿，晏鹤清走向玻璃门，刚推开门，他就停住了脚步，有一瞬出神。

陆如婵在唱着歌——

> 青砖伴瓦漆
> 白马踏新泥
> 山花蕉叶暮色丛染红巾
> 屋檐洒雨滴
> 炊烟袅袅起
> 蹉跎辗转宛然的你在哪里
> 寻寻觅觅
> 冷冷清清
> 月落乌啼月牙落孤井

音调轻柔婉转，像潺潺流水，悄然从春天流过，渐渐和记忆中的软语重合了。褪色的记忆忽然鲜活了。

晏鹤清记起了后面几句。

> 零零碎碎
> 点点滴滴
> 梦里有花梦里青草地
> 长发引涟漪
> 白布展石矶

河童撑杆摆长舟渡古稀

屋檐洒雨滴

炊烟袅袅起

蹉跎辗转宛然的你在哪里

"宝贝。"晏秋霜抱着他，轻轻吻着他的脸颊，"这叫评弹哦，等你和弟弟再大一些，爸爸妈妈就带你们回老家，听正宗的评弹。"

只是还没等他长大，他们再也没能带他回老家喝薄荷绿豆水、听正宗的评弹了。晏鹤清安静地望着陆如婵的背影。

过了好一会儿，陆如婵才发现有人。她回头，看是晏鹤清，很是惊讶。"这么早起床？好不容易放假休息，可以多睡会儿。"

晏鹤清走上前，他蹲在轮椅旁，手轻轻搭着轮椅扶手，微微仰头，说："我不困，您的评弹很好听。"

陆如婵苍白的脸色显出一点点红。"你听见了啊？是阿凛姥姥教的，她才唱得好呢。"陆如婵陷入思念，回神。又对上晏鹤清弯弯的眼睛，她心口一暖，伸手从口袋里缓缓摸出一个红包。

她把红包放到晏鹤清手里。"新年快乐。不许拒绝。"她笑意盈盈，"这是压岁钱，阿凛也有。"

晏鹤清刚要回答，手机又响了。这次是林风致。

早上下楼，林母又提了一次，初二邀请晏鹤清到家里做客。"初三要去你小薇姐家做客，接下来几天你爸、你哥都有应酬。"林母婉转地说，"初一你们年轻人要出去玩，只初二有时间了。"

没想到林风致满口答应："好啊！"

昨晚陆凛接了他电话，他现在心情巨好，别说请晏鹤清做客，就是邀他来林家常住，他也答应！

电话接通，林风致语气里都带着喜悦："哥，初二到我家吃饭！"

晏鹤清淡淡回："好。"

林风致还想说些什么，却被晏鹤清打断："我现在有事，明天联系。"

晏鹤清挂了电话，收起手机，才见红包已经插进了他的口袋，抬眸便对上了陆如婵慈爱的眼神。

陆如婵瘦骨嶙峋，手腕、手指细到可怕，苍白的皮肤皱成了沟壑。晏鹤清感受到落到自己头顶的手带着怀念的温度。

"明年也来吧，我还给你包压岁钱。"

陆凛进客厅，隔着落地门看见晏鹤清蹲在轮椅旁。

推门而进，先听到晏鹤清的声音："这棵是魏紫吗？"

陆如婵很是意外："是啊，你懂花？"

"在花圃兼职过。"晏鹤清依然蹲着，平视着陆如婵，女人常年被病痛折磨，唇色苍白。"到季节有花没卖掉，快凋谢了，花圃老板会摘花烘干用来做口红。"他神情认真，"操作特别简单，又天然。今年牡丹花开了，我来给您做口红。"

听到不用等到明年过年，四五月份他还会再来，陆如婵的惊喜显而易见，她说："好啊，除了牡丹，我园子里还有蔷薇、月季……"

晏鹤清认真地听着。他这般警觉，竟是过了好一会儿，才发现后面有人。

陆凛又不知道站了多久。他居家穿着随意，家居服外披着长款开衫。

"早上好。"晏鹤清先开口。

"早上好。"陆凛没上前，站在落地门后，"早餐好了。"

晏鹤清起身，双手自然地落到轮椅把手上："我推您。"

陆如婵没拒绝，眉眼弯弯，说："好。"

陆凛先转身，将玻璃门推开了些。

早餐种类丰富，也很清淡，陆如婵胃口小，喝了一小碗粥便搁碗了。

陆凛和晏鹤清相继放下筷子。她笑着开口："吃过早餐，阿凛要回公司处理事情，小鹤清你和他一道回吧。"她听到了晏鹤清的电话，知道他初二有事。

晏鹤清眸光清浅，回道"我可以待到下午。"

陆如婵拢了拢披肩，笑着摇头说："我精神不好，消消食得回房休息。"她看一眼陆凛，主动转过轮椅，"不用推我了，你们走也别叫我，那时我睡着了。"

车轮滚过地板，没发出声音。陆如婵的卧室离饭厅不远，她很快进屋关上了门。

饭厅里，陆凛起身说："我去换衣服，十分钟。"

陆凛的十分钟分毫不差。他换好衣服下楼，到他们出门，一共十分钟。

晏鹤清朝着后排走了几步，陆凛却已经打开了副驾的门。

晏鹤清突然看向地面。

昨晚雪停后，没再落，也没下雨，今天地面干了。他大概明白了——昨晚陆凛让他坐后排，是防止路面打滑，司机会惯性护着自己，副驾就成了危险位。

坐稳扣好安全带，待车开出别墅，晏鹤清突然问："陆先生，你回过两次老家，对吗？"

"嗯。"

顺畅的下山路，陆凛开得慢。

"你老家在哪里？"晏鹤清礼貌地说，"我似乎和你是同乡。"

陆凛眸光微闪："你不记得？"

晏鹤清很坦然地说："太小没印象，只记得母亲爱煮薄荷绿豆水，还喜欢唱评弹。"他轻轻笑了下，继续说，"要是回一趟老家，或许……"

或许后面，没有下文。

"二十桥。"陆凛回，"我姥姥的故乡叫二十桥。"

"谢谢。"晏鹤清摸出手机，搜了二十桥——南方的一个临海小城，春天有漂亮的杨柳、桃花、梨花，夏天可以出海，离京城一千多公里，飞机一个半小时，没有高铁，火车十个小时左右。

晏鹤清收起手机，转头望着窗外。

余光望到难得走神的少年，直到下了高速，陆凛才开口唤醒他："你去哪儿？"

晏鹤清回神，他扭头微笑着回答："方便就送我回家，不方便找个地铁口就好。"

陆凛送他到了小区门口。

大年初一，小区依旧安静。晏鹤清下车，弯身朝陆凛挥挥手："再见，陆先生。"

看见晏鹤清进了单元楼，陆凛才升上车窗，驾车离开。

进屋，小房间还是昨晚离开的模样，晏鹤清挂好外套，换鞋进了厨房，不一会儿，他提着水桶出来，背上钓鱼包，又转身出门了。

初一，市中心车流不大，陆凛很顺畅就到了陆氏大楼。

春节放假大楼只有两个保安守大门，看见陆凛，保安一点也不意外，只是瞥见陆凛提着纸袋，略有疑惑。

进到办公室，陆凛径直走到办公桌前，等待处理的文件在邮箱里，他放下纸袋，开电脑登录。处理完工作，外面天色已经黑透了，他后仰靠着椅背，闭眼轻轻按着太阳穴。

忽然，他停住，睁眼看向纸袋，沉默几分钟后，他伸手拿过纸袋，取出玉露放到了电脑旁边。

那里曾经摆着光之立方。

一段时间没来田山水库，大年初一，来钓鱼的人早占满了位置。

晏鹤清找到一个角落，蹲下身往水里倒了整瓶酿的饵料，却没落竿，支开小凳子，沉静地望着水面，到天黑透，水面浮起了成片微醺的鱼。

"你这饵料牛啊！"旁边的大叔羡慕得眼睛都大了几圈，他凑过来问，"哪儿买的啊？介绍介绍。"

晏鹤清拉开包，拿出一瓶送他，收拾工具走了，没捞丰收的鱼。

大叔拧开盖子，闻了几下，啧啧称奇，朝晏鹤清得背影热情地喊："小伙子，下回一起钓啊！"

晏鹤清没回，走进了夜色里。

第二天早上七点，晏鹤清准时拨通了林风致的电话。

"嘟……嘟……嘟……"他无比耐心地等着。

终于，电话被接起，那端是林风致沙哑又无语的声音："哥，你怎么老这么早打电话？我还在睡觉……"

　　公交车来了，车门打开，晏鹤清讲着电话上车，投了两枚硬币，发出清脆的声音。"我上车了。"他说道。

　　林风致似乎是翻了个身，声音绵软、缥缈："随你便，我好困，要睡觉，挂了……"

　　电话没有挂，对面传来均匀的呼吸声。直到晏鹤清到林家别墅，林风致都在睡觉。

　　林母亲自开的门，看到晏鹤清，她眼睛都亮了，上前抱了一下他。"小晏你可算来了！"看见晏鹤清提的塑料袋，她轻叹一声，"你一个学生又没收入，每次来都带东西，太见外了。"

　　晏鹤清莞尔，揭开袋子："是几株花苗，路边买的，很划算。"

　　林母看见花苗，马上就笑了，接过来翻了下。"是绣球吗？"她惊喜不已，"我惦记好久了呢，你吃早餐没？我去给你下碗饺子，昨晚刚包的，什么馅儿都有，吃完我们去后院把苗种了。"

　　"嗯，是绣球。"晏鹤清没拒绝，"有白菜鲜肉馅吗？"

　　"有！"林母小心将花苗放到鞋柜旁边，转身和林风弦说，"老大，你招呼小晏，我去下饺子。"

　　林风弦在林母后面。这是他第一次见晏鹤清，少年气质干净，又彬彬有礼。他对晏鹤清很有好感，微笑着递过准备的礼物，说："初次见面，我是风致的大哥林风弦，出差带回来的小礼物，权当见面礼了。"

　　礼物是一支钢笔，价格适中，适合学生。林风弦听林母提过，晏鹤清是京大学生。

　　他笑容更甚，说："京大一直是我梦想，可惜当年差了十来分。"

　　晏鹤清收下钢笔，说："谢谢。"旋即他又说，"抱歉，来得匆忙，没来得及买合适的见面礼，下次——"

　　"下次也别买，我是极简主义，最怕收礼物。"林风弦满脸微笑，招呼他进屋，"跟我多下几盘棋才是正事。你和我爸下过，他的棋艺真的很一般，我在家和他从未完整下过一盘棋。"说着话，两人进了客厅。

　　林母煮好饺子端出来，见林风弦望着棋盘，已经陷入了沉思。

　　林母笑着摇头，放下碗喊晏鹤清："小晏你先来吃，等你大哥落子，至少半小时。"

　　果真如此，等晏鹤清吃完饺子，林风弦都没落子。林父也加入战局，坐在一旁指挥。林风弦瞥他，说："爸，观棋不语真君子。"

　　林父笑道："上阵不离父子兵。我和你单独下都赢不了小晏，强强联合才有可能赢嘛，你说是吧，小晏？"

　　林风弦嫌弃得不行，喊林母："妈，你快带我爸去种花！"

　　林母换了一身宽松衣服，根本不理他，笑着喊晏鹤清："别理他们两个手下败将！小晏你随我去种花，这盘棋啊，你信我绝对错不了，他们到中午都破解不了。

　　这时林风逸下楼了，睡眼惺忪，突然瞥见晏鹤清，他猛地停住，他怎么来了？！林风逸面部不自然地动了动，转身回屋换衣服。

"去吧，小晏。"林父无比认同，"这一局你下得高明，我得好好研究研究。"

晏鹤清见状便先跟林母去花园种花。

林母特别高兴，晏鹤清种花仔细又耐心，还实时讲解，林母脸都笑出花了。

林风致有些恍惚，他揉着头发下楼，见父子俩大清早围着棋盘研究，他奇怪地问："爸，我妈呢？"

林父随口答："你哥来了，两人在花园种花。"

"我哥？"林风致重复一遍，眼睛忽然瞪大。

晏鹤清来了！他快步往外跑。

晏鹤清在喝水，余光瞥见远处的身影，他收回目光，放下水杯，蹲下身继续移植花苗，闲谈一样说："谢谢您当初领养风致，让他快乐长大。"

"说到这件事，也是误打误撞吧。"林母压着花苗周围的土，"我当年其实是想领养女孩。生了老大，我怀二胎是为了要个女孩，没想到生了老二。女人生孩子特别伤身体，我万万不敢生三胎了。但我太喜欢女孩了，过几年身体好些，便和你林叔商议收养一个小女孩。"

提到往事，林母忽地扭头，笑容满面道："结果去福利院先看到了你。你是不知道，你小时候长得可太讨人喜欢了，我一见你就喜欢得不得了，马上改主意决定领养你。"她如今还是感叹，"可惜和院长谈好，转眼找不着你了。我就想也许是你不喜欢我这个新妈妈吧，藏起来不让我们找到。那时我难受极了。没想到准备离开时，上天让我遇见了风致。你们兄弟俩小时候比现在像多了……"

不远处拐角，林风致浑身血液仿佛凝固住了，耳朵里嗡嗡作响。每一个字他都听得很清楚，却难以把它们完整地拼凑在一起。

妈妈的意思是……他是小偷？偷了……他亲哥哥的东西？

察觉林母似乎看向这边，林风致下意识躲到旁边墙角，颤抖的身体紧贴着墙壁。

不远处，对话还在继续。

林母好奇地问："小晏，你还有那时的记忆吗？到底怎么回事，你是真不喜欢我，藏起来的吗？"

林风致的心脏瞬间跳得怦怦响，他手指抓着墙沿，光泽、圆滑的指甲用力抠着墙壁。

是藏起来了吗？晏鹤清……当时藏起来了吗？

想听，又不敢听。

林风致脑海里盘旋着一个念头，他几乎能肯定，如果晏鹤清藏起来了，原因不会是他不喜欢林母，只会是……为了他。

晏鹤清爱他，他知道。

林风致收回手，他害怕得想要捂住耳朵。

就在这时，他听到了晏鹤清清亮的声音："记不清了。"

林风致的手缓缓下落，按紧跳个不停的心口。他闭上眼，脑海却还是闪过模糊的片段。两个小孩，一个哭着说："哥哥，我好怕……我想回家，我们什么时候回家呀？"另一个温暖地抱着哭泣的小孩安慰道："不怕，哥哥永远会保护你。"

小孩还是哭，紧紧抓住他哥哥的衣服："有个哥哥告诉我，领养他的那家人好凶，会打他，他自己偷跑回来了，呜呜，哥哥，我怕疼……"

"不会。"他哥哥帮他擦掉眼泪、鼻涕，"小松会遇到很好、很疼你的人，一定。"

小松……晏明松？

林风致的心脏仿佛被一只手用力揪起来，一抽一抽地发疼，眼泪汹涌着涌出眼眶。

他不要！他讨厌这种感觉！搞得像是晏鹤清让给他被妈妈爸爸领养的机会一样，明明他们最喜欢他！

另一头，林母感叹道："是啊，那时你们还太小了。小致当时等你到天黑，一直等不着，他哭惨了，回家路上就晕倒，烧了两天两夜，我心脏病都快吓出来了。"

现在回忆起，林母依旧心有余悸。那么小小的人儿全身烧得滚烫，她看着就心疼，寸步不敢离开，衣不解带守了两天两夜，等林风致退烧，她自己也跟着病倒了。

"在福利院见到太多可怜小孩，小致回家第一天又生大病，我就发誓，他失去了爸爸妈妈，我这个新妈妈会加倍疼他。"

压实了土，林母拍着掌心的泥，又想起一件可笑的事。

"为这，老二还闹过一次脾气，哭着指责我只疼小致，不关心他，还离家出走，住酒店不回家，说死在外面都不稀罕我管。

"后来小致放学就跑去他学校，他不理，持续了一个月吧，有天小致被人堵着欺负了，他冲去和人打架，满脸血背着小致回家。从那以后，他对小致比谁都好。"

这件事林风致也是第一次听说，他早不记得了。他无法自控地冒出一个念头——假如爸爸妈妈收养的是晏鹤清，林风逸也会对他好吗？

不会吧？林风逸对他那么好，怎么会对另一个人好呢？

林风致紧紧捂住耳朵，还是能听到晏鹤清的声音："碰到你们是风致的福气。"

住口！别再说了！他不想再听了！

林风致咬着两片嘴唇，片刻后，他的承受能力到了极限，胡乱擦擦眼睛，迈腿跑开了。

隐约听到动静，林母看向墙角，却什么都没看到。几株花苗移植好了，她两只手脏着，便起身说："回屋洗吧，外面的水冻得很。"

晏鹤清余光没漏掉林风致跑走的背影，他拂去指尖的泥土。

洗完手回到客厅，林风弦和林父果然还在对着棋盘研究。

林母笑着说："我没说错吧，和他俩下棋能急死人。"

晏鹤清笑笑："还好，我碰过等两天的。"

林母惊讶地说："这么久……"

"妈。"忽然有人喊她。

林母停住，循声看向楼梯间，见林风逸刚下楼，林母问："你要出门？"

林风逸快速瞥了眼晏鹤清，才若无其事下楼。"没啊。"他换了西装，头发也特意吹过，心里憋着一股气，绝不能被晏鹤清比下去。

林母莫名其妙，不出门打扮什么，她没再问："你现在才起，快吃中午饭了，饿了吃点零嘴先垫肚子吧。"

厨房里，来做家宴的厨师已经在忙活了。

林风逸走进客厅，茶几上摆着坚果、糖、饼，林风逸随手抄起一包薄饼，拆开漫不经心地吃着。

时间又过去一会儿，林风弦总算有了思路，捏在他手心的棋子终于落到棋盘。他抬眸看向晏鹤清，还没高兴会儿，就见晏鹤清似乎早预判他会走这一步，取棋干脆落子。

"好！"林父连连拍掌，"小晏你这步棋下得实在妙，风弦没戏唱了。"

林风弦凝神盯着棋盘，几分钟后他推了下眼镜，含笑摇头："我输了。"他捡着棋子说，"再来一盘！"

林风逸不懂围棋，目光落到晏鹤清脸上，懒懒地嚼着饼干："有没有那么厉害……"

林父斜他一眼道："以前教你你不学，只顾着打游戏，现在连盘棋都看不懂。你懂什么，小晏算非职业高手了！"

林风逸就想到上次在酒吧，他摇骰子竟然输给了晏鹤清，哪怕他第二次赢了，事后回想，总觉得是晏鹤清故意让他。就是那种晏鹤清操控全局的感觉，他实在太不爽了。林风逸全程盯着晏鹤清和林风弦下第二盘棋，这盘棋还是以晏鹤清获胜结束。

这时林母突然"咦"了一声，问："风致还没起床吗？"

林风逸突然回神。对啊，林风致怎么没来？他不是挺喜欢他这亲哥的？

林风逸迈脚要上楼叫林风致起床。这时林父说："他早起了啊，是不是出去玩了？"

林母点了一下他额头，说："今天小晏来吃饭，他怎么会出去玩？"林母直接拿过手机，拨了林风致的电话。

手机在手心振动，一共四十八分钟，林风致站在客厅落地窗外的不远处，目睹林家人和晏鹤清其乐融融，过了四十八分钟才想着找他。林风致的眼眶再次委屈得酸了，他用力关机，掉头就走。

既然不关心他，就别找他！

林风致将手机揣回兜里，埋头跑到车库，上车踩着油门飞驰走了。

林母打不通电话，又拨一遍，她往楼梯走，说："我上楼瞧瞧。"

晏鹤清落下棋子，面色沉静。他知道林风致在哪儿——十分钟前，陆凛破天荒发了一条朋友圈，配图是那盆玉露，摆放的位置是他的办公桌。

林风致毫无目的地乱开，等停车，他降下车窗，发现自己到了陆家祖宅。林风致忽然更委屈了，开门下车，林风致跑上前，急切地按着门铃，他迫不及待地要见陆凛。

很快有佣人问："您好，哪位？"

林风致抽了下鼻子："我是林家的林风致，找陆凛叔叔。"

"陆先生没在。"

林风致愣住，问："他去哪儿了？"

佣人不知陆凛行程，她微笑说："抱歉，我不知道。"

林风致又问："他什么时候回来？"

"也不清楚。"

林风致沮丧极了，他也明白，陆凛那样的身份，春节定有许多应酬。回车上发了一会儿呆，林风致倒车离开了。

林母到林风致房间没找到他，又在二楼找了一圈，还是没找到，她奇怪地下楼，不会真出去玩了吧？

林母望向晏鹤清，幽幽叹气，实在不好意思让晏鹤清知道林风致不在家里。她走进储物间，关上门拨了一个电话。对方很快接听："林姨。"

"星野。"林母露出笑容，"风致和你在一块儿没？"

顾星野刚要开口，花园大门缓缓打开，一辆车开进来，他忙道："在，有什么事吗？"

真是出去玩了！这孩子怎么对晏鹤清就这么不懂事？林母在心里叹息几声后说："没事，我随便问问，你们去玩注意安全。"

顾星野回："您放心，我会照顾他。"

林母这才放心，挂了电话出去。她找了个借口："星野好像有点儿事，叫风致过去，办完事就回来了。"

林家人都认识顾星野，林母单独和晏鹤清解释："星野是风致的高中同学，和你一样，也是京大学生，就是不知道是哪个系的。"

林风逸不屑道："生物系。"他又盯着晏鹤清，晏鹤清说他这学期要转到生物系，不知道成功没有。

晏鹤清微笑着说："没关系。"

林母心里那叫一个柔软，这孩子也太懂事了，她在晏鹤清旁边坐下，笑着说："下次再聚餐，叫上你那边的爸爸妈妈，以后都是亲戚，多走动。"

晏鹤清坦然说："我和他们断绝关系了。"

这话一出，林家人齐齐看向他："断绝关系？"

晏鹤清浅浅笑着："他们是无法生育才领养了我，把我带回家的隔年突然有了弟弟。"他点到即止，但大家都能明白。

林母看着晏鹤清清瘦的脸庞，以前她以为是晏鹤清家里条件不好，没补上营养，现在听到这层关系，她恍然大悟，这是被虐待了啊！

只爱自己亲生的，领养小孩做什么？毫无责任感！

林母十分气愤，同时又特别心疼晏鹤清，她拍拍晏鹤清的手臂，说："以后常来家里，我们就是你的亲人。"

林父也附和："对对。"

林风弦没说话，只鼓励地朝晏鹤清笑笑。

林风逸则眼神复杂地看着晏鹤清。原来晏鹤清的成长环境那么糟糕，难怪在酒吧上班，还……他的目光再次落在晏鹤清手上。

粗糙得像是三十来岁工人的手，不会都是为了赚钱，打工磨出来的吧？还有大年三十，晏鹤清一个人过年吗？

这事，林风致知道吗？

林风逸走神了。

午饭丰盛，直到大家吃完，林风致也没回来，晏鹤清就要告辞了。

林母当然不同意，她说："他晚上肯定回来，你今天留在家里住，房间我都收拾好了。"

晏鹤清还没开口，林风弦接话说："吃太饱撑得厉害，不下棋了，咱们打几局游戏，老二有好多绝版经典游戏盘，他还在二楼搞了个游戏房，特好玩。"

晏鹤清礼貌解释："我没玩过游戏，不会。"

林风逸可算逮到机会了，说："是不会，还是菜不敢玩啊？"

林风弦笑了几声。"玩游戏就是玩，输赢无所谓，走走。"他起身，拉着晏鹤清上二楼，"年轻人就要多玩游戏，等到了我这样的年龄，想玩还没精力。"

这次晏鹤清没再拒绝。

林风逸感到自己的血液都沸腾了，一雪前耻的机会来了！他玩游戏还没输过谁，看他今天怎么稳赢晏鹤清！

他快步跟了上去。

卷 五

初
绽

游戏房在二楼右转最里间。

推开门，入目就是几台跳舞机，以及一排不同款式的经典老式游戏街机，打游戏用的液晶电视，在墙上挂了五块。光这个游戏房，就有一百平方米左右。

晏鹤清没见过这些东西，目光扫过左边墙壁，那里摆着两台扭蛋机和一台装满玩偶的娃娃机。

林风逸进来，见晏鹤清在看扭蛋机和抓娃娃机，他用力咳嗽一声，握拳抵着嘴角，嗓音有些飘忽："那是给致致玩的。"

然而晏鹤清好似没有听到，抬脚走到林风弦旁边。

林风逸神色微僵，喉咙里不屑地哼了一声。

林风弦蹲着，拉开液晶电视下方柜子抽屉，里面码着琳琅满目的游戏盘。想着晏鹤清没玩过游戏，林风弦想找好上手的游戏，只是他很少玩游戏，便边翻边喊林风逸："老二，推荐一个三人对战游戏，简单易上手的。"

林风逸靠着电视墙，双手抱胸，冷哼几声："谁玩对战玩简单的？要简单，玩致致的抓娃娃机好了。"

林风弦微微皱眉，他家老二平时不这样，今天怎么吃了枪子一样，说话老阴阳怪气？他正要训他，看见晏鹤清指着一张游戏盘问："这款怎么样？"

林风逸伸长脖子看来。林风弦直接将游戏盘抽出来。

晏鹤清选的这款游戏叫《死亡森林》，老早之前发行的多人对战游戏，流行在林风弦小学时代。故事背景特别简单，一群不同势力的雇佣兵，在死亡森林里激战，抢装备，抢补血包，对付敌人，解决队友，唯一的胜者拿下所有物资才能逃出森林。

林风逸也瞥见游戏盘了。这款游戏操作难度是五星级别，是他最喜欢的游戏之一。林风致跟他玩过几次，每次都被他虐哭，后来赌气不玩了。

没办法，弟弟是弟弟，游戏是游戏，他不会手下留情。

林风致耳濡目染，玩大多数游戏水平算不错了，却不敢再跟他玩《死亡森林》。晏鹤清一游戏小白，他根本就不放在眼里。

林风逸破天荒好心提醒他："你最好换一款，玩这款，输哭我可不负责。"

林风弦也觉得《死亡森林》不适合新手，他玩这游戏最秀的一次，就是人多，他得以和林风逸组队，配合灭掉对面，然后转头被林风逸爆头。和林风逸玩对战，毫无快乐的游戏体验，虽然玩着确实刺激。

林风弦准备把它放回去了："要不玩疯狂赛车？也很刺激。"

晏鹤清浅浅勾起嘴角说："就这个吧。"

游戏盘被放进主机，他们开了三台液晶电视，林风弦盘腿坐中间，晏鹤清和林风逸分别在他左右。

温热的地板上铺着柔软的地垫，还摆着几个小矮几。林母送来鲜切水果、零食、鲜榨蔬菜汁。

林风逸吐槽："不是吧，蔬菜汁？我要可乐！"

他盘腿坐着，林母宠溺地敲着他的头："少喝可乐，蔬菜汁健康。"

林风逸嘀嘀咕咕："虽然健康，不好喝啊……"

林母笑着问晏鹤清："鹤清你晚饭想吃什么？我下楼顺便告诉厨师。"

林风逸在心里冷笑，晏鹤清这种表面最会装乖的好学生，肯定说不挑。

结果少年声音清亮道："可以做菠萝油条虾吗？"

林风逸："……"他端起蔬菜汁，不爽地喝了一大口。

林母莞尔："当然可以，虾和菠萝都有。"她帮他们拉上窗帘，只墙上亮着两盏低瓦数的灯，玩游戏特别有氛围。

"你们好好玩，饭好叫你们。"她关上了门。

屏幕显出背景介绍，几分钟后跳到角色选择。就三个人，一般都是选三个不同阵营。

林风逸剥了一颗糖果丢嘴里，选了操作最难的一个阵营，他抿着糖，忽然开口："让你们一次，你俩组队打我。"

林风弦调着手柄，吐槽他："少狂，今天一对一灭你。"

林风逸没接话，他在等晏鹤清回答。

晏鹤清没回，但屏幕上，他选了与林风弦不同的阵营。

"咔。"糖果瞬间碎裂，林风逸重重嚼着糖，决定今天好好给晏鹤清上一课。打肿脸装胖子，也要分场合！

三人选完角色，进入了剧情。三台屏幕主视角是和手柄相连的，晏鹤清虽然第一次玩，但手柄标识简单，他上手稍稍操作一番就顺手了。

开局没几分钟，他就被林风逸爆头了。

林风逸瞄他一眼，嘴里还剩下点糖块，他慢吞吞嚼着，说："都让你们组队了。"

林风弦扭头和晏鹤清说："没事，你算不错了，我第一次玩连路都不会走。第一把算是熟悉操作，多来几次就会了。"

晏鹤清笑笑。

初绽

林风弦很快也被林风逸从背后偷袭，一枪倒地。

游戏回档重新开始。

这游戏林风逸早玩腻了，但今天他玩得特起劲，逮着晏鹤清爆头，这针对明显得林风弦都看出来了，他悄悄踢林风逸一脚，眼神警告："别太过分。"

林风逸当没看见。他不是没让，第一局放水让晏鹤清组队，是他自己打肿脸充胖子，那就要有被虐的觉悟。

又如此来了几局，林风弦也玩得有些着急了，每盘玩得正投入，就被林风逸干掉，太不爽了！他放弃了，换个游戏吧。

再一次"死"了后，屏幕紧接着又响起一声"啊！"，这是玩家挂掉的音效。

林风弦没看屏幕，以为是晏鹤清也挂了，他扭头说："鹤清要不——"声音戛然而止。

他的视线移向屏幕，身穿迷彩服的角色还站着，这是晏鹤清的界面。

他没躺，那躺的是——

林风弦惊讶地出声："你赢了老二！"

晏鹤清握着手柄，微侧着脸，平静地说："运气好。"

的确，刚才林风逸杀他的同时也暴露了方位。"是运气也不错！"第一次有人干掉了林风逸，林风弦当即竖拇指。他转头问林风逸："是吧，老二？"

屏幕幽幽的光落到林风逸脸上，他不可置信地盯着前方倒地的角色，眼角微微抽动。

屁！根本不是运气！他干掉林风弦前就先找好了躲藏地点，他还卡着视角，唯一能干掉他的机会就是他藏身的那一秒。分明是晏鹤清判断出他的跑位，掐准时间远射，直接干掉了他。

林风逸立马扭头看晏鹤清，晏鹤清在喝水，连喝水都沉着到……有一种他掌控所有的感觉。

就是这副样子！他最讨厌的就是晏鹤清这副对任何事都不屑一顾的样子！在酒吧摇骰子是，在清早的人行道威胁他也是！

林风逸越想越气，脑海里冒出一个让他更上火的想法——前面那几局，晏鹤清该不会是故意让他爆头，好分析他的操作，拿他当经验包来刷吧？！

林风逸气得牙痒。

"再来！"这次他先要求。

晏鹤清面色平静，他放下水杯，拿起手柄转向屏幕。

这次林风逸不再吊儿郎当，他全神贯注盯着屏幕，手柄甩到飞起。

林风弦第一个挂了，他兴致勃勃地观战，不时发出惊叹。

林风逸自不必提，晏鹤清的走位却完全不像是新手，每次以为他要被林风逸干掉了，转头他就能躲进遮挡物死角，像是故意暴露行踪，引林风逸出手，消耗林风逸的子弹。这种操作，风险极高，更考验玩家操作。就连林风逸，碰到高手也是稳扎稳打，很少敢这么浪。

林风弦又去看林风逸，一下子愣了。

林风逸神色专注，面部肌肉紧绷，头一次见他玩游戏这么认真，或者说，被逼得这么认真。

晏鹤清同样专注地盯着屏幕。

读完游戏背景介绍，他就从介绍里找到了游戏的关键——走位。所以前面几局，他不忙着躲避对手、熟悉操作，而是记住每一个躲避点、物资点。记住地图点，操作也熟悉得差不多了，游戏比他想象得简单。

林风逸的操作的确秀，但他有一个致命弱点，他没输过，输不起，输一次就迫切地要快速反杀他，反而破绽百出。

晏鹤清第一次玩，论操作他远不及林风逸，但他有耐心，利用记住的地图点拖着林风逸，林风逸越急，破绽越多，而他只需抓住关键破绽。

晏鹤清眸底有光稍纵即逝，当机立断按动手柄，借着树影躲避从天而降，枪抵到对此毫无所知的人后脑勺。

"砰！"

"啊！"

两声几乎同时响起，林风逸的角色被爆头倒地。

Game Over。

三块液晶电视同时显示，胜者是 Y——晏鹤清的角色 ID。

四小时的一对一对战，结束。

林风逸眼睛都红了。

正巧游戏房的门被推开，林母进来温柔地说："孩子们，开饭了！"

下楼前，晏鹤清摸出手机。

陆牧驰的未接来电足足有三十二个。

傍晚林风致还是没回来，大家都默契地没提，吃过晚饭，晏鹤清又跟林父下了两盘棋，再次告辞。

林母拉着他不让走："说好今天留家里住，再说风致再过会儿肯定回来。"

林风弦笑着劝林母："鹤清也许有事，同在一个地方，离得又不远，你还怕他下次不来啊。"

晏鹤清礼貌地解释："我下学期转系，要补的知识比较多，还要在开学前拿到驾照。忙完这段时间，我有空就来看您。"

林母马上转移了注意力，替晏鹤清开心："转系成功了啊，真好！"

林父和林风弦也越发欣赏晏鹤清。继续说了一会儿，林母总算同意晏鹤清回家了。

她喊林风弦送他回家，司机过年放假了。

"我送。"突然，从打完游戏到现在都没开口的林风逸开口了，他径直走至玄关，取下外套，换鞋，"大哥的视力，晚上开车不太安全。"

林母没意见，她原以为林风逸不愿意大晚上送人，因此没提让他送。现在林风逸主动提出，那最好不过。

"路上开慢点。别抢红灯。"送他们上车，林母反复叮嘱着。

林风逸耳朵都起茧子了，回道："知道了。"

林母又绕到副驾，车窗降着，林母笑眯眯 de 递给晏鹤清一个红包，抢先说："他们三兄弟都有，你要是拒绝，我就把那几株花苗拔了还你。"

晏鹤清眼眸微弯，接过了红包，说："谢谢阿姨。"

"乖了！"林母拍拍他的手背，又说一遍，"有空就来家里玩啊！"

晏鹤清应了声。

林母这才依依不舍地退后，目送车子驶出大门才回屋。

车内，林风逸握紧方向盘。他想问晏鹤清是不是真没玩过游戏，不会是耍他吧？

他玩游戏还是第一次输，也是第一次被人连着两杀！嘴巴张了几次，却又开不了口。他郁闷极了，伸手播放歌曲。

摇滚乐声在车内响起，气氛总算变得没那么尴尬，林风逸暗暗松了口气。

忽然，晏鹤清开口了："在前面路口停吧。"

林风逸没听清："什么？"

"在前面路口停。"

林风逸皱眉说："什么意思？"

晏鹤清平静地说："你讨厌我，我厌恶你，同乘一车，让林阿姨看看就行了。"

林风逸一口气堵在胸口，他瞥了晏鹤清一眼，转过方向盘，猛地停靠在前方路口。

跟谁稀罕送他一样！

"谢谢。"晏鹤清解开安全带，开门下车，顺着大路走了。

林风逸被他这声"谢谢"刺得心梗，他用力拍了一下方向盘，骂道："可恶！"

晏鹤清走到主干道，等了一段时间，终于等到一辆出租车。晏鹤清报完地址，掏出手机。已经晚上十点半了，他眸光流转，登录微信。

同一时间，陆凛还没下班，办公室灯火通明，还有文件堆着，他却没处理，沉沉地望着朋友圈页面。

他发的第一条朋友圈下面一长串的点赞头像。楚子钰更是刷屏评论——

"我们陆总被盗号了？"

"这什么？花？莲花？荷花？"

"老陆是你本人吗 ???"

"天哪！我们老陆哥真发朋友圈了?!明天世界末日？"

"我得截图纪念！十多年了，第一条啊！同志们，第一条啊！！！"

"楚子钰你别发疯！"谢昀杰道，却也没忍住问，"背景是老陆办公室啊！老陆什么时候开始养多肉了？"

楚子钰回复谢昀杰："多肉是什么？"

谢昀杰回复楚子钰："自己搜。"

楚子钰回复谢昀杰："太不可思议了！我们陆总这是要开始搞环保公益了？"

…………

陆凛没回，片刻后，他指尖触屏退出页面，同时发现页面上出现了一个红点。陆凛再次点开朋友圈。

"52赫兹"点了赞。

陆凛盯着这个系统默认头像，大约过去五分钟，又或许是十分钟，他放下手机，拉开椅子站起来，没换衣服，进休息室取了件黑色长款羽绒服。羽绒服是私人定制的，能抵御零下三十摄氏度的低温。搭着电梯到停车场，后备箱全是钓具，他驾车去了私人湖。

夜深人静，湖面一片安静。这两天气温回升，湖面上只漂浮着几块没化完的大冰块，大年初二的深夜，这里独亮着一盏灯。

陆凛只支了椅子，放着一根鱼竿。模糊的光影倒映在水面上一动不动，空旷的山谷静到似乎连风都停了。

时间渐渐过去，天边显出奶油色的光泽。

浮漂终于动了，陆凛却没拉竿，黑眸远远望着剧烈抖动的浮漂，待浮漂安静了，他才提竿。

鱼自然是跑了，饵料也没了。

到早上七点，陆凛收竿回停车坪，一夜未睡，他却没疲态，时常熬夜加班、出差，他每天睡两三小时足够了。

开车回城，他没去公司，也没去祖宅，而是去了市中心的大平层。

屋里和小年夜离开那晚一样，没多出什么，也没少什么。陆凛换上拖鞋，先去浴室洗了澡，系着浴袍出来，又去厨房煮了个鸡蛋，热了培根、面包，开冰箱拿水，目光扫过那几盒没开封的蓝莓。

他不爱吃甜的，一年吃的水果，两只手都数得过来。片刻后，他取出一盒蓝莓，用水洗净，端到客厅。一人用餐，饭厅里安静非常，他又想到上次坐这儿吃饭，对面还坐着晏鹤清。

短暂出神片刻，陆凛收拾碗碟，进厨房洗干净，头发也干得差不多了，回卧室路过客卧，他停住，上前转动门把手。

门被打开了，重新清洗过的被褥散发着洗衣液的香味，铺得整整齐齐。窗帘挽着，捆带绑成了两个精致的吉祥结。

这时，助理的电话进来了。

游乐场开园的日子定在正月十五元宵节，除了白天的开园活动，陆凛要策划部拿出几个晚上活动的方案。

方案策划部放假前一天才交上来，没什么新意，内容是其他乐园都有的灯光秀和烟花秀。离正月十五只剩下十天左右，陆凛还是没敲定方案，助理就来问问情况。

陆凛望着吉祥结，忽然有了方案："放天灯。"

元宵节放天灯是习俗，但和游乐场联系在一起，助理还是愣了好几秒。等挂了电话，慢慢回味，他才发现这真是一个绝妙的方案。

开园邀请的游客是全国各地福利院的小朋友，灯光秀、烟花秀固然梦幻，让他们在天灯上写下心愿，放天灯祈福，更有意义。

不过放天灯要报备，还要进行回收，成本比灯光秀、烟花秀高出几倍不止。游乐场算不上陆氏重点项目，他们陆总投入这么大，还真是令人意外。

早上六点，晏鹤清准时起床。

春节七天假结束后，车管所上班就能报名科目一。他没报驾校，他现在有差不多十万块存款，预算五万能买到一辆不错的二手车，他知道一个无人的空旷地方适合练车，四十五天左右就能拿到驾照。

有车，方便钓鱼，也方便他接送徐乔音。

如果他推断得没错，徐乔音现在被陆牧驰关在度假别墅。陆牧驰爱徐乔音，他渴望母爱，却用极端方式想要留下徐乔音，这正是徐乔音无法接受的。

一只曾被折断翅膀的金丝雀，在体会了十几年的自由后，她不会甘愿回到另一个金贵的笼子里。

她有理想，有爱，也向往更广阔的天地。

现在，晏鹤清只需等，等待徐乔音想逃出牢笼的那一刻。

晏鹤清沉静地望着锅里喷香的煎蛋，关了火，夹起鸡蛋卧在清汤面上，撒上几粒青翠的葱花，简单的鸡蛋面就好了。晏鹤清就站在厨房里快速解决了早餐，然后回房间刷科目一题库。快速过了一遍后，晏鹤清拿过手机，昨天那三十二个未接来电后，陆牧驰没再打电话。以他的风格，若不是有事绊住，早找上门发火了。

晏鹤清想了想，这个节点应该是小说里陆昌诚住院的时间。晏鹤清想起上次林风致说要还陆牧驰东西，一直未见下文。晏鹤清眼眸微凝，拨了林风致的电话。

林风致一夜未睡，他抱膝望着窗外，手机嗡嗡嗡振动也没反应。

顾星野端着早餐推门进来，看到林风致的模样，重重皱眉。

他是第一次见林风致如此失落的模样。从两人认识开始，林风致就像一个永远热情的小太阳，在他的世界里没有悲伤难过的事。

顾星野放缓脚步过去，林风致的手机还在振动，他直接看到了来电。

晏鹤清？

顾星野觉得这名字有点儿耳熟，似乎在哪里听过，两秒后，他想起来了，年前的一天，他导师私敲他说软件工程有一个厉害的学生下学期要转到班上，名字也叫晏鹤清。导师对这个晏鹤清大夸特夸，一副捡到宝的样子。

顾星野放下早餐，问了句："晏鹤清是谁？"

听到"晏鹤清"三个字就像打开了林风致焦躁情绪的开关，他马上扭头，惊慌地望着顾星野，声音无比尖锐："你说什么？！"

"你电话。"顾星野愣了一下，指着他手机。

林风致这才看向手机，看到闪烁的"晏鹤清"，他用力咬着嘴唇，在振动快结束时，还是接通了电话。他死死咬着两片嘴唇，没有先出声。

听筒里，晏鹤清的音色清凉温润："风致，你事办完了吗？"

林风致知道林母给顾星野打了电话，以林母的性格，肯定说他有事出门了，为初二那天他的缺席做解释。林风致也知道他邀请晏鹤清做客，自己却跑了不礼貌，但他控制不住，他害怕面对晏鹤清。

他自卑，也……嫉妒晏鹤清。

妈妈本来要领养女孩，却在福利院看到晏鹤清，改了主意。他们明明是双胞胎，可晏鹤清不仅比他高，比他好看，甚至成绩也比他优秀。

大家都喜欢晏鹤清，有晏鹤清在的地方，大家都会忽略他。

他……没有自信了。

林风致低声说："没有。"

"啊，这样啊。"晏鹤清轻笑一声，"没关系，我自己看。"

林风致松开上嘴皮，小声问："看什么？"

"我想买辆二手车。"晏鹤清有些困扰，"但我对车一窍不通。"

一窍不通？沮丧、失落的情绪，因为这四个字瞬时消散。

晏鹤清不懂，他懂！

林风致飞速起身。"我的事暂时不急，先陪你选车吧！在哪儿见？"他往外走，讲了几句，挂断电话，忽然回头，目光灼灼地望向满头雾水的顾星野，"阿野，假如有一天全世界都抛弃我了，你还会站在我这边吗？"

顾星野沉默片刻，嘴角漾开笑意："会。"

另一边，陆凛被一通电话叫醒——陆昌诚住院了。

陆凛半小时就到了齐康医院，到病房的时候，医生正在给陆昌诚量血压。陆牧驰守了爷爷整夜，正躺在沙发上补觉。陆翰在病床旁站着。

陆昌诚瞥见陆凛来了，不轻不重地哼了一声。

陆翰假装刚看到陆凛，笑着打招呼："阿凛你来了。"

陆凛点头，走到医生后方，询问情况。

沙发上，陆牧驰醒了，他实在怕见陆凛，裹紧被子假装还在睡。

医生详细说明了陆昌诚的情况——还是老毛病，血压偏高，不算严重，但也要住院观察。

"行了，你来过了。"陆昌诚冷着脸说，"可以走了。"

护士撤走仪器，陆翰给陆昌诚整理病号服袖管，瞥着陆凛说："爸，你一直念着阿凛，他来了你又赶他走，父子俩……"

陆昌诚打断他道："父子？有年夜饭分开吃的父子？我看他心里只有一个陆家，但不是我们这个陆家！"

医生和护士默默退出病房。

陆翰的目的达到了，他不再言语，他等着陆凛开口。结果陆凛还真走了。

"有事再联系我。"

陆昌诚气得浑身发抖，盯着陆凛出去的背影，气得胸膛剧烈起伏。陆翰赶紧给他顺气："爸你别气，冷静冷静……"

病房就在二楼，陆凛没搭电梯，走的楼梯。

车就停在医院大院里，系上安全带，陆凛看了眼手表，上午十一点四十五分。他开出医院，准备找个地方解决午饭再回公司，途中接了个电话，谢昀杰邀他去打高尔夫。

"没空。"从医院出来碰到红灯，陆凛停稳车。

谢昀杰的声音在车内回荡："除了工作和钓鱼，你就不能找点其他事做吗？"

陆凛没回，挂了电话。

林风致和晏鹤清碰面的地点是五湖二手车行。

林风致开车过来，放缓车速找着停车位，没多会儿，瞥见了前方站在路边人行道上的晏鹤清。

晏鹤清穿着简单的单排扣黑色大衣，围着厚实的枣红色毛线围巾。

不夸张地说，晏鹤清光站那儿，什么也不做，路过人都会看他几眼，他很耀眼。晏鹤清不只外貌优越，关键是他独特的气质，吸引人不由自主地看向他。

林风致忽地冒出一个念头——要是陆叔叔见过晏鹤清，也会记不住他吗？林风致用力甩掉脑海里乱七八糟的想法，刚回神，瞥见晏鹤清朝着他方向挥了下手。

同时，手机响了，来电显示晏鹤清。

林风致愣了愣，接通电话，晏鹤清的声音就在车内响起："跟我走，前面有一个停车位。"

一旦开始将晏鹤清视作参照物，一些细枝末节的东西林风致也跟着在意起来，连视力都比他强……他找很久都没找到停车位……林风致心中酸涩地跟着晏鹤清的指引，找到了一个车位。

　　林风致愣住了——这是两车中间的一个狭窄车位，他倒车技术非常差，以往遇到这种情况，他不是喊陆牧驰，就是叫林风逸。今天只有晏鹤清，可晏鹤清还没考到驾照。林风致咬着牙，尝试倒了几次都不行。

　　林风致掌心冒出越来越多的汗水，暗自着急，他特别不想在晏鹤清面前丢脸。偏偏晏鹤清的声音又响起："停不进去吗？"

　　林风致攥紧方向盘，赌气说："可以！"

　　然而车停得越来越歪，还差点儿擦到别人的车屁股。林风致放弃了，算了，找个会的人来倒吧。

　　这时，晏鹤清收了手机走到驾驶室，弯身叩了叩车窗。

　　林风致涨红着脸降下车窗："我倒——"

　　"下车，我试试。"晏鹤清同时说。

　　林风致喉咙仿佛被用力掐紧一样，又紧又涩："你……你这么快学会开车了？"

　　距离晏鹤清说考驾照也不过两个月，中间晏鹤清还有兼职、期末考，还隔着春节……林风致又自卑了。

　　他十五岁就跟着林风逸学会开车了，满十八岁考驾照，还是花了五十多天才到手，晏鹤清短短时间就……

　　晏鹤清似乎在所有领域都那么有天赋，读书上京大、会种花、下棋、做饭，现在连学车也如此迅速。难道在他们生母子宫里，晏鹤清把营养都吸收走了？是不是有研究提过这种情况，一个胚胎发育太良好，就会导致另一个胚胎发育缓慢？

　　林风致的心思明白地摆在脸上，晏鹤清一眼看透，他淡声说："在花圃兼职那段时间，时常跟老板开车送货，很早就会了，只是没考驾照。"

　　林风致总算好受一点点。他开门让位，但是目睹晏鹤清顺畅地将车停进车位，他还是感到有不可言喻的酸涩。他驾照都拿了好几年了，怎么停车就没晏鹤清厉害？

　　林风致不断酸涩，呆呆地望着晏鹤清走向他。

　　刚才没和晏鹤清正式碰面，林风致还没感觉，现在面对面，他难受到攥紧双手，飞快移开视线，不敢直视晏鹤清。

　　晏鹤清佯装没看到，抬手拂过林风致头顶，微笑着说："有些乱。"

　　林风致愣住，耳尖迅速蹿红。晏鹤清该不会发现他其实没事，只是在发呆，所以故意提他头发乱了？

　　林风致悄悄观察着晏鹤清。晏鹤清收回手，脸上只有温暖笑意。"走吧。"他说着朝车行走了。

　　林风致用指尖刮了下外套，望着晏鹤清颀长的背影——背影竟然也那么好看……

他抬脚小跑着跟上晏鹤清，心想：待会儿买车他定要好好发挥！

　　五湖二手车行很大，店员听到晏鹤清预算是五万内，笑容淡了几分，不再那么热情了，因为没什么提成。他指着侧门道："那儿出去是停车广场，有看中的喊我，我拿钥匙给你们试车。"

　　这样的服务态度，林风致第一次碰到，他刚要叫老板换个人接待他们，就见晏鹤清已经走向侧门了，他只好跟上去，整个五官都在表达不满。

　　"服务态度太差了，待会儿我要投诉他！"

　　晏鹤清却风轻云淡地说："没必要，他没做什么。"

　　林风致瞪大眼睛道：他看不上你没钱买好车！"

　　"这是事实。"晏鹤清眼眸微弯，"有钱也不会来看二手车了。"

　　林风致悄悄咬了下嘴唇，晏鹤清连脾气也那么稳定。

　　出侧门，是偌大的停车场，这里搭着遮雨棚，停满了二手车，什么牌子的都有。价格卡片、车况介绍放在挡风玻璃处。

　　晏鹤清只看五万以下的。有几辆纯电动的国产四座，三万左右，晏鹤清驻足一一观察。

　　林风致泄了气，这些牌子他甚至没听过，要怎么给晏鹤清参谋啊？眼骨碌碌一转，他掏出手机，悄悄拍了照，微信发给林风逸："二哥快快快！这几辆车哪辆好？"

　　林风逸回得快："？？？都是些垃圾，问这做什么？"

　　林风致："我当然知道不好，但预算就这么点儿，你别问了，这几辆里挑一辆出来！"

　　林风逸过了会儿才回："晏鹤清？"

　　林风致眼皮一跳，他说一句，林风逸就猜到了。他回了个"嗯"。

　　过去大概一分钟，林风逸回复："白色的还凑合。"

　　林风致就和晏鹤清说："白色那辆。"

　　晏鹤清对车没太大要求，没出过事故、省油就行，他微笑着说："那试试。"

　　晏鹤清叫来刚才的店员，要了车钥匙，递给林风致说："你来，没问题就要这辆。"

　　林风致很惊讶，问："我？"

　　晏鹤清抬手碰了一下脖子，眉心微微皱了一下，说："颈椎又不舒服了，得辛苦你了。"

　　注意到"又"字，林风逸傻眼了。

　　颈椎病？这个病离他很遥远，他不了解，只知道很难受。他高中老师，上课颈椎疼到直不起身，但那老师都五十多了……

　　林风逸接过钥匙，在停车场的通道试车，他的代步车是奥迪，这种国产纯电动二手车，他试不出什么，就一个感受——勉强能跑。绕了一圈，没发现毛病，他便把车开回原处。

在他开车的这段时间里晏鹤清和店员砍价，原价三万二，砍了一千，三万一。店员走到一旁和老板通电话，回来答复，如果晏鹤清确定要，就给三万一的新顾客价。

林风致下车，告诉晏鹤清试车的感受。

晏鹤清点头，利落地定下这辆车，跟着店员去签合同。

晏鹤清看合同十分仔细，他坐在沙发上，微低着头，围着枣红色围巾，却还是露出一小截纤细、冷白的后脖颈。

林风致定定看着，还在想晏鹤清的颈椎——他怎么会有颈椎病啊？

趁着晏鹤清签合同，林风致掏出手机，搜索颈椎病的形成原因。

一、长期保持某一姿势。

二、长时间开车。

三、长时间低头玩手机。

四、先天性的颈椎问题。

二、三排除，一和四……林风致嘟囔，他身体一直非常健康，除了小感冒从不生病，先天……晏鹤清应该和他一样健康吧？

就在这时，微信突然弹了一下，是朋友邀他下午打冰球。

他现在哪有心情玩？林风致点进微信，敲了几个字："没心情，不去。"要退出，瞥见朋友圈有新内容，他顺手戳进去。

看见是陆牧驰的朋友圈。

陆牧驰上次发朋友圈是几个月前，他们也不用微信聊天，都打电话，他忘记拉黑陆牧驰。前段时间还陆牧驰东西后，陆牧驰也没主动联系他。林风致心情略复杂。

他和陆牧驰从小一起长大，这么多年的情谊做不得假，现在冷静下来，他并不想真和陆牧驰闹僵。

林风致看内容，是一条走廊，装修得高级古典，配字是："守了老爷子一夜……还得守。"

陆爷爷又住院了？

林风致听陆牧驰提过，陆昌诚有高血压的老毛病，那……陆叔叔会去吗？

陆牧驰是一分钟前发的朋友圈。

林风致心跳加快了，他保存好图片，退出识图，刷新，出现几页结果，林风致仔细翻着，还真有一个是医院。

齐康医院！

这家医院林风致知道，林母身体不太好，固定去做检查的医院就是齐康医院。林风致在地图 App 上搜索齐康医院，他眼睛一亮，距离九百米！好近！

他脑海里冒出了一个一举两得的主意——晏鹤清还没和他提新年礼物，他可以陪晏鹤清去齐康医院治治颈椎，当作送晏鹤清的新年礼物，再……偶遇陆叔叔！

低到谷底的心情，想到即将见到陆凛就好了起来。

上次去陆氏大楼送礼物过后，他很久没见到陆凛了，就跨年听到了他的声音，现在超级想见他！

这时耳畔乍然传来清冷的声音："好了，走吧。"

林风致抬头，眼睛亮得惊人，说："哥，我陪你去医院检查颈椎吧，我付钱！颈椎病马虎不得，我有个老师得了颈椎病，发病难受到都影响工作和日常生活了！"

这和晏鹤清的计划略有出入。他还没有实施计划，倒是林风致先主动提出要去医院。省了刻意，挺好。

晏鹤清莞尔："那找个附近的医院，随便瞧瞧就行。"

这正合林风致的意，他唇角飞扬，说："附近有一个齐康医院，有京城最顶尖的医生。"顿了顿，他眼眸亮亮地掏出手机，"颈椎是挂骨科吧？我爸崴脚，看的就是骨科医生，我打电话问他！"

晏鹤清笑容清浅，说："好。"

晏鹤清写下收车地点，工整、俊逸的四个字，秀梅花圃。

他高一、高二的寒暑假都在秀梅花圃兼职。那里在很偏远的郊区，好在201路直达附近的公交车站。秀梅花圃往左走二十分钟左右，有一大片废弃的林子，据说当初计划建一个果林，结果轰轰烈烈种了一阵，计划意外搁浅。那些果树没人管，那块地便荒废至今。

林风致不时看时间，他心急，但没好意思催晏鹤清。

待晏鹤清从车行出来，他立即上前拉住晏鹤清的手臂，说："我爸联系医生了，我们到医院直接找他。"

晏鹤清任他拉着。

上车后，林风致启动车子直奔齐康医院，过一个红绿灯，几分钟就到了。

比起医院，齐康医院更像高端私人会所，环境清幽雅静，护士穿统一的天蓝色制服。

晏鹤清和林风致走进一楼大厅，一个护士就迎上来，微笑着问："是林先生吗？"

林风致点头，护士便领着他们走到电梯厅，骨科在三楼。

进了电梯，林风致又看了眼时间，快十一点了，他扭头和晏鹤清说："哥，我有个朋友的爷爷住院了，也在齐康医院，先送你到医生办公室，我过去看看。"

晏鹤清的脸上挂着淡淡的笑意，说："好。"

护士听到他们的对话，体贴地问："是哪个科室？"

林风致不太确定。"高血压，内科吗？"他又补充，"是陆家老爷子。"

提到陆家老爷子，护士就知道了："是777病房呢。"

陆昌诚认为他的幸运数字是七，车牌、手机号或是出行住的房间都必须有七。

这次住院，陆翰特意要的777号房。不仅如此，陆翰还要了七楼所有病房，只为不吵着陆昌诚。

幸运数字的事陆牧驰跟林风致说过，还提了一嘴自己的幸运数字是十一。当时林风致没在意，只觉得陆牧驰的幸运数字很奇怪，一般不都十以内？十一还真是别出心裁。

林风致紧抿着唇角，忽然想到待会儿除了会碰见陆凛，还会碰见陆牧驰，那未免太尴尬了吧……

电梯门打开，林风致改了主意，他突然看向晏鹤清，说："哥，还是等你看完病，我们一道去吧！"

这个时间点，陆凛已经离开医院了。

晏鹤清眼眸微弯，说："可以。"

出电梯，左走第一间办公室就是看病的医生的办公室。坐诊的是一个头发花白的医生，他的视线在林风致和晏鹤清身上转了一圈，就停在了晏鹤清身上，看几眼，再简单询问几句，便低头唰唰开了张单子："先去做检查。"

开了两项检查，一个X线，一个核磁共振。每层楼都有收银窗口，林风致出来就付了检查费。

齐康医院的核磁共振不需要排队，出结果很快。

晏鹤清做完检查后回到了医生办公室。医生已经在看他的检查结果了，示意晏鹤清坐下，医生问："除了颈椎难受，平时还有哪里不舒服？"

"头晕。"

那还是高考前一天，晏鹤清头晕还呕吐，胃里的东西吐了个干净，后面就是不断干呕。见他实在凄惨，躺床上一动不能动，赵惠林随便给他找了几片药。吃药后，晏鹤清半夜浑身发烫，他特别怕错过高考。

他知道自己的人生只有考上大学才有希望，快陷入昏迷时，他硬是强撑着爬起来，去厨房冲了一大杯淡盐水，猛灌进去。

第二天，天旋地转的感觉终于减轻了，只有些头晕。他换上衣服，惨白着脸完成了高考，后来才想到，可能和颈椎有关。

医生翻着晏鹤清的资料，说："你的颈椎，和四十出头的中年人的差不多，颈椎劳损严重，变直，头晕呕吐、眩晕都是因为压迫到了神经。"

林风致听得瞪大了眼睛。

四十岁！这么严重吗！

他诧异地看向晏鹤清，晏鹤清倒是平静。

医生合上资料卡，目光扫过晏鹤清的手，他没开药，取下老花镜说："今天开始，你每天坚持靠墙十五分钟，姿势保持笔直，半年后还没好，你再来找我。"

晏鹤清点头，起身礼貌地告别。

林风致听到不用开药，他又蒙了，这究竟是严重还是不严重？

进了电梯，晏鹤清按了七楼。林风致突然回神，他伸手要去按一楼，说："我忘了带看病礼物，先去买！"

晏鹤清神色不变，淡淡"嗯"了声。

一楼有齐康医院自营水果店，包装精美的水果篮，一千块起步。

林风致仔细挑着，他记得陆老爷子喜欢吃莲雾，他问店员："最好的莲雾是哪种？"

店员笑着介绍："我们店里的都是一级果，品质是最好的，要是喜欢清甜，建议买'黑金刚'。"

林风致干脆地买了一篮"黑金刚"，又加了一个缤纷果篮。

晏鹤清只在旁边站着。

陆昌诚阶级观念非常重。当初徐乔音怀孕，检查出是男孩，他才勉为其难同意徐乔音进门，没想到徐乔音第一胎滑了，陆昌诚气得直接进了医院。

陆翰自那时便开始和徐乔音争吵。到徐乔音怀上第二胎，又是一个男孩，陆家才短暂安静了一年。

陆牧驰比陆凛、陆翰更像陆昌诚，陆昌诚觉得徐乔音身份低微，不让徐乔音照顾陆牧驰。没几年，陆翰出轨，徐乔音含泪签下了离婚协议。

"好了，走。"林风致结完账，提着两个大果篮回来。

晏鹤清伸手要帮他，林风致摇头说："不重。"

晏鹤清微笑着说："看来这个朋友对你很重要。"

林风致有点儿不好意思，不是朋友重要，而是陆叔叔重要，但不能和晏鹤清说。他深呼吸好几口，催促："快走吧！"

两人很快到了七楼。林风致不改路痴本性，带路走反，又浪费几分钟才算到了777号病房。

病房门是纯实木的，上面没有观察玻璃，看不见里面。林风致想到陆凛就在里面，欣喜地抬手，敲了几下门。

"来了。"一个温柔女声传来。

脚步声渐近，林风致整个身体肉眼可见地紧绷。

晏鹤清看进眼底，不动声色。

门开了。年轻女人认识林风致，初二那天，这名少年到陆宅找陆凛，是她接的门铃电话。不会是找陆凛找到医院了吧？常有人到陆宅拜访陆凛，但追到医院的，这还是头一个。

出于礼貌，女人还是先问："找谁？"

林风致目光往里瞟，病房除躺床上的陆昌诚，只有一个人——陆翰。别说陆凛了，连陆牧驰都没在！

肩膀垮了下来，林风致瞬间失落，但又很快打起了精神，递去果篮，说："我叫林风致，来看陆爷爷。"

陆翰循声看向门口，说："风致？"

女人便接过果篮，往桌上放果篮时，目光好奇地落到晏鹤清身上。刚才他被林风致挡住了，她没看见，这个人出奇地有气质。

晏鹤清发现女人的打量，对她回以微笑。女人有些不好意思，也回了一个笑容。

陆翰也看到了晏鹤清。少年气质出尘，陆翰不由多看了几眼，觉得这少年和林风致有几分相似，不过没在意，他笑着招呼林风致："小风致快过来。"

"陆伯伯。"林风致小跑上前，礼貌地喊，又看向陆昌诚，问，"陆爷爷你好些了吗？"

陆昌诚抬头，先看向了晏鹤清问："这位是？"

林风致刚要开口，却见陆昌诚没看他，顺着他的视线瞧过去，心里顿时一梗，连陆爷爷都更喜欢晏鹤清吗？

晏鹤清落落大方打招呼："您好，我叫晏鹤清。"

陆昌诚点点头，"不错的名字。"

此时，晏鹤清口袋里的手机平静下来。

走廊脚步声渐近，片刻到了门口。见门开着，陆牧驰直接进屋，他还在低头盯着手机，脸上写满不爽——晏鹤清还不接电话！

他抬头，猛地刹住脚步，震惊地望着前方的背影。

林风致朝门的方向站着，第一时间发现了陆牧驰。

原来他还在。

林风致决定先低头一次，他调整好情绪，露出笑脸，扬手要打招呼，便见陆牧驰大步向他走来。

林风致跨步上前，手放在胸前，拼命和陆牧驰比画手势："陆牧驰好久……"

"咚！"沉闷一声，陆牧驰撞开他的肩膀，林风致上半身一歪，后腰重重撞上病床的栏杆，疼得他眼泪花差点儿生理性飙出来。但他顾不上疼，诧异地瞪着陆牧驰。

陆牧驰唯恐晏鹤清又消失，冲过去一把扳过晏鹤清，牙咬得咔咔作响。

"你怎么在这儿?!"

转瞬的事，所有人不明所以，一起看向他们。

陆昌诚觉得陆牧驰失态，他沉下声："牧驰！"

陆牧驰这才反应过来身处何地，他还是紧紧盯着晏鹤清，不愿意松手。

晏鹤清神色不变，他看似身体单薄，却十分大力地拉开陆牧驰的手，冷静地微笑道："陪风致来看他朋友的爷爷，他朋友原来是你。"

陆牧驰这才看向林风致，他刚才完全没注意到林风致也在。林风致完全蒙了，脑子嗡嗡作响，一时像个静止的雕塑。

这时陆翰打破了安静："怎么回事，风致的朋友也认识我们小驰吗？"

陆牧驰脸色阴晴不定，片刻后开口："嗯。我们是……"他咬重了音，"好朋友。"

陆昌诚脸色更不好了，陆牧驰应该结交对他事业有帮助的朋友，而非这些普通人。"我困了，你们回吧。"他摆手，又强调，"牧驰留下。"

陆牧驰目光跟着晏鹤清，晏鹤清却没再看过他。

林风致浑浑噩噩地跟着晏鹤清走，直到电梯停在一楼，林风致才缓缓开口："你认识陆牧驰？什么时候，我怎么不知道？"

电梯门又合上了，只是没按楼层，还是停着没有动。

晏鹤清眼睫低垂，令人看不清眼底情绪他道："无法告诉你。"

林风致后腰还在隐隐作痛，他声音忽而尖锐起来："我不明白！什么叫无法告诉我？"他现在特生气，他想起来了，上次陆牧驰跑去晏鹤清家，根本不是找他，而是去找晏鹤清的！

陆牧驰从那时起就在骗他！

晏鹤清抬眸，黝黑瞳孔里倒映着林风致生气的脸。"陆牧驰偶然发现我们是双胞胎，想花钱让我离你远一点儿，这样，你能明白了？"

林风致的表情一瞬间变了又变。

晏鹤清在外面简单吃过午饭，又去书店待了一下午，淘到几本书，快下午四点才回家。

小区陆续有人回来了，有人提着菜急匆匆赶回家，风刮在脸颊有些凉，大概晚点会下雪。

晏鹤清走得不快，快到单元楼，天光暗了下来，小区路灯同时全部亮起，他望向停车位的车。

陆凛关掉晏鹤清送他的小程序，开门下车。他走向晏鹤清，黑眸落满了橘色的光。

"我发现一处夜钓的好地点，来讨几瓶饵料。"

晏鹤清点头，走几步又回头，双眸微微弯曲，说："我太久没去钓鱼了，特别手痒，今晚能蹭一次你的好地点吗？"

陆凛问："晚饭吃了吗？"

晏鹤清摇头："还没。"

"我夜钓会烤点红薯解馋，够我们俩吃，你要是不爱红薯，可以带你喜欢的食材。"言下之意，能蹭。

晏鹤清唇角也跟着扬了起来，说："不用，我现场钓鱼加餐。"

转身上楼，他想到什么，又回头说："陆凛，能多等我十五分钟吗？"他点点脖间，说，"颈椎有点儿小毛病，医生建议每天靠墙站立十五分钟。"

陆凛颔首。

少年上楼，陆凛隐约能听到他蹬蹬蹬的脚步声。

二十分钟过去，晏鹤清背着钓鱼包，提着水桶和饵料跑出单元楼。陆凛依然等在原地。

"久等了。"晏鹤清弯起嘴角。他的装备不小，他走到车后方，正要放下水桶开后备箱，后备箱门先缓缓开了。

晏鹤清没诧异，麻利地往里放东西。

陆凛黑眸深深，他的感觉没错，晏鹤清对他不再拘谨，适才叫他名字，不是幻听。

晏鹤清放好东西，要关后备箱门，它又先落下来了。

陆凛同时绕过去开了副驾门。

车内暖气很足，上车后，晏鹤清扣好安全带，目光落在中央扶手盒，有个专放保温杯的地方，晏鹤清抬眸，眼里浮动着笑意，说："你带姜汤了。"

那次晏鹤清掉进冰洞，就是喝了这个保温杯装的姜汤。

陆凛颇为意外，问："你那时有意识？"

"有一些，不多。"晏鹤清抬高左手食指和拇指，简单比了一下。

如果说晏鹤清像尊艺术品，他的双手就是唯一的"残缺"，指间的茧子淡下去不少，却仍显眼，有另一种真实的完美。

车驶出小区大门，和上次一样，前行了一段路，再掉头上高速。天色黑沉，高速路上只有他们在行驶，此外寂静无声。

"下次你可以打电话，不用专门跑一趟。"晏鹤清忽然说，他唇角微扬，"通信的出现，就是为了方便联系。"

陆凛食指轻叩了一下方向盘："我专跑一趟，也只是第二次。"

第一次是大年三十。

"看来得谢谢我的饵料。"晏鹤清点头，他微微笑道，"上次的饵料，你钓到多少鱼？"

"一湖。"

"一湖？度数太浓了？"晏鹤清是真有些意外了。

陆凛沉沉"嗯"了声："人都会醉。"

晏鹤清没接话了，他望着前方，漆黑，只有车灯照路，开往未知的地方。

他没问目的地，也没问车程。陆凛却先说："还要开三个小时，扶手盒里有零食，你饿了先吃点垫肚子。"

晏鹤清不饿，但他还是微侧过上半身，低头打开扶手盒。特别深的扶手盒里装满了小零食，巧克力、菠萝干、芒果干、透明包装袋的小甜包……

晏鹤清拿了一袋菠萝干。上次吃过菠萝油条虾，他突然就有点儿喜欢菠萝的味道。他撕开包装袋的一角，小小一包，就两三片，他拿出一片，先问陆凛："来一片吗？"

235

初绽

“好。”

晏鹤清把菠萝干递了过去，停在方向盘右侧，陆凛空出右手，接过菠萝干，整块放进嘴。

晏鹤清还没吃，手上拿着第二片，继续问：“还要吗？”

陆凛拇指指尖搓着食指的指尖，菠萝干上的糖霜沾了一点儿在手指上，片刻后，手落回方向盘，陆凛左转下高速，说：“你自己吃。”

晏鹤清收回目光，看向窗外，咬了口菠萝干，缓慢咀嚼着。

车内恢复了安静，陆凛伸手播放了音乐。下一瞬，吴侬软语响起，比春风还要温柔。

“青砖伴瓦漆，白马踏新泥……”是那首评弹。

隔着玻璃，窗外是无尽的漆黑，晏鹤清嚼完嘴里的菠萝干，又拿出剩下的最后一片，安静地吃完，就没再动其他零食了。

“嗡嗡嗡……”过了会儿，晏鹤清的口袋振动起来，他摸出手机，来电是陆牧驰。

晏鹤清挂断，接着关了机。

另一边陆牧驰听到“您好，您所拨打的电话正在通话中……”，再拨，变成了“您所拨打的电话已关机，请稍后再拨……”。

晏鹤清不仅不接他电话，还直接关机了！

陆牧驰捏着手骨，再忍不住了，他转身大步走向病床，开始撒娇道：“爷爷，我想回去洗个澡。”

陆昌诚知道他的小九九，提醒他：“只要别去找你那些狐朋狗友，回去洗澡就去吧。”

“我明天早早就来！”陆牧驰抓起外套就跑。

陆昌诚摇头，待脚步声消失，他吩咐助理：“叫跟着小少爷的保镖来见我。”

不多会儿，保镖满头大汗跑进来。

助理泡好茶，揭开杯盖，吹了吹热气，才送茶到陆昌诚手边。

陆昌诚接过，品了口，慢吞吞开口：“我问，你答。”

保镖连声应是。

时间渐渐过去，陆昌诚的脸拉了下来，旋即狠狠摔了茶杯。茶杯在地上碎成两半，残留的半盏茶水在碎掉的杯身里晃荡。

黑暗、寂静的湖边，亮着一盏橘色的户外灯。空旷的草地看不到边，湖也隐在黑暗里，看不见有多宽阔，只眼前照亮的这一小片，已经能看出是很广的水域。

的确是野钓的好地方。

晏鹤清放下他的水杯，旁边是陆凛的保温杯。两人隔着一张小桌子，一左一右支着两把椅子。桌子前方烧着火堆，火堆架着一张细铁丝网，一半放着一个古铜色小水壶在烧水，另一半烤着几个红薯。

烤了一会儿，红薯飘出浓甜的香气。饵料撒进湖水里，现在需做的只是等待。

陆凛靠着椅背，一手翻小说，一手翻红薯，闻到扑鼻香甜，他把小说倒扣到桌面，拿过早叠好的几层纸巾，捡起一个红薯，回头递给晏鹤清。

"应该熟了。"

晏鹤清这次同样没说谢谢，他在捣鼓渔网，腾出右手接过红薯。隔着厚纸巾，还是能感受到滚烫的热度，离近了，香气更盛。

晏鹤清将渔网夹在胳膊下，左手小心揭开红薯皮，金黄的薯肉露了出来，十分软糯。他咬了，或是说吸了一口，细腻、无丝的薯肉奶香馥郁，甜糯而不腻。以往他兼职到半夜，在路上时常能碰到烤红薯的小摊，香气飘满整条街。有一次，晏鹤清太饿了，挑了一个小红薯，剥开，却没闻着香，肉质还干，纤维也多。

他又咬了一口，和他想的一样，一旦尝过太甜的东西，就会忍不住继续。

突然，他感到头顶有水滴落，他微仰头，恰好一滴雨落进了他眼里，湿润，带着冬末特有的凉意。

晏鹤清看向湖面。前方几步之遥的水面倒映着灯光，肉眼可见地被雨水溅起圈圈点点的涟漪。

"下雨了。"他轻声说。

陆凛闻言，翻过红薯，起身说："后备箱有伞。"

车停在不远处，雨势越来越大，陆凛回来除了伞，还拿着一块羊绒毯，羊绒毯被直接抛到晏鹤清头顶。陆凛撑开伞，伞大得出奇，遮住了他们钓鱼的这一小方天地，雨滴碰到伞面，噼里啪啦作响。雨水顺着伞缘滴落，没有风，雨声不算大，淅淅沥沥。这时水也烧开了，壶盖被热气冲得上下跳动。

晏鹤清握紧红薯，滚烫的热度暖着手心，也没觉得冷。他没空手，只微微歪头，羊绒毯就滑到他肩膀，穿着羽绒服，还是能感到暖意。

"颈椎不好，还乱扭？"陆凛看过来。

晏鹤清眼底有淡淡流光，他望着红薯，声音平静："知道甜的吃多了不好，还是会忍不住尝试，人性大概如此吧。"

红薯只剩小半，他低头一口解决了。

"这是天然甜味，多吃几个，没有关系。"

除菠萝油条虾、薄荷绿豆水，陆凛发现了晏鹤清的第三个喜好。他还没吃，将他的红薯递给晏鹤清。

"人生还有很多东西值得尝试。"

晏鹤清定定望了红薯两秒，接过了。

接下来，两人都没再出声，一个安静地啃着红薯，一个安静地看小说。

山里下着大雨，市区却没下，只是冷，特别冷。

初续

从医院出来，陆牧驰没开车，他打车先去买了礼物，才到了晏鹤清的住处。他抱着一个纸箱，蹲在晏鹤清家门口瑟瑟发抖。

他到的时候，三楼窗户暗着，他看时间，十一点了，晏鹤清应该是休息了。换以往，他二话不说拍门，可现在他不敢，好不容易能和晏鹤清友好一点相处，他不想破坏这难得的和平。他的外套是大衣，不是羽绒服，冷风从楼道的镂空窗中不断地往里灌，他却又舍不得走。

纸箱里有东西在动，发出细细的声音，陆牧驰低头，揭开一片纸盖，一只毛茸茸的小猫冒了出来。陆牧驰"嘘"了声，将它压回去，又抬头望向漆黑的窗外。

天快亮吧！

雨下到快五点终于停了，没一会儿，天边就有了亮光，隐隐有要出太阳的样子。

湖面没有漂鱼。昨夜下雨，饵料全被冲走了。

收拾着东西要回市区，晏鹤清上车前开了机，一条微信顿时弹出来。

"sep12"，林风致，凌晨一点零二分。

"你有答应他吗？"

晏鹤清盯着这几个字，他突然感到恶心。不是生理的想要呕吐，而是心底、灵魂深处涌动着深深的厌恶。他关上屏幕，抬眸望向前方。

晏鹤清就这样静静站了很久，直到陆凛收拾妥当，关上后备箱，他才走上前，微弯着眼眸问："你忙着回去吗？"

陆凛问："还想钓？"

晏鹤清摇头，说："我困了，可以先睡一会儿再出发吗？"浓烈的恶心感还在翻涌，他现在困得厉害，待会儿上了车，他肯定会睡着。

陆凛唇角勾起些微弧度，说："你以为我是阿诺斯塔克？"

晏鹤清眼里流露出迷茫。

湖面笼罩着一层朦胧的晨雾，陆凛的嗓音似乎也融进了那雾里，缥缈又低沉。

"阿诺斯塔克是漫画人物，他带着基因疾病出生，依靠机器设备存活，无法自主活动。同时，他还是超级天才，他重新编写他的细胞，修复他的身体，还能永远不用睡觉。"陆凛揉了揉太阳穴，"我是普通人，得补一觉才能开车。"

晏鹤清突然说："你不是普通人。"

陆凛望向他。

晏鹤清眸光清澈，唇角笑意徐徐绽放："你是工作狂，春节也不休息。"

"我不是工作狂，只是对工作有兴趣。换作别的，也一样。"陆凛转身拉开后车门，"你睡后面。"然后，他走几步开驾驶室的门，坐了进去。

晏鹤清弯腰上车，车后座十分宽绰，足够容纳一名成年男子平躺，摆着两个黑色提花靠枕。

前排陆凛在脱外套，他没回头，声音在车内响起："别忘了脱掉鞋，不然睡醒脚也肿了。"

晏鹤清低头看他穿的短靴。他脱掉外套，又脱掉鞋，并拢摆好，取过一个抱枕，侧卧躺下，将衣服盖在身上。车内暖气开得很足，但他盖着衣服，才有安全感。

晏鹤清感受到从里到外的疲倦，他睁开眼睛，望着前方一直没有下落的椅背，掏出手机，调了闹钟。

一小时，他只用睡一小时。

没一会儿，眼皮落下，晏鹤清沉沉睡着了。

后座安静了，又过了一段时间，陆凛才转过身。

狭窄的视野里，晏鹤清蜷缩着，双手交叠在胸口，下巴埋进手臂里，露出一小片侧脸，两只长腿曲着，衣服、手机掉到了地上。

陆凛取过羊绒毯，往后探了探身，把它轻轻盖到晏鹤清身上，松手时准备捡起晏鹤清的外套。

这时，晏鹤清的手机屏幕亮了，来电是一串本地号码。

陆凛没接，等铃声结束，准备来第二次才接，以免有人找晏鹤清急事。很快，屏幕暗了，紧接着又亮起，还是这个号码。

陆凛连衣服带手机捡起，将外套挂到副驾靠背，握着手机下了车。他轻轻关门，往前走了几步接听。

刚接通，对面便倒豆子一样抱怨："你怎么不接电话?! 车我送到了，花圃老板——"

陆凛沉声打断对方："请讲清楚，再重复一遍。"

他语气并不严厉，甚至算得上平和，但就是透着不容置喙的威严。对面呼吸重了一些，再开口，语气已经变得恭顺："是这样的，您昨天在我们车行购入的车，我们按照地址送到秀梅花圃了，您后续有任何问题，随时联系我。"

陆凛平静地说："知道了。"

陆凛收起手机，刚要转身，手机这次是响铃加振动。

是晏鹤清设置的闹钟。

陆凛刚按了停止，又弹出一条微信通知。

"sep12"："哥? 还没醒?"

哥?

陆凛眉峰微微动了一下。

起初，晏鹤清睡得极不舒服，渐渐地，他感到很温暖，像是回到母亲的子宫，那个毫不设防，只有安全和温暖的地方。他安心地进入了深度睡眠。再睁眼，晏鹤清头一次有些迷糊，望着车顶大概四五秒，记忆逐渐清晰了。

他在陆凛车里。

晏鹤清低头去摸手机，闹钟还没响。羊绒毯、外套、手机都没在。他又抬头，目光先看向驾驶室，椅背还是没降低，只看到陆凛露出的一小个头顶。

陆凛就这样直着睡？

听到动静，陆凛睁开眼，抬手看手表，他也睡了几个小时。他打开扶手盒，翻到一包菠萝干，没回头就往后递："先吃点垫肚子，山下有渔庄，我们去那儿吃午饭。"

晏鹤清微愣，午饭？他接过菠萝干，嗓音带着刚睡醒的沙哑："现在几点？"

"十三点二十三分。"

他竟然睡了那么久，难怪神清气爽。晏鹤清胳膊撑着柔软的椅垫，坐了起来。

陆凛启动车，简短地说："帮你接了个电话，你买的车送到了。"

晏鹤清撕开菠萝干应道："好。"他扯出一片，问，"菠萝干你吃吗？"

"不吃了。"车上路，陆凛又说了句，"不太好嚼。"

晏鹤清把薄薄的菠萝干放进嘴里嚼着，突然问："你牙不好吗？"

车内忽然安静，陆凛指腹摩挲着方向盘，全木质感，光滑到有些像细腻的皮肤，片刻后，他才慢声道："牙没问题，是菠萝干偏硬。"

晏鹤清嚼着第二块菠萝干，他倒觉得不软不硬，口感正好。

下了山，再开半小时就到渔庄。

陆凛来过多次，径直开进院落，这个时间点，停车处已经停了不少车。

附近有湖，钓鱼的人特别多，付点加工费，渔庄还可以帮着做鱼。老板认识陆凛，从办公室小跑出来，亲自领着他们上二楼包间。

进了包间，老板拿着菜单，观察着陆凛的脸色，陆凛是第一次带人来吃饭。他很有眼色，先把菜单递给晏鹤清，热情道："您第一次来，我推荐您尝尝我们的特色鲜鱼火锅，鱼是今早捞的，还养在池子里，现杀，菜是自家菜园种的，主要吃一个鲜。"

晏鹤清不挑，他看向陆凛："鱼火锅？"

陆凛点头道："都行。"

晏鹤清递回菜单，说："就鱼火锅。"

老板退出包间，轻轻带上门，快跑着下楼亲自料理鱼。

菜还没开始上，晏鹤清去了趟卫生间，他回来后，陆凛也去了。

晏鹤清这时也有空去思考林风致的事了，他掏出手机看。

林风致早上又发了一条微信："哥？还没醒？"时间和车行的电话前后脚。

陆凛应该看到了。晏鹤清不在意，陆凛不认识林风致，更不会知道"sep12"，指尖滑开屏幕，晏鹤清回复了林风致："你认为呢？"他反问。

林风致应该是一直拿着手机，他回复得很快："我不知道，我……"

输入中，接着又弹出一条。

"我希望不是。"

这时老板端着汤锅，服务员推着餐车进来了。

晏鹤清回复："想知道去问陆牧驰，我不想提。"回复完，他顺手关掉了屏幕。

陆凛这时回来了。

老板没要服务员动手，亲自摆盘，又安静地退出去。他知道这位陆先生喜欢安静。

"和我见过的鱼火锅不一样。"晏鹤清先开口，"更像生鱼片。"

汤锅里是奶白的汤汁，除了豆腐，只有一个鱼头，鱼肉被片成薄如蝉翼的薄片摆在盘里，有五大盘。

"嗯，这是涮鱼肉。"陆凛起筷夹了一片鱼肉，放进汤锅烫一秒左右，再提起时鱼肉已经变成了奶白色，蜷缩成了一小团，他把鱼肉放到晏鹤清的盘子里，说："试试。"

晏鹤清拿起筷子，夹起鱼肉放进嘴里，意外有脆感，他说："好吃。"

陆凛笑了一下，提议："下次吃自己钓的鱼，会更好吃。"

下次……

晏鹤清咽下鱼肉，露出浅浅的笑意，说："我也这么认为。"

两人进食都很安静，包间只有鱼汤翻滚的咕嘟声，新鲜的绿叶菜和市场买的不同，有着淡淡的甜味。两人不紧不慢地解决了满满一大篮蔬菜、五大盘鱼肉片。

晏鹤清没有抢着结账。等回车上重新上路，他这次主动坐了副驾，低头扣安全带时轻声说："下次换我请。"

陆凛一手搭着方向盘，一手取出保温杯，喝了几口开口："你总是算那么清楚？"

扣好安全带，晏鹤清抬头，他调整好坐姿，望着前方道："没有，以前也没人需要我算清楚。"

陆凛放下保温杯，问他："送你回家吗？"

"不。"晏鹤清回，"方便的话，去彩虹桥福利院。"

一来，昨天在医院碰面了，陆牧驰极有可能去他的住处。二来，他要去一趟福利院，确认徐乔音目前的情况。

陆凛送晏鹤清到了彩虹桥福利院。

车停在门前，陆凛没进去。晏鹤清开门下车，没去拿他的钓鱼包。

"我的钓鱼包和水桶能放你后备箱吗？我驾照要一个半月才到手，下次钓鱼，还得蹭一次你的车。"

陆凛却问了另一个问题："正月十五，福利院应邀参加陆氏游乐场的开园活动，你去不去？"

晏鹤清莞尔："我还没去过游乐场，能免门票，自然要去。"

陆凛说了声"下周见"，便倒车离开了。

春节期间，福利院组织小朋友包饺子，晏鹤清刚好赶上。

小朋友们吃完离开后，他端着一盘饺子坐到张姨对面。

张姨早等着他呢，笑眯眯地说："没想到你今天会来，又帮了我好大忙。"

晏鹤清微笑应着："这是我的工作。"

"话是这样说，但你一没拿福利，二没工资，也就换几个学分。"张姨放下筷子，"凭你的能力，在哪儿赚不到这几个学分啊！"

晏鹤清没接话，他所需要的，已经获得了三分之二。他低头咬了口饺子，突然磕到牙，是一块硬东西，他抽出纸巾，捂着嘴吐出来，是一枚一元硬币。

张姨见状，惊喜地说："运气不错啊小晏，今年的幸运饺子被你吃到了！你今年必定交大运！"她又有些低落，她想起了徐乔音，去年的幸运饺子是徐乔音吃到的。

"小晏，你最近联系徐老师了没？"她问。

"联系不上。"晏鹤清放下硬币，低头继续吃饺子。

"她啊，辞职了。"张姨叹息着摇头，"过年那天给我打的电话，唉，能听出她心情不好，不知是遇到什么变故了，她那么爱小朋友……"张姨又叹了一声："我还没说几句，她就挂了电话，在怕什么似的，唉……"

晏鹤清收集到想要的信息，加快了进食速度。

另一边，陆凛离开彩虹桥福利院没多会儿，楚子钰电话进来了。他大着舌头，醉得厉害。

"陆哥，我的哥，我就问你一句，你兄弟我失恋了，你……你来不来……不来，我喊你一声哥……来……我喊你一声——"

电话被抢走，接下来是谢昀杰的声音，背景是楚子钰鬼哭狼嚎的歌声。

"我快被他折磨死了，不晓得被谁甩了，在家发疯，你没事过来一趟吧，晚了我怕他把他家炸了，我拦不住！"

陆凛导航去了楚子钰家。到的时候，楚子钰已经冷静了，穿着背心裤衩儿倒在床上打鼾。屋里满地纸团，谢昀杰咳嗽几声，说："他擦了眼泪鼻涕……"屋里被楚子钰泼得到处是酒，找不到一块能落座的地方。

陆凛转身就走，说："没事我走了。"

谢昀杰避开纸团追上去，说："我也走！"

谢昀杰被紧急叫来，没开车，蹭陆凛的车回去。他坐进副驾，扣安全带时瞥见扶手盒开着，里面满是小零食。谢昀杰"啧"了一声，陆凛从不吃零食。

上学时，每逢情人节，他桌肚里塞满了巧克力，全是谢昀杰和楚子钰解决的。谢昀杰伸手要抓一把。

陆凛没说话，启动车时抖了一下。谢昀杰侧身歪着，冷不丁一晃，直直往前栽，头磕了一下，他重重哼了一声，揉着额头，笑容特别贱，说："怎么的，兄弟吃点都不让？"

陆凛淡淡说："要吃找个店请你。"

"行，找个店。"谢昀杰坐正了，神情略略有些认真了。

晚上八点，晏鹤清才回到住处。

楼道里，感应灯暗沉的光照到陆牧驰身上。这次地上没烟蒂。

陆牧驰抱着纸箱，神色复杂地望着晏鹤清。

这个场景，很眼熟。

在那本小说里，陆牧驰每次惹林风致生气，道歉时就抱着这种纸箱，里面装着不同的礼物，只是现在道歉的对象换成了他。

晏鹤清平静地问："你来做什么？"

陆牧驰抱紧纸箱，压抑的怒火爆发了："我等了你一天一夜，你说我来做什么？！"

晏鹤清语调毫无波澜："我没让你等。"

一口气卡住，陆牧驰面部神经急速抽动着，片刻后，他软下来说："晏鹤清，你别这么对我行吗？我真不知道该怎么办了。"

"喵喵喵……"

小猫在纸箱里叫着，陆牧驰这才想起他还有必杀技，他献宝一样揭开纸箱。里面是只布偶，瞳色无比纯净。

陆牧驰昨晚去了林风致最爱去的宠物店，买了最贵的一只猫。"送你的礼物，别再生我气了。"

晏鹤清皱眉，说："拿走。"

陆牧驰笑容一僵，他不解地问："你不是喜欢猫？"

"我不喜欢。"晏鹤清声音冷冷的。

"你喂……"陆牧驰不说了。

晏鹤清喂流浪猫不表示他喜欢猫。陆牧驰感到前所未有的挫败，面对林风致，他也没这样挫败过。

陆牧驰咬牙，说："那丢了。"

晏鹤清不上当。"你的猫，你有权处置。"他淡声说，"以后请你别再来找我。"

陆牧驰瞳孔一缩："什么意思？"

晏鹤清突然若有所思地看他。

陆牧驰心头一悸，他心虚地避开了目光。

晏鹤清缓慢又清晰地吐出几个字："陆牧驰，你真恶心。"他绕过陆牧驰上楼。

陆牧驰一动未动，听到关门声，他低声骂了一声。来解释，却又搞砸了，他回头又想跟上去，口袋里手机再次振动起来。

又是陆昌诚催他。再不回去，保镖该来架他走了。

陆牧驰一阵烦躁，纸箱里的猫还在喵喵叫，他越发心烦，下楼时直接把猫丢到路边，上车扬长而去。

车尾灯消失，单元楼里走出一道身影。

243
初绽

晏鹤清走到纸箱前蹲下身，他揭开箱盖，小猫立马冒出头，着急地舔着他掌心——晏鹤清掌心有宠物奶油。

等小猫吃完，晏鹤清又从口袋里掏出一瓶矿泉水，旋开瓶盖，往瓶盖里倒了点水，放到小猫面前。小猫嗅了嗅，慢慢伸出舌头舔水。

晏鹤清拍下了小猫喝水的视频，搜索京城的猫狗领养平台，注册账号并发布了视频。私信他的人很多，他耐心筛选，最后和一个本地有房、有稳定工作的女生约好明早接猫。

晏鹤清暂时带着猫回家了。

次日，女孩很早就来接猫了。她怕碰上骗子，叫了她的好姐妹，一共三个女生。等晏鹤清开门，三人都很意外，没想到是这么年轻好看的男生。

领养猫的女生更是红透了脸颊，她紧张地递上准备好的证件，有她的身份证、工作证，甚至还带着房产证。

晏鹤清礼貌微笑，没有查女生的证件，递过箱子说："我看过你的主页，几年前就开始喂养流浪猫狗，我相信你。"

女孩眼睛瞬间亮了起来，她小心接过箱子，重重点头道："你放心，我一定会好好照顾它！"几个女生欢喜地带猫走了。

晏鹤清关上门，继续看书。

这一看，就看到了下午。晏鹤清终于放下书，进厨房煮上饭，换衣服下楼买菜。

还没过完年，小区门口的小超市已经开门了。

晏鹤清选了几个西红柿、一些绿叶菜、一包老品种的小土豆，这种土豆煮出来会非常软糯，土豆味十足，还挑到了一块品质非常不错的牛肉，又拿了一小盒迷你蓝莓，一袋真空包装的香水小菠萝。

结账路过日用品区，晏鹤清忽然停住，思忖几秒，转了方向，往里走了一段就看到了拖鞋，男女款都有。

晏鹤清仔细挑着，最后拿了一双纯黑的最大码的男士拖鞋。

回到家，晏鹤清做了清汤牛肉锅。他吃了两碗米饭，洗干净碗，打扫干净厨房，又学习到晚上十一点，才进卫生间洗澡。洗完，头发擦半干，他换上家居服，睡前上了一次称。

体重终于长了，有一百二十一斤。

处理完工作，陆凛难得回了一趟陆家祖宅。

他没回房间，径直去了书房。说是书房，更像是一个小图书馆，藏书特丰富。他径直走到最里一排书架前，取下了最顶层的全套漫画——《超级英雄》。

这套漫画是他小学考了全年级第一，姥姥给他的奖励。他后来不爱看漫画了，唯独这套漫画一直保留着，一共三十六本。

漫画被放进备好的纸箱里，陆凛抱着箱子出了书房，下楼刚换好鞋准备离开，门被打开了。

陆牧驰挽扶着陆昌诚，在编段子逗他笑，冷不防撞上陆凛，陆牧驰马上不敢笑了，恭敬地喊："叔叔好。"

陆昌诚看到陆凛，从鼻子里"哼"了声。

陆翰落后几步，进屋看到陆凛也在，他马上换上笑脸道："阿凛也在啊，那更好了，你今晚就留下住吧，明天家里请客。"

陆昌诚阴阳了一句："他那么忙，哪有空！"

陆翰上前拉住陆凛，笑着说："爸出院，庆祝他健康的饭局，阿凛没空也要抽出空。"

陆牧驰也是才知道明天请客，问："请谁？"

陆翰挑着说："一些世交，哦，还有林家，你不是和他家小儿子关系还不错。"

这时陆凛开口了："明天几点？"

晏鹤清在朋友圈知道了陆昌诚要办晚宴的事。

晏鹤清贴墙站着，十五分钟后，他额头有一层薄薄细汗。他去卫生间洗了把脸，回床上休息。

他预约了三点十分去松鲜菜场的车，再调了三点的闹钟。闹钟还没响，晏鹤清已经醒了。他洗漱完毕，闹钟才响。

晏鹤清没煮早餐，换上衣服出门了。

预约的车提前几分钟到，晏鹤清也提前几分钟下楼，司机接到他出发了。

司机见晏鹤清不像买菜的，更不像卖菜的，边开车边起了话头："小伙子，这么早就去批发菜场？"

晏鹤清彬彬有礼地回："有工作。"

"明白了，是帮家里干活儿。"司机感叹起来，"这么一大早，真孝顺啊！"

晏鹤清浅浅笑了笑，没回了。

松鲜菜场是陆家厨师买菜的地方。陆昌诚一顿十道菜，且不能重复，除非他指定菜色。蔬菜他只吃最嫩的几片，通常几斤蔬菜，就一二两能用，肉也是如此，最嫩的里脊也只挑其中最嫩的一两片调味，还必须是当日新鲜的。

陆家在郊外有菜园，但满足不了陆昌诚的高要求。陆家主厨每日清早会亲自到松鲜菜场买当天的食材，尤其陆昌诚要办宴会，需要的食材至少几车往陆家送。

清晨路上车很少，司机又开得快，比预计时间提前四十多分钟到了松鲜菜场。

天色还黑沉，松鲜菜场已是热闹非凡。来自天南地北的新鲜蔬菜一车接一车送进菜场。现在来批发菜的，除了一些小菜贩，大部分是各大酒店、餐馆的蔬菜采购员。

晏鹤清付了车费，下车后并没有进菜场，而是去了隔壁配送部。大批量的菜，都是由配送部安排车辆统一配送的。

配送部老板是一个三十出头的女人，她在收银台后面安排着单子。

"您好。"一道清冽干净的声音响起。

女人抬头，见是一名微笑的少年。她诧异地问："有什么事？"

"招临时工吗？"晏鹤清客气地问。

过年期间超级缺人，三倍工资都招不到人，昨天她自己都亲自跟着上下车搬货，累得半死，但……

女人打量着晏鹤清，皮肤白净透亮，气质清清爽爽的。

还是大学生吧？能干这种体力活儿？

一筐土豆、一袋白菜，少说都是百斤起。

晏鹤清温和地微笑着说："您先试工，要是不满意，我不收钱。"

反正不吃亏，女人爽快地答应："行。"

两小时下来，女人非常满意，给晏鹤清开了工资，按天算，不包饭，一天三倍给一千元。

座机响了。女人接起电话，随后放下电话，又打了个电话，安排三辆小货车，再和晏鹤清说："小晏啊，你还没吃早餐吧？你进菜市场左转，有几家早餐店，味道不错也实惠，你赶紧吃，待会儿要上三车菜，再跟车进市区卸货。"她笑着补充，"这几天只忙早上这几小时，中午基本都关店了。跑这一趟，你不用回来了，直接下班，工资先发你。"

换其他人，女人没那么放心，都是下完货再结工资，不过这名年轻人，她放心。

领到工资，晏鹤清擦擦汗，去洗手池洗干净手，进菜场找了一家早餐店。

一笼鲜肉小笼包、一碗白粥，一共八块。

此时，刚刚好八点。

吃完早餐，晏鹤清接到女人的电话，叫他去一个店铺搬菜上车。

喝完最后一口粥，晏鹤清起身出发。

蔬菜真是特别新鲜，小货车司机说，比附近的店的均价都要高出几块，司机也会帮着搬菜，不过主要是晏鹤清搬，司机在车内接，往上搬。

不停歇地忙了两个小时，三卡车瓜果蔬菜、海鲜、牛羊猪肉，分门别类地装上了车。

晏鹤清跟着头车出发去了陆宅。

他一直望着窗外倒退的树木，进市区没一会儿，他终于动了，扭头问司机："能靠边停一下吗？我买瓶水，几分钟。"

司机也口渴了，说："帮我带罐红牛！"一边说一边将车停在路边。

晏鹤清下了车，路边有一个眼镜店，他进去买了一副黑色框架眼镜，再去便利店买了一瓶水、一瓶红牛。

陆凛也在，他需要小小乔装，以防万一。

回到车上，他递红牛给司机，司机要给他钱，他婉拒了："您让我搭车都没收钱。"

司机咧嘴笑："哎呀，小事情，顺路的事。"他拉开拉环，咕嘟咕嘟地喝掉半罐，再次出发了。

到了陆宅的大门，门卫通了内线电话，才打开道闸放送菜车进去。

司机啧啧说："这家人太有钱了，你知道这三车菜是做几桌吗？十桌！还不算另购的高级海鲜。"

"这栋别墅，面积快抵上我家半个小区了，有湖、有园子，我上次来送菜，以为进公园了！"

陆宅外观不浮夸，从外表看去，就是普通的富豪居所。后院的雕花大门提前打开了，货车进去，往里开了一小段路，前方就是别墅。别墅后门开着，主厨已经在等着了。

趁司机下车开车后门的时间，晏鹤清戴上了眼镜。第一次戴，他不习惯，适应几秒，他戴好口罩，下车去搬菜了。

主厨见这次的工人竟然主动戴口罩搬菜，她非常满意。菜后续要清洗处理，但上次她撞见一个工人搬着菜，一路朝着菜咳嗽，且不说陆昌诚要求高，就是她也无法接受这种行为。

食材虽重，但搬下车比搬上车轻松不少，司机也乐意搭把手，三车食材一小时左右就下完了。

进后厨的通道里临时摆着一条长桌，上面放着全新的厨师服、厨师帽和几盒口罩。

晏鹤清搬菜进后厨时，观察好了情况。今天办宴会，主厨找了外援，厨房里特别挤，生面孔也多。他没跟司机离开，取了一套厨师服和厨师帽穿戴好，换了只口罩，不动声色地进后厨工作了。他切菜、配菜专业，根本无人怀疑他。

后厨忙得热火朝天。晏鹤清挑拣着菜心，脑海里梳理着熟悉的小说剧情。

就在几小时后，陆昌诚会当众宣布陆牧驰和齐氏财团的大小姐齐雪鸿订婚。

鲜嫩无比的菜心猝然断了，晏鹤清低头看了眼，没丢掉，平静地放进菜篮。几分钟后，他擦干指尖，走出了后厨。

下午四点左右，陆续来车了。

一溜儿豪车。

林家也来了。林母不喜应酬，除她，林家父子四人皆来了。

林风致检查全身上下数次，终于西装革履地下车。他极少穿西装，更喜欢穿休闲装，但在今天这个正式场合，他想给陆凛留个好印象。

前方不远处，一个漂亮女人挽着陆牧驰，陆牧驰谈笑自如，逗得女人频频发笑。

林风致脸色微变。他暂时无法面对陆牧驰。他和陆牧驰这段时间连话都没法好好说。

忽然，身后传来此起彼伏的寒暄声。

初续

"陆总。"

微凉的风里,飘来淡淡的雪松气息。

林风致呼吸都跟着紧张了,是陆叔叔!

陆牧驰这时也看过来,瞥见林风致,他微微拧了下眉。

林风致屏息着,脚步声近了,他转身,激动不已:"陆叔——"

陆凛径直从他身边走过。

有几个人跟陆凛在说话,其中一个没注意撞到了林风致,回头说了声"抱歉抱歉",赶紧又走了。

林风致被撞到旁边,目光还是望着陆凛,心里升起浓浓的挫败感和委屈。

陆叔叔对他怎么还没印象啊?!

林风逸快到别墅门口了,林风致一直没跟上,他回头就见林风致定定望着他后面。他随意一瞥,倒是没奇怪。庆祝陆家老爷子出院的宴会,陆凛当然会出席。

此时陆凛却看向林风逸。

四目相对,林风逸心里泛起嘀咕,他就在谢昀杰的单身派对见过一次陆凛,陆凛这种云端之上的大忙人,不可能记住他吧?

收敛心神,林风逸脸上挤出笑容,说:"陆总您好,我是林风逸。"

陆凛颔首,收回目光,进了别墅。

晚宴五点开始。整座陆宅灯火辉煌,宴会厅摆了十张实木大圆桌。

宾客一一入座。林家被安排在最角落,离主桌有段距离。

林风致不高兴,用筷子戳着米饭,忽然,他眨眨眼,目光看向宴会厅入口。刚在花园和陆牧驰谈笑风生的漂亮女人,亲密地挽着陆昌诚走向主桌。

齐雪鸿送陆昌诚落座。陆昌诚十分满意,语气分外亲昵:"雪鸿坐我旁边。"

齐雪鸿笑盈盈答:"好的,陆爷爷。"

陆昌诚另一侧是陆凛。齐雪鸿第一次见陆凛,男人气势威、不苟言笑,有着一万分的距离感,与陆牧驰截然不同。她其实更喜欢陆凛这一款,充满成熟又荷尔蒙爆棚的男性魅力,只是第一名媛蒋家千金都没能入陆凛的眼,她就不自讨没趣了。她们几个姐妹私下八卦过,也许这位陆氏掌权人对女人不感冒,心中只有股票。

陆凛不是位于高岭,而是云端之上,她实在想不出这样的男人会爱上怎样的人。

齐雪鸿礼貌地朝陆凛打招呼:"陆总晚上好,我是齐雪鸿。"

"叫什么陆总。"陆昌诚慈爱地说,"和牧驰一样,喊叔叔。"

这话一出,主桌的人全知道了,这是陆家孙媳妇了。

齐父和陆翰相视一笑,碰了杯。

齐雪鸿落落大方,改了口:"叔叔好。"

她目前对陆牧驰印象不错,虽然谈不上喜欢,但在一众可选的联姻对象里,陆牧驰无疑最符合她要求的。

陆凛略一颔首，算是回应。

陆牧驰心里很不爽，但对他爷爷无可奈何。陆昌诚笑着说："今天宣布一件大喜事，我的孙子牧驰和雪鸿将于下月举行订婚典礼。"

陆牧驰有些恐慌，这什么破订婚他事先毫不知情！他慌忙站起来，脚后跟重重撞到椅子腿，弄出不小的动静。

"牧驰。"陆昌诚见他起身，沉下脸色，说："坐下。"

陆牧驰完全听不进去，自顾自地说："爷爷我出去一趟，很快回来！"

陆昌诚脸色瞬时难看，只是陆牧驰没明确反对，他的目的勉强达到了。余光扫过远处的桌子，陆昌诚心中冷哼。

不入流的人，别再妄想进他陆家！

整理好情绪，陆昌诚没太在意陆牧驰的离开，和齐父继续笑着交谈。

齐雪鸿好奇地往陆牧驰跑开的方向看了一眼。什么事急成这样？

满桌山珍海味，陆凛毫无食欲。他对食物向来要求不高，只要能果腹、能提供能量就行。只是近来变得有些挑嘴，喜欢火锅，以及简单的鸡蛋面，甚至有些怀念热气腾腾的红薯。

今天露过面了，足够了，陆凛起身道："各位慢用。"

见陆凛准备离场，桌上其他人随之起身，陆翰先开口："一口没吃就走啊？"

这话成功触到了陆昌诚的逆鳞，但陆昌诚拿陆凛毫无办法，彼此心知肚明，他开口陆凛照样会走，反倒他老脸丢尽，不如不说。

陆昌诚摆出父慈子孝的笑脸，说："你忙去吧。工作要紧，但你也要注意身体。"

大家都笑着点头附和。

陆凛身形挺拔，他刚起身林风致就注意到了，眼见陆凛走了，林风致不加思考就追了出去。

林父埋头吃着东西，林风致一跑，他诧异地抬头，问："风致去哪儿？"

林风逸没出声，摇了摇头。

林风致追出来，两三分钟就不见陆凛身影。林风致懊恼地咬了咬唇，要是他的腿再长几厘米，像晏鹤清那样，是不是就不会把人追丢了？他又生出另一种郁闷，只好拔腿往大门方向跑。

晏鹤清吃完晚饭，就又往宴会厅走，他白天探过路。他不确定以陆牧驰的智商，能否猜到今天能进陆宅的外人都在后厨。以防万一，他选择主动出现，只是他算不到陆凛。

明亮的走廊里，男人不疾不徐地迎面走来。晏鹤清脚步停顿了大概半秒，又平静地朝前走了。

他现在戴着口罩，是帮厨的形象，照镜子时，他自己都认不出自己。

两人擦肩而过的瞬间，尽管走廊宽阔，晏鹤清作为一名帮厨，还是微微低头侧身让路。

陆凛丝毫没有停顿，鞋底踩着磨砂的木色地砖，沉稳的脚步声逐渐远去。

晏鹤清抬起头，没有回头，朝着前方直行。刚转过回廊，前方就有急促的脚步声，晏鹤清停住了。

陆牧驰跑上前，望着他微喘着气，问："厨房还有没有人？"

"有。"晏鹤清回他。

陆牧驰抬脚又要跑，猛然刹住，他惊喜地看向晏鹤清，忽而又咬着后槽牙说："你这样到我家很危险，知不知道？"

爷爷当初如何对待徐乔音的，他记忆犹新——爷爷不允许任何人、任何事分散他的注意力，更不允许他与世家以外的人结交。

陆牧驰抓着晏鹤清说："快跟我走！"

晏鹤清眼底是毫不遮掩的厌恶，他挣开陆牧驰的手。

"恭喜。"他平静地说，"订婚快乐。"

"我没订婚！"陆牧驰冷笑，"在这儿好好看清楚、听清楚，我没开口应下的事，不算数！"见晏鹤清不愿理他，陆牧驰转身大步走回宴会厅。

晏鹤清算准了以陆牧驰的性格，趁齐雪鸿现在还没爱上他，这场订婚会在陆牧驰的作死下取消，他不仅会惹恼陆昌诚，还会失去齐氏未来的左膀右臂。

宴会还在继续，门口并没有人，就在这时，一道身影朝他跑来，晏鹤清要转身已来不及。

林风致没找着陆凛，明明车还在啊！他就折回来，刚好看到有人出来，好像是陆家的厨师！林风致跑上前，看向晏鹤清的眼睛，忽然感觉有点儿熟悉。

"林风致。一道沉稳、低沉的嗓音插进来。

林风致脑子瞬间空白。他看向晏鹤清后方，回廊里，逆着光，只看到陆凛模糊的身影。但刚才那声真真切切是陆凛在叫他的名字！

陆叔叔记住他的名字了！

林风致快步从晏鹤清身边走过，跑到回廊扬起脸，语气里是抑制不住的激动："陆叔叔，你找我？"

那道背影走远，陆凛淡淡地说："回去吃饭吧，宴会要结束了。"旋即他提着袋子走了。

林风致一动不动，片刻后才听话地拔腿朝宴会厅跑。

陆叔叔要他好好吃饭！

回家的地铁上，晏鹤清望着玻璃窗外快速闪过的广告。

在陆家，他险些被林风致认出来。和别人不同，林风致有一对和他相似的眼睛。

那陆凛呢？他的出现是意外吗？

晏鹤清闭上眼，听着耳机里弹舌的单词，在心里默写出来。

回到家刚脱下外套，手机响了，提示是快递号码，是上次网购的冰钓装备？

他接通电话。对面先礼貌地开口："您的包裹到了，请开门签收。"

晏鹤清说："我没买东西。"

"不是快递，我们是闪送。"

这间屋子的铁门上没有猫眼，晏鹤清扣好安全链，这才开门。

门外黑漆漆的，见门开了，外面的人"嘿"一声，感应灯亮了。外面那人穿的的确是制服，他抱着两个纸箱。

晏鹤清轻声说："确定没送错就放门口。"

来人也不确定了，再次确认地址、手机号，确实没错，他才放下了东西，点击送达，然后赶去送下一单。

待楼道恢复安静，晏鹤清才取下安全链，开门抱起两个纸箱。

都不轻。

晏鹤清关上门，徒手撕开了封箱的胶布。

第一个箱子，两个菠萝？

隐隐猜到了什么，晏鹤清再撕开第二个纸箱。

里头是码得整整齐齐的……书？

晏鹤清抽出一本，书用透明书套保护得很好，是漫画，《超级英雄》。他轻轻翻开，扉页写着——

每一个小孩，都会遇到属于你的超级英雄。

小时候，班级里流行过一阵漫画，挨个儿传阅，只是没轮到晏鹤清，就被老师收缴了，放假了才还给那名同学。等假期过完，班级里又开始流行追星，篮球明星、电影明星，没人再提漫画了。

后来晏峰大了点，晏鹤清打扫他的房间，扫出几本漫画书，翻了几页，被赵慧林碰见，指着他骂了一个上午，骂他不学好，哄晏峰乱花钱，买些乱七八糟的花花书。

那次晏鹤清挨了一顿骂和几巴掌。

真正看一本漫画，是在废品回收站，有些年头的口袋本漫画，装订线都松了，但晏鹤清记得，那是一个美好的下午。

阳光明媚，不晒人，落到脸上很舒服，回收站后院放着成堆的轮胎，码得整整齐齐，可以坐人。

他坐在一个轮胎里，头顶阳光被轮胎遮了大半，没人喊他做饭，没人叫他拖地，也没人叫他出门跑腿买酒，特别安静，只有翻页的声音，还有偶尔拂过的风。

故事内容他已记不太清了，只记得黑白的画面上落下阳光的印迹。

晏鹤清安静地翻着箱子里的漫画，看得出不是新书，但被主人保存得特别好，没有一条折痕。

茶几上有一盘切开的粉色菠萝，还有光之立方，对面墙上是五彩斑斓的光条。仿佛回到那天，回到那个堆满废轮胎的阳光安静天地。

寄送单没有寄送人姓名、联系方式。晏鹤清什么也没做，坦然地收下了这份礼物。

意外的，接下来几天，林风致没再联系他，也没发朋友圈。

转眼到了正月初八，车管所恢复上班。

晏鹤清带上材料——身份证、一张免冠照、大一入学做体检的合格证明，第一个到了窗口，填了机动车驾驶证申请表，提交材料，很快窗口通过了审核，预约了五天后的科目一考试。

报完名从车管所出来，就有打广告的塞名片给他，推销道："自考的吧？三十年驾校教学经验的老师傅，提供教练车，按小时收费，学得越快越便宜。"

晏鹤清刚要接过，口袋微微振动，有电话进来。

摸出手机，来电显示是陆凛。

晏鹤清走到一处僻静的地方，接通道："陆凛？"

另一边，陆氏集团刚结束年后第一场晨会，电梯里陆氏员工小声聊着天。

"今天陆总竟然提前散会了！"

"我掐过秒，除了特殊会议，陆总都是二十分钟结束会议，分秒不差，我一度怀疑他有强迫症。"

偌大的会议室里只剩陆凛。

听到晏鹤清的声音，陆凛放下钢笔："报完名了？"

晏鹤清稍反应了一秒，想到了上次陆凛替他接了车行电话。他回："嗯，刚出车管所。"

"你帮我个忙，科目二、科目三我就给你做随车指导，还给你提供科目二考场一样的训练场地。"

"行。"晏鹤清本来计划自己标记自己练，现在陆凛主动提出，他没有拒绝的理由。

"你还没问是什么忙。"陆凛音声平稳，几乎没人能从他的话里听出他的情绪。

"只要我能帮上，"晏鹤清大方回复，"你的忙我一定尽力。"

"考完科目一联系我。"

两人都默契地没提及昨天的事。

挂了电话，晏鹤清注意到对面有共享单车。春节已经过去，假期结束，路上又开始拥堵。他改了主意，没去公交车站，过斑马线去对面扫共享单车。

用手机扫了码，这时微信突然弹出来一条申请，晏鹤清点开，头像是一片蓝天，备注是"杨汝成"。

这个名字晏鹤清知道，京大生命科学学院的副校长，也是他今后的导师。

晏鹤清点击通过好友申请，没等他敲字询问，杨汝成已经拉他进了一个群。

群名是"二〇××级生物科学二班"。

晏鹤清刚进去，老杨立即@全体成员："新同学晏鹤清进群！鼓掌，欢迎，撒花！"

李欣雨："鼓掌！"

蒋涛："欢迎！"

王江："撒花！"

一长排的复制粘贴。

安静了一会儿，老杨@顾星野："人呢？"

顾星野在实验室，等他注意到微信信息，已经快半夜了。他走出实验室，洗干净手，从包里翻出一块面包，嘴巴咬住撕开包装袋，嚼着面包回复信息。

"欢迎新同学。"略一停顿，还是@了晏鹤清。

他还记得上次林风致的异常表现，晏鹤清这个名字并不常见，更何况是在同一个城市。

晏鹤清贴墙站了十五分钟，脸上和脖间比前面几次流的汗多，他走进卫生间洗漱，出来刚好看见顾星野的@。

关掉暖气片上床，晏鹤清回复了"谢谢"两个字，和回复其他同学的一样。

顾星野的出现，让本来沉寂的群又热闹了起来。

看名字大多是女生，生物科学二班加上转系的晏鹤清也就四十二人，女生更是稀少，只有六个。现在就两个没说话，其他四个全冒泡了。

李欣雨："这么晚！顾星野你又泡实验室！"

刘敏敏："顾星野你太牛了！又发表了一篇论文！"

孙颖姿："今年过完元宵就开学了？"

周韫："这么多夜猫子……"

顾星野长得帅，京大论坛搞过一次匿名系草投票，他以领先第二名八百多票的优势成了生命科学学院系草。

个别男生话酸出了屏幕："啧啧，还得是系草才能活跃群里气氛。我们说话就没人搭理。"

这时，剩下两个女生突然冒泡了。

周无忧："晏鹤清?! 是软件工程的晏鹤清？"

展娉婷："哟哟哟，软件工程系系草竟然转我们班了！"

软件工程的系草投票，晏鹤清超过第二的傅何朗一千五百票。

晏鹤清不关注这些事，他回过"谢谢"已经关了手机睡觉了。

那晚过后，晏鹤清没看过班级群。

陆牧驰应该是被陆昌诚教训了，一直没找他、联系他，林风致也跟着消失了。

晏鹤清刷完科目一学时，又恢复了往日的两点一线。

在家里学习，在福利院做义工。就这样到了科目一考试那天，晏鹤清提交试题后马上出了成绩——满分。十天后可预约科目二。

明天元宵，福利院要参加陆氏游乐场开园活动，晏鹤清就没联系陆凛，准备明天当面告诉他。

要去游乐场，福利院的小朋友们都很兴奋，隔天晏鹤清七点到福利院时，他们已经穿戴整齐，背着书包，在排队上大巴车了。大巴一共有六辆，车身上印有简洁的陆氏 logo。

晏鹤清去了五楼。

陆氏有送轮椅，这次除了个别不适合外出的小朋友，其他的通通都能去。天不亮，五楼瘫痪的小男孩、小女孩，就换上了新衣服眼巴巴等待着。

福利院工作人员全是中老年人，背他们下楼的任务就落到了晏鹤清身上。

晏鹤清刚到五楼就见几个陆氏员工背着小朋友从宿舍出来。

助理在走廊里安排，瞥见晏鹤清，他快步迎上来，满面笑容道："晏同学你来了。"

晏鹤清马上便明白了，是陆凛派了人来帮他。

忽而前方女生宿舍传来哭声，晏鹤清和助理同时奔进去，一名男员工手足无措地站在原地，旁边床上是一个被吓哭的小女孩。

男员工急得都结巴了："我没碰到她，她就哭了……"

助理脸色微变，他考虑过找女员工来帮忙，但背瘫痪的孩子下五楼对大部分女员工而言太困难了，他还是道歉说："是我考虑不周，应该找几个女员工。"

晏鹤清走到床边，蹲下身轻声问："小绒，出什么事了？"

小绒见到晏鹤清，不好意思地小声说了悄悄话。她很少见生人，更别提一个陌生男性，她不熟悉，本能抵触，就吓哭了。

"我不是故意的，晏哥哥……"小绒咬着嘴唇。

弄清来龙去脉，晏鹤清抬眸得体地说："没事了，我来背他。"他动作熟练地背上小女孩，走出了房间。

助理没有犹豫，马上给陆凛发消息，说了刚才发生的事。

陆凛过了几分钟回复："加装电梯。"

助理回复完陆凛，马上联系了电梯公司。

晏鹤清缓慢下着楼梯。小绒不轻，加上冬天衣服厚，背着她下楼有些吃力。

"晏哥哥，"小绒趴在他肩头，突然冒出一句，"上次送我们光之立方的伯伯没来吗？"

陆凛其实才三十，只是他面容俊冷，而且所有人都听他的话，给这些几乎没有社交的小朋友冲击力太大，和经常接触的晏鹤清不同，他们对陆凛又害怕又崇敬。

在小绒心里，特别厉害、特别好的男性都叫伯伯，也算是一个亲昵的称呼，就像院长伯伯、主任伯伯。

长睫轻微动了动，晏鹤清眼底涌现几分笑意，说："他在游乐场等你们。"

小绒眨巴着眼说："哦哦，我听戴眼镜的叔叔说，是伯伯请我们去游乐场玩！游乐场有那种很大、很漂亮的摩天轮可以坐，能看到好高、好远的地方，晏哥哥你坐过吗？"

"没有。"

"啊。"小绒撇了下嘴，又笑嘻嘻说，"那你今天也可以坐啦！"

晏鹤清声音很轻，说："嗯。"

五楼小孩最后一批上车。张姨跑过来，满脸都是汗水，她说："小晏你跟这一车吧，到游乐场再集合，哎哟我的天，今天好多退休老员工也来了，我得照顾他们，真是……什么福利都要蹭……"

晏鹤清应下了，上车清点了人数，到齐了就出发了。

游乐场在郊区，车程两个半小时。

开园第一天，园方谢绝了所有媒体探访，甚至在网络上都做没任何宣传。

浩浩荡荡的大巴开进梦幻游乐场。除了彩虹桥福利院，还有来自全国各地的福利院，他们是陆氏提前接来的，昨晚住在游乐场的主题酒店。

晏鹤清在车上已经能看到大门了，门头是各种可爱小动物的彩雕，活灵活现。

大巴车在拥挤车流里缓慢前行，外面是响彻园区的轻快俏皮音乐，小朋友们早已躁动，紧贴着车窗好奇打量着从未见过的梦幻世界。

游乐场仿佛另一个时空，里面只有快乐。

不多会儿，大巴开进游乐场，停在临时划出来的停车点。除了园内代步车，其他车辆，包括员工车辆，都禁止在游乐场运营时间段进园，只今天为全国福利院的小朋友开了一次绿色通道。

大巴车门打开，晏鹤清在车内将小朋友一一挪上轮椅，推着他们下车。小绒是最后一个。

他们被推着去前方和张姨他们集合，没走几步，晏鹤清往斜前方看过去。

带有"京1111"车牌号的车停在那里。陆凛已经到了，只是整个白天，晏鹤清都没见到陆凛。

到晚饭饭点，彩虹桥福利院全员集合，一起去附近餐厅吃饭。

这个餐厅主题是森林小动物聚会，仿真树林，一条涓涓流淌的小溪流，游动着色彩斑斓的鱼，每个餐桌都是长达十米的原木长桌。菜单是为小朋友特别定制的——猪扒包、蛋包饭、烤鸡翅鸡腿，各种萌萌的动物餐点包，新鲜水果，以及菠萝油条虾。

晏鹤清要了一份菠萝油条虾。

他低头吃着，从进餐厅起，总感觉有目光在看他。他抬头，望向长桌另一侧，发现是一个上了年纪的老人，应该是福利院的老员工。

晏鹤清礼貌点头，那个老人也朝他笑了笑。

没过几分钟，广播响了。

"各位小朋友，你们吃好饭了吗？放天灯活动在半小时后开始哦，吃完饭快快回到聚会广场，就在旋转木马前面哦，快来领取属于你们的天灯吧！将愿望写在天灯上，愿望是会实现的哦！"

餐厅里是此起彼伏的欢呼声，没吃完饭的小朋友都加快了速度。

晏鹤清这才知道还有放天灯活动。等小绒吃完蛋包饭，他推着小绒，随着人流往聚会广场走。

快八点，天色黑尽了，园区内的路灯、头顶的橘色灯带通通亮起来。隔几米就有一个不停往外吐泡泡的大型泡泡机，从白天一直吐到现在，今天的天气其实有点儿凉，但无人在意，小朋友们纷纷去抓空中的彩色泡泡。不同的游客区域，广播放的歌曲会因主题变动。

快到聚会广场，远远地，欢乐的空气里，飘来了一首很令人意外的歌。4

> There once was a ship that put to sea,
>
> The name of that ship was the Billy of Tea……

是上次在京大美食街，下着雨的水煮摊，晏鹤清和陆凛一起听的歌。

小朋友听不懂歌词，只觉得调子特别欢乐，小绒还跟着手舞足蹈。她今天开心到忘了悲伤，往日碰到腿，她总是低头不再说话，今天她眼睛始终弯成可爱的月牙。

一个小朋友有一个小天灯，晏鹤清帮小绒领来，同时递给她一支拧开的水笔："写下愿望吧，不会的字问我。"

小绒欢喜地接过笔，欣喜地盯着小天灯里面的烛光，下巴杵着笔头想她的愿望。一会儿，笔尖落下，沙沙的声音响起，又戛然停住。小绒扬起小脸，好奇地望着晏鹤清问："晏哥哥，你的天灯呢？"

晏鹤清解释："我不——"

"在这儿。"一个大天灯出现在晏鹤清眼前。

他微抬头，陆凛的身影映入眼帘，陆凛身后，无数个天灯缓缓升上天际，漫天浩瀚。

一秒后，晏鹤清接过天灯问："给了我，你怎么办？"

"放过了。"陆凛取下胸口袋别着的钢笔，旋开笔盖，笔尖转向自己再递给晏鹤清，"许愿吧。"

晏鹤清许过很多次愿，但最简单的，许愿妈妈出现在他梦里都未曾实现，后来，他不再许愿了。

晏鹤清唇角轻轻扬了一下。"我就不用了。"

"不试试怎么知道！"陆凛似乎看出了他的心思，将笔塞进他手里，"或许这次会实现。"

小绒也拉着晏鹤清的衣角，笑容天真无邪："晏哥哥，我们一起许愿呀！"

晏鹤清低头，望着被烛光染成淡橘色的灯罩，他执笔，认真写下几个字。

"看到二〇××年三月四日的日出。"他没遮挡，陆凛看到了。

二〇××年，是两年后。

晏鹤清的愿望是看两年后的日出。

十分钟前，陆凛途中碰到张姨，与她同行的是福利院的老员工。

老员工得知陆凛就是这次活动的赞助商，瞅着他价值不菲的西装，心想：是超级有钱的大老板啊！在餐厅认出晏鹤清，令她想起了往事。

"哎哟，你难道是当初想领养晏鹤清的大老板？又不像，没那么老……"

陆凛停住脚步。

老员工连声感叹："晏鹤清可真俊啊，小时候俊，长大还这么俊，我就没见过这么好看的孩子，十几年了，我一眼就能认出他！

"可惜命太不好，父母被火烧死，整个家全烧没了，和他弟弟一起到的福利院……

"有个和你一样好心的大老板要收养他，特别有钱，开大公司那种，他偏跑不见了！最后领走了他弟弟，唉，这人啊，命就是不一样……"

晏鹤清忽而转过脸，手伸进口袋，从贴身的内袋摸出放了一天的东西，举到陆凛面前。

"瞧。"

陆凛这才转移了视线。

灯光落在晏鹤清指尖，是一枚银光闪闪的一元硬币。

温热的硬币落进陆凛掌心。少年的声音被四周的欢呼声盖过，每个字却清晰地撞进了陆凛耳朵。

"这是我吃到的幸运硬币。"

晏鹤清眼眸弯弯，倒映着身后满天的天灯。他说："张姨说它代表新的一年都会好运连连。现在，我把它送给你。"

"硬币高温煮过了。"晏鹤清说，"很干净。"

陆凛倏地笑了一声，笑声似从喉咙深处溢出，像是大提琴结束那一秒的尾音，很低、很沉，他修长的五指缓慢收拢。他转回目光，微抬下巴，凝望晏鹤清那只升向深空的天灯。

"你的礼物，总是很独特。"

"会吗？"晏鹤清也仰望夜空。

他想他应该再许一个愿望，那天除了日出，他还想再来一次游乐场。

一盏接一盏的天灯缓缓飞向天际，四周是此起彼伏的惊叹声，却并不令人觉得喧闹。

"会。"陆凛收回视线。

少年忽然闭眼，他双手抬起，交握着放胸前，长睫在忽明忽暗的烛光里轻轻颤动。

"在许愿？"陆凛开口。

"嗯。"晏鹤清没睁眼，他神色虔诚，"这么多天灯，或许有一个就漏掉没写愿望，就可以补上我的愿望了。"

陆凛无声笑了一下说："我的没写。"

"你没愿望？"

"以前没有，现在有了一个。"

"那你亏了。"晏鹤清放下手，掀开眼帘，却也没看陆凛，仍望着天灯，"愿望让给我，我已经许完了。"

"不要紧。"陆凛手插进口袋，松开硬币，硬币轻轻落袋，"你给的硬币，会给我带来好运。"

放天灯活动快结束，大多数天灯已经升到高空，变得渺小，晏鹤清收回目光扭头，说："我科目一昨天考过了。你什么时候有空，带我刷下科目二、科目三的学时。"

陆凛摸出手机，点开行程表，说："明天，后天，周六。"

"后天我开学。"晏鹤清知道陆凛不介意拿车给他练，就算他会开车，拿几百万的车刷学时，也没那么坦然，他主动提出，"你说的练车点在哪儿？我明早开我的车过去。"

陆凛神色不动，说："找代驾太麻烦，明早八点，我去接你，太久没去郊区呼吸新鲜空气，去转一圈也不错。"

晏鹤清现在不确定陆牧驰的情况，以防万一，他说："我明早要去学校一趟，你到校门口等我？"

陆凛回："好。"

小绒一直在听他俩聊天，只是听不太懂，陆凛离开后，她才好奇地问晏鹤清："晏哥哥，你和伯伯很熟吗？你们说了好多话！"

晏鹤清很安静，除了给她们念故事，很少说话。

待会儿有返程大军，趁着大多数人还在恋恋不舍地看飞远的天灯，晏鹤清先推着小绒往停车处走。人群尚未涌来，路上只有零散的几个人。那首欢快的海盗歌还在循环。

晏鹤清没回答，只拉高小绒的连帽给她戴上。

二月底的晚风，还是很凉。

送小朋友回福利院，再到家快晚上十一点了，晏鹤清贴墙站完十五分钟，没再看书，洗完澡就上床休息了。

同一时间，陆凛被陆翰的夺命连环 call 叫回了陆家祖宅。

陆牧驰不知发什么疯，那天晚宴又跑回来拒婚，气得齐家人当场走了。陆昌诚气得血压飙升，用手杖结结实实打了陆牧驰一顿，没收了他的手机，把他关在房间已经好几天。陆翰两头劝都没人理他。

陆牧驰房间的东西全被砸烂了，保镖也被他揍得鼻青脸肿。保镖不敢还手，更不敢放他走，一批换一批守在门口。

陆翰在门口焦急地来回踱步，快到半夜，陆凛的车才到。

陆凛让司机下班了，表示自驾回去，他不准备留宿，把车停在门外。

刚下车，陆翰快步冲上来，好一顿诉苦，然后说："阿凛啊，我实在没办法了，一大一小，一个比一个倔，你快进去劝劝吧！"

陆凛不知具体情况，只接到医生电话，说陆昌诚血压超了二百。

现在得知来龙去脉，他停住脚说："既然血压降了，我回去了。"

陆翰脸色瞬时很难看，他清楚陆凛看不上他这个亲哥，这么多年了，他的生日宴会陆凛从不出席，让他丢尽了脸。陆翰悄悄攥紧手，努力扯出笑，说："爸现在滴水未进，血压降下来也危险，我说话他又听不进，你要是撒手不顾，我只好打电话请妈过来了。"

陆翰和陆如婵感情早淡了，小时候相处过一段时间，自从陆如婵生病搬走就很少见了，他和徐乔音离婚，陆如婵还赶来，当众给了他几巴掌，陆翰早就记恨上了陆如婵，再没去看过她。

他爸没说错，同一个"陆"，但也分哪个"陆"，陆如婵心里，最宝贝的只有随她姓的陆凛，而陆凛的软肋，也只有陆如婵。

陆翰作势去掏手机，见陆凛没阻止他，捏住手机的手却也不敢再动，僵硬了几秒，陆翰叹了口气，塞回手机，说："太晚了，我不打扰妈。你走吧，我能做的就是再劝劝爸。他要还不进食，就听天由命。"

"砰！"这时别墅里发出声巨响，接着是陆昌诚气急败坏的吼声："快抓住他！"

急促杂乱的脚步声响起，陆翰冲进去，迎面而来的是跑得飞快的陆牧驰。看陆凛见到他毫无反应，继续往前冲，身后是紧追的保镖，陆翰气得大喊："小兔崽子，你站住！"

陆牧驰充耳不闻，望着大门露出胜利的笑容，刚到门口，便看到门外的身影，他心里一怵，竟是紧急停住。保镖追上来，发现陆凛，也纷纷停住低头，没敢再追。

陆牧驰乖顺地喊："叔叔。"

陆凛目光落在陆牧驰右手上，血顺着整只手背往下在滴，他光着脚，也没穿鞋。

陆昌诚在佣人搀扶下追上来，他视力下降，晚上更是不太灵光，没注意到陆凛，伸着手杖指着陆牧驰吼："你跑！跑到天边，也能把你抓回来！"

联姻事小，陆牧驰在众人面前拒婚，却是驳了他的威严，这是陆昌诚最无法忍受的。

这时陆昌诚注意到地面上的血迹，气得发抖。"你们这些蠢货！还不快带少爷进去处理伤口！"

保镖们面面相觑，又望向陆凛。

陆昌诚这才发现陆凛，他血压又飙升，排着队来气他！

陆凛没出声，简单向陆昌诚行了礼，转身走了。

陆昌诚眼角抽搐，手杖跺得震天响，气全撒到保镖身上，咆哮道："都没长耳朵？！愣着做什么？！"保镖这才上前架住陆牧驰。

返程路上，车内安静，陆凛放了首歌——Wellerman。

晏鹤清最近都是无梦到天明，他六点准时起床，和往常一样，先洗漱，然后温习课本煮早餐。一切弄完七点，他准备出发，到门口换鞋时，他顿了顿，又折回厨房，重新蒸了二十只饺子，用饭盒装好。

还是提前半小时到了校门口。

明天开学，学生陆续返校了，但时间尚早，校园还在沉睡一样的安静，正门大门未开，只开了一道小门，晏鹤清就等在小门前方。

气温回升了，今天不算太冷，晏鹤清穿了件橘色的面包棉服，是那种柿子熟透的颜色，特别衬肤色，晏鹤清又是冷白皮，这几个月营养上来，巴掌大的脸白净透亮，整张脸像在发光一样。

远处，一辆自行车渐近。

放假期间，除了过年那几天，顾星野每天都会到学校来做实验，他下学期要申请一个项目。快进校门时，他忽然诧异地瞥向前方。

一个清瘦的男生似乎在等人。

顾星野看到那人半边脸，有点儿像林风致。等他单脚支地，停下再看，就发现不是。男生比林风致要高出几厘米，也瘦一些，主要是气质截然不同。

不是林风致，顾星野就收回视线，脚重新踏上单车，进了校园。

晏鹤清没等太久，陆凛就到了。

这次是司机开车，晏鹤清坐进后座，陆凛在另一侧。晏鹤清背了一个双肩包，颇有重量。陆凛问："还带东西练车？"

"带了点水和吃的。"晏鹤清取下书包，拉开书包拉链，拿出一个饭盒，是最普通的不锈钢饭盒，还有点儿烫手。他递给陆凛，说："给你带的早餐。"他似乎才想起一样，问，"你吃了吗？"

"没有。"陆凛身侧有一个纸袋，他没有碰，接过饭盒打开，热气先扑出来，里面是摆得整齐的蒸饺，捏得像金鱼，鼓肚子透出馅料，是鲜肉白菜，还有一把小不锈钢叉子。

陆凛叉了一个饺子，问："你吃过了？"

"六点多就吃了。"

陆凛把饺子放进嘴里，咽下去，又问："你包的？"

"嗯，不过不是现包，前段时间包好冷冻的。"晏鹤清微笑，"以后有机会，请你吃现包的，味道还是有差别。"

陆凛又叉了一个："这个已经很好了。"

司机跟着导航，专心开车，两小时不到就到了目的地。

陆凛和晏鹤清下车，司机就先走了，车暂时停在花圃老板院子里。

老板叫朱秀梅，她听到动静出来。她做生意几十年，南来北往接触不少人，一眼看出陆凛身份不简单。有机会结交这种大人物，朱秀梅分外热情，硬是要送蜂蜜。

"这一批是荔枝蜜，你不是喜欢？刚巧赶上了，先坐下休息会儿再走。"朱秀梅端茶倒水，朝着里屋喊，"老张，小晏来了，你去割两瓶荔枝蜜。"

晏鹤清本想拒绝，想到陆如婵，他改了主意，他不会白要，主动跟着男老板去割蜂蜜。

"你在这儿等我一会儿？"晏鹤清看向陆凛。

见陆凛颔首，晏鹤清就跟着刚出来的男老板去了养蜜蜂的后院。

前院只剩朱秀梅。陆凛并没有说话的欲望，他也没碰茶水。朱秀梅就先挑起话头："你是小晏的亲戚？"

"不是。"

"噢，那就是朋友了！"朱秀梅打开话匣，"小晏在我这儿帮忙了两年，高中时候吧，别说，他那时候没成年，请他我怪胆战心惊的。"

她提到晏鹤清，陆凛就看了过去。

朱秀梅来劲了，马上接着说："起初我不敢请他，他就说不要钱不算打工，只要我教他种剑兰。唉，那么小一小孩帮我做事，又听话、勤快，我哪儿好意思不付工钱啊，就悄悄留下他了。还有荔枝蜜，我教他割蜂蜜，才知道他竟然没吃过蜂蜜，我就装了一大瓶给他。

"小晏现在应该过得不错了吧？那两年他瘦得可心疼人了，我猜他家里对他不好，留下他跟我们吃饭，我们没什么好菜，也就让他吃饱点。"

朱秀梅不断地讲着，直到后门响起脚步声，她才停止。

晏鹤清买了三瓶荔枝蜜，男老板不知道缘由，就收了钱。朱秀梅恨铁不成钢，白眼儿快翻上天了，这蠢货！没瞧见这儿有一个潜在大客户，这下全搞砸了！

离开前，陆凛问朱秀梅要了一张名片。

他们离开没多久，朱秀梅接到了一个电话。听筒里，女人说话声特好听，要和秀梅花圃签订两年的花卉合同。

几万块的小车，空间并不宽敞，对陆凛而言稍稍狭窄了些，他弯腰坐进驾驶座，头几乎和车顶相贴，视野也被遮住不少。

晏鹤清个头也不小，两人一前一后上车，车内更显拥挤，空气都稀薄不少。

晏鹤清拉过安全带，原车的扣位有点儿小毛病，扣半晌也没插紧，松手就弹出来。他微侧过身，低头捣鼓。

柔软、蓬松的发顶有着淡淡的洗发水味，很干净的味道，冲淡了车上的汽油味。

陆凛正要开口，晏鹤清已扣好了安全带，抢先抬眸说了一句："你第一次开这么低配的车吧。"

陆凛启动车："不是，我人生第一辆单车，是我姥姥中学时代的老古董，在她那时代算高配，到我，算低配了。"

晏鹤清顿了顿："你姥姥的单车……"

"粉色女式单车。"陆凛望着前方，双手搭着方向盘，"初一开学报到，碰到谢昀杰，被他嘲笑了。我没理他。他说他小学是什么南山区一霸，让我有种放学见。"

陆凛第一次提起自己的事，晏鹤清不知他用意，便顺着问："你去了吗？"

"没去。"陆凛淡淡说，"我不为无聊的事浪费时间。"

"谢先生不像会善罢甘休的人。"

"第三天放学，他带人堵到我就读的班级。"

晏鹤清没出声了，陆凛不会无缘无故说这个小插曲，他定有用意。

没让他等多久，陆凛又缓缓开口："我没什么特别，会骑普通单车，年轻时会打架闯祸，两块钱一包的泡面也吃过。"

晏鹤清安静了几秒，突然说："我特别会煮方便面，以后有机会请你。"

他说得轻描淡写。泡面曾是他最重要的主食，便宜，还方便。

他蹿个子那段时间，饿得快食量又大。赵惠林骂他吃得多，要他多交生活费。晏鹤清就买了几箱方便面藏在床底，没人在家的时候就煮两包，加几片菜叶子，偶尔做饭省下来的鸡蛋赵惠林不知道，还能加颗荷包蛋。半夜饿醒，也能不去厨房惊动赵晏一家人，撒上调料包干吃。

他就这么度过了那段极易饿的时期，虽然吃得没营养，好在晏鹤清的个子还是像雨后竹子一样，一个春天就拔高了。

他的身高应该是随了妈妈，他依稀记得，妈妈轻易就能摘到家门口树上的大红石榴。

晏鹤清又想到一件事："你和谢先生打架了？谁赢了？"

前方转了个弯，陆凛不太记得这段往事了，他回忆片刻，说："打掉了他半颗牙，还是两颗牙？"

晏鹤清安静了，他初中也遇到过不讲理的学生。因为有女生给他塞情书，他上体育课被几个男生拦住，拽进厕所。他们围着他拳打脚踢，警告他不准答应那女生。他没陆凛那么厉害，被人殴打，除了护住头，别的什么也做不到。

他那时竟没想过要反抗。

他曾在一本书里看到，每个人出生都拥有一对保护自己的翅膀，随着年龄增长，会发展成伟大、坚不可摧的盔甲。

小孩的翅膀稚嫩，他的才冒出一个尖，就被晏胜炳的虐待折断了。七岁时，晏胜炳第一次打他。他那时反抗了，推了晏胜炳一把，第一时间要逃出家门，快到门口，被晏胜炳抓住了。喝醉酒的男人怒气中烧，密集的拳头砸到他脸上、身上。

"你再跑啊！老子收养了你，打你是天经地义！你一个没人要的孤儿也敢看不起老子！我打死你，打死你！"

从没疼得这么厉害，他的眼睛只能看到铺天盖地的血。他真的很害怕。

所以他藏起了翅膀，沉默地挨打，这会让他少受一点儿伤害，导致他很长时间都忘记了，他其实也拥有爪子，即便不锋利，也可以反抗。

好在上天送了他一份无与伦比的礼物，他找回了他的翅膀。

"在想什么？"余光注意到晏鹤清走神，陆凛打破安静。

"在想还有多久能拿到驾照。"晏鹤清转过脸，双眸微微弯曲，"请你吃泡面行吗？加火腿、牛肉，还有溏心蛋。"

陆凛回："好。"

练车地点和考场设置的一模一样，应该是私人训练场。场地开阔、平坦，只有陆凛和晏鹤清两人。

晏鹤清试一次就过了科目二的项目，剩下就是刷学时。隔十五分钟，陆凛在旁边拍一次练车照上传。

一天学时刷完，晏鹤清从车上下来。

天边处于明暗交界的时刻，不那么亮了，也没有暗到看不见。

车被留在了练车地点，两人并肩往外走。

陆凛的司机在外等着了，晏鹤清指着前方不远的地铁口说："不用送我了，我搭地铁直达，很方便。"

陆凛也不勉强，说："路上注意安全。"

晏鹤清点点头，背上双肩包，往地铁口走，走了几步，他停住回头，见陆凛还站在原地。

晏鹤清忽然朝陆凛挥了挥手："陆凛，周六见。"

明天开学，再刷学时得这周六。

路旁的路灯顿时亮起，灯光落到晏鹤清身上，仿佛这一排灯是专为他而亮。

陆凛扬手，朝晏鹤清挥了一下。

晏鹤清回到小区，到门口，他看了一旁还开门的小超市进去了。

他走到摆方便面的货架前，现在方便面的口味多种多样，晏鹤清还是拿了最常

买的酸菜牛肉面，又去生鲜区挑了一小块牛肉、一颗生菜、一小把香葱。结完账，晏鹤清走进小区，快走到单元楼时，见三楼的感应灯亮着，二楼、四楼的没亮。

晏鹤清没等太久，来电话了。他掏出手机，来电人是消失多日的林风致。晏鹤清没接，把手机放回口袋，不紧不慢地走着。

电话通了，却一直没人接，林风致很疑惑，没在家又不接电话，晏鹤清去干吗了？电话没人接就会自动挂断，林风致挪开手机，又要再拨，楼下响起脚步声，他瞥了一眼，晏鹤清回来了。

"哥！"林风致捏着手机，蹭蹭下楼抓住晏鹤清的手臂，"跟我走一趟！"

晏鹤清没动，他平静地说："我还没吃饭。"

林风致看向他的手，才注意到他提着菜，愣了一下。"都八点了，你怎么还没吃饭？"他又看到他背着书包，"京大不是还没开学？你是去哪儿了？"

"练车刚回来。"晏鹤清一次性回答了他的所有问题。

林风致终于想起来，晏鹤清是提过一次假期要考驾照。他咬了一下嘴角，松开了晏鹤清，说："那你先吃饭，我等你。"

晏鹤清也不问他什么事，上楼开门，换鞋进了厨房，问了一句："我煮泡面，你吃吗？"

林风致从不吃泡面，他受不了浓浓的味精味，他都是吃拉面。他走到沙发坐下，说："不吃。"

晏鹤清没出声了。

厨房里响起做饭的动静，林风致听得心里很是烦躁，他现在有很急的事。他视线乱飘，忽地，注意到了茶几上的光之立方。

他好奇地拿起来，沉甸甸的。他一眼认出这是天然水晶。这么一大块通透的水晶，至少几十万，晏鹤清怎么会有？

林风致呼吸猛然一滞，忽而想到可能是陆牧驰送的。

空气里飘出香味，晏鹤清端着泡面出来就看到林风致拿着光之立方在发呆。他不动声色地走近，放下泡面，从林风致手里拿走光之立方，顺手放进抽屉，平静地说："朋友送的礼物，要是我自己的，送你倒也没关系。"

林风致觉得这话耳熟，又想不起在哪里听过，不过，他现在只关心另一件事，便也没在意，试探着问晏鹤清："这个朋友……是陆牧驰？"

晏鹤清微微笑了一下："为什么这么认为？"

林风致脱口而出："这方水晶摆件至少几十万，除了他……"他没往下说，晏鹤清认识的人里，除陆牧驰，还有谁送得起他几十万的礼物？

晏鹤清也意外了，几十万？不过，他很快就收起惊讶，沉静地拿起筷子吃面。

"我不会收他的东西。"

林风致从这句话听出了其他意思，那……拜托晏鹤清去陆家好吗？

林风致突然犹豫了。他没继续说，晏鹤清也不催促，埋头安静吃面。

房间寂静，只碗筷偶尔碰撞出细微的动静，对于林风致而言，是一种无声的煎熬，心底犹如有几只猫爪在同时挠，痒得难受，难熬。

没办法，除了知情的晏鹤清，没第二个人能帮他了。

林风致深吸口气，坦白了："我没机会问他，他当众拒婚，被他爷爷关起来了。"林风致顿了顿，叹口气，说，"哥，现在陆爷爷认定是我把陆牧驰带坏了，不让我进陆家。听说陆牧驰想强行跑出来，受了伤，怎么说他之前……也是我最好的朋友，我有点儿担心他。拜托你帮我一次忙，去陆家帮我向陆牧驰传话。"

晏鹤清细细嚼着牛肉粒，喝了口汤，才放下碗说："你不能进他家，我为什么能进？"

林风致理所当然："上次去医院，陆爷爷对你态度很好啊，陆爷爷不会拦你。"他着急地抱住晏鹤清手臂，撒娇一样贴上去，说，"求求你了哥，除了你，没人能帮我了。"

和记忆里的温度不一样，以前的晏明松，抱着他是温暖的，现在只觉冰凉。

晏鹤清侧头看他："传什么？"

"你答应了！"林风致高兴又激动，他忙不迭说，"你告诉陆牧驰，我不跟他怄气了，之前的事，是我不对，但我真的没有利用他的意思，非要算的话，只有一两次！可以的话，哥你再劝劝他，让他别再闹了……"

在林风致说话的时候，晏鹤清已经想到了新的计划。

陆牧驰被关在陆宅，那么他想要接近徐乔音就少了一个契机。现在林风致拜托他上门，无疑给了他一个最正当的理由。

但晏鹤清并未急于答应林风致，他要被林风致"追着"答应。

果然，晏鹤清沉默着没说什么，倒是林风致自己心虚，他也知道他这个要求有点儿过分。

"我知道要你面对陆牧驰很为难……"他神色还真多出几分认真，"以后你有需要，我也会帮你！"

晏鹤清终于开口："开学会很忙。"

最近班级群很是热闹，林风致这才知道原因，原来是要开学了。他咬了下唇角，问："这周末行吗？"他没有要催晏鹤清的意思，只是事态太紧急，越拖，他担心会闹出更大的事。陆牧驰的脾气他最清楚，倔起来谁都劝不动。

晏鹤清还是没有明确回答："周末再看。"

林风致从小众星捧月，所有人都喜欢他娇惯他，除了陆凛，晏鹤清是第二个不顺他意的人，林风致不习惯，也倍感委屈。

他松开晏鹤清手臂，低头闷闷不乐道："哦。那你有空马上通知我，我告诉你地址。"

目前也算勉强解决了麻烦，林风致紧绷数日的神经总算轻松片刻，又想起了那方几十万的水晶摆件。

他好奇地打探："哥，那个水晶到底是谁送你的啊？"随手送出几十万的水晶摆件，应该是他们圈里人，或许他认识。

晏鹤清倒是没想到林风致在这种无关紧要的事情上，记忆力出奇地好。"一个朋友。"晏鹤清神色坦然，"下次有机会介绍你们认识。"

"有没有那么神秘……算了。"林风致嘟囔着，他抬腕看了眼时间，"不早了，我先走了，你好好休息。"走到门边，他猛然停住。

有个问题在他心里纠结很久了，像不断吐丝的蚕，这段时间终于裹成了厚厚的一个大茧，再不问，茧就要爆炸了。

贝齿在唇上咬下了几个牙印，他没回头，直接开口："哥，我能再问一个问题吗？你要诚实回答我。"

晏鹤清望向他："好。"

"你……"林风致鼓起勇气问，"我爸妈去福利院领养孤儿的时候，你是故意躲起来，把领养机会让给我的吗？"

这一段话，耗尽了林风致的力气。他无数次想过这个问题，又无数次强迫自己遗忘。他怕答案是他不能承受的。

别是！一定不要是！

林风致胸口剧烈起伏着。

空气安静了，对林风致而言度秒如年。实际也就过去一秒，晏鹤清就回答了："是。"

晏鹤清嗓音温润："我说过，我会永远保护你。"

林风致的背影僵直了，他死死咬着下唇，才扯出一个机械的笑容，"哦"了一声，开门走了。

没几步，林风致跑起来，慌乱、急促的脚步声充斥在楼道里。出了单元楼，林风致抬手按住乱跳的心脏，嘴里弥漫开淡淡的铁锈味，是血的味道，他咬破了嘴唇。

他能遇到爸爸、妈妈、大哥、二哥，竟然是晏鹤清让给他的机会！

林风致眼前忽然黑了一下，整个视野里都是浓郁的黑色。他稳了稳心神，视野逐渐清明，林风致又回头看了一眼感应灯熄灭了的楼梯间。

漆黑、深邃，宛如一个未知的血盆大口。

他松开被蹂躏到惨不忍睹的嘴唇，这才转身跑上车。

楼上，晏鹤清洗干净碗筷，走到墙边，背部贴紧墙壁，闭上眼回忆陆牧驰半山别墅的整体结构。

从花园进入，主屋是一栋三层别墅，旁边的车库后方藏着一个小小的储物间。那是小说里他常年被关的黑屋。

白净的额头渐渐冒出薄汗，十五分钟后，晏鹤清睁开眼。他走向茶几，蹲下身打开电脑，用软件做了一个模拟别墅建模。

陆牧驰好不容易找到渴望十几年的母爱，为了防止徐乔音跑走，必定会安装监控。他要找出这些监控的具体位置。晏鹤清在别墅建模里标出了大部分监控点，剩下小部分，他要找机会找出来。

做完这一切，晏鹤清关上电脑去洗澡。洗完出来还很早，十点。晏鹤清没有如往常一样看书或是温习课本，明天开学，他准备提前休息。

路过茶几，晏鹤清脚步停了，他弯腰拉开抽屉，光之立方安静地躺在里面。

他将它取出，去了厨房，打开冰箱，从保鲜室拿出仅剩的一桶纯净水，拧开瓶盖，把水悉数倒进盆里，将光之立方放进去仔细擦拭、洗净，之后用干净毛巾擦干，包着回到茶几旁。

拉开同一个抽屉，那只宝蓝色天鹅绒盒子新如故，取出盒子打开，晏鹤清要把光之立方放回去——他不知道这块光之立方这么贵。

他揭开毛巾，头顶落下的灯光照到光之立方，晏鹤清手心，是一道接一道的彩虹光。动作停顿了两秒，晏鹤清还是将光之立方放回它本来的地方，合上盒盖，那两条同色系带，结成了吉祥结。轻轻地，收进抽屉最深处。

开学第一天，天气放晴了，冷清了一个寒假的京大，恢复了往日的热闹。

新学期的课程表，晏鹤清早记在了心里。他第一个到了教室。

第一、二节课没什么特别，大学英语，而且是公共选课，学生来自不同系。三、四节，是植物学，教室要从一楼换到四楼。人流涌动的楼道，晏鹤清靠里侧走。

在他前方，有一个身高出众的男生，身边围着一群人，手上都拿着植物学的书，他们说笑着上楼，很是热闹。

上到四楼，晏鹤清左转，之前在他前面的那群人刚进了 B401 教室。晏鹤清的目的地也是 B401。

他走进 B401，教室里明显安静了一些，前排全是空位，第三排坐有几个学生。

晏鹤清拿着书，走到第一排的空位坐下，翻开新课本，安静预习。

"那就是晏鹤清。"

隐约有小小的讨论声。

"名不虚传啊，真的好看！漫画男吧，那眼睫毛，那皮肤，那狐狸眼！"

"养眼！有没有人扒他课表，我要和他同课程表！"

…………

晏鹤清刚进教室，顾星野就注意到了。他无法不注意，几乎是晏鹤清踏进教室那一瞬，他就确认，这名气质干净、清瘦挺俊的学生是晏鹤清。

早在见晏鹤清之前，导师杨汝成就已经和他念叨了小一个月，仿佛拥有了不得了的大宝贝。等真见了，顾星野认为导师也没夸张。

但顾星野更在意另一件事。晏鹤清的眉眼，很像林风致。他确定昨天在学校大门碰见的男生就是晏鹤清。

这般精致独特的眉眼，可不常见，在遇到晏鹤清之前，他就见过林风致有。

顾星野望着晏鹤清的背影，他确定林风致手机里的晏鹤清就是他。

晏鹤清能感觉到身后的目光，他却并不在意，看他自己的书。

兴趣所在的课，时光过得格外快，两节植物学转瞬过去，下课的铃声响了。教植物学的老师对晏鹤清印象很深刻，第一排唯一的学生，上课她叫晏鹤清起来回答了两次问题，全答上了。

下课后，老师亲切地留晏鹤清聊了一会儿。等晏鹤清去到食堂，食堂里早就人挤人，每个窗口都排起了长龙。

晏鹤清本打算在食堂解决午饭，然后去图书馆看会儿书，现在他决定回家煮碗饺子应付，转身，却差点儿撞上一个意外之人。

林风逸右手端着一个餐盘，左手摸着被撞到的下巴，发红了。他下意识恼怒，又在看见晏鹤清平静的眸子时，强制把怒气压回去了。

"哟。"他皮笑肉不笑，"这么巧。"

晏鹤清没理他，绕过他就走。

林风逸猛地把餐盘往旁边餐桌一按，气急败坏要去追晏鹤清。

晏鹤清这什么态度！撞到人还这么若无其事？抬起的脚，却迟迟落不下去，林风逸眼睁睁看着晏鹤清消失在食堂门口。

林风逸不甘心地收回视线，愤愤抓过餐盘，无视四周惊恐的目光，往前走了。

年轻助教等着林风逸，见他端着盘子回来，眼里满是惊奇。

"你还真要吃食堂啊，今天是世纪末日了？"

林风逸没理他，勺子用力压着米饭，把米饭当作晏鹤清，咬牙切齿来回压实。

从食堂离开，晏鹤清快到校门口时手机响了。

来电是一个外地号码，"二十桥"。

晏鹤清望着屏幕愣了好一会儿，接通的时候，指尖轻轻发着抖，他甚至没敢先开口。

短暂的安静后，对面响起一个略显年纪的男性声音："是晏鹤清吗？"

晏鹤清开口，嗓音有着一丝不易察觉的颤抖："我是，您哪位？"

"太好了！终于找到你了啊，鹤清！"

男人自报家门，他是晏鹤清的表姨夫，要来京城办事，就联系了当年收养晏鹤清的彩虹桥福利院，没想到还真找到了晏鹤清的联系方式。

"我下午两点的飞机。你现在上大学吧，学校在哪儿？我顺路来看看你。"

约好下午六点在学校门口见面，晏鹤清挂掉电话。

他顺着路往前走，午饭时间，附近只有几个学生，晏鹤清走了一会儿，忽然捂住心口蹲下身。

他心脏跳太快了，垂眸看着干净的地面，不断鼓噪的心跳敲击着他的耳膜，过了好一会儿，他才听到有人在喊他。

"晏鹤清？"一双黑面紫底的运动鞋出现在他视野里。

晏鹤清调整了一下情绪，他抬头，映入眼帘的是顾星野。

顾星野提着一个食品袋，弯腰伸手要扶晏鹤清。"你脸色好差，要送你去医务室吗？"又想到晏鹤清根本不认识他，顾星野补了句，"我也是生物科学二班的学生，叫顾星野。"

晏鹤清无视眼前的手，他撑着站起身，淡声说："谢谢，我没事。"绕过顾星野走了。

顾星野还回头望着晏鹤清走远的背影，困惑地抓了抓额角，扑哧笑了一声，这个新同学也太高冷了。

下午两节大学物理、一节细胞生物，晏鹤清上课心无旁骛，只是第三节课一打下课铃，他就快速地收拾好课本，背上书包走了。

晏鹤清跑向校门，未近，他已经锁定目标——一个中等身高，穿灰上衣、黑裤子，提着旅行包的中年男人。

出了校门，晏鹤清放缓脚步，捏着手心走向男人。

男人站在大门外的景观树下，频频打量人群，视线转动，看到了晏鹤清，他眯着眼睛瞅了会儿，面露惊喜迎上来："你是鹤清！肯定是！你和你妈简直一个模子刻出来的！"

晏鹤清伸手去接他的旅行包："我来拿，您饿了吧？先找个地方吃饭。"

男人推了几句，没推掉就笑眯眯递给晏鹤清，夸道："真不错，长成大小伙了。"

晏鹤清接过包，领着男人去对面美食街，男人一直夸着晏鹤清："鹤清你太有本事了，京大欸！在二十桥，几十年出一个，要是你弟，就是我儿子能考上，我必定连摆七天流水席请客！"

过了斑马线，晏鹤清停住，礼貌地问："您想吃什么？"

"我不挑。"男人笑眯眯的，"就是吃不得辣，其他都没问题。"

晏鹤清选了一家炒菜馆，每次路过人都多，味道应该还行。

还没到高峰期，店内人不算多，服务员领他们到了一张靠窗的桌子，晏鹤清递菜单给男人。男人这次没客套，勾了几个菜，够两人吃了，晏鹤清就没再点。

晏鹤清先给男人倒了杯热水，才礼貌地问："我不会算关系，您是我母亲的表姐夫是吗？"

男人喝了口水，连连点头道："对对，我老婆叫秦书琪，我叫林满峰。你妈以前和你表姨那是比亲姐妹还亲。"他忽然叹气，继续说，"唉，谁想到会出那种事，好端端，竟然就起火了……"

见晏鹤清握紧水杯，林满峰摆手说："不提这些，都过去了。"他笑望着晏鹤清，问，"我没记错的话，你还有个弟弟吧？他还好吗，也是大学生了吧？"

恰好服务员上菜了，两荤一素一汤的南方菜。

晏鹤清没回答，他抽出消毒筷，用热水烫过一遍递给林满峰，说："您吃饭。"

林满峰笑容满面地接过。

吃饭时林满峰说了一些二十桥的新鲜事，还介绍了二十桥的景点："咱们那儿水好园林好，还有二十座古时候留下来的桥，你有空一定要回去看看。"

林满峰吃饱了，晏鹤清也跟着放下筷子，问："您要待几天？住的地方找好了吗？"

林满峰擦着嘴说："明晚就回去了，住的地方有公司安排，你不用担心。"

晏鹤清有很多关于晏秋霜的事想问，吃完饭了，他正要开口，见林满峰擦完嘴，扭身去拿旅行包。

林满峰打开包翻一小会儿，掏出来一个铁皮圆盒，盒面是一幅蝶恋花图，褪了色，很是有年头了。

晏鹤清看到那个盒子，眼睛就没移开了。他有预感，盒子和晏秋霜有关。

放在膝盖的手，紧张地握成了拳。

一秒，两秒……

林满峰拍拍并不存在灰尘的盒子，终于递给晏鹤清说："这是你表姨保存的你妈的东西，这次是碰碰运气，要找不到你，她就自己留着做念想了。"

晏鹤清不知道他是如何接过盒子，等回神，他已牢牢抱紧盒子。

这是唯一的……妈妈的遗物。

林满峰忙，吃过饭就要走了。晏鹤清要给他约车，林满峰满口拒绝。

"你忙你的，我自己瞎溜达，好不容易来趟京城，哪能这么快回酒店！"

"我带您逛。"晏鹤清晚上还有两节课，他想了想，准备和老师请假。

"不用不用。"林满峰摆手，"我喜欢自己逛，有人陪反而不自在了。"

林满峰这么说，晏鹤清就不再勉强，他深深鞠躬道："谢谢您。"

林满峰咧嘴笑："客气什么，你不也请我吃饭了！快忙去吧，我也消消食。"他转身走了，看方向，是往市中心那边去。

晏鹤清这才转身回学校。

他没第一时间打开盒子。他不确定打开后瞧见遗物，心情还能否平静地上晚自习。

于是他决定，上完课再打开。

卷 六

新
生

　　林满峰余光观察着晏鹤清，待晏鹤清过斑马线走远，他脚下一转，加快脚步，走进斜对面的巷道。穿过巷道是另一条街，没美食街没那么热闹，路灯亮着，路边停着一辆低调的轿车。

　　林满峰快步跑上前，拉开后座进去，关门扭头和等在一侧的年轻男人赔笑："全按您吩咐的，做好了！"

　　年轻男人礼貌微笑："随我去见我老板吧。"

　　年轻男人下车，林满峰又赶紧跟着他下车，走向对街的咖啡馆。

　　到咖啡馆门口，年轻男人停住："您请进。"

　　林满峰有些犯怵，他没见过那个老板："你不去？"

　　年轻男人微笑推开门："放心吧，没事。"

　　林满峰紧张到吞了好几次口水，才抱着他的旅行包进去。

　　咖啡馆包场了，就收银台有一个店员，店内放着一首歌。

　　林满峰一听，这歌熟！秦书琪每周都要去老街喝茶听评弹，点一杯最便宜的茉莉花茶能听好几首，要是碰上有钱客人点歌，能跟着听一下午。这首《声声慢》每次必有客人点。

　　店员从收银台出来，领着林满峰往里走。

　　林满峰亦步亦趋，不时小声问店员："还没到啊？"

　　服务员小声回："嘘，别说话。"

　　林满峰更加紧张，缩肩低头又跟着往里走了一小段路。店员终于停住了，声音恭敬地说："人到了。"

　　店员说完就离开了。前面没了人，林满峰眼珠朝上，偷偷瞥着前方，撞上一双深邃的黑眸，林满峰心里陡然一抖，赶紧又低下头，再不敢偷看了。

　　林满峰浑身紧绷着，不过想到钱，他还是大着胆子说："老……老板，您交代的事办好了。按照您的吩咐，一字不落，您放心，晏鹤清完全没有怀疑。"

　　陆凛放下咖啡说："你可以走了，会有人付你钱。"

　　林满峰巴不得早点儿走，他还是想和那个年轻男人接洽，这个男人他都不敢直视，在这人面前会发寒……林满峰连连点头："是是是，您慢喝，我这就走！"

林满峰压弯腰默默转身。

刚抬脚，又听到那男人不疾不徐的声音："记住，以后别联系他。"

林满峰头点得飞快："明白明白！"

等了一会儿，他终于可以走了，快到咖啡馆门口，几乎是往外跑了。

他又是高兴又是后悔，他老婆当初怎么不多保留几张晏秋霜照片呢?! 一张十万块啊！十万啊！亏大了！

陆凛没急着走，他食指轻轻摩挲着微凉的一元硬币，耳边是福利院老员工的声音。

"晏鹤清的妈妈叫晏夏……哦不！秋什么霜，对、对，晏秋霜！听说是个超级大美人，难怪能生出两个这么乖巧的孩子！只是可惜了，全烧没了，连张照片都没留下……"

陆凛猛地握紧硬币。

放学后，晏鹤清跑回了住处。关上门，他静静凝望了铁皮圆盒片刻，才缓缓打开它。

暖色灯光落下，不大的盒子里，是一个牛皮纸信封。晏鹤清取出信封，并不重，里头东西的形状像是……照片。

晏鹤清呼吸都停滞了一秒。

将圆盒放到地上，晏鹤清举起信封，安静的房间里，他似乎能听到他的心跳声，他食指轻轻挑开信封口，缓慢抽出那叠东西。

灯光落下，照片上是一张小小的瓜子脸，粉雕玉琢的小女孩坐在石榴树下的小马扎上，眼眸弯弯，冲着镜头开心大笑。右下角时间显示，摄于一九八×年六月一日。

第二张，女孩长高了，初中毕业照，她比大多数男生还要高，被安排站在最后一排靠边，笑容温婉，被镜头抓到好几个男同学在偷瞧她。

最后一张，晏鹤清差点儿没握住照片，女人身着一袭淡紫色旗袍，身后是漫山遍野的剑兰。

晏鹤清几乎是复刻了这张照片里女人的五官，尤其是眼睛，浅褐色的瞳孔，眼尾狭长微微上翘，温柔中又带着恬淡。

这就是妈妈。

晏鹤清低头，脸颊轻贴着微凉的照片。

十三年了，终于又知道妈妈的样子了。

原来她的旗袍，是淡紫色。

这晚晏鹤清又做梦了，彩色的梦。

炎热的午后，一袭淡紫色旗袍的母亲微微踮脚，摘下绿树上挂着的两个石榴，红彤彤、沉甸甸，快有他脑袋大。

"这个给我们清清。"晏秋霜把石榴放到他怀里，笑意盈盈，"抱住了，待会儿妈妈给你剥碗里舀着吃。"他就紧紧抱住了石榴。

另一个给晏明松，晏明松看看他的，又看看自己的，鼓起小脸道："哥哥的比我大，我要和哥哥一样大的！"

晏秋霜扑哧笑出声，温柔地抚摩着晏明松的头："哥哥每次都能吃完。你这次能吃完，下次妈妈给你摘比足球还大的。"

晏明松立刻欢呼起来，马上仰头在树上找比足球还大的石榴。

隔天中午放学，晏鹤清下午没课，他走出教学楼，拨了林满峰的电话。

他早上提前去商场买了一些礼物送给素未谋面的表姨和表弟。

林满峰的话，他没全信。

表姨要真和母亲亲如姐妹，不会过了十几年才找他。当年家里出事，街道的工作人员第一时间联系了老家亲戚，拨打了好几个电话，最后摇着头，将他和晏明松送去了彩虹桥福利院。

亲戚都不愿意收养他们。

晏鹤清能理解。他和晏明松是两个人，有两张要吃饭的嘴，没人有义务收养他们。父母亲下葬时，没有一个亲戚来送他们最后一程。

亲缘关系，仅在口头上。

只是，秦书琪保存了母亲的照片，林满峰送来了照片，于他而言是从未敢奢想的，他真心感激他们。欠他们的人情，他永远不会忘。

嘟嘟几声过后，林满峰接电话了，背景音能听到广播。晏鹤清礼貌地问："您到机场了吗？"他边讲边朝校门走。

"到了到了，在排队登机。"林满峰笑意盎然。

"您不是晚上的飞机？"晏鹤清停住脚步。

"噢，提前了！"林满峰差点儿忘了他说过这事儿。

难得来趟京城，他是打算逛一天，晚上再回去，只是机票是昨天见到的年轻男人订的，今天下午一点半，应该是他老板想早点儿打发他走。

年轻男人还提点了他一句："我老板身份比你想象得更深不可测，拿了钱，办好你该做的事，明白吗？"

林满峰哪里不明白，年轻男人找上门的时候，领路人可是他平时都见不着的人物。他连声答应，这点人情世故，他懂。他绝对守口如瓶，不泄露半个字。

晏鹤清成绩那么优秀，还认识如此厉害的大人物，以后要能一直走亲戚，对他儿子该多有帮助啊！但没办法，他老婆和晏秋霜关系根本不是那么回事，就寻常亲戚，不常走动，那几张照片是秦书琪去晏家做客，见照片拍得漂亮要的。

林满峰遗憾地摇头，嘴上还是能说会道："我快登机了，挂了，你好好学习，不用想着我们，我们都挺好，以后你有空啊，就回老家看看。"

晏鹤清应了声，林满峰光速挂断电话。

手里提着两袋沉甸甸的礼物，晏鹤清知道没必要寄了，他们没有要和他往来的意愿。

伴手礼是特色糕点、肉干，晏鹤清以前没吃过。他没去食堂，拆了几包糕点、肉干果腹，径直去图书馆看书。

难得平静的学习时光，晏鹤清每天都是两点一线，全身心投入学习。他安静话少，却也不是拒所有人于千里之外，班级里有找他搭话的，他都有礼貌地回应，周五放学，还有几个同学邀请他去吃小炒。

晏鹤清婉言拒绝了："下次。"

拖了一周，林风致应该按捺不住要来找他了。

晏鹤清算对了。

快到单元楼，他便看见林风致的奥迪停在楼前。林风致下课直接从学校过来，看到晏鹤清，他马上拿着一袋蝴蝶酥下车。

T大美食街的网红蝴蝶酥，必须提前排队才能买到，顾星野特喜欢。顾星野在赶一个实验，说是要申请国外一个什么项目合作，现在天天泡实验室。他想着要来找晏鹤清，就顺便排队给顾星野买蝴蝶酥，结账时又想起晏鹤清，顺便多买了一袋。

"哥！"林风致小跑迎上去，笑着递过蝴蝶酥，"这是我们学校的网红蝴蝶酥，刚出锅，特别香。"

晏鹤清接了，并不提陆牧驰的事，只浅浅微笑。"谢谢。"他提提手里袋子，里面是刚买的菜。

"我不上去了，我还要去找我同学。"林风致抓抓后脑勺，他这才想起问，"哦，对了，你是转生物哪个专业？"

"生物科学。"

"和我同学一个班！他叫——"林风致卡住了，他猛然想到初二那天发生的事，晏鹤清那么优秀，大家都喜欢他，顾星野会不会也……

林风致突然不想介绍他俩认识，他赶紧岔开话题："明天周六放假，你有空了吧？"

晏鹤清似乎真被转移了注意力，没注意他前一句，只稍微思忖了一会儿，回他："没有。"

林风致一听就急了："你周末还忙什么啊，打工吗？"他干脆说，"你要多少钱？我直接给你，你别去打工了！"

晏鹤清没再打工，他在接学生发的私活儿，处理数据、生信分析、开题报告……五花八门，通通接，既巩固知识点，又能赚一笔不菲的报酬。

晏鹤清接了几单，口碑扩散，这几天源源不断有人找他。光这几天赚的钱，足够他接下来两个月的花销，还有剩余。

晏鹤清声音听不出情绪："练车刷学时。"

林风致脸色有些灰白，说："哥，其实你是不想去，对吧？"

275

他这话没头没尾，晏鹤清反应片刻，才明白。不过时间和晏鹤清计划中差不多了，他顺着说："我周二下午没课，下周二吧。"

林风致一秒地狱一秒天堂，他垮下肩膀，松了口气笑道："哥你知道吗？你真的……老是让我情绪忽上忽下。"

晏鹤清也跟着他笑，说："不知道。"

这时花坛里蹿出一只狸花猫，林风致眼睛瞬间亮了，他刚要蹲下身抱，猫竟然呲了他一下，却又跑到晏鹤清脚边，熟练倒地翻肚皮求摸。

林风致咬了下唇角，郁闷又心塞，他又不太高兴了。

"陆家地址我发你微信，我先走了。"

晏鹤清没反应，蹲下身放下蝴蝶酥，腾出手揉揉狸花猫的下巴。片刻后，他拆开蝴蝶酥，浓郁的奶香味引得狸花猫马上就攀着晏鹤清的手臂去嗅蝴蝶酥。晏鹤清掰开一小块，放在手心，狸花猫吃得飞快。

晏鹤清眼眸清浅，说："这次蹭到别人的蝴蝶酥，不知道下次还有没有机会。"

"嗡"，口袋振了一下，是林风致发来了陆宅地址。

周六早上，晏鹤清七点就到了练车场。他准备今明两天刷完学时，把科目二考了。

快到停车处，却见那块地空了——他的小车不见了。

晏鹤清不担心被偷，陆凛带他来的地方，安保不会有问题。钥匙有两把，有一把陆凛开车过来时给了他，没要回来。但陆凛开自己的车做什么？

没容晏鹤清想太久，身后响起喇叭声，他转身，就见车停在离他半米的地方。

陆凛提着两个纸袋下车，没过来，就近在引擎盖上放下纸袋，取出几个食品盒。

"没吃一起吃点。"陆凛靠着引擎盖，拿起一个椰酥拿铁馒头就吃。

晏鹤清上前，就在陆凛旁边靠着车，也拿起一个淡黄色的馒头，咬一口，竟然是菠萝味，还有细碎的菠萝果粒，他咽下问："你通宵工作了？"比他还早。

"没有，十点准时睡觉。"陆凛望着远方，他进食极快，却十分优雅。

晏鹤清收回目光，等他看向前方，才发现一处意外的美景。

一望无垠的平地，尽头仿佛就是天与地的交界，一抹橘红色染透了天空，是日出。

上次晏鹤清只顾着练车，完全没发现这儿能看到日出。接下来两人都没出声，无声地咬着馒头，欣赏着日出。

待太阳升起，陆凛突然说："以前我固定周二放自己一天假去钓鱼。"

晏鹤清不解其意，安静地等后文。

"现在发现还是周末好。"陆凛转过脸，"下周末出海，在大船上，你可以带上你朋友。"

晏鹤清平静到像在说一件极其寻常的事："我没有朋友。"

"大学生活多姿多彩。"陆凛舌尖抵了一下后槽牙，"你想交朋友，我想大把人愿意。"

晏鹤清不置可否："你在大学有交朋友吗？"

"没有。"

"为什么？"晏鹤清用他的话问回去，"你想交朋友，我想也有大把人愿意。"

陆凛眼眸微微眯起，说："不合拍，我交朋友挑剔。"

晏鹤清忽然笑了一下，他转过脸，这时太阳全升上来了，是一个晴朗的天。他双手撑着引擎盖，向后仰着，微微抬高下巴，闭眼晒着阳光："我也挑，所以没朋友。"

"我挑，你也挑，既然这样，不如我们试试做朋友。"

安静了一会儿，晏鹤清掀开眼帘，太阳直射他的眼睛，他微眯一下，扭头说："和我交朋友很危险。我是好人，但没那么好，我很会说谎。"

陆凛低低笑了起来，笑声震动他的胸腔。

"巧了，我也很擅长说谎，在谈判桌上。"

晏鹤清刷了一天学时。傍晚陆凛有事先离开，晏鹤清没走，他通宵到次日早上，刷满科目二学时，才打车回家。

到家洗了澡，晏鹤清没吃东西就上床了。

床头柜上摆着一个新相框，是晏秋霜穿淡紫色旗袍的那张照片。

睡醒一觉，晏鹤清简单吃了晚饭，看了一会儿书，又继续睡。

一觉睡到次日早上，晏鹤清恢复了精神，却饿得饥肠辘辘，他去厨房煮面条，吃完早餐，换好衣服上学，拿手机才看见昨天陆凛给他发了两条微信。

一条是中午发的："你昨晚通宵练车？"

第二条间隔了四小时："在补觉？"

现在七点十分，晏鹤清不确定陆凛有没有起床，他暂时没回。中午放学，他才回复："嗯，昨晚太困了，睡得早。有空干脆一鼓作气刷完，来回跑麻烦，车能暂时停那儿吗？拿到驾照就开走。"

没过几分钟，陆凛回他："那是楚子钰的训练场，你随便停。"随后又发来一句，"他也是我初中同学。"

晏鹤清刚要回复，头顶忽然覆下一片阴影："晏同学，能打扰你几分钟吗？"

晏鹤清就简短回了陆凛一个"嗯"，收起手机，抬头见是一个女生。

女生白白净净，扎着丸子头，笑容特别甜，说："自我介绍一下，我叫周无忧，你同班同学。"

晏鹤清点头："你好。"

午饭时间，周无忧省去开场白，直入主题："我有个实验想邀请你加入，加上我，小组目前有三个人。"

晏鹤清婉拒："我最近有事……"

"不着急!"周无忧脱口打断,说完意识到她太急了,脸颊微微染上浅绯色,"我意思是目前还在培养酵母菌阶段,完全不着急。"

周无忧很早就知道晏鹤清了,大一新生老乡联谊会上,她就听软件工程的老乡提过晏鹤清,后来终于在大礼堂的光荣照片墙上,见到晏鹤清的照片,怎么形容呢,总之就是晏鹤清的长相气质都完美符合她标准。

她这次实验,五分是真的需要一个学霸,五分是想和晏鹤清多接触。优秀的男生,要早早追到手!

晏鹤清几乎没和女生接触过,但他对这些也懂,猜到了周无忧的目的,他这次拒绝得不留余地了:"抱歉,我有自己的实验要准备,你找其他人更合适。"他收拾好书,起身离开了。

周无忧倒是没有被击退,她打听过了,晏鹤清没有交往对象,现在在同一个班里,她机会比之前大多了,不过她更好奇晏鹤清提的实验。

晏鹤清出了教室,在门口撞上一个人。

顾星野脸上有几分尴尬,他落了实验室钥匙,折回来取钥匙,没想到撞见周无忧和晏鹤清的"告白"场面。顾星野刚开口:"我……"

晏鹤清内心毫无波澜,平静地走了。

"……"顾星野噎住,更加尴尬地摸了摸鼻尖,这才进了教室。

晏鹤清确实有个实验,和顾星野同一个实验,是京大和国外学校的交流项目,名额只有一个,他要争取这个名额。但他刚转来,得再准备一段时间材料申请实验室。

走出教学楼,晏鹤清摸出手机,见陆凛没有回复了,他就把手机放回口袋。

转眼到了周二,上午上完课,晏鹤清在食堂吃过饭,没有回家,直接搭地铁去了陆家祖宅。陆凛改了周二钓鱼的习惯,怕撞上他,晏鹤清思忖片刻,主动给他发了一条微信。

"在忙吗?"

到站出了地铁口,才收到陆凛的回复:"刚处理完工作,什么事?"

晏鹤清确认:"在公司?"

下一秒,陆凛电话来了,没有丝毫背景音,很安静。陆凛问他:"我在公司,找我有事?"

晏鹤清往陆家祖宅方向边走边说:"我钓鱼包在你那儿,要是你不忙,我下午去找你取。"

"想钓鱼了?"

"周末要去海钓,我想先练手。"

陆凛声调平缓:"海钓不过是换个地点钓鱼,不需要练,而且你钓鱼包在我家,我今天忙,你要是真要练,我明天给你送去。"

晏鹤清停下脚步,望着前方守卫森严的门卫亭,神色沉静:"不麻烦你了,周末见。"

门卫亭的保安打量着晏鹤清，犹豫再三，拿起内线座机问："叫晏鹤清吗？我打电话问问。"这时，一辆奥迪开了过来，保安立即从窗口探出上半身打招呼："程姐你回来了！"

程心颖降下车窗，没看保安，而是望了晏鹤清几秒，惊喜地说："是你啊！"她是老管家的孙女，一直在陆家做事，最近是在照顾陆昌诚。上次她也在医院，见过晏鹤清。

晏鹤清微笑着打招呼："您好。"

保安一改刚才的态度，说话客气不少："原来你认识程姐，那不用问了，进吧。"他放下电话，给程心颖打开道闸。

程心颖目光流转，瞬间明白了，这个少年是来找陆牧驰的。她招呼晏鹤清："来，上车我载你，走路还要十来分钟呢。"

晏鹤清没拒绝，他坐进副驾，礼貌感谢。

"别客气。"程心颖对晏鹤清的印象十分好，她往别墅开车，提前提醒他，"老爷不一定让你见小少爷。"

晏鹤清微笑着说："试试吧。"

到了别墅门口，程心颖停稳车，领着晏鹤清进去，快到大门时，碰到了出来的陆翰。

陆翰瞅着晏鹤清，感觉有点儿眼熟，猛然停住问："你是小驰朋友？"

晏鹤清礼貌开口："您好。"

程心颖上前和陆翰低语了几句。等程心颖说完，陆翰上前拍拍晏鹤清，语重心长地说："刚好老爷子出去了，你帮叔叔好好劝劝小驰，让他别再犟……"

"砰！"楼上冷不丁又是一声巨响，陆牧驰又在发脾气。

陆翰脸气绿了，他这段时间被折磨够了，只想找个清静地方休息，甩手走得飞快。

程心颖无奈地叹了口气，她快步进屋，到二楼，砸东西的声音越发清晰，还夹杂着陆牧驰的骂声。

走廊里一排保镖看守，佣人狼狈地端着餐盘出来，身上挂满汤汤水水。大家都习惯了，毫无表情。

程心颖犹豫片刻，才带着晏鹤清过去敲门，喊道："小少……"

"滚！"陆牧驰情绪到了爆炸边缘，门内不时传出重物落地声，"等我出去，要你们全部滚蛋！"

程心颖摇头，小声问晏鹤清："要不你今天还是回去？"

晏鹤清微笑摇头，他抬手，轻轻叩门。

"滚滚滚！我饿死也……"

"陆牧驰。"晏鹤清开口。

门内安静了，房门突然被拉开了，速度太快，甚至卷动了一小波气流。

　　陆牧驰瞳孔放大，不敢置信地望着晏鹤清，眉间的暴戾瞬间消失得无影无踪。他光脚就要冲向晏鹤清。下一瞬，他被几名保镖同时拦住。

　　保镖低头吞吞吐吐地说："小少爷，老爷吩咐了，您不许出……出这扇门。"

　　被拦住，陆牧驰脾气上来，挥拳就揍向保镖。晏鹤清平静地说："你要打人，我就下次再来。"

　　所有人难以置信地看到陆牧驰收回了拳头。

　　程心颖亦是大吃一惊，陆牧驰上一次这么听话，还是在他叔叔面前。

　　房间满地狼藉，无处落脚，陆牧驰让程心颖换间房接待晏鹤清。程心颖还在迟疑，陆牧驰情绪已经变得无比稳定，甚至吩咐她送点心茶水。陆牧驰这几天很少进食，他愿意吃东西，程心颖马不停蹄安排他们去隔壁客厅。

　　关上客厅门，只剩陆牧驰和晏鹤清。陆牧驰看向晏鹤清，他心里十分感动，他就知道，晏鹤清会想办法来见他！

　　这感觉很奇妙，他鼻头有些酸涩："我……"

　　晏鹤清打断他："风致让我来传话。"

　　陆牧驰反应了好一会儿，脸色微变："林风致？"

　　晏鹤清神色平静地回："对。"

　　陆牧驰很不想听到林风致的名字，他还在介意之前林风致利用他的事。

　　就在这时，客厅门被打开了，程心颖端着茶点低头跟在陆昌诚后面。

　　陆昌诚打量的目光落到晏鹤清身上，他用手杖轻轻敲了一下地板，说："年轻人，和我单独聊聊。"

　　陆牧驰最先有了反应："为什么单独聊？有事在这儿说！"

　　"闭嘴。"陆昌诚沉声说，"现在没你说话的份儿。"

　　陆牧驰不满，瞥着晏鹤清，想要插科打诨，跟爷爷示弱混过去，以往陆昌诚最吃这套。"爷爷——"

　　同时晏鹤清也开口了："您要去哪儿聊？"不卑不亢，举止大方。

　　陆牧驰不停向他使眼色，他爷爷特会套话，晏鹤清要真和他去了，两三句都撑不过，就被问个底朝天。

　　晏鹤清视若无睹，平静地迎上陆昌诚的打量。

　　这倒是给了陆昌诚一个不错的印象——虽是小门小户出身，却沉稳不怯场。对程心颖所言的陆牧驰能听进晏鹤清的话，陆昌诚这才信了八分。

　　陆昌诚忽而笑道："我人老了，不便走动，就在这儿谈。"他转向陆牧驰，语气严厉，却也能听出几分亲昵，"还不快去收拾你的'作案'现场，等你叔叔回来，有你好看的！"

　　他搬出陆凛，陆牧驰一惊，问："叔叔今天回来？"想到房间被砸得一片狼藉，陆牧驰几步蹿了出去。

陆昌诚目光既宠溺又无奈，随即看向晏鹤清，说："坐吧，年轻人。"他先到沙发坐下。

程心颖放下茶点，无声退出房间，关上了门。

晏鹤清在陆昌诚对面坐下。他没开口，等着陆昌诚先说。

陆昌诚还在打量晏鹤清，在医院没注意，现在细看，还是看不出他和林家那小儿子是双胞胎。他是极看不上林风致的，林家那种家世，连他的眼都入不了，更不用说林风致还是个养子。

陆昌诚缓缓开口："我查过了，你和林风致是双胞胎，家中出事被送到福利院，他被林家收养，你被一户普通人家收养。"

他观察着晏鹤清神情，少年全程泰然自若。待他说完，晏鹤清泰然自若："您有话直说。"

陆昌诚缓声道："我在门口听见了你们的对话，只是我这孙子——"掌心摩挲着杖柄，陆昌诚露出慈祥的笑容，"你既和小驰相识，他的脾气你应该了解，倔，认死理。年轻人嘛，总会出现一些冲动时刻，不代表什么。不过勉强拖下去，受伤害的永远不会是小驰。"

晏鹤清也回以礼貌的微笑道："您想我劝陆牧驰。"

陆昌诚更满意了，他年纪大，和聪明人对话，省不少精神。"我这把老骨头跟不上时代，小驰老说和我有代沟，你们都是年轻人，说话比我有用。"

他软硬兼施，不动声色地威胁："倘若你劝不动他，我只好直接找上你弟弟了。"

"不过我相信，你不会劝不动。"陆昌诚胸有成竹，"你是一个聪明的好兄长。"

碰见陆昌诚在晏鹤清计划之外，但也并非不可利用。权衡两秒，晏鹤清平静地说："我办不到。"

陆昌诚脸色秒变："你就不怕我找上你弟弟？"

"怕。"晏鹤清依旧淡定，"但办不到就是办不到，我没那么大胆子。"

陆昌诚脸色缓和了，他笑着点头，说："你很诚实。我不是要你马上劝动他，年轻人的情绪似森林起火，控制好不让蔓延，总有会熄灭的一天。"

"那首先您要放他自由。"晏鹤清微笑，"他被困住，火只会越烧越旺。"

陆昌诚也明白一直关着陆牧驰非长久之计，他放下手杖，端起茶杯品了一口说："人老了，不喜欢热闹，就不留你用晚饭了，你和小驰出去吃吧。"言下之意，解了陆牧驰的禁闭。

十来个佣人同时在走廊打扫卫生。陆牧驰紧贴着客厅门，想偷听里面的谈话，奈何洗地机虽然接近静音，还是干扰了他，只听到有人在说话，具体内容听不清，他刚要发火，门从里面开了。

新生

陆牧驰猝不及防，直直往里倒，他手快抓住门框，才以一个滑稽的姿势稳住，急喘着抬眼，就看到晏鹤清平静的脸。

陆牧驰着急站直，低声询问："我爷爷没为难你——"

没说完，房间里响起一声咳嗽，随即是陆昌诚责备的声音："瞧你不修边幅的样子，快去换套衣服。鹤清放学便赶来看你，还没吃饭，你带他出去吃饭吧。"

陆牧驰瞳孔都快震裂了。

什么情况？

恢复自由，陆牧驰车开得飞快，他无比兴奋地问副驾的晏鹤清："你跟我爷爷说了什么？他竟然同意不关我了！"

从他记事，除了他叔叔，就没人能说动过陆昌诚。

晏鹤清云淡风轻开口："徐老师在哪儿？"

尖锐的刹车声响起，限量跑车差点儿冲上绿化带，好在还没出陆家那条路，路边也没人。陆牧驰收手把着方向盘，试图装傻，说："我这段时间被关着，不清楚她的情况，怎么，她没在家？"

晏鹤清平视着前方，没看陆牧驰一眼，说："你的话，你自己信吗？"

车内安静了。也就过了几秒，晏鹤清解开安全带，意欲下车。

陆牧驰重重咬着后槽牙，晏鹤清手刚碰到车门，他出声了："你找她做什么？"

晏鹤清神色淡然道："那天过后徐老师就消失了，我知道是你藏起她了，孤儿院的人都很担心徐老师。"

提到那天，陆牧驰心虚了，那一段混账事，他恨不能忘掉，他咳嗽几声，转头望着窗外，极快又模糊地说了声："对不起。"

晏鹤清毫无反应。

陆牧驰没办法了，他认命扭头，说："我知道我混账，我龌龊，我是垃圾，是我误会你……和她了，你说要我怎么补偿，你要月亮我都摘给你。"

晏鹤清开口："我要见徐老师。"

陆牧驰盯着晏鹤清，晏鹤清还保持着下车的姿势，看不到他的正脸，只半边侧脸，就这样过去几秒，知道晏鹤清不惯着他，陆牧驰叹了口气，妥协道："好吧。"

陆牧驰坐直，重新启动车，说："系好安全带，过去要两个小时。"

晏鹤清松开车把手，再次系上了安全带。

巍峨的深山里，别墅灯火辉煌。陆牧驰总算来了，管家领着几十个佣人列队在门口迎接。

陆牧驰先下车，管家笑着刚要迎上去，陆牧驰却先绕去副驾。他还没到，晏鹤清自己先下车了。管家和佣人都暗自惊讶，这人是谁？

陆牧驰领地意识重，除他的几个朋友，从没带人回来过。

"她怎么样？"陆牧驰问话，余光瞄着晏鹤清。

徐乔音是被他强制带来别墅的，他还逼徐乔音辞职，以晏鹤清的性格，一定会对此生气。

管家自是知道"她"是指徐乔音，他面露难色："前几天夫人……她想跳楼……"

陆牧驰脸色大变，拔腿冲进别墅。晏鹤清跟在后面，他走得不快，不动声色地观察着监控位置。

徐乔音被关在二楼，有两名女佣日夜看守她。窗帘拉紧，这间房没有丝毫光亮。她安静地侧躺在床上，一动不动。打开灯，徐乔音侧卧在床，一动不动，只露着后脑勺。

陆牧驰咬紧牙说道："和我住一起，你就这么不情愿？"

徐乔音没回应。

这时，晏鹤清淡淡的声音响起："这不叫住，是囚禁。"

徐乔音忽然就动了，她撑起身回头，整张脸憔悴又病态到极致的白，她视力似乎都不太好了，望着门口，嘴唇嗡动着，却不敢开口，唯恐是幻听。

陆牧驰捏紧手，他不是想囚禁徐乔音，而是怕徐乔音再跑，更担心他爷爷知道。

"你不懂就别瞎指责我。"

晏鹤清也不反驳他，说："你去煮碗粥，白米加点糖，别的不放。"

"我？"陆牧驰错愕。

晏鹤清终于看他："对，你。"

陆牧驰养尊处优，从小是佣人喂饭到嘴里，煮粥……他灵光一闪，晏鹤清是在帮他和徐乔音冰释前嫌。

这碗甜粥，便是和解的开端。

陆牧驰马上说："我现在就去！"

徐乔音终于确定不是幻听，她眼泪"唰"地流下来，问："小晏，是你吗？"

两个女佣悄悄打量着晏鹤清，晏鹤清神色不变，他缓步走到床边蹲下身。

将近两月未见，徐乔音瘦了一圈，她着急地抓住晏鹤清的手，说："小晏你没出事吧？陆牧……他有没有伤害你？"

"没有，我很好。"晏鹤清轻声回她，握着她手放回被子里。

徐乔音总算露出了一丝笑容，她嘴唇都发白了："那就好——"忽然，她顿住了。

晏鹤清在她手心写字：你想离开吗？永远离开。

这是福利院员工都会的技能。有些不爱说话，或是不能说话的小朋友，又无法随时带着纸笔，平时他们交流就都在手心写字。

同时，晏鹤清音色清亮，闲话家常一样说："小朋友都很想你，他们画了一幅你的肖像画，下次带给你看，非常漂亮。"

徐乔音心头一震，离开？永远离开？

她这段时间被关着，无数遍回忆过去。人生最开心的两段时光，一次是学生时代，努力学习，考上大学走出深山，去大城市立足，自己决定自己的命运。她成功了一半，考上了大学，却没有拥有自己的事业，嫁进陆家，是从一座深山，走进另一座"深山"。第二次，就是去福利院工作，她找回了曾经的梦想、事业、自由……

要离开吗？继续她的梦想、事业？

可陆牧驰……徐乔音的手颤抖起来。

她清楚，这次离开，再不能留在京城，这意味着，她也再不会见到陆牧驰，这对一个母亲来说，有多残忍……

晏鹤清又在她掌心写字：你仔细考虑，你喝完粥我才会离开，你决定离开就点头，我来安排，下周日我会再来一次。

徐乔音望着晏鹤清，想要一个答案："我这么老了，真还有重来的机会吗？"

她快五十岁了，还有追求梦想的权利吗？代价是放弃自己的孩子，也值得吗？

"可以的。"晏鹤清唇角上扬，"工作中的徐老师是小朋友心里最美的老师。"

蹬蹬蹬，陆牧驰端着粥上楼了。他人生中第一次煮粥，管家在旁指点，厨房被搞得一团糟，终于煮出来一小碗。

他满怀期待端粥进屋。房间里有他最爱的母亲，还有真正称得上朋友的晏鹤清，陆牧驰感到前所未有的满足。

但他还是别扭，只好把粥塞给晏鹤清："你喂。"

徐乔音缓慢地、认真地看了一眼陆牧驰。

大了，二十几岁的小伙子，不再是那个大半夜跑她房间哭鼻子的小孩了。

在祖国的西南地区，还有很多需要帮助的孩子，她早动了心思，只是为了陆牧驰，她一直留在这儿，看来她可以离开了。

她曾经是别人的女儿、别人的妻子、别人的妈妈，现在，她想做她自己。

徐乔音收回目光，她再次看向晏鹤清，点了点头，轻声说："下周你再来看我吧，带上那张画。"

陆牧驰云里雾里，问："什么画？"

却见晏鹤清舀了一勺粥，喂到徐乔音嘴边回："好。"

晏鹤清喂完徐乔音喝粥，又陪她聊了几句就离开了。

下到一楼，陆牧驰拦住他："十点了，今晚在这儿住。"

晏鹤清看他一眼。

平淡的一眼，陆牧驰却不由有些心虚，紧跟着解释："没其他意思，你尽管放心。"

晏鹤清没什么表情："我不信任你。"

"……"陆牧驰噎住，他深吸口气，"我送你。"他准备换鞋。

"能换个人吗？"晏鹤清问，"非得是你？送我到能打车的地方就行。"

陆牧驰的好心情荡然无存。

晏鹤清明明对自己有关心，却又处处防备自己，这种感觉他感同身受，就像他对徐乔音，他渴望母爱，却又深深记得被徐乔音抛弃的感觉。

那是灵魂受过的伤，不是一朝一夕能抹平的。他现在要做的，就是用行动表示，他以后会尊重晏鹤清。

陆牧驰停止换鞋，甚至后退几步，保持一段距离，喊来管家送晏鹤清。

"你好好看着。"陆牧驰望着他，"我会改正的。"

这时，晏鹤清有电话进来了。

"哥，你去了吗?!"刚接通，林风致就迫切地问。

晏鹤清面色不变："嗯。"

陆牧驰竖着耳朵听，心提到了嗓子眼儿。

院落安静，林风致的声音还算清晰："话你转告了?"

"原封不动。"

"太好了!"林风致显而易见地开心，"谢谢你，哥!你对我太好了!"

两人又简单聊了几句，林风致就挂了电话。

陆牧驰想和晏鹤清再说些话，晏鹤清却上车了，他鼻子差点儿撞上车门。

管家在驾驶室大气都没敢出。陆牧驰郁闷得不行，几秒后，他冷脸吩咐管家："安全送他回去，磕碰到一根头发，后果你清楚。"

管家连声应是，得到许可，立马开车下山了。

后座，晏鹤清掏出手机，快速将遗漏的别墅监控点，详细记下。

快十一点，陆氏大楼顶楼还亮着灯。

周末出海，周五下午就要出发，工作要提前处理，陆凛处理完最后一份文件时，助理送来的晚饭已经凉了。

员工都下班了，陆凛端起餐盒，去茶水间用微波炉加热了两分钟，还顺手泡了杯咖啡。茶水间有两张供进食的餐桌，陆凛就地用餐，快速解决。他摸出手机，在他、楚子钰和谢昀杰的小群发了信息。

"周五金湾港口碰面，出海。"

楚子钰秒回："陆总发错群了???这不是钓鱼群!约我们出海???你不是嫌我笨，不会上饵料!"

谢昀杰过了几分钟回："几个人?"

陆凛："四个。"

楚子钰问："除了我们仨，还有谁???"

谢昀杰笑骂楚子钰是傻子，能让陆凛组局的，还能有谁。

楚子钰后知后觉："我知道了!小晏师傅!"

楚子钰直接拨打了视频通话。

谢昀杰拒绝，说："我老婆睡了。"

楚子钰心痒难耐："我到底是错过了多少啊?!到底什么情况啊?!能不能立刻、马上到星期五啊?!"

陆凛没回了，他关闭群聊。置顶聊天栏的"52赫兹"很久没动静了。

周四，置顶聊天栏意外冒出红点。陆凛刚到办公室，点开，见是转账，四千八百五十元，比分期金额多了五百块，转账说明是"第二期和第二次医药费"。

今天是这个月的第一个十号。

陆凛点了接收，刚要回复，见晏鹤清又发来一条信息："昨天我科目二一次过了。"他删掉聊天框的"已收"，重新敲字，"是要表扬?"

晏鹤清收到回复，刚看清，又弹出一条："你很棒。我开会了，周五放学我去接你。"

晏鹤清静静看了一会儿，才回复："下午一节课，三点放学。"

陆凛没回复，应该是去开会了。晏鹤清收起手机。

渐渐有同学来了，教室快坐满，只有晏鹤清这排空着——他坐的第一排。上课时间快到了，急促的脚步声越来越近，顾星野冲了进来。

教室后面有人喊他："顾哥，给你占了位子!"

晏鹤清没抬头，继续写申请材料。没几秒，他旁边有人坐下。顾星野放下书包，偏头笑着说了句："你旁边没人吧?"

晏鹤清回："没有。"

顾星野掏出课本放下，瞥了眼晏鹤清写的材料，他眉梢微挑："你要申请实验室?"

晏鹤清没回他，合上材料。

顾星野也不觉得尴尬："你平时话就这么少?"

晏鹤清和林风致区别真是太大了，林风致是话痨，当初两人分到同桌，天天找他说话，他委婉表示他需要安静，林风致还是嘴没停过。他反对无效，也就保持沉默。约莫是习惯了，有天林风致安静了，他反不习惯，主动搭话。两人的友谊便从那时开始了。

相比较而言，晏鹤清实在太安静了，他从未见过如此安静的人。

晏鹤清不紧不慢反问："你平时话就这么多?"

顾星野被问住了。

晏鹤清也没要听他回答的意思，问完又转看向讲台。

教授拿着教案进来了。

课上到一半，顾星野才小声又缓慢地说："分人，我也不是总那么话多。"

不知晏鹤清听见没有，总之没回他。

首都到最近的港口要开四小时汽车，加上出海，肯定不是当天来回。晏鹤清带了一套换洗衣服，泡的饵料还剩半桶，他全带上了。

周五下午三点，他准时出校门。刚出门，手机响了。

"在你左上方。"

陆凛又换了辆车，晏鹤清不懂品牌，从外面看只是普通的黑色轿车，上了车，才发现内有乾坤，空间宽敞舒适，内饰精致，扶手箱装满了零食，还有几个飘出食物香味的食品袋。

陆凛启动车出发。"赶八点出海，不找地儿吃饭了，随便买了点，你将就填肚子。"他说。

晏鹤清不饿，其实除了那段长身体的时间，他少有饥饿感。他点头应："嗯。"

陆凛又说："得开四个小时，困就睡觉，不用管我。"

"嗯。"晏鹤清还是点头，然而行了一半路，他还是没有休息，低头翻书看得专注。陆凛瞥了眼，似乎是讲植物的教材。

陆凛没打扰他，倒是晏鹤清突然开口："就我俩出海吗？"

陆凛回："还有我两个朋友，你见过，楚子钰和谢昀杰。"

晏鹤清卡好书签，合上书说："楚先生和谢先生也爱钓鱼？"

"他俩没耐性，蹭船潜水而已。"

晏鹤清过会儿才说："我不会游泳。"

"想学教你。"陆凛说话的语调让人舒服，并没有说教或是高高在上的感觉，"海底是另一个漂亮的世界，会游泳是打开它的门卡。"

"也很危险。"晏鹤清接话。

陆凛低低笑了一声："危险，所以美丽，就像极限运动，生死一线，令人着迷。"

晏鹤清不确定陆凛是不是话里有话，他假装肚子饿了，拿了一包菠萝干，借吃东西避开了这个话题。

四小时的车程转瞬而过，他们到了金湾港口。

楚子钰和谢昀杰早到了。船长已经开船过来了。天色已黑，船泊在水面，三层游艇皆开了灯，十分壮观、漂亮，如陆凛所言，是大船，能容纳上百人出海。

楚子钰看到他们，先挥手："小晏师傅，好久不见！"

晏鹤清不习惯远距离喊话，到了跟前，他礼貌地和楚子钰、谢昀杰打招呼："楚先生，谢先生，晚上好。"

谢昀杰微笑。"小晏师傅，别这么客气，你是阿凛的朋友，就是我们的朋友，叫我昀杰，阿杰都行，至于他……"他下巴抬向楚子钰，"叫老楚就行。"

楚子钰不干了："谢昀杰你要点老脸，你比我还大二十三天，怎么好意思叫阿杰？谢叔叔还差不多。"对上晏鹤清又是笑脸，他说，"是吧，小晏师傅？我们才像同龄人。"

陆凛打断他们："别浪费时间，上船出发。"

楚子钰这才想到问："老陆总，这次你开船？"

陆凛二十岁就拿了游艇驾驶证。

听到楚子钰叫"老陆总"，谢昀杰赶紧捂住嘴，以免笑出声。

其实陆凛保养挺好的，只要不严肃着一张脸，换套休闲装去大学跑步，勉强还是能装一装大学生。楚子钰是故意的。

晏鹤清望着陆凛，问："你要开船？"

晏鹤清并不惊讶，陆凛会什么都不奇怪，他更在意海钓。钓鱼让人上瘾。

陆凛看出他的想法，说："船长先开，到地方我再开一段，去我常去的海域，那片资源丰富，能钓上百斤的金枪鱼。"

还有一点陆凛没说，他上次就是在那片海域碰见了鲸鱼。只是这得看运气，他不想晏鹤清抱有希望再失望。

晏鹤清好学地问："钓金枪鱼用什么饵料？"

"就地取材，先钓条小海鱼作饵，小海鱼对大金枪鱼非常有诱惑力。"

两人说着话，无视楚子钰和谢昀杰先上了船。

楚子钰都震撼傻了，他第一次见陆凛这么有耐心。

他初中难得好学一次，问陆凛一道数学题，陆凛唰唰写纸上，扯下来给他，多一个字都没有。

显然，陆凛已经把小晏师傅划到自己人行列，那他也没什么可顾忌的了。

"小晏师傅等等我！"楚子钰抛下谢昀杰追了上去。

谢昀杰慢慢跟上。

游艇是陆凛的，配有船长、大副、二副、清洁工、厨师。大部分时间，陆凛都是独自出海，只偶尔约几个海钓同好。一层的下层甲板是几乎接近水面了，那里摆着两张椅子，陆凛通常在那儿钓鱼。二层是主甲板，除了有舒适的房间，还有一个休闲娱乐厅，唱歌、看电影、开派对都行。谢昀杰就借船用过几次。

陆凛买这艘游艇就为了海钓。对海钓最疯狂那段时间，他每周出海，风雨无阻。

厨师已经做好消夜，味道清淡的海鲜粥，还有一些波龙、帝王蟹。

晏鹤清没胃口。他上船以后才发现自己有点儿晕船，特别是现在船在往深海开，四周漆黑，只有不断的水声，这种不舒适加剧了，但他没表现出来，安静地喝着粥。

楚子钰喋喋不休说着话："高中搞晚会，缺吹口琴的，为了不和女生跳交谊舞，老陆选了吹口琴，我以为他是硬着头皮上，没想到他吹了一首不知道什么曲子，全校女生听后都成他粉丝了，眼红得我……"他嚼着鲜美的蟹肉，忽然问晏鹤清，"小晏师傅，你听过老陆吹口琴没？"

晏鹤清吞咽下粥，回："没有。"他又礼貌地说，"您叫我名字就好。"

"好啊，小鹤清！"楚子钰自来熟，丝毫没有客气，"我和你说，老陆这人念书时可太受欢迎了，都不知道他们喜欢他什么，不会笑、不理人，哪像我，温柔爱笑，贴心暖人……"

几杯酒下肚，楚子钰不禁悲伤起来，从帮场子变成了回忆失恋血泪史。

谢昀杰耳朵早听出茧子了，对晏鹤清摇头："别理他，每个月都要说一遍。"

陆凛也放下筷子道："我们先去休息，要早起钓鱼。"

晏鹤清点头，起身都有点儿想吐。

听到房间，楚子钰泪眼汪汪地抬头，大着舌头说："三间房怎么睡？啊，我来分配！"他挣扎着要站起来。"我和鹤清弟弟睡！我们是年轻人，有共同话题……唔唔……"

谢昀杰捂住他的嘴，直接把他按回椅子，笑着和晏鹤清说："信我，没人能忍受和他同床一分钟。"

晏鹤清想回点什么，无奈胃部翻涌得厉害，他轻轻点头，跟着陆凛走了。

陆凛却没领晏鹤清去房间，而是带他去了洗手间。

"别憋住，吐出来就没事了。"

晏鹤清忍耐到了极限，额角有薄汗，他上前撑住洗手台，脸埋进洗手池，小声呕了出来。他没吃多少东西，吐一会儿胃就空了。他漱干净口抬头，镜子里的他脸色苍白，嘴巴却红得出奇，瞳仁也因为生理泪水，像是洗过一样，他擦掉唇角水迹，转身道歉。

"抱歉，我不知道我会晕船。"

"不需要抱歉，晕船是很平常的一件事。"陆凛递过来一样东西，"我第一次出海也晕船，含片糖会好很多。"

透明的橘色糖纸折射着光，剥开是颗橘子糖。

晏鹤清接过它放进嘴里，酸甜，他说："谢谢。"

陆凛迈腿往外走："带你去房间。"

其他房间没收拾，只有三间房能住人。陆凛安排晏鹤清单独住一间。

房间特别大，类似五星级酒店的套房，落地窗帘拉得很严实，如果不是知道在船上，这里和在酒店没区别。晏鹤清没力气洗澡，快速漱了口就上床休息了。

陆凛离开房间，回到餐厅。

楚子钰讲到了他第六任恋人，满脸都是泪水："你说我是不是惨绝人寰？！"

"是是是。"谢昀杰有一搭没一搭地敷衍着。

瞥见陆凛进来，谢昀杰放下手机起身："回来了？"

陆凛过来坐下，他单手解开一粒扣子，抓起一罐啤酒，也是单手打开，直接仰脖灌。

喝完，他起身往甲板走。

谢昀杰追问："干吗去？"

"潜水。"

晏鹤清听到了很大的水声，他以为在做梦，迷糊着睁眼，窗帘缝隙透出几缕光亮。不适感全消失了，他现在通体舒畅，掀开被子下床，再穿上鞋，走到窗边拉开窗帘，瞬时震撼了。

船停了，落地窗外是蔚蓝无垠的大海，晨光落在海面，是波光粼粼的柔光，美得仿佛还在梦中一样。

晏鹤清静静看了很久，直到敲门声响起。

"小鹤清，快起床！阿凛钓到了两百斤的金枪鱼！"

赶到甲板，船长、厨师、清洁工、谢昀杰站在前方围在一起，没看到陆凛。

楚子钰拉着晏鹤清挤进去："让让。"

挤开人群，晏鹤清先看到了在处理鱼的陆凛，随后才是从未见过的巨大金枪鱼，几筐螃蟹，几筐活蹦乱跳的海虾，还有铺满了甲板的各类海鱼。

陆凛在处理金枪鱼，他的发梢还沾着湿气，比起平日，少了几分锐利锋芒，唇角还溢出一抹笑意。

晏鹤清还没出声，谢昀杰就朝他眨眨眼说："今天托你的福，阿凛要下厨了。"

"哦哦哦！"楚子钰已经开始咽口水了，"我上次吃陆总做的菜还是高考结束的那个暑假。"他又来劲了，"小鹤清你是不知道，陆凛的存在就是给别人添堵，学习好，打篮球好，做菜还好……"

晏鹤清视线始终不离那条金枪鱼。

午饭陆凛用海虾做了一道嫩豆腐做皮的虾肉饺子，鲜得掉牙。楚子钰特别喜欢，就是太清淡，他提议："陆大厨，晚上做点辣的！我喜欢！"

陆凛完全没回应。

晏鹤清吃了几口就去一层甲板钓鱼了。他运气也不错，第一次海钓就钓到了几只大波龙，到日落，也算是收获颇丰。

谢昀杰和楚子钰潜了一下午水，回到船上累瘫了，吃过晚饭马上回房间睡觉。晏鹤清还在钓，明早返程，难得来一次，他要夜钓。

晚上的海面平静，甲板上挂着一盏照明灯，晏鹤清专注地盯着水面，连陆凛什么时候来了都不知道。

"年纪不大，瘾挺大。"陆凛在他旁边坐下。

晏鹤清勾唇："是有点儿。"

"除了钓鱼，你还喜欢什么？"

长睫在眼睛下方落下两道浓浓的阴影，嘴唇干燥，晏鹤清无意识地抿了一下，才说："你呢，除了钓鱼工作还喜欢什么？"

陆凛从口袋里掏出一样东西，在时深时浅的光影里，折射出一道银光，是一把口琴。

"听吗？"陆凛淡声问，"不能点歌，会吹的不多。"

晏鹤清唇角浮起浅浅的弧度："我知道的歌也不多。"

陆凛没再说话，口琴放至嘴边，片刻后，悠扬的曲调在静谧的甲板上响起。

晏鹤清安静听着。很快，他听出来了。高中时，学校广播常放这首歌，歌名不知道，只记得里面有句歌词。

"你清澈又神秘，像贝加尔湖畔。"

似有风吹来，挂着的照明灯微微晃动，光影落到晏鹤清侧脸，忽而他吸了口气，望着前方，呼吸都屏住了。

清凉的水溅到脸颊上，口琴声还在继续，晏鹤清手指微颤，他抬手指向前方："快看！"曲调戛然停止。

下一瞬，晏鹤清开口："陆凛，是鲸鱼。"

陆凛顺着晏鹤清的视线看去，甲板前方，一头鲸鱼停在海里，发出婴儿般纯净的叫声，轻轻喷着水。

灯光照着，它是白色的。

一头白鲸。

晏鹤清第一次见到真正的鲸鱼，这远比在纪录片里看到的更令人震撼。

来自海底的精灵，它是那么友好，在海里自由游动，没有荡起丝毫涟漪。

晏鹤清放缓动作，无声拉着陆凛到防护栏边，上半身探出些许，专注地望着白鲸。

白鲸穿过船底，这时船冷不防颠簸了一下，晏鹤清身体往前倾斜，白鲸忽又掉头游回来，船又一次跟着水浪颠簸，晏鹤清也跟着往后倒。

这时晏鹤清听到一声清脆的响声，眼前一道光闪过，有东西飞向栏杆外。他反应迅速，伸手抓住了。

白鲸走了，乍然出现的精灵，如来时一样默默游走，在光影里逐渐隐没进了大海。

晏鹤清收回视线，这才低头，摊开手，贴着掌心的是一枚硬币。长睫颤了一下，他侧身，递过硬币。

灯光下，晏鹤清目光清澈，就那么平静地清浅微笑，他说："你的硬币。"

陆凛接过硬币说："下次注意，不能探出栏杆太多。"

晏鹤清点点头，又蹲下去捡起了口琴，用指腹擦了擦，他重新站起来，把口琴递回给陆凛："你吹得很好听。"

陆凛接过口琴，若无其事放回口袋，走回椅子，椅背上搭着一件长款棉外套，款式有点儿老了，但穿着特别抗冻，陆凛出海都会带上。

他轻抛给晏鹤清："慢慢钓，我先睡了。"

晏鹤清接住衣服，说："好。"

陆凛上楼梯走了。晏鹤清安静地站了一会儿才穿上大衣，尺码比他平时穿的大将近两个号，极其有安全感地将他全身包裹起来。晏鹤清轻轻咳了声，低下头，一一扣上了大衣扣子。

陆凛回到房间，没开灯，走到窗户边。

外面是一望无际的黑暗，听不见任何声音，海水永不停歇地在流动。

第二日，他们又在海上待了一上午，吃过午饭返航，陆凛开的船。

得知昨晚他们见了白鲸，楚子钰念叨了一个上午："我太倒霉了，早知道不睡觉了！出海上百次，潜水几百次，连鲸鱼尾巴都没见到过！小鹤清第一次来就见到了，我这什么命哪！"

谢昀杰吐槽："你要见到鲸鱼尾巴，不就见到鲸鱼了吗？"

楚子钰白他一眼："重点在后面！"看向晏鹤清，他秒换笑脸，说，"小鹤清你运气好，下次跟我出海，我蹭蹭你好运！"

谢昀杰又吐槽："我看你蹭脑子比较好。"

楚子钰咧嘴笑道："哪能蹭小鹤清的脑子，他可是京大学生！我再回炉重造一万年，也没这水平。"

他们今早闲聊时才知道晏鹤清读京大，对他们这种有钱公子哥而言，名牌大学算不上什么，但真材实料的好学生，他们还是佩服的。

"哎，"楚子钰又想起一件事，"上次阿凛去训练场练车，不会就是带你练车吧？"

晏鹤清点头。

楚子钰算算时间说："那你快考科目二了吧？"

"考完了。"科目四也紧接着考了，"下周拿证。"

"……"楚子钰石化了。

谢昀杰捧腹大笑："哈哈哈哈，楚子钰你丢不丢脸，哈哈哈哈哈哈……"

晏鹤清不明所以，但他也并不关心这些。谢昀杰笑够了，稍正脸色解释："楚子钰科目二考了三年。"

突然晏鹤清身后冒出道声音："下周拿证？"陆凛走上甲板。

晏鹤清转身答："嗯，下周五，你有空吗？"

楚子钰和谢昀杰皆竖起耳朵。

"有。"陆凛知道晏鹤清这是要请他吃泡面，"就是晚点儿，八点左右能到。"

楚子钰和谢昀杰听不明白两人打什么哑谜。显然，晏鹤清和陆凛都不是会满足他们好奇心的人，两人的谈话到此为止。

楚子钰抓心挠肺，傍晚回到港口，来时他搭谢昀杰的直升机，回城他非要蹭陆凛的车。明早晏鹤清有课，陆凛就让晏鹤清搭直升机，到京城只要四十五分钟，能早点休息。

坐上车，楚子钰憋了几个小时，终于能问了："亲哥，你们周五晚上八点要干吗啊？"

陆凛没理他，打开车门坐进去。

楚子钰太想知道了，他梗着脖子说："不告诉我就不上车！"

陆凛关车门，启动车立即走。

"哎哎哎……等我！"楚子钰追着打开后座，硬是挤了上去。

和健身的陆凛、谢昀杰不同，楚子钰是标准的白斩鸡身材，这么一通折腾下来，半天才喘匀气，他没问到答案，嘿嘿笑两声。

见陆凛一直没反应，楚子钰无趣倒下，没几分钟就睡着了。

陆凛望着前方，食指有意无意地轻叩着方向盘。

直升机上却是一路安静，到了谢家的停机坪，谢昀杰要送晏鹤清回去，被晏鹤清婉拒了。

"地铁很方便。"

谢昀杰莞尔道："行，就送到地铁口。"

最近的地铁口开车也要十来分钟，谢昀杰挑了点闲话聊了几句，到地铁口，他把车停靠在路边，才笑着说了句："下次再约。"

晏鹤清礼貌应了声，道别后进了地铁。

谢昀杰目送他进去了，给陆凛发了条信息："这孩子太客气，怕麻烦我，不让送到家，安全送他到地铁口了。"

陆凛在开车，就没有回。

晏鹤清走出京大地铁口，时间还早，晚上八点不到，人行道又恢复了往日的热闹，全是卖花、卖小饰品的小商贩。

他背着钓鱼包，提着桶往小区走，快到小区门口就被陆牧驰拦住。

有一段时间没见，陆牧驰有些尴尬，他摸着鼻尖，忽而瞥见钓鱼包，问："你去钓鱼了？"陆牧驰很意外。

他周围喜欢钓鱼的人不少，但都上了一定年纪，最爱钓鱼的就是他叔叔了，没想到晏鹤清也喜欢。

晏鹤清没回答他，只是说："找我什么事？"

陆牧驰没事，只能随口找了个理由："前几天你去过后，我妈……她肯进食了，送几件礼物感谢你不行？"

晏鹤清忽然出声："蝴蝶酥。"

陆牧驰问："什么？"

"要谢我，就买一盒蝴蝶酥。"

陆牧驰很高兴，晏鹤清主动告诉他自己的喜好！

"我很快回来。"他抬脚就跑。

晏鹤清继续前行。

到小区门口，晚上小超市进了货，门前停着一辆小货车，送货员往店里搬着货。

晏鹤清停住，转头看几秒，才收回视线进小区。

为了一盒蝴蝶酥，陆牧驰跑了半座城。他送出手的东西，自然是要送最好的，蝴蝶酥也不例外。盒面是精致的繁复花纹，只是过了段时间，新鲜出炉的蝴蝶酥凉了。

晏鹤清不喜欢蝴蝶酥，对他而言太过甜了。只是下周末，蝴蝶酥能派上用场。

晏鹤清拿起一块蝴蝶酥，不喜欢，他也不会浪费食物，他慢慢咀嚼着，当作今天的晚饭。解决完蝴蝶酥，他给陆牧驰发了条信息："最近别来我住处。"

"知道了。"陆牧驰不情不愿答应了，又追问，"周末你几点到？"

晏鹤清简短回："早上十点。"

随后他没再理陆牧驰，打开电脑搜索了周五飞往南方的机票。那天在别墅，徐乔音在他手心写了她的身份证号。

晏鹤清填好徐乔音的身份证号，买了一张下午两点半的机票。

他算过从陆牧驰别墅到机场的路线，走高速最快两小时。

转眼到了周五，晏鹤清拿到了驾照。

他先去练车场取了车，第一次开车上路，晏鹤清先去了平时没空去的菜市场。

菜市场不只价格便宜，主要是食材新鲜。晏鹤清仔细挑了三十个土鸡蛋、一块黄牛肉、一块飘香的火腿，新鲜绿叶菜，还有四包红烧牛肉面。

他食量是一包，剩下三包给陆凛。

到家七点，陆凛八点左右过来，晏鹤清提前处理干净了肉和蔬菜，然后看书等着陆凛。

秒针一圈圈转，八点整，有节奏的叩门声响起。晏鹤清收好书，过去开门，门外陆凛提着两个袋子。晏鹤清侧身让开，打开鞋柜拿出那双新拖鞋。

最大号男士拖鞋，明显不是晏鹤清的脚码，陆凛眸光微闪，刚要接过，忽然灯管闪了几下，随即彻底灭了，房间陷入了黑暗。

停电了。

世上怎会有这么碰巧的事，陆凛刚到就停电了！

楼道的感应灯还亮着。

暗淡的灯光照进来，被陆凛遮住了大半。晏鹤清的眼眸隐在了黑暗里，他说："可能跳闸了。"

满是岁月痕迹的电表箱被打开，打开时还咯吱咯吱作响。电表停了，下方有一个掉漆的小铁盒，拧开盒子的螺丝，有一根螺丝和铁皮断开了。

晏鹤清淡定地关上铁盒："好像是线路出了问题，我联系房东。"这个老小区除了保安和保洁，没有物业，有问题都是联系房东。

晏鹤清的房东是个抠门儿的中年男人，听到线路出问题就说他吃完饭过来瞧瞧，他会修。房东住另一小区，过来要一小时左右。他租房子给晏鹤清时，房子就有一堆问题，嘴上说着他会来修，拖几天等晏鹤清自己修好了，他也没出现。

今天也一样，到点他会找借口来不了，比如家里突然有事、电瓶车没电之类，拖到晏鹤清自己修好，他知道这个大学生动手能力很强。卫生间那台坏热水器早该换了，修理费比买新的少不了多少，他借此想抬点房租，不想反被晏鹤清砍掉两百块。晏鹤清自己修热水器，不用换。

晏鹤清算准了每一步，唯独算错时间，螺丝松太快，泡面尚未煮好。他的计划，总会在陆凛这儿出现微末的偏差。

关上电表箱，晏鹤清进屋提议："一时半会儿修不好，出去吃？"

陆凛放下袋子，脱着外套说："你用的煤气。"

他进过厨房，老小区没通天然气，也没配电磁炉，用的还是煤气罐。

晏鹤清懂陆凛意思了，他关上门，摸黑从抽屉里翻出一个香薰蜡烛——他买日用品时凑的单，说是桂花香薰，又摸进厨房，点燃了蜡烛。

摇曳的火苗像是那晚野钓的火堆，不大，却也足够照亮一隅天地。

晏鹤清刚要出去，陆凛已经跟进厨房，他把外套脱了，里面是简洁的纯色衬衫，他挽起袖口，取下手表搁到摆放杂物的架子上。

"我能帮什么忙？"

晏鹤清将蜡烛摆在料理台上，说："不用，配菜提前洗好了。"

汤锅接水放到燃气灶上，打了火，蓝色火苗蹿出，晏鹤清冲了冲手，取出菜板切牛肉。

料理台面积有限，放上菜板，蜡烛得挪地儿，晏鹤清刚准备挪蜡烛，被陆凛先一步拿过蜡烛，他就没动了，低头切肉。

晏鹤清嘴角轻扬，刀片抄起牛肉粒装进碗，加料酒、生抽、胡椒粉搅拌均匀腌制。汤锅沸腾了，晏鹤清调小火，放了三个鸡蛋进去。旁边有一只大碗，装着冰块，放了一段时间，化了半碗冰水。

陆凛沉默不语，片刻后说了句："除开学习和钓鱼，我看不出你有其他喜好。"

鸡蛋煮了六分钟，晏鹤清捞起鸡蛋放进了冰水里。

鸡蛋落进碗底，发出清脆的声响，晏鹤清的声音同样很清脆："有的，和你做朋友，我很喜欢。"

刚煮好泡面，泡好荔枝蜜水，陆凛接了个电话，没动筷就离开了。

晏鹤清听到了一两句，似是陆如婵的保姆打来的电话，陆昌诚和陆翰，现在在陆如婵的静养别墅。

茶几上的蜡烛燃了一半，空气里弥漫着淡淡的桂花香。原来香味得燃烧一段时间才会散发。晏鹤清没有吹灭蜡烛，他打开门出去，过了很久，房间恢复了光明。

重新回到房间，晏鹤清自己缓慢解决了两碗泡面。溏心蛋煮得特别成功，橘色膏状流心，可惜陆凛没能吃到。

吃完东西，晏鹤清休息了一会儿才动，上秤测体重，一百二十三斤。

晏鹤清解决完泡面的同时，陆凛也赶到了半山别墅。

客厅灯火通明，陆昌诚的声音穿透门板。

"我陆家断子绝孙对你有什么好处？"

陆如婵脸色特别差，照顾她的保姆大着胆子出声："太太需要安静，医生说禁止大声喧哗。"

陆昌诚沉下脸道："你——"

陆翰悄悄撞了撞他的肩膀："爸，阿凛来了。"

陆昌诚斜陆翰一眼，看不上他的鬼鬼祟祟。没出息的东西！陆昌诚往前看，见陆凛走了过来。

见陆凛到了，陆如婵如死灰一样的脸色总算有了几分人气。陆凛刚过来，她就紧紧抓住他的手。

陆昌诚鼻子里"哼"了一声，但也闭嘴了。

陆凛感到陆如婵在抖。他蹲下来，抚摩着陆如婵的手背，安抚地说："先回屋休息，我待会儿来陪你。"

陆如婵颤声问："今晚不走了？"

陆凛回："不走。"

陆如婵这才不抖了，缓缓松开陆凛的手。保姆特机灵，马上推着陆如婵回屋。

客厅只剩陆凛、陆昌诚和陆翰。

陆翰瞥着陆凛的脸色——很平静，但他心里还是打起鼓。他这弟弟，越是面无表情就越狠。姥姥去世前，给陆翰打了一通电话，要他去医院看看她。他约了人打高尔夫，刚到球场不想麻烦，敷衍了一句"晚点儿去"。

老太太絮絮叨叨，说什么想见他最后一面！他听得烦就挂了电话。谁知真是最后一面，他打球打得兴起时，人没了。他自知理亏，赶到医院认了错。陆昌诚没说什么，守在病床边的陆凛突然走向他，挥拳就揍他。

谁都没能拉开。

那是陆翰人生中唯一一次被揍，养了好几个月才恢复。他是怕了陆凛，平时一副优等生模样，打人比职业拳手还狠。

今天也不是他怂恿，是最近陆牧驰不闯祸了，不仅按时上下班，还接触了一个大项目，陆昌诚欣慰又高兴，闲着没事做，就又琢磨起了陆凛婚事。不听他的话，总该听陆如婵的，陆昌诚想着，就来了别墅。

陆翰也想看陆凛乐子，就跟着来了。没想陆凛突然回来了，陆翰想找个理由先出去，免得闹起来波及到他。没来得及开口，就听陆凛不疾不徐道："我不打算结婚，更没有生孩子的计划。"

陆翰一时没顾上仪态，目瞪口呆定在原地。

陆昌诚更是只觉天崩地裂，眼前短暂黑了好几秒，若非拄着手杖，就摔了。他浑身哆嗦着跺着手杖："你再说一遍！"他在威胁陆凛改口。

陆凛面无表情重复道："我不打算结婚，更没有生孩子的计划。"

"逆……逆——"没说完，陆昌诚手杖滑落，捂住胸口大喘气。

陆翰这才从惊讶中回神，快步上前扶住陆昌诚，打电话喊陆昌诚的随行医生进来。

一通鸡飞狗跳，陆昌诚没事，只是太激动缺氧，救护车赶来，又开走了。

陆凛先去洗手，又换了套衣服，才去陆如婵房间。

陆如婵没躺床上，她坐在窗边，听到脚步声，她转过轮椅，脸上已恢复平静。

"都想好了？"陆如婵微笑。

房间隔音好，但并非听不到。

陆凛蹲下来，揉着陆如婵的膝盖，不知在想什么，没有给出回答。

周末，陆牧驰破天荒起了个大早，五点就洗了澡，喷了香水，还郑重其事穿了正装。他甚至下厨煮了粥——煮过一次，他感觉自己还挺有煮粥的天赋。

等晏鹤清到了，他、晏鹤清、徐乔音一起喝上一碗他亲手煮的美味白粥，这个周末，他们会解开所有误会，真正和好！

到八点，门铃终于响了。

佣人正欲去开门，陆牧驰率先冲到玄关，理理发型，急切地开门。

门外，晏鹤清拿着画，迎面飘来一股白麝香，夹杂着类似杏仁的馥郁香气，无比腻味。

晏鹤清想吐，但他忍住了，只是平静地进了屋。

晏鹤清径直去了二楼。

陆牧驰下意识跟上，上一半楼梯，想到了他煮的粥，又不爽地退下楼，跑去厨房盛粥。

房间里还是有两个佣人守着徐乔音。

徐乔音非常紧张，手心一直冒着细汗，她不知道晏鹤清要如何送她去机场。陆牧驰不只安排人看守她，还装有监控。她出汗到佣人都发现了，飞快去卫生间拧了一块温热的毛巾给她擦汗。

"太太需不需要叫医生？"

徐乔音抖得厉害，紧闭双唇不说话。两个佣人奇怪地对视一眼。

这时响起敲门声和少年清亮的嗓音："徐老师。"

很神奇，徐乔音渐渐恢复平静，晏鹤清的出现，总能给她一股安定的力量，她相信他一定能带她到机场。

注意到佣人的打量，徐乔音掐住掌心，努力让自己表现得正常，对着门说："进来。"

门被无声推开，晏鹤清走了进来。

徐乔音瞧见他，更安心了，她总算露出笑颜，问："小晏你吃了吗？"

这么早来，多半没时间吃早餐。

"吃了。"晏鹤清走到床边，微笑着点头，他将画递给徐乔音，"就是这一幅。"

看到画，徐乔音有些黯淡的眸光隐隐闪烁着光彩，她接过画，细细看着。

这是一张称不上画的画，A4大小，画中线条各不同，画工稚嫩，出自不同的小画家，他们一笔接一笔接力，画出自己心目中的徐老师——大眼睛、高鼻梁，笑容温暖，沐浴在阳光里，手拿着一支画笔。福利院小朋友给画笔取了一个名字——奇迹笔，可以画出希望。

徐乔音眼眶红了，她抱住画，像是抱住她的希望。

晏鹤清没有出声打扰她，隐约听到外面有动静，他转身出去。

陆牧驰端着粥上楼，特意在粥里撒了一层坚果碎和果干，刚到二楼，就看到了晏鹤清，他问："在等我？"

晏鹤清神情淡漠："徐老师现在吃不下东西。"

"你的。"陆牧驰当然知道，他早上亲自给徐乔音送的早餐，徐乔音这次没拒绝，全吃完了。陆牧驰无比满意，一切全在往他规划的方向发展。

他即将谈成一个大合作，签了合同，他的公司将会更上一层楼，虽远远不及陆氏，却也是迈出了一大步。他准备下个月重装这套别墅，他和徐乔音以后会在这儿常住。

陆牧驰上前说："我早起熬的粥。"

"我不喜欢粥。"晏鹤清干脆地拒绝。

陆牧驰知道晏鹤清还在生气，他笑着道："你喜欢什么，我现学也给你做出来。"他说的是玩笑话，煮粥他都觉得麻烦。却不想晏鹤清真开口了："蝴蝶酥。"

陆牧驰记得蝴蝶酥，他心念一动："上次的味道满意吗？"

晏鹤清微微笑了下："挺好。"

陆牧驰记得蝴蝶酥是他找五星级酒店的甜点师傅现做的，离别墅来回要六个小时。

陆牧驰转身下楼道："等我。"

晏鹤清神色淡漠地忽然喊住他："陆牧驰。"

"什么？"

"我要带徐老师去院子里透气。"别墅的监控密集，监控着每一个角落，晏鹤清想过数种方案，皆无法悄无声息带走徐乔音。

唯有院子，他停车的地方是死角。

陆牧驰迟疑了，他有心理阴影，徐乔音第一次消失，是和他说去买东西，结果一去不复返。现在徐乔音态度软和了，他还是怕她又一声不吭消失，转念一想，又觉杞人忧天。别墅里全是他的人，满布监控，又在山上，四周荒无人烟，徐乔音跑无可跑。

何况晏鹤清提要求，他没有不满足的道理，他说："你随意。"

几小时后，陆牧驰为他的决定发了疯，不过此时他尚不知情，连司机都不带，自己开车，要亲自买回蝴蝶酥。

徐乔音梳洗一番，她被关了两个月，双腿都不似她的了，下楼都靠晏鹤清搀扶。直到出了别墅，看到青山绿树，她才终于感到她活过来了。

她渴望自由，渴望飞向天空。她闭上眼，用力呼吸着久违的新鲜空气。

两个佣人不远不近跟着，晏鹤清领着徐乔音慢慢散步，忽然，他回头喊她们上前，问："有披风吗？"

其中一个点头答："有，我去取。"

晏鹤清叮嘱："要厚一些的。"

待她离开后，他又问另一个："有茶吗？"

陆牧驰对晏鹤清和徐乔音的态度所有人都看在眼里，佣人飞快回复："有，绿茶、红茶、黑茶、白茶、果茶都有，您要喝什么？"

晏鹤清还扭头问了徐乔音一声，才回头微笑答："徐老师不要，我要红茶。"佣人跑进屋泡茶去了。

没人想到晏鹤清会帮着徐乔音逃跑。

待两个佣人回来不见晏鹤清，正茫然，晏鹤清又从别墅出来，就他一人。

"徐老师困了，我送她回房休息了，你们不要进去打扰她。我去趟超市，药我回来喂她。"

徐乔音情绪不稳定，医生给开了安神药。佣人都没有怀疑，连声答应。

晏鹤清又问："最近的超市怎么走？"

佣人给他指了路线。晏鹤清道谢，光明正大地驾车离开别墅。

徐乔音躲在后座，知道车已经出了别墅，她依旧没敢出声，直到晏鹤清让她起身，她缓和了一会儿，才屏息直起身，还是蹲着小心瞧着窗外。

山道上只有晏鹤清的车。

徐乔音颤抖着捂住脸，无声地流泪。

晏鹤清安静地驾车，任她发泄情绪，这段时间，他模拟过无数次从别墅到机场的路线，他记得每一个区间的限速，每一条路的最快通过时间。最后，他用了一小时四十到达机场。

她的身份证被陆牧驰拿走了，晏鹤清带徐乔音去机场办理了临时证明。

他给徐乔音买的是中转站，飞机落地，徐乔音可以换其他交通方式，选择任何她想去的地方。

徐乔音取了机票，她全部的行李只有那幅画。晏鹤清从车上拿下来一个小纸箱，是荔枝蜜，需要托运。

徐乔音已经恢复了情绪，到安检口，她望了晏鹤清一会儿，歉疚道："小晏，对不起，他伤害了你，你还帮助我……"

两人都知道他是陆牧驰，晏鹤清微笑道："你是你，他是他，你不需要为他道歉。"

徐乔音满腔的母爱爆发，眼泪滚落，她上前给了他一个拥抱，问："要他发现我不见了，你怎么办呢？"

"不用担心。"晏鹤清也轻轻回抱了一下徐乔音，"我有办法。"

广播在催促登机，晏鹤清松开她，从口袋里摸出纸巾递给她："愿你以后只有笑容。"

徐乔音捂住嘴，眼泪更汹涌了。她擦干泪，又拜托晏鹤清一件事："我暂时不方便联系张姨，麻烦你下次去福利院，帮我转告她，我很好，以后都会很好。"

晏鹤清答应了。

两点半，一架飞机准时起飞。晏鹤清仰头静静望着天空，不确定是不是徐乔音的航班。只是他可以确定，陆牧驰再也不会见到徐乔音了。

小说里，陆牧驰和徐乔音最终冰释前嫌，拥有温暖的母爱。

可是，他凭什么？

晏鹤清眼底毫无波澜，片刻后，转身走出机场，启动车子，原路返回陆牧驰的别墅。

他原计划送完徐乔音，从机场回家，等着陆牧驰找上门，但陆凛在海钓时教会了他一件事——想钓到两百斤的金枪鱼，饵要用本身就在海里生存的小鱼，而非普通饵料。

小鱼，也能诱杀大鱼。

他改了主意，他要在陆牧驰的地盘等着他。

这时，手机弹出一条微信通知，接着是接连不断的振动。

这个频率，不会是陆凛，要么是林风致，要么是班级群。

晏鹤清没管，回到陆牧驰的别墅，陆牧驰还没回来。他停好车，提着一个空袋子，在佣人的注视下上了二楼。

走进空无一人的房间，关上门，晏鹤清才掏出手机看微信。如他所想，是班级群，杨汝成发了一个公告。

"下周有为期一周的进山活动！"

晏鹤清还没细看，弹出来一条好友申请。

来自生物科学二班，顾星野。

京大生物科学专业期末一般都会安排一周进行野外实习，只是杨汝成习惯不同，他通常把实习安排在开学后一个月左右。京大的野外实习都是去淮山，在山里有好几处实验基地和温室大棚，距离京城五小时车程。

这次实习分组交报告，两人或三人一组皆可，可选植物学或是动物学。

找顾星野组队的消息不停在闪，他没答应，他想找晏鹤清组队。他对晏鹤清很好奇，这与林风致无关，他不在意他们什么关系，只是纯粹对晏鹤清本人好奇。

他添加了晏鹤清好友，半晌毫无反应。

然后顾星野看到一个同学在班级群发："别找我了！我、老展、新同学三人满员了！"新同学只有一个，晏鹤清。

晏鹤清忽略掉顾星野的申请，添加了后一个加他的男生，这个男生和晏鹤清搭过几次话，性格很不错，晏鹤清同意后，他马上拉晏鹤清进了小组。

小组里还有生物科学二班的一个女生，名字叫展娉婷。

进了小组，男生问他们要选植物学还是动物学，植物学是鉴别、培育、制作植物，动物学是捕捉昆虫，还有夜间爬山活动。

展娉婷先发表意见："投票决定，少数服从多数，我选植物。"

男生在追展娉婷，私心是想跟着选植物，不过晏鹤清是他拉来的，他还是等晏鹤清先发表意见再决定："鹤清你呢？"

晏鹤清："植物。"

"呜呜，谢了兄弟！回校请你撸串！"男生感动不已，私发了晏鹤清，同时在群里发，"我也选植物！全票通过，咱们组定植物！"

晏鹤清回了两个字："不用。"他没要帮男生，他确实要选植物，揣回手机，楼下传来动静，他走到窗边，陆牧驰回来了。

这次糕点师提醒了陆牧驰，热的蝴蝶酥更美味，他特意加了保温箱和保温袋，一路飙回别墅。他提着巨大的保温箱大步跑进别墅，刚到楼梯口，余光瞥见客厅的清瘦身影，他猛然刹住，回头走向晏鹤清，脸上一副得意之色。"你绝对不会吃到比这更美味的蝴蝶酥。"他说。

晏鹤清却没回应他，他在看那张沙发。

片刻后，晏鹤清收回视线，平静地看过去："徐老师走了。"

陆牧驰随口问："去哪——"他笑容僵住，瞳孔放大，"什么？"

晏鹤清没回，只沉默地望着他。

陆牧驰的心跳不断加快，幼时那种感觉又来了，不安、焦躁、错愕、愤怒……他扔下保温箱，转身冲向楼梯，冲上二楼。

到楼梯口，他蓦地停住，望着前方紧闭的房门，十指颤抖，焦灼地捏了数次，才张开干涩的嘴。

"妈……"他发不出声。

过好一会儿，他再次抬脚，跑上前撞开门。

窗户打开着，风卷起窗纱沙沙作响，那张床上，被子铺得整齐，那个女人，又不见了踪影。

陆牧驰脑子一片空白。再回神，他已冲回客厅，血红视线里，那道清瘦的身影竟然还在，他还敢在！

晏鹤清甚至连跑都不屑！

陆牧驰几步上前，爆筋的手抓向颀长细白的脖子，快碰到，又一斜，死死扣住晏鹤清肩膀，指尖几乎掐了进去，陆牧驰咬着牙，从牙缝里挤出声音："为什么不跑？"

不用问，徐乔音独自根本跑不了。肯定有人帮忙！这人就是晏鹤清！

晏鹤清注意到了陆牧驰这细微的改变，比起掐脖的窒息，扣肩的痛不值一提。他神色不变："我为什么要跑？"

陆牧驰咆哮如雷："我满城给你找最好的蝴蝶酥，你在做什么？你在帮我妈逃走！"

他暴怒的样子早惊动了管家佣人，他们全站在远处，战战兢兢不敢出声。

位于风暴中心，晏鹤清却面不改色，他甚至连眉头都没动一下，两片唇平静地吐出几个字："是你一厢情愿。"

"你找死！"陆牧驰猛地将晏鹤清推向沙发靠背，双手捏住晏鹤清肩膀往下压，眼球充斥着血丝，"我杀了你！"

佣人顿时吓坏了，悄悄推管家去劝阻，管家也怕真闹出人命，吞咽了几口口水，壮着胆上前几步，喊："少爷——"

"滚！"陆牧驰暴喝，"都滚出去！"

管家、佣人被吼得浑身发抖，你望我，我望你，无声跑出别墅，不敢耽搁。

出了别墅，管家心急如焚，想了想，走到一个角落，手抖着摸出手机，打了一个电话："快快！帮我找陆总的联系方式，晚了要出事！"他口中的陆总是陆凛，现在能制得住陆牧驰的只有陆凛。

此时客厅里，晏鹤清内心还是没任何波澜，他平静地对上那双嗜血的眼睛，说："你不会。"

他冷淡的态度彻底惹怒了陆牧驰。陆牧驰脑门充血，甚至分不清此刻的愤怒是因为徐乔音再一次扔下他，还是晏鹤清的不屑一顾。

他一字一句道："晏鹤清，别挑战我的底线！"

"挑战又如何？你从没有把我放在平等的位置，对你而言，我和流浪猫没什么不同。"晏鹤清字字诛心，"高兴了，买高级罐头哄哄；不高兴了，丢在路边。"

"闭嘴！"陆牧驰恼羞成怒，抓住晏鹤清衣领，"你再顶嘴，信不信我把你关起来！"

"我信。"晏鹤清甚至还点了点头，"上一个被你关的，我刚才帮她逃离。"

被戳中痛点，陆牧驰手骨快捏碎了，吼道："别说了！我叫你别说了！"

晏鹤清没有停，他平静地戳穿他："你恨你爷爷，恨他让你失去母亲，失去自由。但你和他没任何不同，你也是那样的人。"

"我不是！"陆牧驰急声反驳，脑海里却是他被陆昌诚关起来的画面。

就在不久前，还是晏鹤清说动陆昌诚，他才恢复自由，限定的自由。

晏鹤清忽然伸手抓住陆牧驰的手臂，随即重重甩开，像甩一袋垃圾一样。长的十几斤体重在这一刻发挥了作用。

虽然他还不够有力量，却也不再是待宰羔羊。

"陆牧驰，你不爱任何人，你只爱你自己。"晏鹤清目不斜视，"不要试图找徐老师，你比任何人清楚，动静闹大了，你爷爷不会放过她。"陆牧驰愣在原地。

他眼睁睁看着晏鹤清走了，听到关门声，还是没动。

屋外，管家好不容易要到陆凛号码，别墅门开了。所有人惊讶地望向晏鹤清，依旧平静的晏鹤清。

管家定住了，握着手机，瞠目结舌目送晏鹤清驾车离开。直到车离开许久，管家这才回过神，他低头删除了尚未拨出的号码。

与此同时，助理在和陆凛报告。

"打听号码的人是小少爷的私人管家。"

陆凛翻着文件："什么事？"

"没说。"助理如实报告，"只说他很急的样子。"

陆凛没再出声，意思是助理可以出去了。助理转身，想到一件事，又回头说："陆总，京大生物学院那边来了消息，生物科学专业要去淮山野外实习一周，要从奖学金拨一笔经费。"

这种小事以往都报不到助理这儿，集团有专人负责，不过今年不同，助理就特别关注了。助理余光瞥着那盆开得无比好，和这办公室格格不入的多肉。

陆凛翻了页："实习时间。"

"明天下午。"

车下了高速，晏鹤清没回家，而是去了福利院。明天下午要出发去野外实习，他就先去给张姨传话。

到福利院，夜幕刚降临，福利院的霓虹彩灯闪烁着。晏鹤清下车，脚踩到地面，他终于有了实感。

胆怯过吗？在面对陆牧驰那一瞬，或许。饵放下去，提竿才知道究竟能钓到怎样的猎物。

最后，他赢了。

小鱼钓到了大鱼。从这一刻开始，轮到陆牧驰去体会地狱了。

新生

晏鹤清微微仰头，看向天际。

春天的夜，星星快要出现了。

快八点，福利院还在加班加点施工，小朋友都不觉吵闹，嘻嘻哈哈凑在那里一起给工人加油。

早点儿装好电梯，四楼、五楼的小伙伴就能下楼跟他们一起玩耍，一起晒太阳了！

门卫说张姨在宿舍楼，晏鹤清过来，看到电梯有些意外。一段时间没来，福利院竟然加装电梯了。

张姨正在干劲十足地帮忙递工具，歇下来，看到晏鹤清，她立马喜笑颜开，手背在围裙上蹭蹭，跑过去打招呼："小晏！"

晏鹤清上学了，来得少了，张姨还怪想他。

"怎么这时候来？"

晏鹤清从电梯收回视线，转述了徐乔音的道别。"……她想到西部支教，考虑良久，决定今天出发，她要你别担心她，安定下来会联系你。"晏河清编了一个合情合理的理由。

张姨又是放心又是不舍，说："这徐老师，原来是去支教！多大点事，竟然断联！我担心她两个月了，她……等她联系我，我非好好骂她一顿！"说着说着笑得无比开心。

话带到了，晏鹤清准备回家收拾行李。离开前，他又看向电梯。

是陆凛赞助的吗？他想着，还是问了张姨。

张姨点头："是啊！就是陆氏那个大老板，哎哟我的天，再没见过比他更大方的老板了，面面俱到！我们福利院这次是碰到大好人了。"她又提了一嘴，"小晏你原来在我们福利院待过啊！要不是老员工认出你，我还不知道。"

晏鹤清眼睫动了动问："老员工？"

张姨便说了游乐场那晚的事。

"赵姐退休十来年了，以前在福利院见过你，她对你印象可深了，连你家出事的原因都记得清清楚楚，当时陆氏的大老板也在呢。"

晏鹤清瞬间愣住。

陆凛知道他家出事的原因？知道……火灾？

开车回到住处，晏鹤清没有开灯，在黑暗里去卫生间洗手。

关上水龙头，他低头望着掌心，适应了黑暗，隐约能看到湿漉漉的掌心。又过了十来秒，他才认真擦干手出去。

他熟悉屋内每一处摆设，走到茶几前，准确地拉开抽屉，从最深处取出那个天鹅绒盒子。

翻开盒盖，只窗户透进来些许亮光，那方水晶光之立方还是在天花板折射出一道微弱的光芒。

暗淡的、跳跃的白光，像海面被风吹起的水纹。

晏鹤清抱紧盒子，复又松开，走到床头。

他蹲下身打开台灯，橘光乍亮，光之立方立即跟着五彩斑斓，晏鹤清再次取出它，彩虹光如同之前每一次一样，安静地落进他掌心。

晏鹤清静静凝视好一会儿，终于摸出手机。

点开通讯录，拨了林满峰的电话，提示通话中。等待了一小时，晏鹤清拨第二次，提示依然是通话中。

不用再确认第三遍，他被林满峰拉了黑名单。

不是没起过疑，林满峰在那样的时间，出现得那么巧，送来母亲的照片。

现在，一切有了解释——陆凛。

晏鹤清放下光之立方，拿过晏秋霜的相框抱进怀里，背抵着床，埋膝坐到地上。

脸颊紧紧贴着相框，有一点儿凉，却又那么温暖。

还不了，也还不清了。

房间安静极了，不知过去多久，楼下突然有人高声喊："谁的车？京012——"

晏河清模模糊糊地想起是他的车牌号。

老小区以前都没规划停车位，这几年腾出一小片空地停车，路边也划了一些临时停车位，时间久了，一些人常停一处当作自己车位。

房东也让晏鹤清停在他的车位，借机想多收一百块停车费，被晏鹤清拒绝了。这两天，他这栋单元楼对面有空位，他在同一位置停了几次。今天那个位置还空着，他却停到了前一个位置。

不算停错，只是他确实分神了。

晏鹤清没理楼下的无理喊叫，他抬头轻轻抚摩了一下相框，放回床头柜，拿过手机登录微信。

班级群还在热闹，消息99+。

晏鹤清没看，他点开和陆凛的聊天框，聊天记录还在出海之前。他敲下一行字："下班了吗？"

陆凛刚到家，手机在口袋里振了一下，他脱下外套，摸出手机，看到是"52赫兹"，立即划开了。正要回复，晏鹤清又发来一条："我驾照已经拿到了，你要我帮什么忙？"

上次陆凛给晏鹤清做科目二、科目三的随车指导，曾提过要他帮个忙。

陆凛换上拖鞋，回复他："下次见面说。"提着东西往厨房走，不便打字，他发了一条语音："东西拆了吗？"

晏鹤清点开，没听明白："什么东西？"

走到料理台，陆凛放下塑料袋，单手拿出泡面、鸡蛋。泡面和晏鹤清买的同一个牌子，也是一个味道，红烧牛肉面。

陆凛拆开袋子，语音电话过去，低笑了一声："看来你的电表现在才修好，没发现门后的袋子。"

手机贴在耳边，晏鹤清走到玄关，鞋架旁果然放有两个袋子。这两天专注在徐乔音的事上，进出都没发现。

晏鹤清蹲下身，食指拨开袋子，一袋是洗衣凝珠，一袋是沐浴露和洗发水。洗发水瓶通体白色，没有 logo。

陆凛在电话里说："这三件是陆氏内部的生产线，市面买不到，你不是有朋友喜欢这款味道吗，可以送他。"

晏鹤清安静片刻，说："不想送。"

"那就留下自己用。"他紧跟着问，"你上次煮的溏心蛋是几分钟？"

晏鹤清有些意外："你在煮泡面？"

"上次没吃到，嘴馋了。"

晏鹤清停顿几秒回复："六分钟。"

"那再聊六分钟。"陆凛打开免提，放下手机往另一个锅下调料，"看我能不能煮出一样的溏心蛋。"

他正要挑起话头，晏鹤清主动开口了："我今天做了一件事。"

"好事，坏事？"

晏鹤清缓缓说："对我是好事，对别人是坏事。"

调料包煮化了，飘出泡面独有的香味，陆凛加进三块泡面，说："挺好，你很有经商天赋。"

这次，晏鹤清过一会儿才出声："冰水备好了吗？鸡蛋捞出来要先放冰水里过一遍。"

"用不上了，鸡蛋煮爆了。"陆凛说，"我不擅长煮溏心蛋。"

泡面煮好。"早点休息，晚安。"他挂了语音。

晚上十一点了。晏鹤清望着时间，脖子有点儿酸，忽然想起今天的十五分钟贴墙还没做，他提上两个袋子先去卫生间，刚起身，微信弹出新信息。

"sep12"："你告诉顾星野我们的关系了??"

晏鹤清没回，关了手机。

林风致没等到晏鹤清回复，倒是顾星野的电话来了。

林风致不想接，他不知道怎么解释。他没想瞒着顾星野他的身世，如果世界上有人能分享他的所有秘密，除了陆牧驰，那必定是顾星野，只是错过了几次时机，他现在难以开口。

而且，要不是因为他的关系，晏鹤清和顾星野能熟悉起来？

林风致承认他小气。谁让晏鹤清那么优秀，有让所有人都喜欢他的魔力。大哥、爸妈，还有根本没见过晏鹤清的准大嫂，来吃顿饭也要提几句想见晏鹤清。

嘴里的草莓顿时不甜了，林风致怀里还抱着一大盒。刚才他写着日记饿了，下楼找吃的，刚抱出一盒草莓开吃，就收到顾星野发来的微信，问他认不认识晏鹤清，他就生气了。

肯定是晏鹤清告诉的顾星野！晏鹤清怎么能不经他同意，擅自找他朋友说这种事！完全不尊重他！他都能想到了，晏鹤清发现他同学就是生物系的风云人物顾星野，想攀关系，拿他当由头。

林风致小少爷脾气上来，一盒又红又大的草莓直接丢进垃圾桶，赌气接电话，发泄一般连声："对对对，晏鹤清是我亲哥！双胞胎亲哥！你满意了?!"

顾星野只以为晏鹤清是林风致亲戚，没想到竟是双胞胎，他感叹一句："那你们还真是完全不像，是异卵双胞胎吧？"

他没提领养，林风致火气消了一半，但还是有怨气："你什么意思？他比我好太多是吧?!"

顾星野轻笑："你看，炸毛了吧，这就是不同，你哥比你沉稳。"

句句不离晏鹤清，林风致不想再说了："不想和你说了，挂了。"

"哎，还有事。"顾星野喊住他。

"说！"

"明天下午我们班要出发去野外实习一周，山里信号差，可能会断联。"

林风致又有些不高兴，晏鹤清没告诉他要去野外实习，这可是一周，晏鹤清难道不怕自己联系不上他着急吗？

他闷闷不乐道："知道了。"顿了顿，又说，"你知道晏鹤清是我亲哥了，平时……稍微照顾他一点儿吧。"挂掉电话，林风致盯着和晏鹤清的聊天框，晏鹤清还是没回他。

心虚不敢回了吧！

林风致委屈不已，他用力揉了揉酸胀的眼睛，转身要上楼，回头就见林风逸站在厨房门口。

林风致委屈翻倍，可怜巴巴喊："哥……"

林风逸却在走神，听到他的声音，猛地回神："啊？你说什么？"

"你们都一样讨厌！"林风致脾气更大了，上前撞开林风逸。

"致致。"林风逸喊住他。

林风致停住，语气硬邦邦地问："干什么？"

"我听见你讲电话，晏鹤清和顾星野在同一个班？"

又是晏鹤清！怎么每个人找他都是问晏鹤清?!

"你那么关心他，自己去问他啊！烦死了！"林风致回身推一把林风逸，怒气冲冲地跑上楼。

野外实习，生物科学二班包了一辆大巴。

下午放学在侧门集合，周无忧抓着行李箱踮脚张望，晏鹤清还没来。

展娉婷知道她的心思，低声揶揄她："这么想见他？"

"对。"周无忧大大方方地说，眼还盯着侧门，想到那名干净温润的少年，她心跳就不由自主地加快，"我特别喜欢他，你要也喜欢，咱们公平竞争。"

展娉婷摊手："我从不挑战高难度，那样的高岭之花，我等凡人配不上。"她轻轻撞了下她后背，笑着说，"这次我跟晏鹤清一组。帮你制造机会怎么样？一顿烤肉。"

周无忧回头望她，大眼睛扑闪。展娉婷被盯得发毛，她搓了搓手臂："干吗啊？不要算……"

周无忧忽然抱住她。展娉婷一米六不到，是娇小型，被周无忧轻松抱离地。

"一顿怎么够！一个月！我请你一个月！"

展娉婷好笑："快放我下来！"过一会儿，她惊喜地看向前方，迅速压低声音，"快快！你的高岭之花来了！"

周无忧飞快松手，拉扯着衣服回头。

晏鹤清提着一个纯色旅行包，他感受得到周无忧炽烈的注视，但他给不了任何回应，权当没发现，提着包上了车。

周无忧还呆愣在原地，展娉婷比她更急，推她上车，说："傻站着干吗？快跟上，找机会坐一起啊！行李箱我帮你放！"

周无忧终于动了，蹬蹬蹬冲上大巴，只是她晚了一步。

晏鹤清走到倒数第二排的双人座，座位多，他可以单独坐这一排。刚放好旅行包，后面有人推了他一把。

他回头，见顾星野刚好坐下，两条长腿抵住前排座位靠背，堵住出去的过道。

顾星野抬头笑出一口白牙，说："下午好。"

晏鹤清敛了下眼角，没应声，转身坐下。

车窗是全封闭的大玻璃，晏鹤清打开书包，拿出耳机戴上，又摸出一本书，低头开始看。

顾星野挑眉，他瞥到了晏鹤清的书，不是课本或专业书籍，是阿加莎的原版《罗杰疑案》，封面贴有京大图书馆的标签。

喜欢看悬疑推理？顾星野意外，又不那么意外。晏鹤清也像一本悬疑书，越靠近，越觉神秘，让人很有探究的欲望。他也不尴尬，开始猜测晏鹤清听的是什么音乐。

古典乐？轻音乐？好像都符合晏鹤清的气质。只不过晏鹤清出人意表，外表温润好说话的样子，实则冰冷拒人于千里之外。也许反差到爱听摇滚，布鲁斯，爵士？

"单词。"突兀的，那两片嘴唇动了动。

顾星野反应极快，他勾着嘴角说："听单词看小说？一心两用，不愧是软件工程前第一。"

杨汝成说过，上学期晏鹤清是以第一的期末成绩转到生物科学。

顾星野有几分恭维晏鹤清的意思，是人就喜欢听好听话，他不信晏鹤清例外。

晏鹤清还真是例外，他翻了页，长睫甚至没怎么眨过，平静而疏离地说："如果好奇我和林风致的关系，自行问他。"

顾星野挑眉，他并不在意林风致是不是领养的，更谈不上好奇他俩的关系，他嘴角带笑道："我是哪儿得罪过你吗？你似乎不太待见我。"

不管什么时候，晏鹤清和顾星野从没有任何交集，他没有不待见顾星野，顾星野对他而言，就是普通的陌生人。

"没有。"晏鹤清加大了耳机音量。

他的耳机是便宜货，音量稍高就会漏音，他通常调到刚好听清的音量，但还是听到顾星野的下一句："既然没有，交个朋友？"

页面上，是小说的一句话："对侦探而言，所有涉案人员都是陌生人。"

晏鹤清淡淡回："我不交朋友。"

生物科学二班第一次野外实习，大巴上气氛活跃，大部分人都在热烈讨论着待会儿进山第一顿做烧烤。

"我听学姐说了，淮山基地种有蚕豆、大土豆、紫薯。烤着吃肯定特好吃！"

"对。好像还养了实验鸡，做完实验加孜然烤？"

"进山了谁还吃鸡啊，淮山气温要高出好几度，下河抓鱼、摸虾加餐呗。"

"我就不一样了，我只想看爬藤月季！看过照片，弗洛伦蒂娜太漂亮了！"

…………

唯独倒数第二排非常安静。

顾星野不可思议地笑了一声，也没再问了，调整姿势靠着椅背，拿出眼罩戴上，过去好一会儿，本应该睡着的他，忽地冒出一句："没人会不需要朋友。"

晏鹤清没回，又翻了一页。

五小时车程，晚上十点多，大巴终于结束颠簸，到达京大在淮山半山腰的营地。

比起下午的朝气蓬勃，现在车内安静极了，大巴停稳打开车门，就有几个男生冲下车大声呕吐。到山脚路都还好，进山这一段是泥路，白天下了一场雨，坑坑洼洼，本来四十多分钟的山路，多颠簸了半小时才到。

晏鹤清也有些难受，莫名想到晕船那次，陆凛给的糖很有用。见同学走得差不多了，晏鹤清取下耳机，从书包摸出一包糖。

第一次去陆凛住处，他要吃的药很苦，陆凛给他准备了一包糖。那时他没动这包糖。

亮闪闪的糖纸里包裹着五颜六色的水果糖，晏鹤清撕开了糖纸，拿了一颗橙色糖果出来，应该是橘子味。

他剥开糖纸，微微低头，将糖果含进嘴里，清新的酸甜橘子味在舌尖化开，果然冲淡了不适感。剩下的糖放回书包，晏鹤清起身取出行李包，最后一个下了车。

仍有几个男生在吐。辅导员在车头拿着喇叭喊："别乱跑，晚上山里危险，都跟好我先去营地，还要扎帐篷才能休息！快快！"

晏鹤清走在最后，快到营地时，已经能看到光亮了。

这时辅导员的声音从喇叭里传出来："哟，小孙，你怎么也来了？"

孙庭舟笑笑："和我朋友爬山，顺路过来看看。"

辅导员这才看见孙庭舟旁边还有一高个男人，心里嘀咕："爬山穿西装？"

高个男人正是林风逸。跟辅导员打过招呼，林风逸一扭脸便看到了林风致的好朋友顾星野，他大步挤开人群，露出一脸亲切的微笑，拉过顾星野，热情、用力拥抱。"哟！星野，好久不见！"

顾星野瞬间爬起鸡皮疙瘩，他莫名其妙，却挣不开。林风逸双臂下了使劲，搂死不让顾星野走。

"林……风逸哥？"顾星野浑身不自在，用力去掰林风逸的手。

林风逸松开顾星野，扯出一个散漫的笑："真巧啊，没想到会在这儿碰上你。"

另一头，晏鹤清领了一个帐篷，他不会搭，观察了其他同学一会儿，找了个人少的地方，很快搭好了。单人帐篷面积不大，他放下行李，听见有人在外面叫他。

晏鹤清出了帐篷，周无忧站在外面，笑容灿烂地说："晏鹤清，我不会搭帐篷，你能帮个忙吗？"

这次晏鹤清跟着周无忧去了。展娉婷的帐篷在周无忧旁边，追她的男生在帮忙。展娉婷看到晏鹤清过来了，马上喊男生："赵永，别忘了你答应的，明天我们和无忧她们组一起活动。"

赵永不想答应，周无忧的组有顾星野，展娉婷大一开学追过顾星野。他这次来淮山做了攻略，淮山有萤火虫洞，他计划支开晏鹤清，好在萤火虫洞和展娉婷告白。现在这么多人，还有顾星野，他还告白个屁啊！但展娉婷都开口了，他只能不情不愿地点头。

周无忧不算活泼，但面对晏鹤清，她滔滔不绝地讲着课题实验的事，见晏鹤清只顾认真搭着帐篷，展娉婷和赵永使眼色，赵永慢吞吞开口了："晏鹤清，明早七点集合，我们和另外一个组结伴一起进山，人多方便。"

晏鹤清没意见。

一个人，两个人，或是全班，对他而言一样，他礼貌点头，转身回帐篷了。

周无忧流露出明显的失落。展娉婷叹了口气，小声和周无忧咬小话："太高冷了，比顾星野还高冷几百倍，你难追咯。"

周无忧没说话，咬了咬嘴角。

第二天早上七点，晏鹤清在队伍里看到了顾星野，他并不惊讶，只低头认真研究着辅导员给的地图。

一张很简陋的山里地图，只有几条主路。他们今天的实习任务是进山观察野生植物。

顾星野的组里有他、周无忧和另一个女生。在营地吃了简单的馒头稀粥早饭，六个人选了西边的线路出发了。第一次出来，大家情绪都很高涨兴奋，一路说说笑笑，爬着山倒也不累。不知不觉进到了深山里，路过一片森林湖泊，几个女生都发出了激动的尖叫。

"好漂亮的湖！"

"绛紫色的花欸，竟然长在水里，第一次见！"

"是梅花藻。"顾星野科普着，余光又瞥向晏鹤清。

晏鹤清蹲下来观察着水况，毫无杂质的水里满是倾倒的绿色水草，而湖面上是大片紫色、白色的梅花藻，他摸出手机记录着。

赵永找到一片很适合拍照的场地，招呼展娉婷去拍照："来这边，我给你拍照！"

展娉婷掏出手机，说："等一会儿！我先拍张照发我妈，这么漂亮的风景，要分享给她看！"

周无忧和另一个女生也掏出手机，找角度拍风景照发给家人、朋友。

晏鹤清听见了，心口微微跳动着，分享美景给家人、朋友。林风致是他的弟弟，却不是他的家人。那陆凛呢，他们算是朋友吗？

这时周无忧拍完，跑过来半蹲着，笑吟吟问晏鹤清："你要拍照吗？我给你拍，发给叔叔阿姨看看，他们那个年纪的人，最喜欢这样的景色了！"

晏鹤清恍惚了几秒，忽然，他想到什么，微笑说："我自己来。"他退出文档，点开相机，蹲下拍了一张平视的梅花藻。

天光穿过树林的缝隙，落到水面泛起金色的光芒，紫白的小花随着水流漂动，像一幅浓墨重彩的油画。

拍完，晏鹤清点开微信，点开和陆凛的聊天框，加了几个字："我到野外实习了，半路碰到的梅花藻。现在还不到季节，夏天会开得更繁茂、漂亮。"

行进到这儿，信号已经开始不好，过去好一段时间才发出去。

陆凛刚倒好车进山，微信来了。瞥到"52赫兹"，他先停靠在路边看微信，点开照片，他的黑眸中浮现笑意，回复："这么巧，我也在野钓路上。"

这条信息晏鹤清没收到，因为手机彻底没信号了。

往大山深处走，树木越来越高大，京城的树还在发芽，这里的却四季常绿，浓荫蔽日。还是中午，这儿却已经暗如黑夜。间或还有奇怪的不知名叫声。

展娉婷挽紧周无忧，小声说："还是回营地吧。"

周无忧脖子上挂着一台傻瓜卡片机，方便她拍照记录，她四处找晏鹤清，很快看见晏鹤清蹲在斜前方一簇草丛旁，在认真记录。

周无忧露出笑容，扭头回展娉婷："来实习又不是来爬山游玩，现在才中午，认真工作啦。"展娉婷心里还是毛毛的，就一直紧跟着周无忧。

另一个女生则是跟着顾星野，不停讲着笑话。

顾星野不觉好笑，只感到很烦，但他从不表露出来，附和着女生。女生被逗得不时咯咯大笑。

赵永时刻戒备着顾星野，当他是头号大敌，见他轻易哄得女生开怀大笑，赵永嫉妒又羡慕，他眼珠转了转，咳嗽一声，拿出他的大招。

"结束观察了，我们顺便去萤火虫洞探险吧！"这话一出，包括晏鹤清在内的所有人都看向赵永。

这一刻，赵永从未有过的受瞩目，尤其展娉婷也终于正眼看他，赵永满意极了，掏出一张手绘地图，展开炫耀。

"其他人绝对没想到，淮山会有萤火虫洞！这是我大三的好哥们儿发现的。穿过这片树林，往左走半小时有一野瀑布，瀑布旁边的山壁有个入口，进去就是萤火虫洞。"他表情丰富，像亲眼见过一样，"我哥们儿他们都没探到底，太大了，路还多，几个小时才绕出来。"

展娉婷怕黑，但萤火虫洞实在吸引人，她拿不定主意，戳戳周无忧问："去吗？万一迷路怎么办？而且天气预报说这几天有大暴雨。"她有些担心，掏出手机想再查查天气，结果没信号了。

周无忧听到萤火虫洞就心动了，她点头说："当然去，萤火虫洞欸。赵永不是有地图，别怕。"

赵永打定主意要在萤火虫洞和展娉婷告白，他附和点头："有地图，详细着呢，绝对不迷路。"

另一个女生听顾星野的意见，顾星野考虑片刻："今明两天没雨，后天晚上百分之六十的可能有暴雨。"

听见顾星野开口，赵永马上望着展娉婷说："顾星野都说不下雨。去吧走吧。"

决定权好像在展娉婷似的，她腼红了脸，点点头说："走呗。"

周无忧和顾星野同时看晏鹤清，晏鹤清没发言，收起了笔记本。

赵永吹了声口哨，说："一致通过，出发！"

同一时间，一辆银灰宾利驶进营地。

停稳下车，陆凛今天穿了一套休闲装，少了几分不可靠近的威严凌厉，他打开后备箱，取出钓鱼包。

远处几个学生盯着陆凛，纷纷捂住嘴尖叫："妈呀！是大四学长吗！好高好帅啊！"

陆凛也有一张地图，是助理搞到的。

收到晏鹤清发的照片，他搜索了淮山山貌，有水流瀑布的区域应该在西侧。他展开地图，稍看几眼，自西边山路进山。往深山走了快两小时，陆凛见到了梅花藻。

如同晏鹤清发他的照片一样，隐在森林深处，像一幅浓墨重彩的油画，陆凛掏出手机，一格信号时有时无，看来晏鹤清没回他信息，是因为到这儿没信号了。

他瞥了一眼时间，下午两点。

森林里快黑了，往里又走了一会儿，彻底全黑，陆凛打开手表照明灯，一束白色光柱穿透黑暗，地图标记进出的路就这一条，没碰上晏鹤清和他的同学们，他们还在前方，陆凛继续前行。

走出森林，地图就结束了，前方是一个岔路。

陆凛上前，蹲下身观察了地面，都是泥，左边明显有不同的脚印，陆凛蹙了下眉，抬手看了时间，快四点了。

野外活动有时间限制，通常都要求下午六点前回营地。

从此处折返营地需要几个小时，现在回营地都会超时，晏鹤清不是没时间观念的人，要么另发现路回营地，要么是碰上了意外。

陆凛起身，加快脚步，从左边小道追了上去。

水流巨大的瀑布前，几道电筒光亮着，展娉婷死死拉着周无忧："不能进去！你要是也出不来怎么办？！"

周无忧眼睛全红了，平时爽朗大气的姑娘，现在哭成了泪人："晏鹤清还没出来，我要去找他！"

赵永蹲在一边，低着头不敢说话。进了萤火虫洞有两条道，他想单独和展娉婷告白，就编谎话说很快能会合，两个小组分开走，方便写实验报告。分开后，他故意拉着展娉婷找机会准备告白，在浪漫的萤火虫洞里，展娉婷也心动了，答应他。他没忍住亲了展娉婷，等两个人回神，晏鹤清不见了。

顾星野看着表，离他们出洞快一个小时了。

他神色一变，决定不再等，说："你们原地守着，我回去找。"

周无忧赶紧跟上说："我也去！"

顾星野摇头说："多个人我要分心。放心，我会找到他。"

见周无忧咬住嘴唇犹豫，展娉婷上前劝她："顾星野说得对，人多进去又走散就麻烦了，我们留在原地等。"

周无忧担忧地望着洞口，到底点了点头。

展娉婷想了想又说："顾星野，你进去一小时，要是还没找到人就回来。万一晏鹤清也找到路出来了，没信号，我们联系不上你；如果他没回来，我们就回营地求助。"

顾星野点头，举着手电筒重新进洞了。剩下的几个人都没再说话了，紧张地盯着洞口。

没过一会儿，忽然身后有脚步声，周无忧先回头，激动看过去："晏鹤——"清字卡住了。

一束光线照过来，逆着光，他们看不清来人的脸，只认出是一个男人。

陆凛听到了前两个字，再一看这几个人的表情，他眸光微沉问："晏鹤清在哪儿？"

剩下三人也看过来，他们的电筒光暗淡，也是逆光看不清陆凛，但他的嗓音自有上位者的威严。赵永一个哆嗦，指着洞口就说："我们探洞，他没回……"

没说完，赵永就感到高大身影越过他，转瞬消失在洞口。

赵永都蒙了，他讷讷问："这人谁啊？"

没人回他。

晏鹤清没迷路，但他左脚踝被咬了。

洞壁上的萤火虫发出的光如星光，地面却漆黑，他没看见咬他的动物，只能确定无毒。从被咬到现在，他除了腿疼，其他地方并无异样。他分析了利弊，腿还能走路，但能坚持多久不确定，他们组的手电筒在赵永那儿，他用手机照了一段时间亮，快没电了，要是失去照明，他真有可能在洞内迷路。

最后，晏鹤清决定在原地等待救援。其他同学发现他不见，应该会来找他。

晏鹤清不确定。他靠着墙，微微仰头望着洞壁上的萤火虫，做梦一样漂亮，像是夏天的银河。

也是一个夏夜，他那时不到七岁，晏峰出生才几个月，他去逗哭了的晏峰笑。晏胜炳回来撞见，重重拍了一下他的脑袋："滚！弄哭我儿子，老子打死你！"

他跑出家，就躲在花坛后面，他想，如果赵惠林来找他，他要过几分钟才出去。他擦着眼泪，期待地望着单元楼的大门。

很多眼熟的人进进出出，唯独没有赵惠林。

第二天天亮，他才明白了，没人会来找他，找他的只有蚊子——手臂满是红红的大疙瘩。

也许是想到了蚊子，晏鹤清觉得脚踝有些痒，他用手机照过去，是一个有点儿圆的口子，不算太大，流了点血，应该是只小动物，大概是他的脚步声吓到它了。

担心洞内有其他细菌，会感染到伤口，晏鹤清想了想，还是决定撕块衣料先绑住伤口。只有一条腿方便活动，他蹲下身的动作极其缓慢。

手刚撩起裤管，隐隐听见有脚步声。晏鹤清马上抬头看向前方："赵永？"

急切的脚步声响起，随即一道光照过来，突如其来的光亮，让晏鹤清眯起眼睛。模糊的光影里，他的瞳孔猛然放大。

随后，光照到他露出的一小截脚踝，来人蹲在他面前，拇指熟练地抵住他伤口上方，问："赵永是谁？"

晏鹤清没回。

陆凛取下手表随便搁到地面，手表电筒的光柱直冲向上，照亮了逼仄的洞道。

晏鹤清安静地望着陆凛。

陆凛也没再出声，他观察着晏鹤清脚踝的伤口——应该是一只牙齿锋利的小东西咬的，伤口虽深，但万幸没毒，凝固的血是正常血色。拇指又按压伤口四周的皮肤，见晏鹤清没反应，陆凛彻底放心，熟练地从钓鱼包里摸出一个小急救箱。

常规药品都有，陆凛取出棉片、碘伏，仔细消了毒，旋开外伤药膏，抹到伤口上，又取出纱布缠了几圈，一套动作行云流水。

伤口涌上明显的清凉感，驱散了浓烈的疼痛感。

晏鹤清终于开口："你经常受伤？"

"沉迷野钓那段时间，经常探山找地儿，受伤在所难免。"

晏鹤清问："你沉迷一样东西的时候，都这么满腔热忱？"

"能让我沉迷的东西不多，截至目前都是。"陆凛收拾着急救箱，他抽出一瓶免洗洗手液，按了几泵搓着手，又把它伸到晏鹤清手边，"洗手。"

晏鹤清摊开手掌，旋即微凉的泡沫落下，又是雪松气息，他搓着手问："以后不沉迷了呢？"

陆凛又从钓鱼包拿出一样东西，塞到晏鹤清手里："我不轻易沉迷，要是选择沉迷，很难会不沉迷。"

一包菠萝干被放到了掌心里，过了一会儿，晏鹤清撕开包装袋，吃完才开口："路过我发你的那片湖了吗？或许藏着不少意想不到的东西。"

"钓过类似的湖。确实钓到一样意想不到的东西。"

"什么？"

"一粒珍珠。"陆凛拉上钓鱼包，捡起手表起身，他个子太高，这段洞穴矮，他微弓着腰，"你来背包。"

晏鹤清还在追问上一个问题："野生河蚌珍珠？"他接过钓鱼包背上。

陆凛突然笑了，答："对，还是钓的第一只河蚌，珍珠大而圆。"他又递手表，说，"照好路。这洞路多杂，错几步就迷路。"他自然地背过身蹲下，意思明显，要背晏鹤清。

晏鹤清的腿开始发麻，走是没办法了，望着眼前的后背，还是攀了上去。

陆凛背起晏鹤清，地方狭窄，起身略局促，晏鹤清加钓鱼包不算轻，他背着却很轻松，原路返回。

前方忽而响起脚步声，同时还有年轻男性特有的清朗声："晏鹤清？"

陆凛背着晏鹤清走前面，顾星野随后跟着。他刚才迷了一段路，不适合带路。

顾星野觉得陆凛有些眼熟，似乎在哪儿见过他，只一时没有头绪，现在也顾不上搜索记忆库。

陆凛和晏鹤清都没再说话，陆凛专心辨路，他刚那句"路多又杂"不是乱说，这个洞里确有不少交错路口，稍一走错，就得迷路。

晏鹤清始终安静，似是睡着了。

一路上只有脚步声，差不多过去半小时，隐约能听到瀑布声了，那就是快到洞口了。

陆凛加快脚步，刚走出洞口，以为睡着的少年，突然说："左侧两点钟方向有梅花。"

陆凛看过去，顾星野也举着手电照过去。

洞口左侧，瀑布后面的一块石壁的石缝里，竟生出一小株梅花，一枝，也只开一朵白梅，城市里的梅花早已凋零，山里气温、地貌不同，这一株独自开得灿烂。

顾星野非常意外，他们一行进洞时，完全没发现这株白梅。

不是视力差，实在是这株梅花生得隐蔽，不只是在壁夹缝里，更是被瀑布挡住，也就从这里，找角度能窥见这一抹亮色。

晏鹤清是什么时候发现了这株梅花？

出了洞口，他便先下去了。

晏鹤清是早发现了，他还拍了张照片，等有信号准备发给陆凛，现在不用了，陆凛亲眼见到了。

"它真神奇。"晏鹤清轻声说，"这么恶劣的环境也挣扎着吸取养分，开出漂亮的花。"

陆凛收回视线，他沉默地背着晏鹤清走下崎岖的最后一段山路，在周无忧、展娉婷冲上来之前，似乎说了句："有个人和它一样神奇。"

走到有信号的地方，大家都身心俱疲。陆凛放下晏鹤清原地休息，顾星野到一旁联系辅导员，隐去了去探洞这一部分，找了个晚归理由。

这里除了陆凛和晏鹤清，全是没有生活经验的年轻学生，他们盘腿坐地上，你看我，我看你，或是偷瞄陆凛。

陆凛在生火，生完火，他又丢了几块小红薯进去。

隔着摇曳的火光，展娉婷不时和周无忧咬耳朵："天哪！晏鹤清他哥好帅啊！"她以为陆凛是晏鹤清的哥哥，就怎么说呢，顾星野在男生里算特优了，长得帅，家世好，成绩优秀，打得一手好冰球，但在陆凛面前，就相形见绌了。

赵永同样在偷瞄陆凛，他的关注点不同，他在看陆凛的手表。他平时喜欢研究表，一眼认出陆凛的表是私人定制，材质、做工皆是上等，他估不准价格，但猜测绝不会下七位数。而且陆凛长得就特别贵气，绝非普通有钱人！

赵永羡慕了，他没想到晏鹤清那么有钱，他也认为陆凛是晏鹤清亲哥。

这时另一个女生开口问："晏鹤清，他是你哥吗？"

她这话问出口，所有目光齐刷刷地聚集到晏鹤清身上，包括不远处还在讲电话的顾星野。

陆凛添着柴，火光落到他线条明朗的侧脸上。晏鹤清回："不是。"

周无忧小心翼翼地出声，这次问的陆凛："你……您和晏同学怎么认识的啊？"

陆凛看了晏鹤清一眼，声音不疾不徐回了句："钓鱼。"

赵永可算找到表现机会了，这种大人物，就是毕业后的人脉啊！他凑近陆凛一些说："怪不得您会来山里，是跟着鹤清来山里钓鱼吧？"

陆凛的眉峰蹙了下，红薯飘出香气，他用树杈把它们掏出来，拍了灰，先给晏鹤清，才又递给另三名女同学。

赵永早眼巴巴等着，却是没了。陆凛一共只烤了四个。

"哇！好甜！"展娉婷尝了一口，满脸幸福。

周无忧没动，她瞄着晏鹤清，晏鹤清在认真剥红薯，晏鹤清做什么都特别认真。周无忧走神了。

这时顾星野回来了，喜欢他的女生赶紧掰了一半红薯递他。顾星野微笑着摇头拒绝："不饿。"

女生这才收回去。

那边赵永咽了咽口水，又找话题跟陆凛搭话："您平时都去哪儿钓啊？我也喜欢钓鱼，今年过年，我抓到一条十斤重的大鱼。"

这时女生冒出一句："大一去水库观察，顾星野钓的鱼有二十多斤！我第一次见那么重的鱼！"

赵永脸色变了变，闭嘴不说了。

柴火噼里啪啦响。红薯吃完，又休息一会儿，他们重新启程回营地。

陆凛依旧背着晏鹤清，回到营地，差不多半夜了，零星几个帐篷还亮着灯。

展娉婷提着的心总算是完全落地，她伸展酸软的双臂，回头问晏鹤清："要给你多拿一个帐篷吗？我拿钥匙。"她是班长，营地储物间钥匙在她帐篷里，大半夜了，陆凛肯定没法下山，得再搭一个帐篷休息。

晏鹤清眉眼平静回："不用，他住我帐篷。"

晏鹤清一个人，单人帐篷还算宽敞，陆凛来了，瞬间拥挤不少。

打开照明灯，橘光温和，显得帐篷温馨不少。棉被、枕芯是营地准备的，被套、枕套是晏鹤清自带，简单的纯米色，散发着淡淡雪松味。枕边放着一本书。

陆凛瞥了一眼封皮——《罗杰疑案》，是阿加莎的作品。

新生

他收回视线。晏鹤清跪着从旅行包里翻出枕套，只有一个枕头，他叠好外套，塞进枕套做枕头。陆凛静静望着他背影，只一件薄毛衣，更显出他的单薄。

陆凛想到第一次在酒吧见到晏鹤清。

光怪陆离的酒吧里，众人皆疯魔，唯独晏鹤清安静地在吧台里调酒，瘦削的侧脸没有丝毫生气。陆凛那时在想，若是手稍微重一些，或许就会捏碎这名青年。其实他错了，晏鹤清就是那株山壁石缝里的白梅，顽强生长，比他见过的任何人都更强大。

他坐下开口："故事的发展，我有不同的版本，要不要听？"

拍拍枕面，外套充当的枕头似模似样。晏鹤清放下它回头，眼里有着疑惑，问："故事？"问完，他倏地想起，是指水手和鲸鱼。

他转过身正对着陆凛，表情柔和地问："什么版本？"

"补给船，是为那头鲸鱼而来。"

短暂的沉默，晏鹤清眼里似有什么，又似什么都没有，片刻后，他嘴角弯了弯："这个发展好像也不错。"

不是没想过。他早已在脑海里设想过无数可能出现的结果。最好的结果，他计算的概率只有百分之一。所以他最早排除了。

他不能输。他醒悟后的每一步，都必须精准无误，别人可以错、有资本错，但他错不起，一步错，就是万丈深渊。

他渴望活着，竭尽全力，付出所有，他也想要活着。他没有妄自菲薄，和陆凛说的那句话也是，他没那么好。至少，没陆凛见到的那么好。

简单洗漱完，关上照明灯，帐篷瞬间黑暗，甚至连呼吸声都听不见。

晏鹤清很快睡着了，他实在太疲倦，过去好一会儿，还是没有呼吸声，安静到陆凛不得不伸手，探了下他的鼻息，感受到细微的热流，他才收回手。

陆凛醒的时候，晏鹤清已经不在了，他看了眼时间，七点半，换了套衣服，瞥见旅行包上放着眼熟的不锈钢饭盒，他取过来打开，里面是瘦肉粥，还很热。

他拿着饭盒出了帐篷，营地特别安静，其他学生都不见了。

陆凛洗漱好往车走，迎面走来一名中年男人，在讲电话。

"是，小孙昨晚和他朋友在山里迷路了，霜重着凉了呗……不严重，他朋友刚送他下山挂水了……"

生物科学二班的辅导员撞见陆凛，眼睛猛地直了。上学期他去围观过陆凛的讲座，他绝不会认错，这是活生生的陆凛！

这次活动的经费是陆氏奖学金拨的，他难道是来视察的？

辅导员匆匆挂上电话，跑上前热情问候："陆先生你好，我是生物科学的辅导员老陈！有什么事尽管吩咐！"

听到是晏鹤清的辅导员，陆凛问："今天学生有活动？"

老陈点头。"有，一些上山捕捉昆虫，一些去基地观察植物。"他抓住机会介绍，"陆先生你现在有空吗？我带你去我们基地转转。"

"几点结束？"

"六点。"

陆凛没再逗留，回车里解决掉瘦肉粥，拿上钓鱼包进山了。

今天晏鹤清的小组内容是进基地观察植物，他们组去的基地离营地十来分钟路程，是建在树林里的一个阳光房。

阳光房里种满植物，全生长得特别大，叶片有常见植物两倍大，尤其是爬满整个花架的弗洛伦蒂娜，提前一个月开花，花型有碗口大，花团锦簇，挤满花架，浓郁的正红色点缀着满是绿植的空间。

展娉婷连声惊叹："太漂亮了！我从没见过这么大朵又开得这么好的月季！"

赵永笑着说："你要是喜欢，以后给你种满院子的月季。"

展娉婷没搭腔，转而想找晏鹤清说话。

晏鹤清在观察一盆绿植，握笔在笔记本上唰唰记录。

展娉婷张开的嘴闭上了，今天他们都穿了白大褂，展娉婷在心里不合时宜地啧啧称叹："晏鹤清未免太合适白大褂了吧！"她眼珠转了转，摸出手机偷拍了一张，立即发给周无忧："你男神！真是帅气啊……"

周无忧问："在哪个基地？共享下地址。"

展娉婷有些惊讶："你要过来吗？"

"嗯，想告白。"

"！"展娉婷吓到了，这么猛吗？！她快速发了位置。

周无忧是下午到的，她一脸失落，不像去告白，更像去诀别。

展娉婷还想揶揄几句，一见她脸色，顿时担心她了。"怎么啦？脸色好难看。要不……"她试探着，"等相处一段时间再告白？概率大点。"

周无忧摇头。"我不瞒你，我……"她咬着唇，又吐开，"知道结果了。"

展娉婷莫名其妙："什么结果？"

周无忧只是摇头，告白的结果，她很清楚，她对晏鹤清的告白会失败，晏鹤清和自己不是一路人，但她想为自己争取一次。

展娉婷叫走了赵永，阳光房里只剩晏鹤清。他在观察一株天南星，它的汁液有毒，但块茎又可以入药。

有脚步声走近，周无忧轻声喊："晏同学。"

晏鹤清合上笔记本起身，回头礼貌地说："有事吗？"

"我喜欢你。"周无忧语速很快，"我知道你不喜欢我，但我还是想把喜欢你的心情告诉你，如果……"她鼓起勇气，"你愿意尝试着和我交往就更好了。"

"抱歉。"晏鹤清眸光沉静，"我没有心思谈感情。"

　　周无忧的心"咚"地跌入无底洞，她强撑着挤出笑容说："理解。我有事先走，祝你……"她咬唇忍住没哭出声，转身跑出阳光房。

　　展娉婷在外面守着，见周无忧哭着跑出来，也知道结果了，她叹气摇头，追了过去。

　　晏鹤清握着笔记本，蹲着继续观察天南星。

　　又一道脚步声走近，来人在他旁边蹲下身，语气里带笑说："小晏师傅真是受欢迎啊！"

　　晏鹤清知道是谁，偏头问："你什么时候回去？"

　　陆凛说："马上走了，来跟你说个事儿。"

　　晏鹤清不解："什么？"

　　"那个忙。"

　　晏鹤清长睫动了一下："你说。"

　　陆凛语气轻快，竟像少年一般："我正式提出，想要成为你可以交心的真朋友。"